Manfred Bieler
Maria Morzeck
oder
Das Kaninchen bin ich

AF178161

Die Berlin-Bibliothek
Bd. 10

MANFRED BIELER, geboren 1934 in Zerbst (Anhalt), studierte Germanistik an der Humboldt-Universität Berlin. Seine Stelle als wissenschaftlicher Mitarbeiter beim Schriftstellerverband der DDR verlor er wegen seines Protests gegen die Niederschlagung des Ungarn-Aufstandes. 1964 zog er nach Prag, 1968 siedelte er, durch seine Frau inzwischen tschechoslawakischer Staatsbürger, in die Bundesrepublik über. Er ließ sich in der Nähe von München nieder, wo er 2002 starb. Bieler hinterließ ein umfangreiches Werk an Hörspielen, Drehbüchern und Romanen, mit denen er in den 70er- und 80er-Jahren in der Bundesrepublik große Erfolge feierte.

Maria Morzeck
oder
Das Kaninchen bin ich

Roman

von

Manfred Bieler

Mit einem Nachwort von Stefan Wolle

Jaron Verlag

Zu dieser Ausgabe: Grundlage des Textes ist die 1969 im Biederstein Verlag, München erschienene Erstausgabe. Die Rechtschreibung wurde größtenteils der heute üblichen angepasst, offensichtliche Fehler verbessert, manche Eigenarten aber auch beibehalten.

1. Auflage 2024
Jaron Verlag GmbH, Berlin
www.jaron-verlag.de
Umschlaggestaltung: Bauer+Möhring, Berlin
Satz und Layout: Prill Partners | producing, Barcelona
Lithografie: Bild1Druck GmbH, Berlin
Druck und Bindung: GGP Media GmbH, Pößneck

ISBN 978-3-89773-979-6

Ich heiße Maria Morzeck.

Wenn ich einen Roman schreiben wollte, würde ich anders anfangen. Aber ich brauche mir ja nichts aus den Fingern zu saugen. Ich schreibe einfach, was ich selber erlebt habe und worüber ich mit keinem reden kann, weder mit Edith noch mit Tante Hete, obwohl die die einzigen wären, mit denen es vielleicht ginge. Aber denen fehlt da anscheinend 'ne Antenne.

Wenn ich mir's richtig überlege, schreibe ich eigentlich bloß für mich. Damit ich nicht wahnsinnig werde. Wenn ich früh, so um viere rum, nach Hause komme, stelle ich mich vorn Spiegel und sehe mir mein Gesicht an. Im Winter ist es noch zu dunkel, da muss ich meine Nachttischlampe anknipsen, aber im Sommer, so wie jetzt, ist es schon hell genug. Und auf einmal kriege ich keine Luft mehr, mir wird schwindlig, ich kann kaum noch atmen, als ob ich 'n Korken im Hals hätte – ich renne ans Fenster und reiße es auf. Aber so geht's ja nicht weiter, nicht ewig.

Jetzt habe ich einen Bogen in die Schreibmaschine gespannt und schreibe. Mal sehn. Vielleicht hilft's. Vielleicht wird's besser davon. Wenn das jemand anders zu lesen kriegt, kommt ihm wahrscheinlich alles ganz albern vor, weil's ja doch nichts weiter ist als ein bisschen Liebe und ein Haufen Ärger, ich will mal sagen: kein Buch mit Sonnenaufgang oder -untergang, mit Natur und Wolken und wie der Wind über die Heide pfeift, wo ich mich immer frage, wer sich dafür interessiert. Ich jedenfalls nicht. Das ist nicht mein Bier. Bei sowas blättere ich immer gleich weiter, denn Himmel und Sterne lassen mich verhältnismäßig kalt. Ich möchte lieber wissen, was sich die Leute zu sagen haben, wenn sie im Bett liegen und das Drumunddran vorher und nachher, oder so Sachen aus dem Krieg oder wenn einer den andern umbringen will, denn das sind Lagen, in die man selber kommen kann, wenn man nicht aufpasst. Oder eben von Sitten und Gebräuchen fremder Völker – da lernt man nie aus. Edith, meine Nachbarin, die kringelt sich immer vor Lachen, wenn sie darüber was liest. Dabei hat es doch sicher seinen Sinn, wenn anderswo die Leute sich die Schädel rasieren oder sich eine Blume aufs Knie tätowieren lassen. Nur erwarte niemand vom Rest der Welt, dass er auch jeden Morgen in eine Textilbude nach Lichtenberg saust, weil der Quartalsplan an Herrensakkos vorfristig erfüllt werden muss. Oder etwa als Kellnerin in so einem Bums arbeitet wie ich.

Habe ich eigentlich schon gesagt, dass ich am Oranienburger Tor wohne? Nein? Also das ist wichtig. Nicht weil das die Ecke ist, wo aus der Friedrichstraße die Chausseestraße wird, rechts biegt die Wilhelm-Pieck-Straße ab, frühere Elsässer, und links die Hessische, sondern weil ich da wohne und weil ich da sogar geboren bin. Und zwar genau vor einundzwanzig Jahren: am zehnten Mai neunzehnhundertzweiundvierzig. Über meine Eltern brauche ich nicht lange zu reden, weil sie beide tot sind. Ich weiß nur Gutes über sie, und das lockt keinen hinterm Ofen vor. Mein Vater war Vertreter, meine Mutter war Verkäuferin, und mein Vater blieb mit seinem Musterkoffer so lange vor der Drogerie stehn, wo meine Mutter arbeitete, bis sie verlobt waren. Mein Vater wusste, was er wollte. Zwei Jahre später wurde Dieter geboren, mein Bruder, dann kam ich und dann Antje. Die ist jetzt im Westen, hat'n reichen Kerl geheiratet mit'm weißen Sportwagen und'm Autoverleih in Stuttgart (»Vom Baum in den Cadillac«); leider kuckt ihm das Knie schon durch den Kopf, und auf dem einen Auge schielt er, doch auf den Fotos erkennt man nie, ob auf dem rechten oder auf dem linken, aber das macht meine Schwester alles wieder wett: Oberweite achtundneunzig und Taillenweite zweiundsechzig. Ich hatte immer das Gefühl, als wäre ich ein bisschen intelligenter als sie, aber nach klugen Frauen drehen sich die Männer nun mal nicht um. Damit will ich nicht etwa sagen, ich sei ein hässlicher Vogel. Ich komme nach meiner Mutter, und hinter der waren sie alle her. Sie wusste selber nicht warum. Vielleicht deswegen. Meine Mutter spielte sehr schön Klavier, und wenn sie besonders gute Laune hatte, nur auf den schwarzen Tasten. Was andere davon halten, ist mir schnuppe, für mich wird das, solange ich lebe, eine Glanzleistung bleiben. Ich stellte mich immer neben sie, und wenn sie fertig war, legte sie den Arm um mich rum, und ich fiel mit dem Gesicht auf ihre Schürze. Sie trug so rotblaukarierte Schürzen, die rochen nach Leberwurst und Zwiebeln. Wenn meine Mutter wollte oder wenn sie 'n Kleinen getütert hatte, klappte sie zwischendurch den Klavierdeckel zu, schlug mit den Fingern aufs Holz und sang die Melodie weiter, bis der Deckel plötzlich hochflog und der alte Kasten wieder dröhnte, dass die Nachbarn an die Wand bummerten.

Mein Vater ist gefallen, und als meine Mutter gestorben war, zog Tante Hete zu mir. Tante Hete hieß eigentlich Hedwig, aber alle sagten Hete zu ihr, bloß ich musste, genau wie mein Bruder und meine Schwester, »Tante« davorsetzen. Tante Hete war seit ihrem dreißigsten Geburtstag immer dicker und dicker geworden, aber nicht vor Glück wie andere Frauen, sondern vor Kummer und weil sie Torte aß. Sie war mit einem Bruder meiner Mutter verheiratet gewesen oder vielleicht war sie's noch – jedenfalls, der wanderte eines schönen Tages nach Amerika aus, nahm Tante Hete aber nicht mit. Er schrieb zweidreimal, er wolle sich eine neue Existenz gründen und Hete nachholen. Dann schrieb er überhaupt nicht mehr.

Tante Hete sagte später mal zu Mama: »Dass er abgehauen

ist, war nicht das Schlimmste. Bloß diese dusslige Briefeschreiberei hätte er sich schenken können. Das war doch so 'ne Art Rückzieher, und ich habe 'ne Weile wirklich geglaubt, ich fahre nach Amerika.«

»Was wolltest du denn in Amerika?«, fragte Mama.

»Na eben!«, sagte Hete und lachte, aber wohl war ihr nicht dabei, denn sie marschierte gleich in die Küche und fuhrwerkte mit solcher Gewalt im Geschirr herum, dass zwei Abendbrotteller zu Bruch gingen. Aber zwei Teller gegen Amerika – was ist das schon?

Als Mama beerdigt wurde, war ich siebzehn, und Tante Hete kaufte mir, als wir vom Friedhof nach Hause gingen, meinen ersten Lippenstift. »Bist ja nu balde 'ne Frau«, sagte sie.

Antje, die damals erst fünfzehn war, kriegte das große Heulen, weil für sie nur ein Paar Zopfhalter abfielen. Zu Hause setzten wir uns um den gelben Kacheltisch, Tante Hete hatte sich unterwegs mit einer Flasche Himbeergeist versorgt und goss sich ab und zu was in ihren Stamper. Antje und ich hatten in den letzten drei Tagen so viel geweint, dass wir keine Träne mehr rausbrachten, aber Tante Hete, während sie auf dem grünen Sofa in ihrem schwarzen Kleid saß, holte alles nach. Natürlich weinte sie hauptsächlich, weil Mama gestorben war, weil wir beide nun Waisen waren, Antje und ich (mein Bruder zählte für sie irgendwie nicht richtig mit), weil sie sich nun um uns kümmern musste, sonst hätte uns die Fürsorge geholt, aber bestimmt weinte sie auch, weil sie so dick war und weil Onkel Gustav sie verlassen hatte und weil man vom Himbeergeist, wenn er nicht gut destilliert ist, Sodbrennen kriegt und auch weil schon Winter war, und Mama immer im Sommer sterben wollte, denn der Sommer war ihre liebste Jahreszeit, meine auch.

Dabei sagte Tante Hete überhaupt nichts, aber soweit war ich mittlerweile, dass ich wusste: Wenn man um einen einzigen Menschen weint, heult man gleich alles mit weg, was einem gerade einfällt.

Mit Puppen spielte ich schon ein paar Jahre nicht mehr, und Antje wollte es mir nachmachen, aber sie wusste überhaupt nicht, was sie mit ihrer Zeit ohne Puppen anfangen sollte. Deswegen spielte sie immer heimlich mit ihnen und versteckte sie, wenn ich nach Hause kam. Ich tat natürlich so, als ob ich es überhaupt nicht merkte, aber als Antje dann mitkriegte, dass ich es merkte, es mir aber bloß nicht merken ließ, nahm sie übel und zerriss mir aus Versehen ein Paar Strümpfe, die gut und gerne ihre acht Mark gekostet hatten (Kunstseide).

Nach Mamas Tod hätte ich ja am liebsten mit der Schule aufgehört, aber Tante Hete bestand darauf, dass ich das Abitur machte – eben weil Mama es so gewollt hatte. »Du wirst mal Doktor«, sagte Tante Hete.

»Ich heirate lieber 'n Doktor«, sagte ich. »Den Doktoren blasen se den Zucker in'n Arsch.« Das hatte ich von Herrn Liebold, vom Lebensmittelgeschäft in der Novalisstraße.

»Na, nimm dir bloß nicht zu wenig raus«, sagte Tante Hete philosophisch.

Inzwischen, bis es soweit war, ließ ich mir die Haare weiter wachsen, bis sie dahin reichten, wo ich sie hinhaben wollte. Die Augenbrauen über der Nasenwurzel zupfte ich weg, denn man sagt ja, dass Menschen, denen die Brauen zusammenwachsen, unglücklich enden, und ich wollte niemandem einen Schreck einjagen. Dass ich nicht ganz ohne war, merkte ich zum ersten Mal richtig im Russisch-Römischen Bad. Ich war mit Brigitte hingegangen. Alleine hätte ich mich nie getraut. Damals war ich erst fünfzehn oder sechzehn. Brigitte war mit ihrer Mutter dagewesen, die hatte es vom Arzt verschrieben gekriegt, und Brigitte sagte, das macht Spaß, wenn man aus dem heißen Dampf ins kalte Wasser springt.

2

Also – hinein! Das Stadtbad Mitte war ja gleich um die Ecke. Ich hatte mir extra frische Wäsche mitgenommen, damit ich nachher nicht wieder in die getragenen Sachen musste. Der Eintritt war für meine Verhältnisse zu teuer, aber Brigitte zahlte. Ihr Vater hatte einen Laden, wo Hunde getrimmt werden, und in den kamen die Schauspielerinnen vom Deutschen Theater und die Sänger von der Staatsoper mit ihren Pudels und Drahthaars, und die schmissen mit den Fuffzigmarkscheinen bloß so rum. Guten Morjen, Herr Kammersänger, Auf Wiedersehn, gnädige Frau, dann rollte der Rubel.

Wir waren beide in Hochhackigen gekommen, und ich wurde erst gleich mal ein paar Zentimeter kleiner, als ich in die kalten und nassen Holzlatschen treten musste. Ich dachte, man könnte wenigstens, bis man im Wasser ist, die Hosen anbehalten, aber nitschewo. Wir hängten unser bisschen Garderobe in die Blechspinde, hakten uns das Schlüsselkettchen um die Handgelenke und knallten mit unseren Pantinen über die Fliesen, in der linken Hand das Handtuch, in der rechten die Seife.

Auf den Bänken rings um das Kaltwasserbecken saßen drei oder vier nackte Frauen, aber ich traute mich nicht richtig hinzusehen. Dafür schrubbte ich Brigitte den Rücken und fand sie traumhaft, denn was bei mir noch ziemlich knochig war, war bei ihr schon rund, und ihre Brüste waren richtig groß und zum Anfassen. Bei mir spielte sich noch nicht viel ab. Zwei Esslöffel voll, bestenfalls. Allerdings ging Brigitte auch an den Hüften sehr in die Breite, während ich schmal war und geblieben bin, was Paul ja auch sehr gefiel, aber was heißt hier Paul? Damals gab's noch gar keinen Paul, höchstens einen Heinz, der mich ab und an vom Kino nach Hause schleifte und sich mit mir im Hausflur so lange kabbelte, bis ich ihm endlich einen Kuss gab. Das war die einzige Möglichkeit, ihn loszuwerden, denn danach ließ er mich immer sofort stehen, strich sich die Haare aus dem Gesicht und sagte: »Gute Nacht, Märeia!« Er wollte nie fummeln und an richtig Körpern war bei ihm überhaupt nicht zu denken. Er hatte was davon, wenn er meinen Namen englisch aussprach, und wahrscheinlich dachte er sogar, dass er dadurch bei mir ankam, aber von mir aus konnte er's auch chinesisch sagen: Er hatte einfach zu viel Pickel.

In der Dampfkammer dachte ich, ich sterbe.

»Durch die Nase atmen«, zischte Brigitte, weil sie den Mund nicht aufmachen wollte. Ich presste die Lippen zusammen und sog den ganzen nassen Qualm ein, der aus irgendeinem Loch in der Wand kam. Dann setzte ich mich neben Brigitte auf ein Holzbrett und gewöhnte mich langsam daran, dass ich keine Luft mehr kriegte. »Der Mensch jewöhnt sich an allem«, sagt Herr Kleeberg immer, »sojar am Dativ.«

Jeder kann sich vorstellen, wie's in so einer Art Sauna aussieht, wenn da zehn nackte Frauen drinsitzen und schwitzen. Jeder. Bloß eine Fünfzehnjährige kann das nicht. Ich dachte: Die sind gar nicht von hier. Solche Menschen wie die gibt's gar nicht, vielleicht in Strausberg oder in Bernau, aber doch nicht in Berlin, Berlin-Mitte!

Bis ich unsere Briefträgerin erkannte, Frau Fentzke. Die winkte mir rüber, während sie sich kaltes Wasser auf die Waden spritzte. Ich wollte sie gar nicht wiedergrüßen, aber dann habe ich doch genickt. Ich stieß Brigitte an, der das Wasser von der Stirn in die Augen und von den Augen auf die Nase lief, und wir gingen raus. Noch einmal unter die Dusche, und dann ins kalte Wasser. Alle Achtung – das war prima. Wir setzten uns auf den Rand und plantschten mit den Beinen, bis uns zwei Großbusen verwarnten, da rissen wir die Arme hoch und schmissen uns ins Wasser, dass es überschwappte.

In der trockenen Hitzekammer saß Frau Fentzke direkt

an der Heizung und las die *Wochenpost*. Ich hätte mich am liebsten gleich wieder verkrümelt, denn immerhin war sie doch unsere Briefträgerin und man hätte vielleicht später so'n komisches Gefühl, wenn sie wieder mal Post von Dieter brächte, aber sie winkte mich und Brigitte zu sich ran, und wir mussten uns neben sie setzen.

»Wieviel willst du denn noch abnehmen?«, fragte sie mich.

»Ich?«, sagte ich. »Ich will doch gar nicht abnehmen. Ich bin dünn genug.«

»Russisch-Römisch ist für dicke Weibers«, sagte Frau Fentzke, »wie für mich.«

»Aber Frau Fentzke«, sagten Brigitte und ich aus einem Mund.

»Steh mal auf!«, sagte Frau Fentzke.

Ich stand auf und faltete die Hände überm Bauch. Hätte ich einen Badeanzug angehabt, wäre mir wohler gewesen, so schämte ich mich fürchterlich und wusste nicht, wohin mit meinen Fingern.

»Du wirst mal ganz gut«, sagte Frau Fentzke, »dir fehlt bloß noch'n bisschen Hüftspeck.«

Was mir sonst noch fehlte, sagte sie nicht, aber ich konnte es mir denken, wenn ich Brigitte ansah. Ein bisschen beleidigt war ich auch. Wenn sie schon was an mir rumzumeckern hatte, dann sollte sie wenigstens aufhören, mich zu duzen.

3

Mein Bruder Dieter wurde zu vier Jahren Zuchthaus verurteilt. Zur Verhandlung fuhren wir mit dem Neuner-Bus in die Littenstraße. Tante Hete und ich saßen im Oberstock, weil man da die Fenster aufmachen konnte. Der Wind trocknete einem wenigstens das Gesicht ab, aber der Rücken blieb klatschnass, wohl auch vor Aufregung, denn wir wussten, dass Dieter einiges bevorstand. Wenn bei uns einer länger als ein halbes Jahr in Untersuchungshaft bleibt, riecht das nicht grade nach Freispruch.

Dieter war ein fixer Junge, für die hiesigen Verhältnisse aber ein bisschen zu fix. Er hatte Fernsehmonteur gelernt und war von uns weggezogen, weil er es in dieser Weiberwirtschaft, wie er sagte, nicht länger aushielt. Grundsätzlich hatte er natürlich gar nichts gegen »Weiber«, ganz im Gegenteil, aber wir, Antje und ich, waren eben »Zicken« und Tante Hete seine »Olle«. Eigentlich wussten wir nicht viel mehr von ihm, als dass er in Schöneweide arbeitete und da auch eine Bude hatte, und als ich ihn mal besuchte, unangemeldet, hatte er grade Besuch von Hella. Dass sie so heißt, erfuhr ich erst später. Er stellte sie mir damals überhaupt nicht vor. Sie lag auf dem Sofa, las die *Constanze* und klapperte bloß zweimal mit den Augendeckeln: einmal, als ich kam und das andere Mal, als ich wieder ging. Nach seiner Verhaftung kamen zwei Männer zu uns. Tante Hete in ihrer Unschuld dachte, die kämen von der Kommunalen Wohnungsverwaltung und wollten die Miete kassieren. Natürlich kamen die beiden direkt aus der Normannenstraße, und während Hete immer noch nach den alten Quittungen suchte, sagte der eine, ganz höflich: »Fräulein Morzeck«, sagte er, »können Sie uns sagen, mit wem Ihr Bruder befreundet war?«

Nun wusste ich ja aus'm Kino, dass es erstmal das beste ist, wenn man im Umgang mit der Polizei sagt, dass man gar nichts weiß, keinen kennt und nirgendwo was gesehen hat. Aber im Kino sagt sich das eben viel leichter.

So nach und nach nannte ich den beiden ein paar Namen, die ich aus Dieters Schwimmverein kannte und wo ich wusste, die Jungens waren sauber. Aber die mussten sie wohl alle schon kennen, denn sie schrieben sich nichts auf, obwohl der eine 'n kleinen Notizblock auf'm Knie hatte.

»Was ist denn mit meinem Bruder?«, fragte ich.

Sie sahen sich an, als überlegten sie, ob sie mir so'n gro-ßes Geheimnis anvertrauen dürften. Endlich sagte der mit'm Block:

»Wir mussten ihn verhaften.«

»Hat er geklaut?«

Der ohne Block schüttelte den Kopf.

»Achso, politisch«, sagte ich.

»War Ihr Bruder häufig in West-Berlin?«, fragte der ande-re, ohne auf meine Anspielung zu reagieren.

»Weiß ich nicht.«

»Sie wollen uns also nicht helfen?«

Nachtigall, sagte ich mir, die scheinen noch nicht allzuviel zu wissen. Das Dumme ist bloß, dass ich auch nichts weiß. Absolut nichts. »Sehen Sie mal«, sagte der mit dem Block und legte seine Stirn in Falten, »Ihr Bruder ist erst zwanzig Jahre. Er hat noch das ganze Leben vor sich. Aber er ist in eine dumme, in eine sehr dumme Geschichte – wie soll ich mal sagen –»

»Verwickelt«, schlug der ohne Block vor.

»Ja«, sagte der mit dem Block, »oder sagen wir mal: rein-gerutscht, bildlich gesprochen. – Uns interessiert doch nicht nur, was ihn belastet. Wir wollen auch erfahren, was er über-haupt für ein Mensch ist. Was er verbrochen hat, wissen wir sowieso. Sonst hätten wir ihn ja nicht eingesperrt.«

Was war mein Bruder »überhaupt für ein Mensch«? Für sein Alter ein bisschen klein, schwarze Haare, wie ich, konn-te Radios reparieren, war nie sitzengeblieben und schwamm hundert Meter Kraul in einer Minute eins Komma vier Sekunden. Das war damals schon ein Rekord. Er ging oft in West-Berlin ins Kino, aber in die guten Sachen, *Die Caine war ihr Schicksal, Die Nackten und die Toten* und sowas. Einmal hatte er mir mit 'ner Luftdruckpistole 'ne Stecknadel in den Arm geschossen, und als er sie wieder rausziehen woll-te, brach er sie ab und ich musste in die Charité, wo mich der

Unfallarzt tranchierte wie 'ne Weihnachtsgans. Davon habe ich heute noch eine Narbe, ganz schön, sieht aus wie ein See-igel, die Lieblingsnarbe von Paul ... aber was sollte ich denn bloß über meinen Bruder erzählen?

»Er war voriges Jahr Aktivist«, sagte ich.

»Das wissen wir«, sagte der mit dem Block.

»Er hat uns außerdem immer geholfen.«

»Wieviel hat er Ihnen monatlich gegeben?«

»Er gab's immer unserer Tante ... Frau Hentig.«

»Tja, Fräulein Morzeck«, sagte der ohne Block, »dann werden wir mal wieder gehn.«

Er stand auf, der andere steckte seinen Block ein, und beide setzten ihre grauen Hüte auf. Jetzt sahen sie gar nicht mehr freundlich aus, und man konnte ihnen schon auf hundert Schritt anmerken, woher sie kamen. Sie waren sich ähnlich wie zwei Mäuse.

»Können wir ihn wenigstens mal besuchen?«, fragte ich.

»Ihren Bruder?«, fragte der ohne Block mit solcher Betonung, als käme er jetzt erst wieder drauf, warum er eigentlich hier war.

»Ja«, sagte ich, »meinen Bruder.«

»Das ist leider nicht möglich«, sagte er. »Aber wenn Sie uns etwas mitzuteilen haben, hier ist unsere Telefonnummer. Rufen Sie da an und verlangen Sie einfach den Genossen – äh – Herrn Bartsch.«

Er gab mir eine kleine Karte. Sie hoben beide ihre Hüte an und gingen raus, ohne mir die Hand zu geben. Von Tante Hete verabschiedeten sie sich auf die gleiche Weise, verbeug-ten sich aber ein bisschen dabei.

Ich weiß nicht, wie man heute ein Gericht baut. Vielleicht ein bisschen freundlicher. Früher machten sie es jedenfalls so, dass jeder, der bloß mal reinkam, gleich das Gefühl haben musste, er wird zum Tode verurteilt.

Antje war zu Hause geblieben. Tante Hete hatte sich wieder ihr schwarzes Kleid angezogen, diesmal aber den weißen Kragen drangelassen. »Man muss ihm doch Mut machen«, hatte sie gesagt, als sie ihn plättete. Ich trug eine weiße Bluse und einen blauen plissierten Glockenrock. »Die Strafsache Morzeck«, sagte der Pförtner, nachdem wir ihm unsere Ausweise gezeigt hatten, »zweiter Stock!«

Er sagte uns die Saalnummer, aber die habe ich vergessen. Tante Hete fragte nach'm Fahrstuhl, doch entweder gab's wirklich keinen oder der war reserviert für die Angestellten – wir mussten zu Fuß in die zweite Etage, und Tante Hete machte auf jedem Absatz halt, weil ihr die Puste ausging.

Natürlich waren wir eine halbe Stunde zu früh gekommen, aber der Wachtmeister war so freundlich und ließ uns schon in den Saal gehn. Tante Hete langte eine Flasche Kölnisch Wasser aus der Tasche, kippte sich was ins Taschentuch und wischte sich und mir die Stirn damit ab. Über dem Richtertisch hing das Bild des Präsidenten mit 'ner Perle im Schlips. Er sah uns ernst, aber nicht unfreundlich an, und trotzdem waren wir so beklommen, das wir nicht miteinander sprachen, Tante Hete und ich. Dabei musste ich so dringend auf die Toilette. Nach fünf Minuten hielt ich es nicht mehr aus.

»Ich gehe mal raus«, sagte ich leise zu Tante Hete. Der Wachtmeister zeigte mir, wo die Damentoilette war, und ich verduftete. Als ich wieder rauskam, hörte ich einen Doppelschritt vom anderen Flurende her und blieb stehn. Dieter kam mit einem Polizisten, der ihn an der Handschelle hatte. Als sie vorm Fenster in die Sonne kamen, sah ich, wie blass er war. Der Polizist wollte mit ihm an mir vorübergehn. Dieter hielt ihn mit einem kurzen Ruck an und lächelte.

»Na, Kleene«, sagte er, aber das war dem Grünen schon zuviel.

»Nicht sprechen!«, schnauzte er und zog Dieter weiter.

»Dieter!«, rief ich ihm hinterher, aber da nahm mich der

Wachtmeister bei der Hand und brachte mich in den Saal zurück.

Ich musste heulen, als ich neben Tante Hete saß, und mir war es ganz egal, dass inzwischen ein paar Leute gekommen waren, die alle miteinander so aussahen, als ob sie immer dabei sind, wenn andere verknackt werden, so ne Art Zuschauer vom Dienst.

»Er sieht schlimm aus«, sagte ich zu Tante Hete.

»Das ist ganz normal«, sagte Tante Hete, »das macht die Luft. Er war lange nicht im Freien. Hat er sich wenigstens gefreut, wie er dich gesehn hat?«

»Ja«, sagte ich, und ich konnte es selber kaum glauben, dass sich Dieter gefreut haben sollte, als er mich sah. Tante Here gab mir wieder ihr Taschentuch, und es kamen noch mehr Leute, die sich plötzlich alle für meinen Bruder interessierten.

Dann kam der Staatsanwalt, nach ihm der Verteidiger, ein Offizialverteidiger, weil wir uns keinen Rechtsanwalt leisten konnten, und schließlich mein Bruder. Ganz zuletzt kam das Gericht, ein Richter und zwei Beisitzer, wir standen alle auf, und die Verhandlung wurde eröffnet. Der Richter war ein bisschen größer als die beiden Beisitzer und schien so Ende Dreißig. Er setzte eine Brille auf und sagte, dass wir den siebenundzwanzigsten hätten und Dieter Morzeck wegen Staatsverleumdung und planmäßiger Hetze angeklagt sei. Tante Hete versuchte, Dieters Blick auf sich zu ziehn, indem sie ihre Handtasche ein paarmal auf- und zumachte und, als alles nichts half, laut in ihr Taschentuch blies, aber Dieter sah uns nur einmal eine Sekunde lang an und starrte dann auf den Vorsitzenden.

Ich glaube, Tante Hete freute sich am meisten darüber, dass Dieter nicht geklaut hatte, dass er nicht wegen irgendeiner krummen Sache, sondern wegen Staatsverleumdung angeklagt war. Das war für sie so was wie Spionage, und

Spionage war ein Kavaliersverbrechen, was Besseres. Spione beziehungsweise Spionierer, wie Tante Hete sagte, trugen einen Frack, tanzten mit Diplomatenfrauen und schoben sich gegenseitig chiffrierte Meldungen unter die Kompottschalen, bis sie irgendwann in ein Geheimfach ihres Sekretärs griffen, eine Mauserpistole herausnahmen und sich eine Kugel in die Schläfe donnerten. In den meisten Fällen gelang es dann dem von Mata Hari herbeigerufenen Arzt, die Patrone mit wichtiger Miene aus der Großhirnrinde zu ziehen, und während die Dame in Ohnmacht fiel, gab der scheinbar Verblichene die ersten Lebenszeichen, etwa: »Ich tat es nur für dich«, oder: »Ich liebe meine Heimat über alles, über alles, über alles in der Welt.«

Denkste. Spion ist ein mieser Beruf und wird schlecht bezahlt, wenn man nicht zu den großen gehört. Deswegen machen ja die meisten kleinen Spione heute auch doppelte Arbeit, und wird einer erwischt, geht's nach der Devise: Haust du meinen Agenten, hau ich deinen Agenten, und diese armen Figuren haben so viele Decknamen, dass sie sich nicht mal mehr darauf besinnen können, wie ihr eigener Vater geheißen hat. Aber Dieter war ja gar kein Spion. Das dachte bloß Tante Hete. Der Staatsanwalt erhob sich und verlangte, im Interesse der Geheimhaltung von Staatsgeheimnissen die Öffentlichkeit von der weiteren Verhandlung auszuschließen.

»Ganz richtig«, flüsterte Tante Hete, »sonst wird's bloß unter die Leute getragen ...«

Dem Antrag des Staatsanwalts wurde stattgegeben, und der Grüne, der an der Tür stand, winkte uns beiden, mir und Tante Hete, damit wir den Saal verließen.

Tante Hete drehte sich um, ob jemand anders gemeint war, aber der Wachtmeister schüttelte den Kopf, zeigte auf uns und wedelte wieder mit der rechten Hand. Wir waren ganz perplex, nickten Dieter zu und segelten ab. Komischerweise waren wir die einzigen, die rausmussten. Alle andern durften sitzenbleiben. Es gab also doch eine ganze Menge Leute, die in die Staatsgeheimnisse eingeweiht werden durften. Tante Hete und ich gehörten jedenfalls nicht dazu.

Tante Hete fragte den Grünen, ob wir zwischendurch, bis man mit den Staatsgeheimnissen fertig war, mal was essen gehen könnten, aber der Polizist meinte: »Sie brauchen überhaupt nicht wiederzukommen. Hier darf keiner mehr rein.«

»Augenblick mal«, sagte Tante Hete, »was sind denn das für Leute, die da drin sitzen? Ist das vielleicht keine Öffentlichkeit?«

»Nein«, sagte der Grüne, »die haben Einladungen.«

»Und wo gibts die Einladungen!«

»Liebe Frau«, sagte der Polizist.

»Ich habe Sie gefragt, wo's die Einladungen gibt!«

»Ich –«, setzte der Polizist an.

»Woher wissen Sie denn überhaupt, dass die mit den Einladungen die Staatsgeheimnisse nicht weitererzählen! Was? Bei mir sind sie sicher. Ich sage nischt weiter. Ich kann schweigen wie'n Friedhof. Aber die da … !?«

»Wenn Sie keine Einladung haben, kriegen Sie auch keine. Und nu gehn Sie mal schon immer. Wir können hier nich so'n Krach machen.«

Tante Hete holte tief Luft, ließ ihren großen Busen wachsen und öffnete den Mund, aber der Grüne, ein netter, alter Opa, der so aussah, als wäre er schon beim Kaiser Gerichtsdiener gewesen, ahnte wohl, was kommen sollte.

»Sagen Sie's nicht!«, warnte er. »Auf Beamtenbeleidigung steht Strafe.« Tante Hete ließ die Luft langsam, beinahe zögernd, wieder ab, drehte sich um, und wir gingen die schiefen Treppen hinunter zum Ausgang. An diesem Tage spendierte sie mir den ersten Kognak meines Lebens, und ich muss sagen, dass er mir gut bekam.

4

Im Herbst wurde ich in die elfte Klasse versetzt, obwohl ich keine große Lust hatte, weiter in die Schule zu gehn. Aber Tante Hete und Brigitte redeten mir so lange zu, bis ich schließlich ja sagte. Dass ich mich inzwischen schon bei Moden Barth um eine Stelle als Laufmädchen beworben hatte, verriet ich nicht – weil ich abgelehnt worden war. Die Chefin hatte die Lippen zusammengekniffen, mich zwanzig Sekunden lang angesehn und dann gesagt, ich wäre nicht der Typ für ihren Laden. Am nächsten Tag erfuhr ich, dass meine Vorgängerin mit dreitausend Mark durchgebrannt war, nachdem sie bei fünf Pankower Damen Kleider abgegeben und gleich kassiert hatte. Später ließ ich mir dort – auf Pauls Rechnung – ein Kostüm machen, und die gleiche Chefin rutschte beim Abstecken des Saums um mich rum, hatte den Mund voller Stecknadeln und zischelte: »Ach, was ham Sie schöne Beine, Frolleinchen.« Tempora mutantur et nos mutamur in illis, sagte unser Lateinlehrer.

Dass ich an der Schule blieb, hatte aber auch noch einen anderen Grund. Wir bekamen nämlich einen neuen Sportlehrer. Ich will ihn mal »Ulli« nennen, damit ich nicht etwa, wenn ihm das hier in die Hände kommen sollte, eine Verleumdungsklage an den Hals kriege – Sportlehrerverleumdung ist zwar sicher nicht so schlimm wie Staatsverleumdung, aber wer weiß Käse. Paul erklärte mir später mal, dass es in der Kriminalistik so was wie eine »schwarze Liste« gibt, oder besser gesagt: Es gibt Verbrechen, die nie aufgedeckt werden, weil sie keiner zu Gesicht bekommt. Auf dieser schwarzen Liste verdient Ulli einen Sonderplatz. Die Psychologen und die Anthropologen, die Soziologen und die Pädagogen sagen, dass es bei der heutigen Jugend die sogenannte Akzeleration gibt, so 'ne Umständlichkeit für Frühreife, womit das Problem der Entjungferung irgendwie aber immer noch nicht aus der Welt ist. Die alten Knacker stehn auf'm Katheder und predigen Aufklärung und Antikonzeptionsmittel, aber was man nun eigentlich machen soll, wenn einem jemand die Zunge ins Ohr steckt und dabei an der Hose zieht, sagen sie nicht.

Ulli wurde von den Mädchen bewundert und von den Jungens beneidet. Er hatte eine Figur wie Marlon Brando, ein Lächeln wie Burt Lancaster, eine Stimme wie Frank Sinatra und war von Kopf bis Fuß auf Liebe eingestellt. In der ersten Stunde, die wir bei ihm hatten, ließ er uns antreten, Jungen und Mädchen getrennt, und ging unsere, die Mädchenreihe, ab. Er hatte weiße Leinenhosen an und trug ein dunkelblaues Charmeusehemd mit Reißverschluss. Er hatte blondes kurzes Haar, und sein Gesicht war so braun, als ob er ein halbes Jahr unter der Höhensonne gelegen hätte. Seine Augen waren ganz hell. Ich glaube, wir kamen uns alle so'n bisschen wie auf'm Sklavenmarkt vor, und er hätte uns alle haben können, wenn er bloß mal mit den Fingern geschnippst hätte.

Aber er kommandierte nur: «Rechts um! Im Gleichschritt – marsch!« Und ließ uns das Lied »Wann wir schreiten Seit' an Seit'« singen. Was er sich dabei dachte, weiß ich nicht. Ich weiß nur, was ich dachte, und ich kann mir ungefähr denken, was die andern dachten, denn unsere Bewegungen auf die Turnhalle zu waren alles andere als sportlich. Wir hatten eher einen etwas wiegenden Gang, aber unsere Jungens waren Gottseidank zu doof, um das zu merken, und Ulli marschierte uns voran. Die Jungens mussten am Barren und am Reck turnen, während er uns Grätschen üben und über den Bock springen ließ. Es war fürchterlich, es war schauerlich, unter seinen Augen auf diesem ekelhaften lederbezogenen Kasten sitzenzubleiben wie ein Spiegelei auf einem Filet à la Mayer. Aber er verzog keine Miene, sondern gab einem die Hand und half einem runter, dass man das Gefühl hatte, aus einer Hochzeitskutsche zu klettern.

Auf dem Nachhauseweg fragte mich Brigitte:

»Na, wie findest du ihn?«

»Och, naja«, sagte ich.

»Turnlehrer sind meistens etwas blöde«, sagte Brigitte. »Turnlehrer wird man doch bloß, wenn man zu dusslig ist, Mathematik zu geben.«

»Dafür sieht er allerdings besser aus als Doktor Ortlepp«, sagte ich, und wir mussten beide plötzlich so lachen, dass ein paar Leute auf der Straße stehenblieben. Doktor Ortlepp war nämlich schon sechzig und hatte eine Glatze wie ein Eierkuchen. Außerdem kämmte er sich die Nasenhaare in den Schnurrbart, was Brigitte und ich für das Unappetitlichste auf der Welt hielten und woran ich auch heute noch nicht ohne Gänsehaut denken kann. Doktor Ortlepp war nicht nur einfach kein Mann, er war ein Neutrum, er war durch und durch sächlich.

Zur nächsten Turnstunde erschienen alle Mädchen in tadellos FEWA-gewaschenen Trikots und auf Hochglanz gebügelten Hosen. Regine hatte sich ihre Shorts sogar um eine Handbreit kürzer gemacht, was leider sehr gut aussah.

Diesmal durften wir an den Barren; ich machte eine Welle rückwärts, dass ich selber den Atem anhielt. Allerdings war ich puterrot dabei geworden, meine Haarschleife war aufgegangen, und mir hingen die schwarzen Zotteln nach allen Seiten herum. Ich strich die Haare einfach nach hinten und stellte mich ans Ende der Reihe. Aber der Herr Turnlehrer hob die Schleife vom Boden, knotete sie auf und gab sie mir.

»Es ist vielleicht besser«, sagte er, »wenn Sie sich das Haar vorläufig wieder zusammenbinden.«

»Ja, danke«, sagte ich.

»Vorläufig« hatte er gesagt. Nanu?

5

Im Oktober wurde Antje krank und hatte irrsinniges Fieber. Tante Hete und ich lösten uns ein paar Nächte lang ab und machten ihr kalte Umschläge. Wenn ich dachte, sie schliefe endlich fest, fing sie an zu brüllen, und ich musste wieder aus dem Bett und ihr kalte Wickel anlegen. Manchmal fantasierte sie auch, rief nach Mama und nach Dieter, aber da konnten wir ihr ja nun wirklich nicht helfen. Dabei wäre ein Mann im Haus 'ne Erlösung gewesen, denn wir kriegten uns ziemlich heftig in die Haare jetzt.

Der Arzt, den sie uns vom Rettungsamt schickten, sagte, es sei eine schwere Erkältung. Das hatten wir auch schon vorher gewusst. Nach Mitternacht, wenn Antje anfing, von Mama zu reden, dachte ich, sie sei verrückt geworden. Sie unterhielt sich mit ihr, als säße sie am Fenster und könnte alles hören und sehn. Ich hielt mir die Ohren zu und drückte den Kopf ins Kissen. Diese vierzehn Tage werde ich mein Lebtag nicht vergessen. Ich hatte richtig Angst um die Kleine, denn immerhin war sie meine einzige Verwandte, denn Hete war doch nur angeheiratet, und Dieter saß in Brandenburg, und wenn sie sich jetzt mit ihrem Autoverleiher in Saint Tropez oder Capri rumlümmelt, dann sollte sie ruhig mal an mich denken. Nicht dass ich irgendwas von ihr brauche – nein! Bloß so. Mir ist überhaupt immer noch schleierhaft, wie aus dieser Göre ein Fotomodell werden konnte – mit diesen Segelohren und Mausezähnen! Aber so weit sind wir ja noch gar nicht.

Klar, dass ich in dieser Zeit mit Schularbeiten nicht nachkam. Ich schrieb also von Brigitte ab und sah aus wie der Retorten-Mensch in dem amerikanischen Film *Die grüne Spinne*, mit dem Unterschied, dass ich kein Mann, sondern eine Frau war, naja, schön: ein Mädchen.

Ich hatte schwarze Ringe um die Augen, aber das war zu

der Zeit noch nicht modern, das kam von meinen Nacht-wachen. Einer von den Jungens fragte mich, wie lange ich so im Durchschnitt auf'n Freier warten muss, am Oranien-burger Tor. »Ich schaffe zehne in der Stunde«, antwortete ich. »Bei mir macht's die Menge, nicht die Qualität!« Er wurde rot und drehte ab, aber ich hab mir das gemerkt. Auf die Wei-se wird man die Brüder am besten los: wenn man sie über-trumpft. Hätte ich sagen sollen: Ich muss die ganze Nacht bei meiner kleinen Schwester sitzen, damit sie meiner Mutter nicht Gesellschaft leistet …? Nee. Er hätte meine Mutter und meine Schwester auch noch in'n Dreck gezogen. Gleich Sau-res und eins übers Maul, und fertig. Penner.

Gottseidank sind nicht alle so. Ulli zum Beispiel war anders. Er nahm mich in einer Turnstunde beiseite, und wäh-rend wir beide zusahen, wie die anderen in den Ringen schau-kelten, fragte er:

»Was ist denn mit Ihnen los, Maria? Mit Ihnen stimmt doch was nicht?« Ich dachte, er könnte an meinem Turn-hemd sehn, wie mir das Herz schlug, aber ich stotterte tap-fer:

»Ich musste mich die letzten Tage immer um meine Schwes-ter kümmern. Die war so krank. Ich hab kaum geschlafen.«

»Und? Ist sie wieder gesund?«

»Ja.«

Plötzlich spürte ich seine Hand auf meinem Rücken, und ich dachte, ich kippe aus den Latschen. Seine Hand lag genau unter meinen Schulterblättern. Ich wollte einen Schritt nach vorn machen, aber ich konnte meine Füße nicht anheben. Ich kam mir vor wie mein eigenes Standbild.

»Heute abend, acht Uhr, in der Derby-Diele?«, fragte er.

»Das ist zu spät«, sagte ich leise. »Lieber um sechs. Wir könnten ja ins Kino gehn.«

»Gut«, sagte er, »um sechs, am OTL.«

Er drehte sich ab, nahm seine Hand mit und knöpfte sich

am andern Ende der Turnhalle die Jungens vor, die zu fünft am Reck schaukelten und die Beine ineinander verhakt hatten.

Ich versuchte meinen ersten Schritt. Es ging. Ich ging. Ich konnte wieder laufen. Wie durch ein Wunder musste ich in dieser Stunde nicht nochmal über den Bock springen. Ich glaube, ich wäre drauf liegengeblieben und hätte mich von ihm wegtragen lassen, auf seiner rechten Hand. Am Nachmittag, zu Hause, fiel mir ein, dass ich zu weit gegangen war. Viel zu weit. Er hatte mich ja nur gefragt, ob er sich mit mir in der Derby-Diele treffen könnte. Vielleicht hatte er mit mir über meine Schwester reden wollen. Vielleicht hatte er mir nur sagen wollen, dass die anderen Lehrer anfingen, sich wegen meiner Leistungen bei ihm zu beschweren. Vielleicht wollte er ... Aber ich musste ihm natürlich gleich das Kino anbieten. (Du kriegst nie'n Hals voll, hatte Dieter immer zu mir gesagt, als er noch bei uns wohnte.) Und selbst wenn er mit mir ins Kino wollte, der Vorschlag musste doch von ihm kommen. Ach, war ich doof. Die dreihundert Meter von unserer Wohnung bis zum OTL schlich ich hin wie beidseitig gelähmt. Auf den Gedanken, ihn sitzenzulassen, kam ich gar nicht, dazu gefiel er mir zu sehr, und schließlich war er mein Lehrer. Ich musste ja nicht damit rechnen, nächste Woche als Pökelfleisch im Konsum zu stehn wie die Bräute von Denke und Haarmann. Ich machte vor jeder Auslage halt, bekuckte meine geschminkten Lippen und hob die Beine nach hinten, ob die Naht gerade war. Meine Haare hatte ich hochgebunden. Und da kam er mir schon entgegen. Ich weiß nicht mehr, wie der Film hieß, ich erinnere mich nur, dass wir in der letzten Reihe saßen und uns knutschten, bis ich geschwollene Lippen hatte. Es war noch gar nicht richtig dunkel, da hatte er schon den Arm um mich gelegt. Er flüsterte mir ins Ohr:

»Machst du dir was aus Kino?«

»Nein«, sagte ich und drehte ihm das Gesicht zu. Und in dieser Haltung blieb ich auch zwei Stunden, nur nach dem

Vorfilm und dem *Augenzeugen* setzten wir uns ein paar Minuten brav hin und sahen geradeaus, als hätten wir überhaupt nichts miteinander zu tun. Wir küssten uns bloß mit den Knien. Als es dunkel wurde, fielen wir wieder übereinander her.

Um ganz ehrlich zu sein: So wie an diesem Abend habe ich nie wieder geküsst, und schon gar nicht im Kino. Vielleicht kommt das auch daher, dass ich später mit einem andern gar nicht gern ins Kino gegangen bin, weil ich Angst hatte, er könnte an mir rumtatschen, ehe er mir einen Kuss gab, und dann hätte ich an Ulli denken müssen, und dann wäre sowieso schon Feierabend gewesen.

Ich weiß gar nicht, worüber ich mit Ulli eigentlich geredet habe. Er war einer von denen, die eine Frau nicht ins Bett quasseln, sondern ins Bett legen. Paul war da ganz anders, aber das kann man wieder nicht vergleichen. In Ulli war ich verknallt, auf den flog ich, der konnte mich haben gekocht und gebraten und als Nachtisch dazu. Paul, den habe ich wahrscheinlich richtig ... Wegen Ulli wäre ich keine zwanzig Minuten mit der Straßenbahn gefahren, aber für Paul hätte ich einen Fußmarsch nach Leipzig und wieder zurück gemacht. Ulli brauchte mir bloß den Rücken zu streicheln, und ich sah mich gleich nach irgendwas um, wo ich mich drauflegen konnte. Paul – das passt eben nicht in denselben Topp. Auf Ulli war ich scharf, aber den andern hatte ich sowieso immer unter der Haut. Man kann's auch so sagen: Der eine war stramm, und der andere war stark. Vielleicht so. Aber Paul war eben auch schwach.

6

Am nächsten Tag kam ein Brief von Dieter. Tante Hete gab ihn mir ohne ein Wort. Sprach den ganzen Tag nicht mit mir.

Ich war erst gegen eins nach Hause gekommen. Sie hatte auf mich gewartet. Als ich mich hinlegte, ging sie nochmal in die Küche, bloß um mir klarzumachen, dass sie noch nicht geschlafen hatte. Offengestanden: Ich weiß auch nicht, was ich an Ihrer Stelle getan hätte. Hätte sie mich geohrfeigt, wäre ich sofort aus'm Haus gegangen, und das ahnte sie wohl. Hete war ja nicht dumm. Manchmal hatte sie einen sechsten und siebten Sinn.

Über Dieters Brief musste ich wieder heulen, weil er »liebe Maria« und »liebe Antje« und »liebe Tante Hete« schrieb. Ich wäre am liebsten nach Brandenburg gefahren mit Feile und Strick und hätte ihn rausgeholt. Er schrieb auch, dass wir ihn bald besuchen und ihm zum Geburtstag ein Päckchen schicken könnten. Es ginge ihm, den Verhältnissen entsprechend, gut, er hätte sich nie im Leben vorgestellt, dass er jemals nach uns Sehnsucht haben könnte, aber nun wäre es so weit. »Könnt Ihr Euch noch daran erinnern«, schrieb er, »wie Antje damals in Karolinenhof schwimmen gelernt hat?« (Er hatte sie nämlich vom Bootssteg einfach ins Wasser geschmissen.) »In gewisser Weise bin ich froh, dass Mama nicht mehr lebt. Es wäre, glaube ich, alles zu viel für sie. Solltet Ihr manchmal an mich denken, dann denkt nicht nur an den verfluchten Hund, der Euch so furchtbar hat sitzenlassen, sondern denkt auch an mich wie an Euren Bruder, der Euch liebt und alles wieder gutmachen will. Dieter«

Schleusen auf! Ach, du Rindvieh! Worauf hast du dich denn bloß eingelassen? Du hattest doch zwei Schwestern, die, wie Pfarrer Ewald an Mamas Grab sagte, »zu den schönsten Hoffnungen berechtigen!« Wenn du in der Klemme warst, warum bist du nicht zu mir gekommen, du Esel! Zu deiner kleinen Schwester, die damals vielleicht schon mehr von der Welt verstand als du mit deinem Getue und deinen komischen Weibern, die sich in 'ner Ruine oder auf'm Treppengeländer vernaschen lassen, aber nichts weiter als ihre doofen

Illustrierten im Kopf haben. Unser Antwortbrief fiel natürlich ganz anders aus. Wir saßen zwei Abende dran, Tante Hete, ich und Antje, die es aus irgendeinem Grunde irre schick fand, dass ihr Bruder im Zuchthaus saß, weil er »dagegen« war. Als sie später in der Möwe verkehrte, durfte Dieter allerdings nicht mehr erwähnt werden. Inzwischen war sie nämlich »gedämpft fortschrittlich« geworden. Woher sie diesen Ausdruck hatte, weiß ich nicht, aber wahrscheinlich von irgendeinem dieser Schauspieler, die für ihren wohltemperierten Fortschritt bekannt sind, der auch »gedünstet« oder »gegrillt« sein kann, Hauptsache die Kohlen stimmen.

Soweit ich mich erinnere, schrieben wir an Dieter:

»Lieber Dieter! Wir haben uns sehr über Deinen Brief gefreut, obwohl wir natürlich alle furchtbar geheult haben. Dass wir bei Deiner Verurteilung nicht dabei sein konnten, war ja wirklich schade. Aber wir haben alles aus der Zeitung erfahren. Maria geht jetzt in die elfte Klasse, Antje will Schneiderin lernen, und Tante Hete kocht nach wie vor die beste Bohnensuppe der Welt, wenn's weiße Bohnen gibt. Wir versprechen Dir, dass wir immer fest an Dich denken, und wir verzeihen Dir alle Deine Sünden, wenn Du uns liebbehältst.

Deine Tante Hete, Maria und Antje.«

So etwa. Aber vielleicht auch ein bisschen anders, zum Beispiel ohne »wenn's weiße Bohnen gibt«, stattdessen eher was über Gesundheit und Zukunft und Glück.

Sollten wir ihm denn schreiben, dass wir langsam anfingen, den Kitt aus'm Fenster zu kratzen? Oder dass Antje dauernd marode war? Dass Tante Hete Wasser in den Beinen hatte? Dass ich mit meinem Sportlehrer schlief? Na also. Ein Gefangener braucht frohe Botschaft, und das ist sein gutes Recht, selbst wenn ... Aber das kommt später.

7

Mädchen in der Oberschule erzählen sich keine Bettgeschichten, ganz gleich, ob sie schon mal oder nicht. Im Allgemeinen ist es so, dass sie's nie zugeben würden, selbst wenn man's beweisen könnte. Wenn eine plötzlich anfängt, sich herauszuputzen, dass sie auf einmal einen schwarzen BH unter 'ner weißen Bluse trägt oder sich die Augen schminkt, spricht mehr für's Gegenteil, das bedeutet eher: Ich bin auf der Jagd, aber der Hirsch schreit in einem andern Revier.

Nach der ersten Nacht mit Ulli ging ich völlig normal in die Schule, klemmte mich hinter meine Bank, stand auf, wenn ich gefragt wurde, antwortete mit soviel Verstand, wie mir übriggeblieben war, setzte mich wieder und strich den Rock glatt. Ich kam nicht im Traum auf die Idee, mich plötzlich anzumalen oder vor den andern wichtig zu tun, als hätte ich Amerika entdeckt, die Neue Welt. Manchmal merkte ich aber den Abstand zu den andern, und ich kapierte auf einmal, warum die Männer manche Siebzehnjährige so zickig finden. Wenn sie sich in den Pausen wie die Wahnsinnigen bekicherten, weil Doktor Ortlepps lange Unterhosen über die Socken schlappten, konnte ich bloß die Achseln zucken. Oder auch, wenn wir 'ne Klassenarbeit schrieben und die meisten mit verschwitzten Gesichtern über Aufsatz oder Ableitung hockten ... dann dachte ich: Mensch, Leute, seid ihr zurück! Wie kann man sich darüber aufregen, dass Effi Briest nicht gleichberechtigt war, wenn ihr nicht mal ahnt, was der Herr Major mit seinem Schnurrbart alles für Kunststückchen auf ihr gemacht hat! Oder interessiert das wirklich jemanden, ob der Brigadier Knackstiefel das Parallelogramm der Kräfte bedachte, als er die Kneifzange auf'n Kohleneimer statt neben den Schraubstock legte? Wie kann man nur ...

Wenn man nachmittags zwischen drei und vier zum Monbijou-Platz trudelt, »mon bijou« heißt: mein Köstliches, meine Kostbarkeit, hat mir Paul später erklärt; wenn man dann vier Treppen hochsteigt und in eine Wohnung kommt, außer Atem, in ein Zimmer, in dem das wichtigste Möbel zwei mal anderthalb Meter groß ist …

Vielleicht ist es sogar schlecht, gleich zu Anfang an einen Mann zu kommen, der so gut im Bett ist; denn alle anderen, die nachher kommen, misst man doch an diesem, weil man das, was er macht, für normal und selbstverständlich hält, denn er ist der erste und in gewissem Sinne auch der einzige. Deswegen finde ich ja, dass Frauen, die in ihrem Leben nur mit einem Mann schlafen, gar nicht so dumm sind. Ob der nun gut oder schlecht ist, ist völlig egal; sie werden weder überrascht noch enttäuscht, sie pegeln sich ein: Das macht sie ruhiger und ausgeglichener, vielleicht sogar glücklicher als die andern. Darüber habe ich nächtelang mit Edith gesprochen, obwohl sie da eigentlich gar nicht mitreden darf, denn leider hat sie schon mit sehr vielen Männern geschlafen, aber das hat mit Moral nichts zu tun, und die monogamen Typen sollten aufhören, eine Achtzehnjährige für eine Nutte zu halten, weil sie schon bei drei Männern gelegen hat. Ich glaube, das ist eine Frage des Temperaments und nicht des Charakters. Hauptsache: Man bleibt man selber, und ich war nahe dran – aber was rede ich denn …

»Wollen wir was trinken?«, fragte Ulli.

»Hmhm« (Verneinung), sagte ich.

»Ich hab Durst«, sagte Ulli.

»Soll ich Tee machen?«, fragte ich.

»Ja. Aber komm nochmal her!«

Nach einer Weile: »Du wolltest doch Tee – oder nicht?«

»Ja. Mach mal Tee!«

»Wo is'n der Tauchsieder?«

»Weiß ich nicht.«

»Im Ausguss!«

»Vielleicht.«

»Oder wo?«

Nach einer Weile: »Ist er fertig?«

»Nein. Kocht ja noch gar nicht.«

»Komm her!«

Nach einer Weile: »Jetzt!«

»Tee? Ach ja, bitte.«

»'s kein Wasser mehr drin.«

»Wie?«

»Alles weggekocht.«

»So.«

»Ich kann ja nochmal aufsetzen.«

»Jetzt hab ich keinen Durst mehr.«

8

Wir saßen am Fenster und sahen über den Monbijou-Platz zur Museumsinsel rüber. Es musste geregnet haben, aber wir hatte beide nichts davon gemerkt. Die Dächer glänzten, und das Dach vom Dom sah aus wie eine Melone.

»Malen müsste man können«, sagte Ulli.

»Wieso? Hast du mich satt?«

»Das habe ich nicht gesagt.«

»Wie kommst du dann auf Malen?«

»Wär doch schön, wenn man das alles malen könnte«, sagte er schwach.

»Ich versteh dich nicht.«

»Aber Kind – ist denn das so schwer zu begreifen?«

»Was hast du eben gesagt?«

»Kind.«

»Dir gehts wohl zu gut, was?«

Pause.

»Ich wollte doch nur ...«

»Ich begreife nicht ...«

»Maria!«

»Ich begreife nicht, wie du an was anderes als an mich denken kannst, wenn ich hier bin ...«

»Maria!«

»Und was hat das mit mir zu tun? Malen! Ich denke an nichts anderes als an dich, und du darfst an nichts anderes als an mich denken. Du musst mich küssen, du Schuft, du Hund, du Aas, du Miststück, du Schwein!« Er nahm mich hoch, hielt mich halb zum Fenster raus, doch bevor ich schreien konnte, weil ich nichts anhatte, lag ich schon wieder im Bett. Mir kommt das heute reichlich verrückt vor, er und ich und überhaupt alles – aber soll ich's deswegen unterschlagen?

9

Wir hatten von der Schule aus ein Konzert-Abonnement und gingen jeden Monat einmal in eine Matinee. Meistens spielten die Städtischen Sinfoniker, manchmal aber auch die Staatskapelle oder das Gewandhausorchester. Ich ging ganz gerne hin, gar nicht wegen der Musik, sondern weil ich den langweiligen Sonntagvormittag nicht zu Hause bleiben wollte, und es war auch gar nicht weit bis zum *Metropol*. Am liebsten saß ich im zweiten Rang, bei den Kennern, bei den Studenten. Die brachten ihre eigenen Partituren mit, schlugen die erste Seite auf, sobald der Dirigent erschien, spitzten die Lippen, hoben die rechte Hand und gaben den Einsatz. So weit, so gut. Wehe aber, wenn er den ersten Satz zu schnell spielen ließ, so, dass der zweite schon wie'n Trauermarsch wirkte! Oder wenn er vergaß, dass die Hörner zwar glänzen, aber nicht schmettern dürfen! Oder die zweiten Geigen kamen bei der Wiederholung des Themas irgendwie zu kurz und wurden von den Klarinetten zugedeckt! Dann streckten sie die Hände von sich weg oder stießen mit dem Zeigefinger Löcher in die Luft und punktierten unsichtbare Noten, bewegten den Kopf im Takt, dass ihnen die Haare um die Ohren flogen, verdrehten die Augen und machten Kussschnuten zum Menuett. Wenn die Bläser einsetzten, sahen sie aus, als wollten sie den Sesselbezug auffressen, oder schlugen mit beiden Fäusten auf die Knie, wenn das arme Schwein von Kapellmeister einen solchen Schnitzer gemacht hatte, dass er ihrer Meinung nach zu dämlich für die Aufnahmeprüfung an der Kreisvolksmusikschule war.

»Der Mann muss in einen anderen Beruf«, flüsterten sie dann.

»Sowas macht dreitausend im Monat, und unsereiner muss mit hundertfuffzig Stipendium auskommen.«

»Für die verpatzte Fermate verdient der Trompeter den Hals abgeschnitten.«

Das gefiel mir, auch wenn ich nicht alles verstand. Und wenn man gerecht sein will, muss man sagen, dass sie wie die Osterhasen dasaßen, wenn ein guter Dirigent kam. Dann trampelten sie vor Begeisterung – wir trampelten natürlich mit! – und manche weinten sogar, weil sie es nicht fassen konnten, dass aus so einem alten Hut wie der fünften Sinfonie von Beethoven überhaupt noch Musik zu machen war. Sie gerieten ganz aus dem Häuschen, wenn Bartók gespielt wurde. Da brachten sie nicht mal die Partituren mit (vielleicht gab's auch keine), sondern lagen nur im Sessel wie nach'm Schlaganfall. Das imponierte mir eine ganze Weile, bis ich dahinterkam, dass das nicht die einzige Art ist, wie man Musik hören kann.

Ich hatte von Tante Hete zum Geburtstag ein rotes Sackkleid geschenkt bekommen, das heißt, eigentlich hatte sie den Stoff von ihrer Freundin Leni gekriegt, wir hatten uns den Schnitt besorgt und den Fetzen an zwei, drei Abenden zusammengenäht. Ich trug ein Paar schwarze Pumps von Mama, in die ich vorne ein bisschen Watte gesteckt hatte, damit sie passten und nicht schlappten. Ich stand neben der Garderobe, mit dem Rücken zum Spiegel, und wartete auf Brigitte. Aus Langeweile spielte ich mit der Uhr, die ich immer trug, wenn ich irgendwohin ging. Es war so 'ne kleine goldene Uhr, die schon meiner Großmutter oder Urgroßmutter gehört hatte und die meine Mutter wie durch ein Wunder nicht gegen Eier oder Kartoffeln getauscht hatte, nach dem Krieg. Sie funktionierte zwar nicht mehr, aber damals kam so die Mode auf mit den alten Klamotten, und die Cleversten liefen mit Hebammentaschen und Regenschirm rum, redeten dauernd über »black box« und Spieltheorie, als kämen sie direkt aus Dubna oder Kap Kennedy. Ich weiß ja nicht, wie sich die Leute in den Atom-Ottos anziehn, aber ich glaube nicht, dass die alles mitmachen, was die Schwulen in Paris kommandieren. Ich denke immer, die haben andere Sorgen.

An meiner Uhr war 'ne lange Kette, ungefähr anderthalb Meter lang, ohne Übertreibung. Ich konnte sie mir 'n dutzendmal um den Hals legen, dann hing sie mir immer noch auf'm Bauch. Während ich so auf Brigitte wartete, hatte ich sie abgenommen und mir die Kette um den Arm gewickelt, also eigentlich 'ne Armbanduhr draus gemacht, aber dann schlenkerte ich sie wieder runter und ließ sie einfach baumeln. Ich hatte gar nicht mitgekriegt, dass sie bis auf den Boden hing, dass sie schon auf dem dreckigen Velour lag, mit dem der Wandelgang ausgeschlagen ist. Eigentlich achtete ich auf gar nichts. Es gingen ja auch immer Leute an mir vorbei, und ich wartete, dass Brigitte zurückkam, aber das konnte noch ewig dauern, denn bei Schülerkonzerten waren die Klos immer furchtbar überlaufen. Ich weiß auch nicht mehr, woran ich gerade dachte. Plötzlich steht jemand neben mir, hat meine Uhr in der Hand und lacht.

»Ich wollte Ihre Uhr aufheben«, sagte er. »Aber ich sehe, Sie haben sie ja an der Leine.«

»Ja«, sagte ich schlagfertig.

»Ich hatte nämlich die Kette nicht gesehn«, sagte er. »Ich dachte, Ihre Uhr liegt auf'm Boden ...«

Er gab mir die Uhr und wusste anscheinend nicht weiter, er faltete plötzlich die Hände und fing an, sie in den Gelenken zu drehn.

»Sah wirklich so aus«, sagte er.

Mein Gott, betete ich, hoffentlich wird er nicht noch rot. Der geht schon auf die Vierzig und hat immer noch Hemmungen.

»Danke schön«, sagte ich. Mehr fiel mir immer noch nicht ein. »Vielen Dank.«

Er schien gar nicht weitergehn zu wollen. Er blieb einfach stehn, als wären wir zwei Hausfrauen, die sich beim Bäcker getroffen haben.

»Ich bin ein bisschen kurzsichtig«, sagte er und sah mich an. »Ich hab Sie noch gar nicht richtig gesehen.«

»Dann setzen Sie doch Ihre Brille auf!«, sagte ich, aber viel zu freundlich.

Er griff in die Jackentasche, zog eine Brille raus, hielt sie an einem Bügel fest, damit das Gestell nach unten klappte, und setzte sie sich auf die Nase.

»Schöne Uhr«, sagte er, sah mir aber ins Gesicht, nicht auf die Uhr. Dann verbeugte er sich und ging an den Garderoben vorbei in Richtung auf die Eingänge. Ich konnte gar nicht mal sagen, wie er eigentlich ausgesehen hatte, bloß an seiner Stimme hätte ich ihn wiedererkannt. Er sprach langsam und dunkel und mit der ganzen Brust, so wie es klingt, wenn ich mit mir selber in der Badewanne rede, wenn ich über alles nachdenke und mir alles erkläre, was so überhaupt auf der Welt passiert. Hätte mich gar nicht gewundert, wenn er auf einmal angefangen hätte zu singen: Amateur-Schaljapin. Dagegen war Ulli ein ausgesprochener Zeisig. In der Schule hatten wir *Stenka Rasin* gesummt. Dazu würde er passen.

Brigitte kam wie 'ne kalte Dusche.

»Wer war denn der Opa?«

»Sieht er so alt aus?«

»Na, hör mal!«, sagte sie und leckte sich die Lippen vorm Spiegel. Uns standen sechs Brandenburgische Konzerte bevor. Ich weiß nicht mehr, wer spielte, auch nicht, welcher Dirigent. Vielleicht spielten sie auch ohne Dirigenten, das gibts manchmal. Brigitte und ich saßen im Parkett. Paul Deister im ersten Rang. (Hat er mir später erzählt.) Wir machten's uns gleich bequem, denn Bach ist ja dafür bekannt, dass er langweilig ist, und dann noch sechs Konzerte auf einen Ritt, na, Mahlzeit. Aber Doktor Ortlepp führte heute selbst die Klasse ins Konzert, er hatte sowas Ähnliches wie einen Stresemann an, und wir konnten nicht kneifen, kein Stück.

Wenn ich jetzt beschreiben sollte, wie die Musik war, müsste ich glatt lügen oder mir 'ne dicke Schwarte holen und abschreiben, was die Musikfritzen über Bach wissen, aber dabei käme dasselbe raus, was sich die Studenten in der Pause erzählen, so »satte Farben« oder »polyphone Mathematik« oder »Terrassendynamik« oder »spitzes Holz« oder so'n Kohl.

In der Schule nahmen wir mal die Entstehung der Musik durch, und da hat uns Herr Knappe erzählt, dass das folgendermaßen vor sich gegangen sein soll: Pan – das ist dieser Gott mit Hufen und Zickenbart – hatte sich an eine Nymphe herangeschlichen, um sie, wie man so sagt, zu körpern. Aber die Nymphe, die da mehr aus Mythologie lag, wollte nicht und schlug sich seitwärts ins Gebüsch. Mein Pan hinterher, hastewaskannste, und wie der Nymphe nichts weiter übrigblieb, hat sie sich in ein Schilfrohr verwandelt, und der Bock stand im Dustern. Aber nicht faul, brach er sich ein Stückchen von dem Schilfrohr ab, machte 'n kleines Loch rein, hielt das eine Ende zu und pfiff drauf. Dann band er gleich 'n paar solche Röhrchen zusammen, und schon war die Panflöte fertig, heute noch zu hören, Café Bukarest, nachmittags ab fünfzehn Uhr zu Buttercremetorte. Und Pan pfiff Tag und Nacht vor lauter Sehnsucht.

Vielleicht ist immer noch nicht klar, was ich meine. Ich kann's auch andersrum sagen. Ich schreibe mal die Gedanken auf, die mir so während dem Konzert kamen, nicht alle natürlich, bloß die wichtigsten: Wer ist das gewesen, der mir vorhin die Uhr aufgehoben hat? Wie der die Hände gefaltet hat! Und auf einmal so verdreht, als ob er sie sich abtrocknen wollte. Ich würde ihn ganz gerne noch mal sehn. Bloß so von weitem. Ich möchte, ich möchte – ja, was denn? Ich möchte, dass Tante Hete, Antje und ich meinen Bruder besuchen. Außerdem möchte ich, dass Dieter begnadigt wird. Ich möchte mit Dieter in einer Konditorei sitzen und Kuchen essen, und er soll zu mir sagen: »Liebe Maria!« Aber so laut, dass es alle Leute hören können. Auch der da, der mir die Uhr aufhebt, weil sie bis auf den Boden hängt, was ich gar nicht gemerkt habe – oder war das etwa Absicht? Ich möchte in Ullis Bett liegen. Ich möchte, dass dieser Trompetenton langelange-lange dauert. Noch länger. Eigentlich möchte ich nie wieder in Ullis Bett liegen. Ich möchte mal mit dem Flugzeug nach Amerika und wieder zurück fliegen. Ich möchte mal für zwei Mark auf'n Funkturm fahren und über ganz Berlin sehn. Ich möchte, dass Mama mal'n ganzen Abend bloß für mich auf den schwarzen Tasten spielt. Ich möchte mal mit Mama tanzen gehn. Ich möchte, dass Mama jetzt neben mir sitzt und dass sie meine Hand nimmt und mir allesallesalles erklärt.

Man kann Musik natürlich auch anders hören, und manche Leute denken sicher an viel feinere Sachen dabei, aber eigentlich wollte ich ja auch nichts weiter sagen, als dass ich mich immer nach irgendwas sehne, wenn ich Musik höre. Das hängt wahrscheinlich auch von der Musik ab, und bei Tanzmusik ist die Sehnsucht immer ziemlich eindeutig. Aber mir kann es sogar passieren, dass ich ganz heiße Ohren kriege, wenn ich nachts nach Hause komme und irgendwo unter'm Fenster stehnbleibe und zuhöre, wie einer auf'm alten Klavier so'n paar Töne hinklimpert.

Den Uhrenaufheber habe ich in der Pause nicht wiedergesehn, erst ein paar Monate später. Da war ich schon Aushilfe im Clou, und bis dahin passiert noch einiges, was erwähnt werden muss, weil sonst das andere keinen Sinn kriegt.

10

»Heile, heile Gänschen,
   is schon wieder gut.
   's Kätzchen hat'n Schwänzchen,
   is schon wieder gut.
   Heile, heile Mausespeck –
   in hundert Jahrn is alles weg!«

sangen Antje und ich immer unseren Puppen vor, wenn sie krank waren. Ich hab's auch für Ulli gesungen, als er sich beim Absprung den Fuß verknackst hatte und drei Tage im Bett bleiben musste. »Jetzt laufe ich wie Goebbels«, sagte er, als er neben mir von der Tür bis zum Bett humpelte. »Setz dich hin, Maria, und erzähl mir was!« Wenn mir nichts einfiel, musste ich ihm den Sportteil aus den Zeitungen vorlesen, und er erklärte mir, was Hattrick ist und Riesenslalom und Kopf-an-Kopf-Rennen und Abseits. Und das Schlimmste war: Alles das interessierte ihn wirklich. Er konnte herrlich auf Mittelstürmer, Schiedsrichter und Pferde schimpfen, und ich kapierte auf einmal, wie selig Männer sind, wenn sie sich über irgendwas aufregen dürfen, worauf sie nicht den geringsten Einfluss haben. Ich glaube: Die besten Ehefrauen sind die, die ihren Männern irgendeine Sportbegeisterung einreden und dann ihr Leben lang so tun, als leiden sie entsetzlich darunter und fühlen sich vernachlässigt. Gar nicht auszudenken, wieviel Zeit man dadurch spart und wie fröhlich die Männer sind, wenn sie zu einem andern »Idiot« sagen können, ohne anschließend Dresche zu kriegen. Frauen allerdings, finde ich, sollten sich mit Gymnastik oder Schwimmen zufriedengeben, alles andere macht dicke Waden und harte Muskeln, und wenn ich mir diese wildgewordenen Hürdenläuferinnen mit ihren forschen Gesichtern, wippenden Busen und flachen Bäuchen ansehe, kriege ich kalte Zähne.

Eines Tages fragte mich Ulli: »Was willst du eigentlich mal studieren?«

»Liebe«, sagte ich.

»Da bist du schon Professor«, sagte er. »Nee, mal im Ernst.«

»Slawistik«, sagte ich. »Hat wenigstens Zukunft.«

»Bist du gut in Russisch?«

»Ja.«

Ulli legte den Daumen von unten her an die Nase, was bei ihm bedeutet, dass er nachdachte, und das war für ihn nie so ganz einfach.

»Was willst'n dann mal werden?«

»Weiß nicht. Dolmetscherin oder Stewardess, oder ich gehe zum Reisebüro.«

»Hm.«

»Denkst du vielleicht, ich gehe in die Akademie und sitze 'n ganzen Tag über Karteizetteln?«

»Nee«, sagte Ulli und hielt immer noch den Daumen an die Nase.

»Was soll ich denn sonst machen? Naturwissenschaften liegen mir nicht.«

»Meinst du nicht«, fragte Ulli, »es wäre gut, wenn du dann so langsam in die FDJ eintreten würdest?«

Jetzt nahm er den Daumen weg.

»Wozu denn?«, fragte ich.

»Weil du sonst nicht studieren kannst, Mensch!«, rief er.

»Ich kenne welche, die auch so studieren.«

»Ja. Aber da ist der Vater Pfarrer oder Arbeiter oder Arzt. Ich gebe dir den guten Rat: Mach das, eh es zu spät ist. Die fuffzig Pfennig im Monat wirst du ja wohl haben ...«

11

Ich ging noch am selben Abend zu Brigitte. Sie saß mit ihren Eltern vorm Fernsehapparat und langweilte sich zu Tode. Sie hatte Ausgangssperre, weil sie letzten Sonnabend erst nach Mitternacht nach Hause gekommen war. Ich sagte Herrn und Frau Wondrey »Guten Abend«, machte aber schnell, dass ich aus ihrem Wohnzimmer rauskam. Bei Wondreys wurde immer was angeboten, Rheinwein oder bulgarischer Chalwa, aber man kriegte so oft gesagt, wie teuer das sei oder wie schwierig zu beschaffen, dass einem darüber der Appetit verging. Brigitte war natürlich in der FDJ. Darauf hatte ihr Vater als selbständiger Gewerbetreibender geachtet.

»Es hat keinen Zweck, sich dagegen zu stemmen, wenn man zu was kommen will«, sagte Herr Wondrey. »Der Sozialismus kommt sowieso, und den Hunden ist das völlig egal.«

Auf diese Weise behielt Herr Wondrey nicht nur seine Fünf-Zimmer-Wohnung, sondern konnte sich auch einen Lieferwagen und einen Wartburg-Fünfsitzer kaufen. Wie Brigitte sagte: »Alles auf Grund seiner intimen Beziehungen zum Tierreich.«

Brigittes Zimmer war nicht groß, weil ihre Eltern getrennt schliefen – Frau Wondrey hatte ein Verhältnis mit einem Apotheker aus der Reinhardtstraße – und deshalb jeder ein Schlafzimmer brauchte. Dafür war es ganz in Rosa gehalten. Sogar der Ofen, der in Wirklichkeit bloß die Zentralheizung verdeckte, hatte rosa Kacheln. An der Wand hingen zwei Drucke nach Renoir, auch ein bisschen rosa, und dazwischen ein Foto von Brecht, der ja immer mehr in Mode kam, weil er sich die Haare in die Stirn gekämmt, ein altes Auto gefahren und die Verfremdung erfunden hatte. Ich hatte ihn selber noch gesehn, wie er mit seinem BMW durch die Chausseestraße fuhr. Er blinzelte immer ein bisschen, weil er kurzsichtig war, und dabei hob er das Kinn, als könnte er dadurch weiter kucken als die andern. War aber nicht. Nun liegt er neben meiner Mutter auf'm Friedhof und ist plötzlich berühmt.

Brigitte ist blond. Sie hatte einen Schreibtisch, auf dem eine grüne Gänsefeder lag, die aber in Wirklichkeit ein Kugelschreiber war. Sie sagte immer, dass sie damit die wichtigeren Sachen schrieb. Naja, Geschmacksfrage. Sie hatte wohl nicht viel Wichtiges zu schreiben. Wir setzten uns auf zwei Hocker mit rosa eingefärbtem Lamabezug, schlugen beinahe gleichzeitig die Beine übereinander und lachten.

»Du, Gitty«, sagte ich, »ich muss in die FDJ.«

»Ach, Mensch« machte sie, »kommst du deswegen?«

»Nächstes Jahr ist es soweit«, sagte ich.

»Wegen der Uni?«, fragte Brigitte. »Du weißt hoffentlich, dass das gewisse Verpflichtungen mit sich bringt ... nur so nominelle Mitglieder werden ja nicht gern gesehn ...«

»Sag mal – wie redest du denn mit mir?«, fragte ich.

»Mir ist das doch scheißegal, Maria. Wir heulen mit den Wölfen, oder mit den Pudeln, wenn du willst, aber die machen da eben Unterschiede. Das eine ist privat – und das andere gesellschaftlich.«

»Sind wir Freundinnen oder nicht?«

»Ja, na selbstverständlich«, sagte Brigitte. »Aber das ist zweierlei – unsere Freundschaft und die FDJ. Das darf man doch nicht durcheinanderbringen, verstehst du! Man muss das konkret sehen.«

»Na, bitte«, sagte ich. »Ich will konkret in euern Verein.«

»Das ist ein Wort, was du überhaupt nicht in den Mund

nehmen darfst, wenn du in unsere Grundorganisation aufgenommen werden willst«, sagte Brigitte und trat vor ihren kleinen goldgerahmten Spiegel. Sie hatte weiße Pantoletten an, sah ich jetzt, aber der Bommel auf der Spitze war wieder rosa.

»Ist mir auch nur so rausgerutscht«, entschuldigte ich mich. Ich dachte, sie würde jetzt endlich mal sagen: Hör auf mit dem Quatsch, das deichseln wir schon, aber niente, nitschewo.

»Ich rede morgen mal mit Charly«, sagte Brigitte. »Wenn er einverstanden ist, bekommst du'n Aufnahmeantrag von mir.«

»Aha«, sagte ich, »du kriegst wohl'n Orden, wenn du mich geworben hast?«

»Hm«, machte Brigitte, »ich weiß bloß noch nicht, ob ich ihn links oder rechts tragen soll.«

Da war sie wieder die alte.

12

Bei uns zu Hause war ein zusammengeklebter Zettel von der Strafanstalt angekommen, dass wir Dieter übermorgen besuchen dürften. Tante Hete hatte schon 'ne halbe Stunde die Hände in Seifenlauge, weil sie sich maniküren wollte für ihren Neffen. Ich brachte ihre guten Schwarzen zum Schuster, weil die an der Seite gesteppt werden mussten, und dann redeten wir noch die halbe Nacht, ob sie 'n Wintermantel anziehen sollte oder den leichten und 'n Umschlagetuch.

Am andern Tag hatte Charly, wie mir Brigitte sagte, keine Anträge bei sich, und in der großen Pause ging ich zum Direktor, um mir für Mittwoch freigeben zu lassen. Ich zeigte ihm den Schein vom Zuchthaus, und er meinte, ich könnte hinfahren. Mehr hatten wir uns nicht zu sagen, dachte ich, und wollte wieder gehn. »Einen Augenblick, Morzeck«, rief er, als ich schon in der Tür stand. Ich ging an seinen Schreibtisch zurück und dachte, jetzt fragt er mich, wie mir unser neuer Sportlehrer gefällt.

»Setzen Sie sich«, sagte er freundlich, und als ich mich hingesetzt hatte, stand er auf und lief ein paar Schritte über das Parkett.

»Wie lange muss Ihr Bruder noch dort bleiben?«

»Dreieinhalb Jahre«, sagte ich.

»Sagen Sie mal, Morzeck – warum hat er das eigentlich getan?«

»Ich weiß nicht, Herr Direktor. Wie sie bei Gericht darauf zu sprechen kamen, mussten wir raus.«

Er schob den Mund so weit vor, dass er seine Oberlippe sehen konnte, und machte einen Schnaufer.

»Verstehe«, sagte er. »Aber Sie verabscheuen doch seine Tat, nicht wahr?«

»Ich weiß ja gar nicht, was er gemacht hat.«

Er drehte sich auf dem Absatz um und sah mich sprachlos an.

»Naja«, sagte ich.

»Aber Kind – das stand doch sogar in der Zeitung!«

Er war der zweite aus dem Kollegium, der mich mit »Kind« anredete. Am liebsten hätte ich's ihm gesagt, aber ich schluckte's runter.

»Mir wär es angenehmer, wenn ich's von ihm selber gehört hätte«, sagte ich.

»Haben Sie denn kein Vertrauen zu unseren Gerichten?«

»Wie man's nimmt«, sagte ich. »Ich finde eher, unsere Gerichte haben kein Vertrauen zu mir. Sonst hätten sie mich doch dringelassen, bei der Verhandlung.«

»So dürfen Sie das nicht sehen«, sagte der Direktor. »Es gibt gewisse Dinge, die man der Öffentlichkeit im Augenblick noch nicht mitteilen kann. Wer garantiert uns denn dafür, dass diese Sachen nicht weitergetragen werden? Was?«

»Jaja«, sagte ich, »aber wer garantiert mir dafür, dass mein Bruder wirklich was verbrochen hat?«

»Sie glauben es also nicht«, sagte der Direktor und setzte sich an seinen Schreibtisch.

»Ich sage nur, dass ich es nicht weiß.«

»Morzeck, Morzeck«, sagte er und massierte sich die Schläfen, »wie wollen Sie mit einer solchen Haltung weiterkommen? Wohin? Wohin geraten Sie damit eines Tages? Es war doch in der Presse!«

»Wenn's so geheim war – warum schreibt man dann in der Zeitung drüber?«

Der Direktor schüttelte den Kopf und faltete die Hände. Komischerweise fiel mir dabei der Mann aus dem Konzert ein, wie er die Finger ineinander verschränkt und dann wieder so auseinandergenommen hatte, als wollte er sie an irgendwas abwischen. Also: kein Vergleich mit dem Direktor, aber immerhin fiel er mir ein.

»Wie oft haben Sie mit Ihrem Bruder schon gesprochen?«

»Morgen das erste Mal.«

»Ich bin gespannt, was er Ihnen sagen wird.«

»Wenn er was gemacht hat, sagt er mir's auch.«

»Hoffen wir, dass der erzieherische Einfluss, der jetzt auf ihn wirkt, stark genug ist, um ihn zu bessern. Denken Sie doch bloß nicht, wir wollten Ihnen oder Ihrem Bruder irgendwas antun, Morzeck. Ihr Bruder ist ein junger Mensch. Er hat doch noch das ganze Leben vor sich. Und Sie auch. Sie doch auch!«

»Was hat denn das überhaupt mit mir zu tun, Herr Direktor?«

»Nichts«, lächelte er.

»Wie kommen Sie dann darauf?«

»Wie heißen Sie überhaupt mit Vornamen?«, fragte er.

»Ich habe Sie was gefragt«, sagte ich.

»Ich Sie auch«, sagte er.

»Ich heiße Maria«, sagte ich. »Würden Sie jetzt bitte meine Frage beantworten?«

»Gehen Sie in Ihre Klasse zurück, Maria. Die Pause ist vorbei. Ich will Sie dem Kollegen Ortlepp nicht länger vorenthalten, nicht wahr.«

Ich ging wieder zur Tür, aber er hielt mich noch mal auf.

»Wenn Sie übermorgen wieder zurück sind, hätte ich Sie nach der letzten Stunde gern einen Augenblick gesprochen.«

»Jawohl, Herr Direktor.«

Flasche.

13

Wir fuhren mit der S-Bahn bis Potsdam, von Potsdam mit der Dampfbahn bis Brandenburg, und vom Bahnhof Brandenburg mit der Elektrischen bis zum Zuchthaus. Neben der Wachstube war ein Warteraum. Tante Hete fragte den Wachhabenden, wie lange wir warten müssten, aber der wusste es auch nicht. Es war ziemlich kalt. Nach einer halben Stunde fing es an zu regnen, und von den Primeln, die draußen auf den Rabatten standen, fielen nach und nach die Blütenblätter in den Modder.

»Wir hätten 'n Schirm mitnehmen sollen«, sagte Tante Hete. Das war ihr erstes Wort, seit wir den Warteraum betreten hatten.

»Ja«, sagte ich. Mir war auch nicht nach mehr.

»Vielleicht hört's balde wieder auf«, sagte Antje, aber Tante Hete blickte sie so finster an, dass sie gleich den Mund wieder zumachte. Ich sah mir die Fotos an, die zwischen den Klotüren hingen. Ein Gruppenbild aus der Zuchthaustischlerei. Die Männer hatten große Schuhe an, lange Schürzen vorm Bauch und sahen sich alle irgendwie ähnlich. Ich suchte nach Dieter, konnte ihn aber nicht finden, obwohl ich bei manchem Kopf auch nicht hundertprozentig sicher war, dass er's nicht sei. Auf den anderen Fotos waren die Küchenmöbel, die die Gefangenen für die Leipziger Messe getischlert hatten, Küchenbüfetts, Aufsätze, kleine Kommoden und Besenschränke. »Unser Schlager« hatte einer mit Kopierstift druntergeschrieben.

Nach einer Weile ging das Schiebefenster auf, hinter dem die Wache saß, und der Wachhabende sagte:

»Frau Morzeck, bitte kommen!«

Tante Hete erhob sich und sagte: »Verzeihung, mein Name ist Hentig.«

»Auf dem Passierschein steht Maria Morzeck!«

»Das bin ich«, sagte ich und trat ans Fenster. »Aber Fräulein.«

Der Wachhabende lachte und gab mir den Passierschein.

»Sagen Sie mal, können wir denn nicht mitgehn, meine Nichte und ich?«, fragte Tante Hete.

»Das geht leider nicht. Immer nur eine Person.«

Tante Hete schluckte. »Na, denn geh man«, sagte sie zu mir, »und grüß schön von uns beiden. Sag ihm, dass wir hier unten sind und dass wir an ihn denken. So eine Schweinerei«, schluchzte sie auf einmal, «da ham wir nu die ganze Fahrt umsonst – nu geh schon!«

Der Wachhabende ließ mich passieren, und ich ging auf das eiserne Tor zu, das den inneren Hof abschließt. Dort wurde mein Besucherschein nochmal kontrolliert, dann musste ich so dreißig, vierzig Meter allein über den Hof bis zum Eingang ins Verwaltungsgebäude gehn. Ich wusste, dass mir die Polizisten von dem eisernen Tor und von den Wachtürmen auf der Mauer her nachsahen und hatte dauernd das Gefühl, dass ich über meine eigenen Beine falle. Im Verwaltungsgebäude wurde ich wieder kontrolliert und einem Feldwebel übergeben, mit dem ich nach oben, in die dritte Etage stieg. Der Feldwebel meldete mich bei einem Leutnant, der mit mir ins Besucherzimmer ging und mich fragte, ob ich Fotos mitgebracht hätte.

»Nein«, sagte ich, »wozu?«

»Hätte ja sein können«, sagte er.

»Was'n nu?«, fragte ich.

»Setzen Sie sich bitte und denken Sie daran, dass Sie den Gefangenen nicht umarmen dürfen. Weiter: Sie dürfen mit dem Gefangenen auch nicht über die Strafsache sprechen.«

»Ja«, sagte ich, weil er mich immer noch ansah.

»Also dann ...« Er schloss die vergitterte Tür zum Korridor hin auf, und Dieter kam rein. Er strahlte, war gekämmt, rasiert, gewaschen und freute sich wie'n Schneekönig. Wenn ich daran denke, was er für ein Gesicht gemacht hatte, als ich ihn das erste Mal in seinem möblierten Zimmer besuchte, war das ein Unterschied wie Tag und Nacht.

»Na, erzähl mal, Dicke«, fing er an. Er wollte gleich alles wissen. Ob ich einen Freund habe (nein), wie's Tante Hete geht (gut), ob wir genug Geld haben (ja), wie ich in der Schule bin (mäßig), was Antje lernt (Schneiderin), wo sie Schneiderin lernt (nicht am Oranienburger Tor!!!), ob wir schon mal Besuch hatten (???), von einem neuen Freund von ihm (nein), was wir in den Ferien machen (Karolinenhof), also mindestens die Hälfte gelogen. Endlich war ich an der Reihe, aber weil der Leutnant zuhörte, musste ich aufpassen.

»Fühlst du dich wohl hier?«

»Ja, sehr«, sagte Dieter, glotzte mich an, und nach einer kleinen Pause fügte er hinzu: «Wie im Sanatorium.«

»Lassen Sie Ihre Witze!«, sagte der Leutnant.

»Leider haben wir uns bei deiner Verhandlung ja bloß kurz gesehen«, sagte ich.

»Ja.«

»Hast du eigentlich 'n Gnadengesuch eingereicht?«

»Nein«, sagte er und schüttelte den Kopf, was – warum,

weiß ich nicht genau, aber wahrscheinlich hielt ich ihn für einen Helden – damals mächtigen Eindruck auf mich machte.

»Und wieso nicht?«

»Hat keinen Zweck, vorläufig, solange ich nicht die Hälfte rumhabe.«

»Machst du das selber, oder müssen wir uns da an jemand wenden?«

»Sollt ihr mal. Habt ihr wenigstens was zu tun.«

«Wen sollen wir'n da angehn?«

»Den Staatsanwalt. Oder den Vorsitzenden. Weißt du noch die Namen?«

»Der Staatsanwalt hieß Hoppe«, sagte ich.

»Ja«, sagte Dieter, »und der Vorsitzende Deister.«

Der Leutnant schien aus dem Fenster zu sehn, und ich dachte, das wäre 'ne gute Gelegenheit, mit meiner wichtigsten Frage rauszurücken. Meine Stimme musste bloß so beiläufig wie möglich klingen.

»Sag mal, Dieter«, fing ich an, aber ich kriegte gleich so'n merkwürdiges Zittern.

»Was denn?«, fragte er. »Hast du eigentlich wirklich ... ähm –?«

»Jaja«, sagte er und zwinkerte, aber das konnte auch Zufall sein. Ich riskierte es jetzt einfach.

»Ich meine, hast du das wirklich gemacht?«

»Ich habe Ihnen vorhin laut und deutlich gesagt, dass Sie über die Strafsache nicht sprechen dürfen«, meckerte der Leutnant, «und kaum sind Sie fünf Minuten zusammen, schon geht's los. Ich könnte den Strafgefangenen jetzt abführen und Sie nach Hause schicken, aber – ach!«, machte er und warf die Schlüssel auf den Tisch, als sollten wir uns bedienen.

»Herr Leutnant, ich wollte doch nicht wissen, was er gesagt hat«, verteidigte ich mich. »Ich möchte doch bloß wissen, ob er es überhaupt gemacht hat.«

»Na, das is ja'n starkes Stück«, sagte der Leutnant. »Was

meinen Sie denn, warum wir den Mann hier haben ... Etwa weil er Äppel geklaut hat?« Er nahm seinen Schlüsselbund wieder vom Tisch und sah uns erwartungsvoll an, aber wir wussten beide nicht, was wir dazu sagen sollten. Also hielten wir eine ganze Weile den Mund.

»Na, bitte«, sagte der Leutnant. «Bitte! Von mir aus! Meinetwegen brauchen Sie hier nicht zu reden! Aber in sechs Minuten ist die Sprechzeit beendet.«

Ich nahm mein Taschentuch aus dem Mantel und rieb mir die Handflächen damit ab.

»Sag doch was, Dieter!«

»Tja«, machte Dieter.

Ich dachte daran, dass unten Tante Hete und Antje auf mich warteten und genauen Bericht haben wollten, worüber wir die ganze Zeit geredet hatten, und dabei saßen wir da und sagten kein Wort. Mir brach der Schweiß aus.

»Worüber sprechen denn die andern, Herr Leutnant?« fragte ich.

»Was für andern?«

»Die hierherkommen und jemand besuchen.«

»Kommt ganz drauf an, wer wen besucht. Wenn's junge Leute sind, reden sie natürlich auch über Liebe und so weiter, nicht wahr. Das ist ja nu bei Ihnen was anderes. Is ja Ihr Bruder. Naja, ältere erzählen sich so von früher, wer in der Verwandtschaft und Bekanntschaft gestorben ist, wie sie hergekommen sind, mit der Taxe oder mit der Elektrischen. Na, sonst – eben, was so passiert, Essen und Trinken und so ... aber nu beeilen Sie sich, gleich ist Feierabend, und ich kann wegen Ihnen keine Ausnahme machen. Ist ja bloß 'n Vierteljahr, das vergeht wie dreimal Luft holen, dann können Sie wiederkommen und sich mit Ihrem Verwandten unterhalten.«

»Tante Hete ist unten und wartet auf mich«, sagte ich zu Dieter. »Antje auch. Ich soll dich grüßen von ihnen, von allen beiden.«

»Na, sehn Sie«, sagte der Leutnant, »das Wichtigste hätten Sie beinahe vergessen. Und nun müssen wir leider, leider Schluss machen.«

Dieter reichte mir die Hände übern Tisch. Er schwitzte genauso wie ich, und jetzt kam ihm auch noch das Wasser in die Augen. »Vergesst mich ma nich«, schluchzte er, und in der Tür drehte er sich um und sagte: «Bin ja balde wieder da.«

Du lieber, gottsverdammter Himmelhund. Dann war er weg und hatte weder Antjes selbergemachten Trenchcoat noch Tante Hetes manikürte Hände gesehn, bloß mein verheultes Gesicht.

Als ich neben dem Leutnant die Treppe runterging, sagte er: «Wenn Sie das nächste Mal kommen, machen Sie sich vorher 'n kleinen Zettel und schreiben alles auf, worüber Sie mit ihm reden wollen. Dann gibt's überhaupt keine Pausen. Die Zeit ist doch kostbar, nicht wahr.«

Vorher hatte ich den Regen nicht gemerkt, aber jetzt klatschte er auf meinen Mantel, und ich war pitschnass, ehe ich an den Schlagbaum kam.

14

In der letzten Mathematik-Arbeit hatte ich eine Zwei geschrieben, war im Deutschaufsatz mit drei Kommafehlern über die Runden gekommen und hatte in Latein sogar die Deponenzien auswendig gelernt. Bei Brigitte hatte ich mich mal nach meinem Aufnahmeantrag erkundigt, aber sie sagte nur, »es würde noch darüber diskutiert«.

Paar Tage später kam sie aber mit der Sprache raus. Wir saßen am Koppenplatz, hatten uns 'ne alte Zeitung untergelegt und ließen die Beine hängen.

»'s geht nicht«, sagte Brigitte, »aber das bleibt natürlich unter uns.«

Sie tat so, als ob sie auf ihre Hacken sah, in Wirklichkeit plinzte sie aber nach rechts und links, ob uns nicht einer hören konnte.

»Es ist wegen deinem Bruder«, sagte sie leise.

»Wegen meinem Bruder?« Ich mimte Überraschung.

»Du versprichst mir, dass alles unter uns bleibt«, sagte sie und hielt mir die Hand hin. Ich schlug nicht ein.

»Mach's mir doch nicht so schwer«, sagte Brigitte, aber den Ausdruck musste sie von ihrer Mutter aufgeschnappt haben, so falsch klang er. Ihre Hand schob sie in die Rocktasche.

»Na, nu pack mal aus«, sagte ich.

»Wir haben ja alle Vertrauen zu dir«, sagte Brigitte, und schon wieder war so'n Ton in ihrer Stimme, als wäre ich ihr zukünftiger Schwiegersohn. »Aber die Jugendfreunde denken –«

»Was für Jugendfreunde?«

»In der FDJ reden wir uns doch mit ›Jugendfreund‹ an!«, sagte Brigitte laut und schlug ihren Absatz auf's Pflaster. »Das wirste ja wohl wissen!«

Ich wusste's auch. Ich wollte sie bloß ärgern.

»Meine Mutter hatte auch'n Jugendfreund«, sagte ich und grinste. »Mit dem war sie so halb verlobt, aber den hat sie nicht geheiratet, weil er Antisemit war. Meine Mutter hat nämlich beim Juden gelernt, in 'ner Drogerie. Naja – was wolltest du sagen?«

»Kann man jetzt mal'n ernstes Wort mit dir reden?«, fragte Brigitte.

»Brigitte!«, sagte ich, warf die Haare zurück und kuckte in die Sonne.

»Sie glauben, du willst nur deswegen in die FDJ, damit du studieren kannst.«

Ich musste niesen.

»Siehste, die Wahrheit«, sagte Brigitte, und wir mussten beide lachen.

»Wie kann man denn als Jugendfreundin so abergläubisch sein«, witzelte ich, aber ich wollte mir eigentlich bloß noch 'n guten Abgang verschaffen.

»Es gibt eben Dinge«, sagte Brigitte ernst, »die ändern sich nicht von heute auf morgen. Du weißt doch genau, was los ist. Das braucht alles seine Zeit. Keiner kann über seinen Schatten springen, Charly nicht, der Direx nicht und ich auch nicht.«

»Was denn für'n Schatten?«, fragte ich. »Mensch, Gitty, red doch nich so'n Stuss! Sag doch einfach, 's geht nicht, weil mein Bruder im Knast is – und Klappe zu, Affe tot.«

»Damit hatte ich gerechnet«, sagte Brigitte melancholisch, aber es war nicht echt.

»Womit?«, fragte ich.

»Glaub mir, ich hab darauf gewartet, dass du das sagst. Aber ich hab immer noch gehofft, dass du's nicht tust.«

»Wieso?«

»Ich wollte mit dir ruhig und freundlich reden, aber du willst dich streiten«, sagte Brigitte und versuchte, mich anzusehn, aber das klappte nicht.

»Verehrte Jugendfreundin«, sagte ich, »du kannst mich mal am Arsche lecken.«

Ich stand auf, nahm meine Mappe untern Arm und lief Richtung Auguststraße. Wie ich an der Kleinen Hamburger war, drehte ich mich um, aber sie ging anscheinend über die Linienstraße nach Hause.

15

Ich hätte mit der Schule ins Gebirge fahren können. Es war billig, und wir sollten in einer Baude wohnen, aber ich hatte keine Lust. Als Ulli in der Sportstunde sagte, dass er die Klasse begleitet, johlten die Jungens, und die Mädchen freuten sich. Aber für mich wäre das kein Vergnügen gewesen. Ich hatte keine Lust, nachts in irgend 'ne Scheune zu krauchen, um mich mit ihm zu treffen, und ich glaube, ihm war's auch lieber, ich blieb in Berlin oder fuhr woanders hin. Ich ging sowieso schon seltener zu ihm. Zwischen uns hatte sich einiges geändert, wahrscheinlich hatten wir uns gegenseitig 'n bisschen abgestaubt, und da waren eben doch so'n paar Risse und Kanten zum Vorschein gekommen. Vielleicht hatte er auch 'ne andere, oder er wollte heiraten, weiß der Kuckuck. Jedenfalls konnte es passieren, dass wir uns zwei Stunden lang über den Sinn des Lebens unterhielten, weil er von seiner Tante aus Düsseldorf 'n Buch von Sartre oder Camus geschickt bekommen hatte. Er las höchstens zehn Seiten, verstand sowieso nichts, aber musste unbedingt darüber reden. Mir war das auf die Dauer zu öde. Über meine Existenz konnte ich mich auch mit Tante Hete oder sogar mit Antje unterhalten. Dazu brauchte ich keinen Turnlehrer.

Als die Klasse zurückkam, war Bonny, eine kleine zierliche Blondine, die eigentlich Heidrun hieß, Favoritin geworden. Ich will nicht sagen, dass mich das umschmiss. Ich konnte bloß hoffen, dass sie mich gut vertrat, aber was ihr noch fehlte, würde ihr Ulli in vierzehn Tagen beigebracht haben. Endlich durfte er die Bücher seiner Tante in die Ecke feuern und wieder seiner eigentlichen Begabung nachgehn. Wenn Männer wie der anfangen, mit einer Frau über den »Sinn des Lebens« zu reden, muss irgendwas faul sein. Gottseidank habe ich das früh genug gemerkt. Vielleicht lag's sogar an mir, und ich war ihm zu anhänglich oder zu laut oder zu faul. Keine Ahnung. Stelle ich mir vor, ich wäre heute noch mit ihm zusammen, kriege ich rote Ohren. So lange ist das her. Manchmal schäme ich mich direkt 'n bisschen, aber was soll's! Ich kann ihn doch nicht wegradieren wie'n Schreibfehler.

16

Die Bude in Karolinenhof war das einzige, was Onkel Gustav hinterlassen hatte, als er nach Amerika gegangen war, um sich eine Existenz zu gründen. Schon wieder dieses Wort! – Ich wohnte manchmal draußen, mit Tante Hete. Sonnabends kam Antje und brachte immer irgendwas mit, was sie von den paar Mark gekauft hatte, die sie in West-Berlin bei ihrer Textilfirma verdiente. Nebenbei arbeitete sie schon als Fotomodell, war natürlich entsprechend affektiert und hatte aufgehört zu berlinern. Anstatt »Mülsch« musste sie »Milch« sagen, statt »Kürsche« eben »Kirche«, und dabei hatte sie die ganze Zeit vorher gedacht, dass sie besonders fein sprach. Jetzt war sie froh, wenn sie wenigstens sonntags »hör ma – hör ma« und »wa-wa« machen konnte. Die Woche über war Hochdeutsch Mode. Dadurch wurden wahrscheinlich die Kleider, die ihr schwäbischer Chef verkaufte (nicht: vakoofte), zehn Prozent teurer. Von Montag bis Freitag schlief sie in unserer Wohnung, jedenfalls behauptete sie das, und sonnabends kam sie nach Karolinenhof. Sie brachte mir einen schicken Bikini mit, blau mit weißen Tupfen. Sie selber trug einen dunkelroten, der furchtbar primitiv aussah, aber sicher doppelt soviel wie meiner gekostet hatte. Wir lagen auf der Decke oder im Liegestuhl, lackierten uns die Zehennägel und ließen uns braten, bis wir den zweiten Sonnenbrand kriegten. Wir schmierten uns mit Öl ein, bis wir trieften, und setzten uns zwischendurch immer mal 'ne Minute in den Schatten. Die Woche drauf brachte Antje Tabletten mit, von denen man über Nacht braun werden sollte, aber uns wurde bloß kotzjämmerlich schlecht, und wir ließen bis Montag die Köpfe übern Bettrand hängen. Tante Hete erzählte uns, wenn sie bei Laune war, Geschichten von Onkel Gustav. Wir kannten ja die meisten, aber wir lachten immer wieder darüber, wie er in der Inflationszeit seinen

Priem, den er schon dreimal gekaut hatte, auf'm Fensterbrett trocknete und anschließend noch in der Pfeife rauchte. Und wie er sich, weil er nicht Fleischer, sondern Lehrer werden wollte, den linken Zeigefinger mit 'm Beil abgehauen hatte, aber wie ihn sein Vater trotzdem zwang und wie er Fleischer werden musste, und ich hab mir dann immer vorgestellt, wie Onkel Gustav jetzt in Chikago am Fließband steht und Gulasch macht mit seinem einen Zeigefinger. Er besaß aber auch eine künstlerische Ader, alles was recht ist. Zum Beispiel hatte er, noch kurz vor seiner Abfahrt, das Häuschen in Karolinenhof von innen und außen mit Tieren und Jägern bemalt. Auf der Küchentür schlich ein Förster hinter einem Hasen her, und überm Eingang spielten zwei dicke Eichhörnchen.

»Die hat er von Postkarten«, erklärte Tante Hete.

Auf den linken Flügel des Schlafzimmerschranks hatte er ein Porträt von Tante Hete gemalt, und auf den rechten Flügel sich selber malen wollen, aber da war Amerika zwischengekommen. Er hatte Hete in mehreren Fassungen gepinselt, eine über die andere. Aber nun hatte das Holz angefangen zu arbeiten, die Farben platzten ab, und so kam es, dass wir immer 'ne andere Hete zu Gesicht kriegten. Von Mal zu Mal wurde sie dünner und jünger.

»Ihr dachtet wohl, ich war immer so dicke«, sagte Tante Hete und setzte sich vor dem Schrank aufs Bett. »Ick hatte ooch mal meine große Zeit.«

Wenn Tante Hete zu unseren Nachbarn ging, rückte ich mir den kleinen Gartentisch in den Schatten und fing an zu pauken. Wenn mein Bruder schon 'n Verbrecher ist, sagte ich mir, soll wenigstens aus seiner Schwester was werden.

Was ich nicht kapierte, lernte ich auswendig. Wenn ich's auswendig konnte, fing ich langsam an, die Sache zu kapieren. Ich wollte einfach, dass mein Boot nicht unterging. Ich wollte's flottmachen und erst an der Philosophischen Fakultät, Fachrichtung Slawistik, vor Anker gehn, und dazu musste ich eben wissen, warum Pawlows Hunden die Spucke läuft, wenn's klingelt; warum die Zweite Internationale im Sumpf des Revisionismus versank; worin sich die Verfassung der DDR von der Weimarer unterscheidet; wonach sich ein verbum finitum bestimmt (Person, Numerus, Tempus, Modus und Genus); weshalb jedes sozialistische Agrarland auf Deubel komm raus 'ne Schwerindustrie aufbauen muss; wozu man Natriumbikarbonat außer gegen Sodbrennen braucht – also eben die ganze »Schatzkammer menschlichen Wissens«, wie Doktor Ortlepp sagt, auskramen und lüften und wieder einräumen.

Hätte ich alles in dieser Reihenfolge gelernt, wäre ich wahrscheinlich im Irrenhaus gelandet. Ich machte mir einen Plan. Ich fing mit den größten Lücken an und brachte mich da auf Durchschnitt. Dann polierte ich den Durchschnitt in den andern Fächern auf Hochglanz und zog pomalo die schwachen wieder nach.

Mit Tante Hete kam ich eigentlich ganz gut aus. Wenn ich Bücher las, war ich ihr »braves Mädchen«. Wenn sie gewusst hätte, woran ich nachts vorm Einschlafen dachte, hätte sie die Hände überm Kopf zusammengeschlagen. Irgendwas fehlte mir sehr. Abends wenigstens. Aber ich biss die Zähne zusammen, und betete: »Lieber guter Weihnachtsmann, sieh mich nicht so böse an, stecke deine Rute ein, will auch wieder artig sein – mit herzlichen Grüßen deine Maria Morzeck, Schülerin der Klasse 12 A, ich werde langsam verrückt, aber nebenan schläft Tante Hete, und ich kann mir doch nicht einfach einen von der Straße holen ...«

Nach drei Wochen hatte ich mich einigermaßen dran gewöhnt, aber wenn ich in der Zeitung so Annoncen lese wie »18/1,65, schwarz, sport- u. musikl., Intr. f. alles Sch., wü. mang. Gel. intell. naturl. Herrn nicht unt. 25 kennenzul. Bildzuschr. erw.«, dann weiß ich, was gemeint ist.

»Die Zeit«, sagte Tante Hete, »vergeht wie im Fluge.«
Diesen Sommer war's 'ne ziemlich flügellahme Ente, die
da flog.

17

Auf einem Schiff darf nicht gepfiffen werden. Aber auf dem
Schiff, mit dem wir nach dem Abitur über die Dahme dampf-
ten, wurde gepfiffen, gesungen, getanzt bis nach Mitternacht.

Ich hatte mit Zwei bestanden, und Tante Hete und Antje
hatten mir einen Mantelstoff geschenkt, Brigitte mit Drei und
kriegte von ihrem Vater einen Motorroller. Bonny war durch-
gefallen und stand (beziehungsweise lag) unserem Turnlehrer
noch ein weiteres Jahr zur Verfügung. Meine Zwei hatte ich
dem Direktor zu verdanken, der mich so lange in Geschichte
zwiebelte, bis er raushatte, dass ich nicht wusste, wie Thälmann zu den Bauern stand. Nun war mir das, offengestanden, auch schnurzpiepegal, aber ich hätte es, nach Lehrplan,
wissen müssen und bekam also nur eine Zwei. Wenn ich später – bis heute – den Namen Thälmann hörte, musste ich
immer an meine Zensur in Geschichte denken. Andern geht
das vielleicht mit Alexander dem Großen so, aber das ist eben
der Unterschied. Charly, der FDJ-Sekretär, war der einzige,
der das Abitur mit 'ner glatten Eins gemacht hatte. Er war
wirklich 'n Ass, aber roch leider aus'm Mund, und während
die anderen Fußball spielten, lernte er Vokabeln oder machte
grüne und rote Häkchen in die Mitgliederlisten. Er studierte
jetzt Planökonomie, und als ich ihn vor ein paar Tagen in der
S-Bahn traf, sagte er wörtlich, »er sehe Vaterfreuden entgegen«. Damit ist der Fall ja wohl erledigt.

Auf unserer Dampferpartie tranken die Jungens natürlich
alle viel zu viel Bier, und als die Sonne unterging, stand die
kommende Intelligenz, wie der Direktor uns auf der Ab-

schlussfeier genannt hatte, an Back- und Steuerbord und übergab sich. Ein paar von den Mädchen, die etwas zurückgebliebenen, wollten danach noch mit Pfänderspielen anfangen, stießen aber auf wenig Gegenliebe. Ich gab mir alle Mühe, aus den drei älteren Herren (Stehgeige, Akkordeon und Schlagzeug) so was Ähnliches wie Jazz rauszuholen, aber nach 'ner halben Stunde strich ich die Segel. Aus *When the saints go marchin' in* wurde immer wieder *Möwe, du fliegst in die Heimat.*

Das beste war noch, es den Jungens nachzumachen. Wir tranken ein paar Harte und sangen die Kapelle in Grund und Boden. Worüber die sich übrigens nicht weiter ärgerten. Die standen sowieso lieber an der Theke, für zwanzig Mark die Stunde.

Fräulein Hartung, die Biologielehrerin, die uns in Vertretung von Doktor Ortlepp begleitete, ließ uns rumtoben, und wenn wir uns zwischendurch mal zu ihr setzten, erzählte sie uns von ihrer Abiturfeier vor dreißig Jahren, wo die Jungens alle in dunklen Anzügen und die Mädchen in weißen Kleidern gekommen waren und Gedichte aufgesagt und Lieder von Loewe gesungen hatten. Gegen elf hatte Fräulein Hartung aber auch einen kleinen Zacken und meinte: »Na, nun mal nicht so zimperlich!«

In unserer Klasse gab es nur ein richtiges Liebespaar, Gudrun und Jürgen, und die saßen schon seit ein paar Stunden auf der Treppe zum Maschinenraum und knutschten und befummelten sich.

»Mit wem sollen wir denn?«, fragte Brigitte unser Fräulein Hartung.

»Was denn?«, fragte Fräulein Hartung. »Sind hier keine Männer? Ich denke, wir sind auf'm Schiff! Da muss es doch Matrosen geben!«

Wir lachten uns kaputt, weil wir noch gar nicht merkten, dass sie's ernst meinte. Sie stand auf, strich sich das Kleid glatt und ging auf die kleine Tanzfläche. Sie sah auf die drei Musiker, die nach wie vor an der Theke standen, zeigte auf den untersetzten Schlagzeuger und rief:

»Sie, junger Mann, kommen Sie mal her!«

Der Schlagzeuger setzte sein Bier ab und sah die beiden anderen an.

»Na, geh schon«, sagte der Geiger. »Is alles im Preis inbegriffen.«

Fräulein Hartung winkte mit dem rechten Zeigefinger, und der Schlagzeuger näherte sich langsam, wobei er sich nochmal nach seinen Kollegen umdrehte. Als er neben ihr stand, war deutlich zu sehen, dass er kleiner war als sie. »Also jetzt!«, rief Fräulein Hartung triumphierend, und ich kriegte plötzlich einen richtigen Schreck, weil ich dachte, sie fällt ihm um den Hals. Es sah auch bald so aus, als sie ihn um die Schultern fasste und mit ihm zu walzen anfing. Weil keine Musik war, sang sie selber: »Rá-rarará-rarará!« Es dauerte eine Weile, ehe das Akkordeon und die Geige einfielen, und dann standen wir ums Parkett und machten, weil der Schlagzeuger tanzte, »rúmtata, rúmtata«, und drüber weg krähte Fräulein Hartung die Donauwellen: »Rá-rarará-ra-rarará!« Der Schlagzeuger brachte sie an ihren Platz zurück, verbeugte sich und verschwand. »Naja, Spaß muss sein«, sagte Fräulein Hartung. «In 'ner halben Stunde ist sowieso Schluss. Bis dahin viel Vergnügen.»

Sie trank ein Bier, nickte den Takt zu jedem Lied, das gespielt wurde und hatte wahrscheinlich das Gefühl, dass sie's uns mal gezeigt hatte, wie man außer Rand und Band sein konnte, ohne dass es drunter und drüber ging. Aber alles, was sie erreicht hatte, war, dass sie seit diesem Abend einen Spitznamen hatte, den wir den uns nachfolgenden Klassen schenkten. Fräulein Hartung hieß von nun an die Krähe. (Rará!)

Die Jungens hatten die Mädchen nach Hause zu bringen.

Besser wäre umgekehrt gewesen. Ich musste Rainer den halben Weg bis zu mir tragen. Ich wollte ihn immer wegschicken, aber er bestand darauf, mich zu begleiten. Als wir in der Haustür standen und ich mich bei ihm bedankte, wollte er einen Kuss von mir haben.

»Wie kommst du denn darauf?«, fragte ich.

»Heute ist unsere Abiturfeier«, sagte er und hielt sich am Eingang fest, weil ihm die Knie einknickten.

»Ist das vielleicht ’n Grund?«

»Aber, Maria, ich liebe dich doch«, sagte er, »schon immer.«

»Das hättest du mir ’n paar Jahre früher sagen müssen«, schnauzte ich. »Jetzt geh mal nach Hause, Penner!«

Er brummelte noch irgendwas, aber drehte dann ab und ging so krumm und schief die Straße runter, als trüge er die ganze Schule mit sich weg.

18

Sechs Wochen später kriegte ich die Ablehnung von der Universität. »Sehr geehrtes Fräulein ...! Zu unserem Bedauern müssen wir Ihnen mitteilen ...« Weiter brauchte ich nicht zu lesen, darin fing alles an zu tanzen: »Zu Ihrem Bedauern müssen Sie uns mitteilen ...« »Zu unserm Mitteilen müssen wir Sie bedauern ...« »Zu Ihrem Mitteilen müssen wir uns bedauern ...« »Zu unserm Bedauern müssen wir Sie bedauern ...«

Die meisten aus der Klasse waren zugelassen, auch Brigitte, aber die wollte erst ein Jahr ausspannen.

Sowas konnte ich mir nicht leisten. Seit acht Wochen lag ich Tante Hete und Antje auf der Tasche, ohne einen Handschlag zu tun, und Antje musste die Hälfte von ihrem Westmark-Verdienst umtauschen, sonst wären wir verhungert. Sie legte jeden Freitag zwei Fünfzigmarkscheine aus der Wechselstube am Zoo auf den Küchentisch und sagte: »Für unsere leidenden Brüder und Schwestern in der Zone.«

Das ging mir langsam auf die Nerven.

Im Dekanat der Philosophischen Fakultät wurde mir gesagt, dass ich es nächstes Jahr noch mal versuchen sollte. Als Berlinerin kam ich mir da sowieso schon verdächtig vor. Die Sekretärin sächselte, und der Angestellte, an den ich zuletzt verwiesen wurde, sprach Platt. Ich musste mir alles zweimal sagen lassen, damit ich's überhaupt verstand, und das wirkte wahrscheinlich auch nicht besonders einnehmend. Sich an eine andere Universität zu wenden, hielten sie alle für aussichtslos, auch der Thüringer, den sie noch um Rat fragten, denn die Fachrichtung Slawistik war überall überbelegt, und für ein anderes Studium war es in diesem Jahr schon zu spät, es sei denn Meteorologie, aber ausrechnen, wo der Wind herkommt, war nicht meine Sache. Vielleicht versuchen Sie es mal beim Reisebüro ...

In der Kaderabteilung in der Charlottenstraße war ich, wie mir die Sachbearbeiterin sagte, heute die vierunddreißigste, die behauptete, perfekt russisch zu sprechen und Maschine zu schreiben. Sie seien leider für die nächsten beiden Jahre eingedeckt. Aber vielleicht ... Bei der Lufthansa wurde mir, aber wenigstens in meiner eigenen Sprache, erklärt, dass sie zur Zeit achtmal mehr Stewardessen als Flugzeuge hätten. Sie brauchten schließlich auch noch Platz für 'n paar Passagiere.

»Sie würden außerdem bloß zweimal nach Warna fliegen«, sagte die himmelblaue Bodenperson anzüglich, »dann wären Sie verheiratet.«

Nein, bei der *Meshdunarodnaja Kniga* hatten sie auch keinen Bedarf, und an einigen anderen Stellen wollten die Kollegen gern mit mir mal'n Kaffee trinken, aber 'ne andere Verwendung als diese hatten sie für mich nicht. Mein Gott, da hätte ich ja gleich auf'n Strich gehn können. Zu Hause lag ein Brief von der Abteilung Berufsausbildung beim Rat des Stadtbezirks. »Sehr geehrtes Fräulein ... Betreffs ... wollen Sie sich bitte ... Uhr ... einfinden.«

Ich fand mich ein. Aber auch gleich wieder raus.

»Sie könnten in die Schwarze Pumpe gehn.«

»Was soll ich'n da?«

»Sie hätten gute Aufstiegsmöglichkeiten.«

»Ich meine, was ich da soll?«

»Nun, zuerst vielleicht brikettieren ...«

»Was is'n das?«

»Na, so Briketts machen, nich?«

»Nö.«

»Na, da gibt's ja auch Labors.«

»Interessiere mich nicht für Chemie.«

»Hm. Interessieren Sie sich für Landwirtschaft? Moment! Da könnten Sie zum Beispiel Zootechnikerin werden.«

»Was is'n das?«

»Na, so mehr mit Tieren und so.«

»Nö.«

»Sie werden Krankenschwester.«

»Glaub ich nich.«

»Schöner Beruf.«

»Haben Sie 'ne Tochter?«

»Ja.«

»Macht'n die?«

»Die is in Weißensee.«

»Kunstgeschichte ...?«

»Ja.«

»Hmhm.«

»Passen Sie mal auf, Frollein Morzeck. Immer mehr Mädchen greifen jetzt zu dem schönen Beruf des Betonfach-arbeiters ...«

»Wieviel denn so ...«

»In unserm Bezirk schon zwei.«

»Ich kann keene Klamotten heben.«

»Aber irgendwas müssen Sie doch machen, wenn Sie vorläufig nicht studieren – und es ist doch noch gar nicht mal raus, ob es wirklich nächstes Jahr klappt. Oder wollen Sie etwa ...?«

»Nach'm Westen? Nö. Einer aus der Familie reicht ja für Kaffee und Zigaretten.«

»Ja, aber was fangen wir denn da mit Ihnen an?«

Jetzt fragt er mich, ob ich heute abend schon was vorhabe, dachte ich.

»Kindergärtnerinnen werden auch gesucht.«

»Da komme ich nicht auf mein Geld.«

»Ich denke, bei Ihnen arbeitet wer im Westen ...«

»Ja«, sagte ich laut, denn das ging mir doch ein bisschen über die Hutschnur. »Aber meine Schwester wird ausgebeutet. Sie kriegt im Monat hundertzwanzig Mark und muss dafür zehn Stunden am Tag rabotten. Die ist nämlich Lehrling. Soll ich mich vielleicht von der ernähren lassen?«

»Nein«, sagte er kleinlaut.

»Dann kann ich wohl jetzt gehn?«

»Ja. Aber wohin?«

»Auf die Straße. Nein, nein – nicht wie Sie denken. Nach Hause.«

»Und wenn Sie irgendwas erreicht haben, meine Nummer kennen Sie ja, nicht wahr?«, rief er mir nach.

19

Vierzehn Tage später war ich Aushilfe im Café Clou. Alle fragten mich, warum ich nicht nach'm Westen gegangen bin. Sogar Paul hat mich später danach gefragt. Es war August einundsechzig, und jede Woche setzte sich 'ne kleine Kreisstadt in die S-Bahn und fuhr in die Lager nach Reinickendorf, Marienfelde und Gatow. Ich wollte eben nicht nach'm Westen. Weil ich keine Lust hatte. Weil's mir da, wo ich war, besser gefiel. Weil ich sah, was aus meiner Schwester geworden war. Weil Tante Hete dicke Beine hatte. Weil mein Bruder in Brandenburg saß und nicht in Moabit. Weil ich am Oranienburger Tor geboren bin und nicht am Wittenbergplatz. Weil ich am Oranienburger Tor sterben möchte. Weil ich hier zwölf Jahre in die Schule gegangen bin, und da ist ja schließlich auch was hängen geblieben. Weil ich den Westen besser kenne als die, die mich immer fragen: »Mensch, Maria, warum haust'n nicht ab?« Oder heute, nachdem's sowieso zu spät ist: »Warum biste'n bloß damals nicht abgehaun?«

Also Café Clou. Früher war's 'ne Kaschemme. Tante Hete hätte mich da nie tanzen gehn lassen. Wir waren natürlich trotzdem da. Uns genügte zu hören, dass irgendwas verboten.

Im Café Clou ist Betrieb in zwei Etagen. In der untern Etage von dreizehn bis einundzwanzig Uhr, oben von einundzwanzig bis vier, unten wurden die Schätzchen angewärmt, und oben wurde abgekocht. Ich bediente natürlich unten, wenigstens das erste Vierteljahr. Dazwischen lag der dreizehnte August. Die Mauer hob den Schnapskonsum gewaltig. Selbst die Kränzchenschwestern, die sich sonst nur Edelkirsch genehmigten, kippten jetzt zwei, drei doppelte Wodka, »wegen dem fetten Krem«, sagten sie, aber's war wohl mehr Ärger. Ich halte ja nun diesen antifaschistischen Schutzwall wirklich nicht für 'ne architektonische Meisterleistung, aber manch einer, die hier mit'm Gütekontrolleur bei Secura verheiratet war und monatlich fuffzehnhundert Piepen aus der Wechselstube mitbrachte, weil sie bei 'nem Zahnarzt in Zehlendorf das Parkett bohnerte, der tat's ganz gut. Ich weiß, ich sehe das alles aus der Froschperspektive, aber da war eben 'ne Mark plötzlich wieder 'ne Mark wert und nicht diese Woche fünfundzwanzig Pfennige und nächste 'n Groschen und die Woche drauf vielleicht dreißig. Ich glaube, am meisten haben sich überhaupt die Fritzen in der Notenbank über die Mauer gefreut. Die wussten endlich, wieviel Bargeld im Umlauf ist.

Für Tante Hete und mich war die ganze Angelegenheit allerdings etwas komplizierter als für die deutschen Regierungen. Unsere Antje hatte die Nacht vom Sonnabend zum Sonntag nicht im heimatlichen Bett verbracht, sondern bei einer Freundin geschlafen, mit der sie Sonntagmorgen eine Segelpartie auf'm Wannsee machen wollte. Die Freundin hieß natürlich Uwe, und Uwe ist der Mann mit dem Autoverleih in Stuttgart. Am Montagabend kriegten wir ein Telegramm: *Bleibe hier alles weitere brieflich antje.*

Immerhin hatte sie zwei Tage mit sich gerungen, ob sie zurückkommen sollte, aber der Segler war offensichtlich Sieger geblieben.

In dieser Lage hatte Tante Hete nichts mehr dagegen, dass ich durch Vermittlung von Frau Schumacher, unserer Nachbarin, im Clou anfing. Wäre ich ein bisschen später hingegangen, hätte ich die Stelle überhaupt nicht gekriegt. Es gab plötzlich Kellner und Serviererinnen wie Sand am Meer. Kranzler, Kempinski, Kleist, Café Wien, Huthmacher, Funkturm, Prälat Schöneberg, Hasenheide, Neue Welt – alle hatten sie uns ihre besten Kräfte zur Verfügung gestellt, und zwar im Verhältnis eins zu eins. Ich kam also grad Toresschluss, und wenn ich nicht geackert hätte wie'n Verrückter, hätten sie mich auf der Stelle gefeuert, denn hinter mir stand schon 'ne Bardame vom Rififi, die in der Nacht vom zwölften auf den dreizehnten dummerweise Urlaub genommen hatte.

Tante Hete ließ mich natürlich nicht so ohne weiteres aus ihren Fängen.

Wir saßen uns an dem Abend, bevor ich im Clou in Stellung ging, am Küchentisch gegenüber und kauten unsere Stullen.

»Ich glaube«, sagte sie, »ich muss mit dir mal über einige bestimmte Dinge reden.«

»Ja?«

»Zu dumm, dass deine Mutter nicht mehr lebt. Mir wäre's lieber gewesen, die hätte das machen können. Du bist zwar so gut wie meine Tochter, aber trotzdem!«

»Was denn?«, fragte ich, obwohl ich mir denken konnte, worauf sie hinaus wollte.

»Naja, mir bleibt nischt weiter übrig«, seufzte Tante Hete. «Du gehst nu ins Leben hinaus, und im Leben gibt es Männer.«

Große Pause.

»Du weißt doch, was ich meine!«

»Naja, die Männer«, sagte ich.

»Dass die Kinder nicht der Storch bringt, weißt du wohl alleine.«

»Ja.«

»Wär doch nich schön, wenn du plötzlich 'n Kind kriegst.«

»Nein.«

»Da muss man also aufpassen«, sagte Tante Hete und wurde ein bisschen rot.

»Ich denke, da passen die Männer auf?«, fragte ich.

»Die Kerls?«, fragte Tante Hete, besann sich dann aber und kuckte mich groß an. »Du weißt wohl schon alles?«

»'n bisschen.«

»Wer hat dir denn das erzählt?«

Tja, wer schon ...

»Wer?«, wollte Tante Hete wissen.

»Das haben wir im Biologie-Unterricht durchgenommen«, sagte ich. »Bei Fräulein Hartung.«

»Inner Schule?«, fragte Tante Hete. »Und beim Frollein?«

Sie schob den Teller von sich weg.

»Mein Gott, diese Zeiten«, stöhnte sie. »Ihr armen Kinder ...«

20

Weiß man eigentlich, wie nach einer achtzehnjährigen Servierhilfe gerufen wird?

Frollein! – der Durchschnitt, die Geschäftsleute, die Laufkundschaft.

Kleines Frollein! oder: Frolleinchen! – die alten Knacker, die hinten nicht mehr hochkönnen.

Hallo! – die Gleichaltrigen.

He! – die Besoffenen.

Frau Oberin! – die Studenten.

Schwester! – die Mediziner.

Mieze! Süße! Tante! Biene! Puppe! Keule! Ratte! Schnatte! Schnalle! Mäuschen! Piepe! Schürze! – die Halbstarken. Die haben den größten Wortschatz. Die machen auch die meisten Flecken auf's Tischtuch und können sich nie einigen, wer die Rechnung bezahlt.

Jeden Tag, den der liebe Gott werden ließ, hätte ich mit mindestens fünf Männern, mit fünf Kerls, wie Tante Hete sagte, nach Hause gehen können, in ihre sturmfreien Wohnungen oder möblierten Zimmer, aber ich blieb eisern, obwohl es manchmal einfacher gewesen wäre, mit ihnen zu schlafen, bloß um sie vom Hals zu haben.

Mit meinen Kolleginnen und Kollegen verstand ich mich so lange gut, bis sie merkten, dass ich die besten Trinkgelder kassierte, weil ich freundlich zu den Gästen war. Als sie das raushatten, wurden sie etwas kühler und richteten es so ein, dass ich die schlechten Tische kriegte, neben der Toilette und am Durchgang zur Küche. Dazu mussten sie mich beim Wechsel immer mal überspringen, aber das machten sie, ohne 'ne Miene zu verziehn, so ganz nebenbei. Doch die Stammkundschaft stellte sich drauf ein, fragte: »Wo bedienen Sie denn, Frollein?« und wechselte mit: von den Fensterplätzen in die Duftzone.

Von meinem ersten Geld kaufte ich in der Schönhauser Allee für Tante Hete ein paar Halbschuhe mit Doktor Diehls Spezialeinlagen. Hete war furchtbar gerührt und umarmte mich auf der Straße, vor allen Leuten.

Nach einem Vierteljahr wurde ich auf ausdrücklichen Wunsch des Objektleiters in die obere Etage versetzt. Er hieß Kleeberg und war nicht übel. So um die Fuffzig und in der Partei, aber das merkte ich erst, als er mich fragte, ob ich am 7. Oktober mit zur Demonstration komme. Ich sagte: «Mal sehn», und dann standen wir beide auf'm Marx-Engels-Platz und froren wie die Schneider, aber als ich nach Hause gehen wollte, zeigte er auf die Tribüne und sagte: »Bleib man. Die da oben frieren auch.«

Anschließend lud er mich zu einem Grog ein und erzählte von seiner Frau und seinen beiden Söhnen. Der eine war bei der Armee, und der andere war irgendwo verheiratet. Kleebergs hatten ein Wochenendhaus in Falkensee, und nach'm dreizehnten August wussten sie nicht mehr, wie sie hinkommen sollten.

»Da liege ich 'n halben Tag auf der Bahn, um mich drei Stunden auszuruhn«, sagte er.

»Sie können uns ja mal in Karolinenhof besuchen«, sagte ich.

»Na, vielleicht im Frühjahr.«

Wir gingen zusammen bis zum Bahnhof Friedrichstraße.

»Du hast doch keine Eltern mehr, was?«, fragte er. »Wenn du mal Kummer hast, und deine Tante weiß nicht weiter, kannst du immer zu mir kommen.«

»Schönen Dank, Herr Kleeberg«, sagte ich.

21

Ich weiß es noch wie heute, obwohl's zwei Jahre her ist: Sechster November, Dienstag, nicht viel Betrieb. Zwei Blondinen in Leopardröcken schwenken ihre Hintern über unser Parkett und suchen nach Anschluss, aber es sind bloß 'n paar Verknallte da, die mich beim Nachgießen immer so ankucken, als wäre ich der letzte Dreck und sollte machen, dass ich wegkomme. Dabei mische ich mich nie in fremde Gespräche, aber schließlich ist das Clou kein Wartesaal, und ich hatte drauf zu sehn, dass verzehrt wurde. Ich brachte grade 'ne leere Flasche an die Bar und schob sie auf's Blech zu Effi rüber, als mich Herr Kleeberg rief. Ich ging in seinen Verschlag, und er sagte mir, dass ich mal in die Jägerklause springen sollte, weil dem Löschke der Sprit ausgegangen war. Er reichte mir die Flaschen aus'm Regal, ich packte sie in 'ne große Einkaufstasche, zog meinen Mantel über, sagte Oscar noch Bescheid, dass er'n Auge auf meine Tische hatte und wischte raus. Die Jägerklause, schräg gegenüber, war ein Männerlokal, in dem ich erst einmal gewesen war, ich glaube mit Ulli, auf'n Bier im Stehn, oder mit Dieter wegen Zigaretten. Wir hatten jedenfalls gemacht, dass wir wieder rauskamen. Das war früher so 'ne Bude, wo die Kellner beim Abrechnen mit der Faust auf'n Tisch hauen und der Wirt in dem Loch zwischen Curacao und Pfefferminz 'n Totschläger stecken hat. Aber damals war die Jägerklause noch privat, inzwischen musste sie mindestens Konsum sein, wenn nicht HO, sonst hätten wir denen nicht mit Schnaps ausgeholfen. Der Laden war auch wirklich völlig verändert. Aus der Kaschemme war 'n richtiggehender bürgerlicher Mittagstisch geworden mit Berliner Bär und Girlanden und zwei Rehbockgeweihen überm Stammtisch, an der Theke 'ne Kühltruhe mit Schweinskotelett in Aspik, Knacker und Aufschnittbrötchen, also eigentlich langweilig, aber immer noch schön für Männer zum Saufen und Nachdenken. Der Wirt war geblieben, bloß war er eben nicht mehr Besitzer, sondern Kommissionär oder Angestellter, und wenn er jetzt keine sauren Heringe kriegte, rannte er nicht selber in die Markthalle am Alex oder in die Ackerstraße, sondern rief bei der *Konsum*-Zentrale an und beschwerte sich.

Ich ging an die Theke, stellte meine Tasche aber nicht drauf.

Ich wusste, Ausschankblech ist heilig.

»Guten Abend, Herr Löschke«, sagte ich. »Ich komme von Kleeberg und bringe den Schnaps.«

»Wieviel haste'n?«, fragte Herr Löschke, der seit seiner Verstaatlichung einen weißen Mantel trug, sich aber immer noch nicht daran gewöhnen konnte. Außerdem musste er von Rechts wegen »Kollegin« zu mir sagen und mich siezen, aber bei so'm jungen Sozialisten wollte ich nicht gleich jedes Wort auf die Goldwaage legen.

»Zehne«, sagte ich. »Wo soll'n die hin?«

Er antwortete nicht, sondern grinste, stippte Schaum von dem Bier, das er in der Hand hielt, und ließ nachlaufen. Dabei sah er auf den Hahn, blickte dann wieder hoch und nickte jemandem zu, der hinter mir stehn musste. Ich drehte mich um.

»Guten Abend«, sagte Paul Deister. »Schön, dass man sich mal wieder sieht.«

»Kann mich nicht erinnern«, sagte ich wie aus der Pistole geschossen, und es dauerte wirklich eine Weile, ehe es mir einfiel, und da hatte er's beinahe schon gesagt.

»Wir haben uns mal im Konzert ...«, sagte er. »Aber vielleicht sollte ich mich erstmal vorstellen ...«

Er sagte seinen Namen, aber ich verstand ihn nicht, weil er in meinem Gedächtnis gerade die Uhr aufhob, die im Metropol-Theater auf'm Fußboden gelegen hatte.

»Achso«, sagte ich, und mir lag schon auf der Zunge: Das is' ja nun kein Grund, einen gleich auf freier Wildbahn anzuhaun, aber dazu war er zu höflich, er hätte es wahrscheinlich auch für'n Korb gehalten, und außerdem sah er einfach zu gut aus. Damit wir uns richtig verstehn: Er war kein Beau, wie meine Mutter gesagt hätte, kein Schönling, kein Friseur – er wirkte eher wie'n Mann und war ja auch in dem Alter.

»Sie haben aber 'n Gedächtnis«, sagte ich stattdessen, und wahrscheinlich lächelte ich sogar dabei. »Soll ich auspacken?«, fragte ich Herrn Löschke und drehte mich zu ihm um, aber der winkte ab, kam vor die Theke, nahm meine Tasche und verschwand.

»Wollen Sie sich nicht 'n Augenblick hinsetzen?«, fragte der Mann aus dem Konzert.

»Das geht leider nicht«, sagte ich. (Wieso denn »leider«?)
»Ich muss wieder arbeiten.«

»Was machen Sie denn?«, fragte er.

»Sie sind aber neugierig«, sagte ich.

»Fragen ist mein Beruf.«

»Sind Sie beim Quiz?«, fragte ich, und er lachte darüber für mein Gefühl ein bisschen zu lange.

Er hatte kleine Geheimratsecken und war blond, aber nicht hellblond, was ich ja sehr gut finde, sondern dreckigblond, was beinahe wie braun aussieht, wenn's lange nicht gewaschen ist. Seinem Anzug nach brachte er so siebenhundertfuffzig Märker nach Hause (in Wirklichkeit verdiente er mehr als das Doppelte), jedenfalls waren die Ärmel zu kurz und die Schöße zu lang, die Hosen zu weit und die Revers zu hoch, das ist 'ne Frage von Zentimetern, aber ich hab da'n Blick für. Solche Männer sind entweder schlecht verheiratet oder ausgesprochene Ackerer, denen alles egal ist, oder beides.

Eigentlich musste Kollege Löschke mit meiner Tasche langsam wieder antrudeln, aber der konnte anscheinend die Kellerschlüssel nicht finden.

»Sie werden zum Skat verlangt«, sagte ich, denn ich hatte gesehn, wie sich zwei Männer nach uns umdrehten, die in einer Nische aus Weinblättern saßen, jeder einen halben Liter

Bier vor sich, und nachdem sie lange genug meine Beine und meinen Busen betrachtet hatten, wieder auf das Transparent *Trinkt Weine der Freundschaft* starrten.

»Ach, die warten 'n Augenblick«, sagte er und lächelte, was ihm sehr gut stand.

»Sie wollten mir doch sagen, wo Sie arbeiten …«

»Da, in dem Schuppen gegenüber«, sagte ich, denn Herr Löschke hätte es ihm sowieso verraten, »im Clou.«

»Schade«, sagte er, »da darf ich nicht rein.«

Ach, kuck mal an, der ist bei der Armee.

»Nein, nicht Armee«, sagte er, als ob er mir jeden Gedanken von den Augen ablesen könnte. »Aber da ist zuviel Kundschaft von mir.«

»Achso«, sagte ich, »Sie sind von der Sitte.«

Wieder lachte er, aber diesmal in Grenzen, wippte in den Knien und schüttelte den Kopf.

»Nein«, sagte er, »aber das ist ja auch egal …«

Er streckte mir plötzlich die Hand hin, woran ich merkte, dass in meinem Rücken der ins Volkseigentum überführte Kneipier aufgetaucht sein musste.

Ich gab ihm meine.

»Sieht man sich mal wieder?«, fragte er.

»Weiß nicht«, sagte ich und drehte mich zu Herrn Löschke um, der mir die Tasche übern Tresen reichte.

»Alsdann!«, hörte ich Paul Deister sagen und drehte mich nochmal halb in seine Richtung.

»Wiedersehn«, sagte ich so nebenbei wie möglich. Er nickte und ging an seinen Skattisch. »Mädchen, Mädchen«, murmelte Herr Löschke, während er einige Gläser unter den Hahn stieß, »sei doch bloß 'n bisschen freundlicher …«

»Wieso?«, fragte ich und zog den Reißverschluss an der Handtasche zu. »Gegen wen?«

»Weißte denn überhaupt, wer das is? Mit dem de da eben jesprochen hast! Nee! Mensch, det is 'n Bulle.«

»Hab ich mir schon gedacht«, sagte ich altklug.

»Aba wat für eena«, sagte Herr Löschke, während er die vollen Gläser übers Blech dem Kellner ans Tablett rutschen ließ. »Aus de Littenstraße, mein Kind, wo se de Hosen runtalassen missen. Unta fünf Jahre spielt sich bei die Brieder nischt ab.«

»Und?«, fragte ich, obwohl mir allmählich 'n Seifensieder aufging.

»Da is der Richter«, sagte Herr Löschke. »Und sowat spielt bei mir Skat.«

»Wie heißt er?«, fragte ich.

Er sagte seinen Namen wie den Reim auf meine Frage, aber geflüstert, und jetzt wusste ich Bescheid.

»Ach, du Schande«, sagte ich und haute ab. »Wiedersehn, Herr Löschke«, rief ich in der Tür. Nach dem Tisch, an dem die Skatbrüder saßen, sah ich lieber nicht.

Als ich wieder im Clou war, meinen Mantel ausgezogen und die Tasche bei Herrn Kleeberg abgegeben hatte, sagte Effi: »Mensch, du bist aber blass.«

22

Was denn nun?

Als ich gegen Morgen nach Hause kam, legte ich mich ins Bett, konnte aber nicht schlafen. Denken auch nicht – machte mir bloß Gedanken.

Wurde ich von dem Kerl etwa verfolgt? Lächerlich. Als Richter am Berliner Stadtgericht brauchte er der Schwester eines verurteilten Staatsverbrechers nicht selber nachzusteigen. Dazu hatte der seine Leute.

Also – Zufall? Naja, Zufall. Sieht vor einem Jahr meine Uhr auf'm Boden liegen, hebt sie auf. Bitte sehr! Behält mein Gesicht im Gedächtnis, sieht mich wieder in Löschkes

Jägerklause, macht Stielaugen, kommt ran: Wir kennen uns doch?

Zufall.

Aber was nun?

Die Gedanken von der ruhigen Sorte, eiapopeia, schlaf-man-schön: Es war doch nichts passiert. Es war eigentlich überhaupt nichts passiert. Er hat mir mal was hochgehoben, nun trifft er mich, vielleicht gefalle ich ihm, er kommt ran: Schön, dass man sich mal wieder sieht. Was soll er denn sonst sagen? Schön, dass die Heide blüht? Ich hätte ihm gleich übers Maul fahren sollen: Was nehmen Sie sich denn raus oder so, aber besser ist doch, immer hübsch auf Abstand und dann 'ne Fliege machen. Wenn ich ihm nicht gesagt hätte, wo ich arbeite, hätte's ihm Herr Löschke gesagt. Außerdem brauchte er bloß meinen Namen, und dann suchen's ihm seine Bullen raus. Natürlich hätte ich ihm gleich flöten können: Hörense mal, bei mir – so hoch der Schnee! Aber bloß, weil er mal gefragt hat? Man wird ja noch mal fragen dürfen, hatte Dieter immer gesagt, wenn er einem Mädchen im Schwimmverein von hinten die Hand zwischen die Beine gesteckt hatte und dann 'n Meter zurücktreten musste, damit er aus'm Ohrfeigenradius kam. Aber jetzt die schwere Kavallerie, taráp, taráp: Was denn nun, wenn er morgen auf einmal im Clou auftaucht und von da ab jeden Abend immer bis Schluss sitzenbleibt und dann hinter mir herschleicht? Wenn er wollte, konnte er sogar zu Herrn Kleeberg gehn und ihm sagen: Hörense mal, Genosse Kleeberg, ich bin der und der, Sie haben doch wohl nichts dagegen – alles in Ehren, versteht sich …

So weit ging die Freundschaft vielleicht nicht, aber immerhin. Auf keinen Fall durfte er meinen Namen erfahren. Ich würde ihm sagen, ich heiße Hentig. Maria Hentig. Dann kann er sein Fahndungsbuch wälzen: Unter Hentig findet er nichts. Da ist Pause. Aber wenn ihm Löschke nun auch meinen Namen gesagt hatte? Moment mal! Der wusste nicht, wie ich heiße. Aber wenn er ihn nun gefragt hat, ob er das nicht rauskriegen könnte. Dann hängt sich mein Löschke ans Telefon, ruft Kleeberg an, und schon ist alles im Eimer.

Ich bin ein Rindvieh! Ich sage ihm einfach, mein Verlobter ist Schwergewichtsmeister und haut ihm die Brille kaputt, wenn er mir immer hinterherkuckt. Notfalls musste ich mir Ulli mal ausborgen, bloß in seinem Wintermantel sah der auch nicht gewaltiger als andere Männer aus, und wegen diesem Richter konnte es der liebe Gott ja nun nicht Frühling werden lassen über Nacht.

23

Apropos Frühling. Veilchen kamen.

»Oh, die Liebe!«, rief Oscar, als mir Herr Kleeberg den Strauß brachte.

»Und kein Brief dabei?«, fragte Effi, als sie mir 'ne kleine Vase rüberschob, wo ich ihn reinstellen konnte.

»Nee«, sagte ich, »nischt zu sehn.«

»Die sind wahrscheinlich von dem Besoffenen«, sagte Oscar.

Vor ein paar Tagen hatte ein junger Kerl an der Bar gesessen, allein zwei Flaschen Sowjetskoje ausgetrunken, mich – wie ich zugeben muss – ziemlich oft dabei angesehen und war dann ganz langsam mit dem Hocker nach hinten gekippt. Wir dachten, er hätte sich was getan, aber er lag ganz ruhig auf dem Rücken und rauchte. Als wir ihn aufheben wollten, sagte er:

»Bitte, lassen Sie das! Ich stehe hier sehr gut.«

»Sie stehen nicht, Sie liegen«, sagte ich.

»Mein Gott!«, sagte der Junge und sah mich an, und da ich hinter ihm stand, musste ich für ihn auf dem Kopf stehn. »Was macht das schon ...«

Wir legten ihn im Büro auf die Couch, weil er so leise war und überhaupt nicht randalierte. Als Oscar nachher mal reinsah, saß er bei Herrn Kleeberg am Schreibtisch und heulte.

»Nein, nein«, sagte ich, »von dem sind die nicht.«

»Von wem denn sonst?«, fragte Oscar und zog die Augenbrauen hoch.

»Wat is denn det für'n Zolote?«, wollte er wissen. (Einer seiner Lieblingsausdrücke, eine Mischung aus Helote, Zelote und Zoo.)

»Mein lieber Oscar«, sagte ich, »wenn du wüßtest, von wem die Blumen sind, wärst du ganz klein und mickrig.«

Oscar nahm es, weil siebter November war, gleich politisch.

»Habe ich etwa aus der Aurora geschossen?«, fragte er hochdeutsch.

»Nein, du nicht«, beruhigte ihn Effi, und Herr Kleeberg ging kopfschüttelnd in sein Büro zurück.

Am nächsten Tag kamen Nelken. Donnerstag.

Am Freitag kamen drei Rosen.

»Morjen kommt er selber«, sagte Oscar. Aber am Sonnabend kamen wieder Blumen, rote, ausgefranste, und keiner von uns, nicht mal Herr Kleeberg, wusste, wie sie hießen.

»Sag mal, bei aller Liebe«, fragte Oscar. »Findeste nich, dass det'n bisschen zu weit jeht? Wir sind doch hier keene Orangerie ...«

Am Sonntag kamen Mimosen.

»Det is'n Dauerauftrag bei 'ne Privatgärtnerei«, sagte Oscar, »sonst würden die nicht ooch sonntags noch liefern. Ich werd mal bei unse Zentrale anrufen, dass se uns noch'n Satz Vasen schicken. Wat meenste denn, wie lange der durchhält – damit wir uns so'n bischen druff einrichten können ...«

Ich zuckte die Schultern. »Keine Ahnung.«

»Der Mann muss doch irgendwann mal zu Vernunft kommen.«

Die Veilchen hatte ich mit nach Hause genommen, und Tante Hete hatte schon 'n ganz merkwürdigen Blick gekriegt, aber nichts gesagt. Die andern Sträuße ließ ich lieber gleich im Clou. Wenn ich die Rosen sah, dachte ich: Freitag, die Mimosen: Sonntag, die Nelken: Donnerstag. Ich kam gar nicht auf die Idee, dass die Blumen von einem anderen als von Deister sein konnten. Am Montag hatten wir Schließtag, aber am Dienstag kamen wieder Rosen. Als Herr Kleeberg mir den Strauß gab, meinte er: »Kannst du dem Herrn nicht mal sagen, dass es jetzt reicht?«

Ich nickte.

»Ja«, sagte ich. »Ich kann aber wirklich nichts dafür.«

»Mir fällt das nu bloß langsam auf'n Wecker«, sagte Herr Kleeberg, kniff die Augen zusammen, nickte, als hätten wir uns geeinigt, und verschwand. Kurz vor elf, es war sowieso nicht viel los, kratzte ich die Kurve und lief rüber zur Jägerklause. Ich dachte mir, wenn er vorigen Dienstag hier Skat gespielt hat, wird er heute wieder da sein. Ehe ich reinging, holte ich dreimal tief Luft.

Er saß mit dem Rücken zu mir am Tisch, hatte Karten in der Hand und schrieb gerade was auf einen Block. Ich machte gleich kurzen Prozess, stellte mich neben ihn und sagte:

»Guten Abend! Entschuldigen Sie – dürfte ich Sie mal einen Augenblick sprechen?«

Er sah mich an, schien aber gar nicht überrascht und stand auf. Er legte die Karten beiseite und wollte sich mit mir an einen anderen Tisch setzen, aber ich ging einfach raus, sodass er hinterher musste.

»Sie werden sich erkälten«, sagte ich.

»Hmhm«, machte er und schlug den Jackettkragen hoch.

»Es geht ja auch ganz schnell«, sagte ich.

»Warum? Ich hab Zeit«, meinte er und gab mir mit der Hand so 'ne leichte Drehung, dass ich neben ihm ins Laufen kam.

»Ich kann hier nicht spazieren gehen«, sagte ich. »Ich muss

arbeiten. Ich wollte Ihnen nur sagen: lassen Sie bitte diesen Quatsch mit den Blumen. Ich hab bloß Scherereien damit.«

»Wieso?«, fragte er.

»Wir wissen nicht mehr, wohin mit dem Zeug.«

»Ich dachte, Sie nehmen sie mit nach Hause«, sagte er.

»Nein«, sagte ich, »das geht nicht.«

»Warum nicht?«

»Ich wohne bei meiner Tante, und die denkt dann gleich sonstwas.«

»Dann lassen Sie Ihre Tante eben sonstwas denken«, sagte er. »Geben Sie mir mal Ihre Adresse!«

»Nein«, sagte ich und blieb stehen. »Wozu?«

»Wegen der Blumen«, sagte er und lächelte mich an. »Ich muss doch wissen, wo ich sie hinschicken kann …«

»Sie sind verrückt«, sagte ich und kriegte plötzlich Angst vor meiner eigenen Courage.

»Nein, ich bin nicht verrückt«, sagte er und steckte die Hände in die Hosentaschen, weil ihm kalt wurde. »Wenn Sie mir nicht Ihre Adresse geben, gehen die Blumen weiter an die alte Anschrift.«

Er hopste ein bisschen, so kalt war ihm, dann nahm er mich wieder beim Arm und ging mit mir zur Jägerklause zurück. »Es gibt natürlich noch 'ne dritte Möglichkeit«, sagte er im Gehen.

»Jaja«, sagte ich.

Plötzlich lachte er.

»Mein Gott, Sie brauchen doch keine Angst vor mir zu haben!«, rief er. »Haben Sie etwa Angst?«

»Bisschen«, sagte ich.

»Warum denn?«

»Weil Sie so reden«, sagte ich. »Entweder – oder, entweder – oder …«

»Aber gehn Sie!«, sagte er. »Ich wollt' Sie ja nur zu einem Kaffee einladen. Morgen Nachmittag. Sagen wir: um vier, oder lieber um fünf. Da haben Sie ausgeschlafen, und ich bin auch fertig mit meinem Kram. Wohnen Sie hier in der Nähe?«

»Sie wissen ja gar nicht, ob ich mitkomme!«

»Ich hab Sie in der Hand«, lächelte er. »Ich erpresse Sie!«

Reiß bloß nicht so das Maul auf, dachte ich. Wenn das dein Minister wüsste, dass du hier nach Dienstschluss auf der Straße stehst und kleine Mädchen erpresst ... Ich weiß ja nicht. Verheiratet bist du doch sicher auch noch. Einen Ring konnte ich aber nicht sehn, weil er die Hände in den Hosentaschen hatte.

»Na, denn schon lieber um fünf«, sagte ich.

»Und wo?«

»Ich wohne in der Friedrichstraße«, sagte ich. »Am Oranienburger Tor.«

»Das ist ja bloß 'n Katzensprung«, sagte er. »Aber da kann man wieder nicht parken.«

»Ich denke, Sie wollen 'n Kaffee trinken?«

»Ich hab gemeint, irgendwo draußen ...«

»Njet«, sagte ich, »nitschewo.«

»Ist ja auch schon dunkel um die Zeit«, sagte er.

Wir verabredeten uns in einem Café in der Reinhardtstraße, schon dicht an der Charité, kurz vor der Luisenstraße.

»Ich freue mich«, sagte er und gab mir die Hand. »Und Sie?«

»Sie wollen immer alles sehr genau wissen«, sagte ich und rannte zum Clou rüber.

24

Er war nicht unsympathisch, aber wenn ich ihm ins Gesicht sah, fiel mir mein Bruder ein. (»Was meinen Sie denn, warum wir den Mann hier haben – etwa, weil er Äppel geklaut hat?«) Der, der Dieter zu vier Jahren Zuchthaus verknackt hatte, saß mit mir bei Kaffee und Torte, und während er erzählte, wie er sich als Junge das Leben nehmen wollte, wartete ich darauf, dass er plötzlich seine Schlüssel aus der Tasche zog und sagte:

»Die Sprechzeit ist beendet.«

Daran musste ich mich erst mal gewöhnen, und ich schielte ein bisschen vor Anstrengung, aber wahrscheinlich hielt er das eher für'n Kompliment und dachte, er hätte mich schon in so'n leichten Halbschlaf rübergeraspelt. Damit war allerdings Essig. Das merkte er gleich, als er mir mal gesprächsweise und beinahe väterlich die Hand auf'n Arm legte.

»Würden Sie das bitte lassen«, sagte ich sachlich und sah ihn danach wieder so an, als wäre nichts gewesen.

»Einmal wollte ich mich aufhängen«, sagte er. »Ich nahm mir die Wäscheleine und ging ins Badezimmer. Ich hatte das Gefühl, dass mich kein Mensch auf der Welt mehr versteht. Meine Eltern schon gar nicht. Ich band die Leine um 'ne Verstrebung am Hängeboden und machte eine Schlinge. Der Hängeboden war genau über der Badewanne.«

»Wo sind Sie'n eigentlich her?«, fragte ich.

Er lehnte sich zurück und atmete aus.

»Geboren bin ich im Rheinland, aber aufgewachsen in Thüringen. Das mit der Badewanne passierte in Jena. Ich musste reinsteigen, wenn ich mir das Leben nehmen wollte.« Er spielte mir mit den Händen vor, wie er den Strick am Hängeboden festmachte.

»Ich wollte ja nicht richtig sterben. Ich wollte meinen Leuten bloß'n Schreck einjagen ...«

»Waren die so eklig?«

»Ich hatte 'n Stiefvater«, sagte er, und ich nickte, als ob das gleich alles erklärt hätte. »Nein«, widersprach er, »mit dem kam ich ganz gut aus. Eigentlich war's meine Mutter, die mich immer so auf'n Kieker hatte.«

»Hmhm«, machte ich.

»Kommen Sie gut aus mit Ihren Eltern?«

»Ja«, sagte ich, »die sind tot.«

»Alle beide?«, fragte er.

»Hm«, sagte ich und rührte in meinem Kaffee. Das war der Augenblick, wo er mir die Hand auf'n Arm legte.

»Bitte«, meinte er und bestellte sich einen Schnaps, obwohl er sein Auto draußen stehn hatte.

»Wie ging's 'n dann weiter?«, fragte ich.

»Achso«, sagte er und trank seinen Schnaps, «ja! Ich hatte die Tür nicht abgeschlossen. Ich hoffte doch, dass mich einer rettet. Wenn ich Schritte auf'm Flur hörte, wollte ich mir die Schlinge um den Hals legen und mich fallenlassen. Aber es kam niemand.«

Ich lächelte ein bisschen, ihm zuliebe, obwohl mich die ganze Sache ziemlich kalt ließ. Offensichtlich hatte es doch mit dem Selbstmord nicht geklappt, denn er saß ja vor mir, aß Kuchen und trank Schnaps.

»Ich stieg wieder raus und holte mir aus'm Bücherschrank einen Band von Schlossers *Weltgeschichte*. Kennen Sie die?«

»Nein«, sagte ich wahrheitsgemäß.

»So«, sagte er und blies ein bisschen die Luft durch die Nase, »na, ist ja auch egal.«

Das fand ich nun ein bisschen affig. Warum musste denn 'ne Kellnerin Schlossers *Weltgeschichte* kennen! Aber ich blieb still und nickte nur. Ich hatte meinen besten Fummel angezogen und musste sowieso, während er redete und ich saß, immer mal auf meinen Schoß schmulen, dass mir keine Krümel oder Sahne zwischen Handtasche und Rock kamen.

»Ich setzte mich auf den Wannenrand«, fuhr er fort, »schön bequem, legte mir die Schlinge um den Hals und fing an zu lesen, wie die Kimbern und Teutonen nach Italien zogen. Aufregende Sache. In Schlossers *Weltgeschichte* jedenfalls. Leider überhörte ich dabei, wie die Tür aufging und mein Vater reinkam, mein Stiefvater. ›Was machst du denn da?‹, fragte er. Ich war völlig verdattert. ›Ich will mir's Leben nehmen‹, sagte ich. ›Hm‹, sagte er, ›das hat ja wohl Zeit bis nach'm Abendbrot!‹«

Er lachte, und ich musste aus Gefälligkeit mitlachen.

»Lungenhaschee gab's«, sagte er. »Essen Sie gerne Lungenhaschee?«

»Kein Stück«, sagte ich. »Nicht um die Welt.«

Er lachte wieder ein bisschen zu lange, und ich sah, dass er eine Zahnlücke und einen Goldzahn hatte. Auf einmal wusste ich nicht mehr, warum ich eigentlich hier saß. Also stand ich auf, aber er stand auch auf, als hätte er denselben Gedanken gehabt, zahlte im Vorbeigehn an der kleinen Theke, und als wir auf der Straße waren, drehte er mich nach links, zur Luisenstraße hin, und wir liefen die Luisenstraße runter bis zur Marienstraße, bogen in die Marienstraße ein und gingen durch die Albrechtstraße wieder zur Reinhardtstraße zurück. Unterwegs, in der Marienstraße, tranken wir einen deutschen Weinbrand, Grand mit Dreien heißt das Zeug, bei uns im Clou gibt's sowas nicht, wir führen bloß Edel und grusinischen und Auslese. Auf der Straße gefiel er mir wieder besser. Er ging immer so'n bisschen nach vorne gebeugt, manchmal setzte er seine Brille auf und blinzelte. Ich fragte, warum er sie immer wieder absetzte.

»Eitelkeit«, sagte er, aber es war bloß 'ne Lesebrille. Also kein Angeber, was schon viel wert war, eher ein Untertreiber, was einem natürlich auch gleich verdächtig vorkommt. »Ich bin beim Gericht ...« – so in der Art.

Eine Woche lang gingen wir jeden Nachmittag zwischen sechs und acht spazieren. Wir trafen uns am Alex, gingen nach'm Königstor, durch'n Friedrichshain, über die Leninallee zur Karl-Marx-Allee. Oder vom Alex zum Hackeschen Markt, übern Weinbergsweg zur Kastanienallee auf die Schönhauser. Oder vom Alex zur Jannowitzbrücke, durch'n Köllnischen Park, am Märkischen Museum vorbei, über'n Molkenmarkt bis zum Hausvogteiplatz, 'ne ganz schöne

Ecke. Er mit hochgeschlagenem Kragen, mit Pelzmütze und rotkariertem Schal, erzählte und brummelte und ging manchmal drei Schritte vorneweg, blieb dann wieder zurück, und ich neben oder vor oder hinter ihm, mit rotem, blauem, weißem Kopftuch und gefütterten Handschuhen, in dicken Strümpfen und langen Hosen, wenn's richtig kalt war, und meistens hörte ich bloß zu. Manchmal kam's mir so vor, als wäre ich die erste, bei der er sich so richtig ausquatschen konnte, aber das war natürlich wie alles im Leben Einbildung.

Er erzählte von Kindstaufen und Hochzeiten, Beerdigungen und Scheidungen, von seiner Gefangenschaft und vom Schwarzen Markt, vom Studium in Berlin und von einer Antifa-Schule in Russland, von Autounfällen und von Musik und wie man Kaninchen schlachtet. Das war vielleicht überhaupt die fürchterlichste Geschichte, wie er dachte, das Karnickel ist tot und ausgeblutet und wie er's in der Waschküche neben den Gulli legte und nach 'ner Weile drehte er sich um – und da saß es wieder und kuckte ihn an mit seinen blauen Augen.

»'n blauer Wiener«, sagte er.

»Wir hatten immer die belgischen«, sagte ich, »belgische Riesen.«

Über dreierlei sprach er nie: erstens nie über seine Frau (natürlich war er verheiratet, da gab's überhaupt nichts dran zu tippen), zweitens nie über seinen Beruf (worüber Männer sonst stundenlang sprechen), und drittens erzählte er keine Witze, nicht mal harmlose.

Wenn er von seiner Gefangenschaft sprach, ging ihm irgendwie das Herz auf. Sowas hatte ich auch schon von anderen gehört, aber bei denen war gleich immer klar warum, denn ohne die wäre die Welt stehengeblieben: Die hatten den Russen die Wälder gerodet, den Franzosen die Kartoffeln gelangt und den Engländern die Kohle gefördert, bei Wasser und Brot, mit Blümchenkaffee und Zwieback, naja und die üblichen Sprüche. Der hier drehte den Spieß mal rum. Der sagte, dass er ein furchtbarer Hosenscheißer war und sich am liebsten vor jedem auf'n Bauch geschmissen und ihm die Stiebel geleckt hätte. Aus ihm wäre in Russland erstmal 'n Mensch geworden.

»Kann ich mir gar nicht vorstellen«, sagte ich.

»Doch«, sagte er, »auf der Antifa-Schule.«

»Sie sind wohl'n großer Parteimann, was?«

»Wie meinen Sie'n das?«, fragte er. »Groß!«

»Na, Sie machen so alles, was Sie von oben gesagt kriegen«, blabberte ich.

Er blieb stehen und sah mich an.

»Maria – warum stellen Sie sich eigentlich immer so doof?«

Er sah mir in die Augen, und ich merkte, wie ich rot wurde. Gottseidank war's schon dunkel. Ich wartete direkt darauf, dass er sagte: ›Geben Sie doch endlich zu, dass Sie die Schwester von Dieter Morzeck sind! Geben Sie's zu! Jetzt hilft sowieso kein Ausreden mehr!‹

Aber er sagte was ganz anderes.

»Sie stellen sich dumm, und dabei sind Sie ein ganz kluges Mädchen.«

»Wie kommen Sie denn darauf?«, fragte ich, obwohl ich zugeben muss, dass ich das nicht ungern hörte. Ich glaube, wer nicht schielt und nicht bucklig ist, ist gerne schlau. Die hässlichen Weiber hören von morgens bis abends, dass sie geistreich sind und sind schon so dran gewöhnt, dass sie's glauben.

Jedenfalls hatte er seinen Leim gelegt, und langsam, Schritt für Schritt, latschte ich drauf, kam mit meiner Geschichte raus – ohne Dieter, versteht sich –, erzählte ihm auch, dass ich nicht studieren konnte, aber sagte nicht warum.

»Slawistik«, knurrte er, »hm – wahnsinnig überbelegt. Aber irgendwas müssen Sie doch machen, bis das nächste Semester losgeht. Sie können doch nicht einfach aussetzen und alles hängen lassen.«

»Soll ich vielleicht Vokabeln lernen?«, fragte ich.

»Warum nicht?«, fragte er, blieb einen Augenblick stehen, sah runter auf den Spreekanal, und ich sah, wie er spucken wollte, aber er traute sich nicht, weil ich dabei war.

»Spucken Sie ruhig«, sagte ich. »Mir ist auch danach.«
Wir spuckten beide ins Wasser und lachten.

»Nein, im Ernst«, sagte er. »Da muss doch was geschehn.«
Das Gefühl hatte ich auch, aber nicht, was mein Russisch betraf. Solange er meinen Nachnamen nicht erfuhr – komischerweise fragte er nie danach – war alles in Ordnung. Sobald er meinen Namen wusste, Morzeck (kein besonders schöner, aber auch keiner, dessentwegen man sich gleich umtaufen lassen muss), Morzeck, ein Name, den man sich merken kann, vor allem, wenn man einen Morzeck wegen Staatsverbrechens verurteilt hatte, Morzeck, der bohrt sich mit seiner zweiten Silbe ins Ohr und ins Gedächtnis – sobald er den Namen wusste, ging ihm ein Kronleuchter auf. Also ...: Schluss, Feierabend. Aus. Man konnte mit ihm ganz schön im Schnee rumlaufen, auch in Matsch und Regen, aber das war alles. Von Liebe – keine Rede. Verliebt – kein Stück. Verknallt – nicht die Bohne. Bloß so.

Aber ich hatte inzwischen einen Floh im Ohr, und den hatte er mir selbst reingesetzt. Das sage ich nicht, weil ich mich rausreden will, sondern weil's stimmt.

»Ja, natürlich kommt sowas vor«, hatte er geantwortet, als ich mal so nebenbei gefragt hatte, ob Leute auch unschuldig verurteilt werden. »Selbstverständlich!« Aber dann war er gleich wieder abgeschwirrt auf sein Lieblingsthema in der Gefangenschaft, noch bevor er auf die Antifa-Schule gekommen war, die Schweiz. In der Lagerbibliothek war ihm irgendeine Schwarte über die Schweiz in die Hände gefallen und seitdem: Schweiz hinten und Schweiz vorne.

»Sehn Sie«, sagte er und lachte, »da müsste es eben einen Ombudsman geben – der macht, was er will. Der kann seine

Nase in jede Akte, in jeden Vorgang, in jeden Tresor, in jedes Gericht, in jedes Gefängnis stecken, und keiner darfs ihm verwehren! Sowas fehlt in der Justiz!«

Er lachte.

»Warum lachen Sie denn da?«, fragte ich. »Sowas müsste es wirklich geben!«

»Wissen Sie, die Schweiz ist ein Kapitel für sich«, sagte er, nahm sich die Pelzmütze ab und fuhr sich mit der Hand über die Stirn. »Außerdem – was hat denn so ein Ombudsman, so ein Verwaltungs-Heinzelmann, so ein Rächer der Enterbten für einen Sinn, wenn er sowieso nichts ändern darf!?«

»Wieso?«, fragte ich. »Wieso darf er nichts ändern?«

»Wollen Sie das wirklich so genau wissen?«, fragte er und runzelte die Stirn.

»Ja«, sagte ich, »ich denke, ich bin ein kluges Kind?«

Ein bisschen zu kokett, eine Spur zu frech und zu dumm, aber anscheinend merkte er es nicht, oder hielt es für weiblich.

»Also erstens mal tritt er ja überhaupt nur in Erscheinung, wenn sich jemand beschwert …«

»Der Ombudsman«, sagte ich. Mir gefiel das Wort. Mir gefällts bis heute, obwohl es gar nicht schweizerisch, sondern schwedisch oder norwegisch ist.

»Jaja, der Ombudsman«, wiederholte er. »Bisschen komischer Name, was?«

Ich musste lachen, und der Ombudsman kriegte seine Ombudsfrau und die machten zusammen Ombudskinder und gründeten das Ombudsvolk und den Ombudsstaat dazu, und sonntags sangen sie immer »Ombud, Ombud über alles …«

Aber als ich das nächste Mal darauf zu sprechen kam, nach einigen Hakeleien, sagte er:

»Eigentlich macht das bei uns die Partei. Den Ombudsman.«

»Die kann sich auch irren ...«, sagte ich.

»Die einzelnen Mitglieder – ja«, sagte er, sah mich aber nicht an dabei, sondern kuckte sich auf die Füße.

»Und die Partei im ganzen nicht?«, fragte ich.

»Ich glaube, nein«, sagte er.

»Das ist wohl auch mehr Glaubenssache«, sagte ich, »so mehr Kirche. Da komme ich nicht mit. Auf der einen Seite alles so vernünftig – und auf der anderen: Immer schön glauben, Genosse! Das muss doch schiefgehn!«

»Glauben Sie?«, fragte er und lächelte mich an. »Warten Sie mal noch'n paar Jahre! Bis wir den größten Dreck hinter uns haben ...«

Und dann erzählte er, wie sie in der achten Klasse einen Lehrer hatten, von dem sie wussten, dass er furchtbar soff, und er war immer so eklig, wenn er'n Kater hatte – »und dann ließ er seine Wut an uns aus. Er piesackte und ohrfeigte uns – wann war das? Fünfunddreißig! Ja, fünfunddreißig!«

»Waren Sie eigentlich in der Hitlerjugend?«, fragte ich ihn.

»Ja, natürlich«, sagte er ironisch. »Thüringen war der Stolz des Führers!«

Ich merkte, dass er möglichst schnell darüber weg wollte, aber wie einer, der immer wieder an seinem Hühnerauge polkt, weil's so schön wehtut, kam er nochmal drauf zurück.

»Mein Stiefvater war Nazi, der Bruder meiner Mutter – also mein Onkel – war Nazi, unsere Lehrer waren Nazis, der Kaufmann war Nazi, der Bäcker war Nazi, der Milchmann war Nazi – bloß der Steuerberater gegenüber war kein Nazi.«

»Wieso nicht?«, wollte ich wissen.

»Der war beim Stahlhelm und kam sich übergangen vor.«

»In der Schule haben wir gelernt, dass es so viele Kommunisten gegeben hat.«

»'türlich«, sagte er, »stimmt ja auch.«

»Bloß eben nicht in Ihrer Straße«, sagte ich, »oder?«

»Sagen Sie mal – wollen Sie mich auf'n Arm nehmen?«, fragte er und tat auf einmal richtig beleidigt.

»Wie war denn das mit Ihrem besoffenen Lehrer?«, fragte ich nach 'ner ganzen Weile kleinlaut.

»Ach, wir wollten ihm eben eins auswischen, weiter nichts«, sagte er so nebenbei und ließ sich von mir bitten, ehe er weitererzählte.

»Einer von uns hatte 'ne blendende Idee. Als er eines Morgens wieder versoffen und verkatert in die Penne kam – wir hatten die erste Stunde bei ihm –, brachten wir die drei Lampen in unserm Klassenzimmer ins Schwingen, und zwar so, dass sie gleichmäßig hin und her pendelten. Als er zur Tür reinschlich, schaukelten wir dazu auf unseren Bänken, dass er die ersten Schritte in Richtung Katheder nur ganz vorsichtig, so peu-à-peu machte. Er setzte sich auf den Stuhl und sagte: ›Das vorige Mal haben wir die Gravitation durchgenommen‹ – wir hatten ihn in Physik und in Biologie, und eigentlich war die erste Stunde Biologie, aber das hatte er sowieso vergessen – die Gravitation war in diesem Augenblick viel wichtiger, die Schwerkraft – vor allem seine eigene! Er betrachtete uns mit seinen Suffaugen und versuchte, das Schwanken der Lampen zu übersehen. Er wollte plötzlich etwas sagen, aber er brachte nichts mehr raus, wurde kreidebleich, zitterte, sprang auf und rannte weg.«

»Armes Schwein«, sagte ich.

»Armes Schwein? Wieso?«, fragte Deister. »Seitdem kam er nur noch nüchtern in die Schule.«

»Sie sind ja 'n richtiger Weltverbesserer«, sagte ich, und da grinste er, aber es war ihm nicht unangenehm.

Es ging auf Weihnachten zu. Er hatte mir nicht mal das Du angeboten und hatte auch nicht probiert, mich zu umarmen oder zu küssen. Er hatte mir nicht sein Herz ausgeschüttet und mir nichts versprochen. Er hatte mich mit dem Auto mal hier und da abgesetzt, bei Brigitte oder am Stadtbad, aber nie wieder versucht, mit mir irgendwohin zu fahren, hatte mich auch nie in irgendeine Schwiemel-Diele eingeladen – langsam dachte ich, der Mann ist schwul.

Heiligabend hatten wir uns am Alex getroffen und waren zusammen in die Littenstraße gegangen, weil er dort sein Auto geparkt hatte.

»Ich bringe Sie nach Hause«, sagte er und war auf einmal ganz feierlich. »Ich habe heute leider nicht viel Zeit.«

»Ich muss auch früher zu Hause sein«, sagte ich und wollte mit der S-Bahn fahren.

»Nein, nein«, sagte er, »kommen Sie! Wir nehmen den Wagen.«

Auf dem Rücksitz lagen zwei große verschnürte Geschenkpakete. Wir fuhren zum Oranienburger Tor, die Linden runter, und dann, wegen 'ner Umleitung, durch die Charlottenstraße bis vor zur Weidendammer Brücke. Hinterm Zirkus, auf dem kleinen Parkplatz am Hotel Johanneshof hielt er an und sagte: »Ich kann ja sowieso nicht vor der Haustür halten.«

»Ja«, sagte ich, »stimmt«, und wollte ihm die Hand geben. Aber er zog den Zündschlüssel raus und wartete, bis der Schnee die Frontscheibe völlig bedeckt hatte.

Jetzt kommt's, dachte ich. Jetzt packt er aus. Es kam auch, aber er beugte sich bloß zu mir rüber und küsste mich. Ich ließ mich küssen, aber die Zähne machte ich nicht auf. Nicht dass ich sie mit Gewalt zusammengebissen hätte, aber eben: Bis hierher und nicht weiter.

Er langte in seine Manteltasche und zog ein Etui raus. Er legte es mir auf die Hände, aber ich griff nicht danach.

»Bitte, nimm's«, sagte er.

Ich steckte das Etui ein und stieg aus dem Wagen, ohne mich zu bedanken. Wenn ich irgendwas gesagt hätte, wären mir bloß die Tränen gekommen. Ich musste sowieso dauernd schlucken, wie ich in dem Modder die Friedrichstraße runterging. Ich machte die Haustür auf und drückte auf den

Lichtknopf. Ich klappte das Etui auf: eine goldene Uhr, und 'ne lange Kette daran. (Ich hatte ihm, als wir uns das erste Mal trafen, erzählt, dass ich meine Uhr verloren hatte, beim Baden, in Karolinenhof.) In den Klappdeckel hatte er ein großes M. gravieren lassen.

25

Heiligabend am Oranienburger Tor ...

Auf der Insel Oranienburger/Linienstraße steht ein Schneemann neben dem Pissoir. In der Borsigstraße, hinterm Studentenheim, läuten die Glocken. Jetzt bimmelts auch vom Zionskirchplatz und vom Humboldt-Hain rüber. Der Fahrer der Neunundsechzig (Walter-Ulbricht-Stadion – Johannisthal) hat einen Tannenzweig ins Schiebefenster gesteckt. Die Bärenschenke ist geschlossen. Die Städtische Reinigung hat Viehsalz um die Kanaldeckel gestreut. Die Lampen über der Friedrichstraße blaken, und die Weihnachtsmänner werfen ihre Schatten auf den Schnee. Die Taxis haben einen elektrischen Lichterbaum überm Zähler. Alle Familien feiern Weihnachten im Familienkreis, die Säufer feiern im Säuferkreise, die Huren im Hurenkreise, die Bekannten im Bekanntenkreise, die Genossen im Parteikreise, die Katholiken in der Kirche – aber wir?

Wir hatten uns einen kleinen Weihnachtsbaum im Blumentopf gekauft, den wir im Frühjahr in Karolinenhof einpflanzen wollten. Antje hatte uns ein Paket geschickt mit Strümpfen, Lippenstift, Eyeliner und Parfüm für mich, Wolle und Handschuhe für Tante Hete, und Schokolade, Kakao und Waschpulver für uns beide (Antje war ja von hier, die schickte nicht Reis oder Nudeln oder Kartoffeln in Goldpapier.). Ich schenkte Tante Hete eine Brosche für ihr Schwarzes, und sie schenkte mir ein Nagelnecessaire aus Kunstleder. Von Dieter

war ein Extrabrief gekommen, den wir jetzt erst aufmach-
ten, und der war sehr traurig. Er hatte sich einen Backenzahn
ziehen lassen und drei Tage und drei Nächte nicht schlafen
können.

»Wird ja wohl 'n bisschen übertrieben sein«, sagte Tante
Hete. »Aber vielleicht haben die da nicht betäubt – dann isses
ja sehr schmerzhaft.«

Antje schrieb, dass sie jetzt besser verdiente, und mit Uwe
wäre soweit alles o.k. Zum Weinen hatten wir also nicht viel
Grund, außer dass wir alleine waren. Ich ging ins Bett, bevor Tante Hete ihren halben Liter Himbeergeist ausgetütscht
hatte. Die Uhr legte ich auf den Nachttisch – ich hatte sie
Tante Hete noch nicht gezeigt, aber notfalls konnte ich sagen,
ich hätte die alte wiedergefunden, und klappte den Deckel
so, dass ich meinen Anfangsbuchstaben lesen konnte. Es war
natürlich 'ne ganz andere Uhr als meine alte, viel kleiner, die
römischen Zahlen auf dem Zifferblatt waren kaum zu erkennen, und sie hatte auch noch einen anderen Vorteil gegenüber Großmutters Perpendikel: Sie lief. Herr Deister, dachte
ich mir, wird nun langsam die Kerzen ausblasen, seiner Frau
nochmal das Händchen streicheln ... Wie wird sie aussehen?
Wahrscheinlich ist sie groß und blond. Wenn sie jetzt auf die
Knie sinkt, um das Wachs vom Parkett zu polken, muss ihr
Herr Deister wieder hochhelfen. Sie lässt sich an sein neues
Perlonhemd fallen, und dann legt er eine Platte auf, vielleicht
das *Weihnachtsoratorium* oder die *Kaffee-Kantate*, damit's
nicht zu feierlich wird, denn anschließend singen ja die Tho-
maner im Fernsehen sowieso nochmal *Stille Nacht, heilige
Nacht*, oder wie wär's mit der *Winterreise*, die hatte auch mal
einer im Metropol gegrölt, aber dafür war der Saal zu groß,
denn er war schon *Am Brunnen vor dem Tore* völlig heiser –
und dann vielleicht noch'n kleines Pilsner hinterher, Urquell,
zur Feier des Tages, wer weiß. Aber vielleicht hat er Kinder,
und dann sieht alles wieder ganz anders aus: Eisenbahn und

Schaukelpferd und zum Abschluss eins hinter die Ohren, weil Matthias die Glöckchen vom Tannenbaum schlägt. Oder auch anders. Vielleicht sogar schön. Mir kann's egal sein. Ich hab morgen Dienst.

26

Zwischen Weihnachten und Neujahr, zwei Tage vor Silvester, holte er mich mit dem Auto vom Clou ab. Auf dem Rücksitz lagen russische Zeitschriften und eine Schreibmaschine.

»Sieh mal, du bist fast ein Jahr aus dem Betrieb raus«, sagte er. »Du musst dein Russisch 'n bisschen aufpolieren. Außerdem tust du mir damit 'n Gefallen. Ich brauche die Artikel, und wenn ich darauf warten soll, bis sie im Ministerium übersetzt werden, sind sie längst veraltet.«

Ich langte nach hinten und sah mir die Titel an: *Nowaja Justizia* und *Sowjetskoje gossudarstwo i prawo*, zu deutsch: *Neue Justiz* und *Sowjetstaat und Sowjetrecht*. Bisschen starker Tobak für 'ne Abiturientin, dachte ich, sagte aber nichts.

»Damit du nicht glaubst, dass das 'ne Spende für die notleidende Justiz sein soll, gebe ich dir pro Seite fünfzehn Mark.«

»Du bist wohl verrückt!«

Jetzt hatte ich ihn zum ersten Mal richtig geduzt.

»Wieso? Das ist Übersetzerhonorar!«

Er schlug ein paar Nummern auf und strich die Artikel an, die ich übersetzen sollte. Es brauchte nicht wortwörtlich zu sein, sagte er. Ihm genügte das Wesentliche, den Schmus könnte ich weglassen.

»Was für'n Schmus?«

»Den ganzen allgemeinen Stuss, die internationale Lage, die Verschärfung der Widersprüche und so weiter.«

»Das ist Schmus?«, fragte ich.

»Aber hör mal!«, sagte er. »Ich brauche Tatsachen, keine Phrasen!«

»Hab ja bloß mal gefragt«, sagte ich und klemmte die Zeitschriften untern Arm.

»Du machst es also?«

»Wenn ich dir irgendwie helfen kann – warum nicht?«, gab ich zurück. Er hatte wahrscheinlich damit gerechnet, dass ich mich bei ihm bedankte, aber mir war's lieber andersrum.

»Vielen Dank«, sagte er und grinste.

Was ich mir damit aufgebrummt hatte, merkte ich gleich am nächsten Tag. Diese Texte waren doch was anderes als die biederen Geschichten, die wir in der Schule übersetzen mussten. Ich dachte daran, wie Brigitte mal »Tschernyschewsky byl monolitom« mit »Tschernyschewsky war Einstein« verdeutscht hatte – so ähnlich ging's jetzt auch mir am Anfang, denn in der Schule hatten wir andere Vokabeln gelernt als »Bekämpfung der Trunksucht durch die Volksmiliz« oder »Subjektivismus bei der Einschätzung der Täterpersönlichkeit«.

Wenn ich gegen Morgen aus dem Clou nach Hause kam, nahm ich mir noch eine Tasse Brühe aus der Röhre, kaute ein hartes Brötchen dazu, so eine endgültig harte, weil zwischendurch noch mal aufgebackene Schrippe, dann haute ich mich in die Federn. Vorm Einschlafen sah ich auf dem Nachttisch noch das Wörterbuch liegen, und ich fing schon an, russisch zu träumen. Meistens fuhr ich auf einem klapprigen Lastwagen, inmitten besoffener Bauern, die Harmonika spielten, über holprige Chausseen und sang (so traurig wie man's bloß im Traum kann) *Nje widala ty podarka ot Donskowo kosaka,* bis die Volksmiliz anhielt und uns darauf aufmerksam machte, dass man betrunken nicht Auto fahren darf, widrigenfalls wir als ausgemachte Täterpersönlichkeiten behandelt werden würden. Wir gingen ein Stückchen zu Fuß, schoben unseren Lastwagen vor uns her, bis die Milizionäre hinter ihren Birkenbäumchen verschwunden waren, dann schwangen wir uns wieder drauf und grölten *Wolga, Wolga, matj rodnaja!* Die Herausgeber von Sowjetstaat und Sowjetrecht würden sich wahrscheinlich wundern, wenn sie erfahren, wovon eine deutsche Kellnerin träumt, wenn sie solche Artikel übersetzt, und ein Psychoanalytiker hätte bloß eiskalt gelächelt über die vergoldeten Zwiebeltürme, die durch meinen Schlaf geisterten. Naja, was soll sein! Irgendwo musste es ja bleiben. Gegen Mittag stand ich auf, machte mir Frühstück: ein Ei, Knäckebrot, Marmelade, Milch, viel Milch, und eine große Tasse Kaffee. Tante Hete ging manchmal nachmittags aushelfen in der Drogerie in der Wilhelm-Pieck-Straße, dann war ich ganz alleine in unseren beiden Zimmern. Ich holte Kohlen hoch, machte Feuer an und wusch mich anschließend so kalt, wie's aus der Leitung kam. Man kann sich natürlich auch vorm Frühstück waschen, aber mir reicht Zähneputzen. Das Schlimmste ist nämlich, wenn man kein Bad hat. Deswegen ging ich auch jede Woche Russisch-Römisch, aber das ist auf die Dauer kein Ersatz. Tante Hete hatte die erste Zeit geschimpft, wenn ich unsere alte Kinderbadewanne in die Küche stellte und mich berieselte, aber meine Haut war mir wichtiger als ihr Seelenfrieden. Ich spritzte alles nass, und es machte so'n Spaß, in der Küche zu stehn, sich mit kaltem Wasser zu begießen und zu hören, wie hinter einem die Herdplatte zischte, wenn 'n paar Spritzer drauffielen. Die Haut wird glatt, und die Brustwarzen werden hart, das Blut kommt einem in die Lippen, und dann muss man sich so gegen den Strich trockenreiben und dabei mit bloßen Füßen auf'm Linoleum stehn und sich später ein Handtuch unterlegen, damit man den Stoff zwischen den Zehen spürt, dann das Handtuch um den Hals wickeln und mit den Zeigefingern in die Ohren drücken. Dann bin ich warm, überall, und jetzt kommt das schönste, wenn ich die kleine kühle Hose überziehe, das macht ein weißes Dreieck auf der braunen Haut, und ich lasse mir meinen Morgenmantel auf die Schultern fallen und bin eine Königin. Ich sitze vorm Spiegel wie Schneewittchens Stiefmutter und kämme mich, und wenn ich mit dem Ärmel den Wrasen abwische, sehe ich mein Morgengesicht. Das ist die halbe Stunde, die ich ganz für mich allein habe, in der ich nur an mich, an mich allein denke, auch heute noch, obwohl wir jetzt ein Badezimmer haben, Edith und ich, an meine Augen, meine Nase, meinen Mund, an meine Arme, meine Beine, an meinen Bauch und an meine Brüste, und in dieser halben Stunde gibt es überhaupt keinen Mann auf der Welt, denn das alles bin nur ich, und das geht keinen was an, und wenn ich fertig bin, kippe ich die Wanne aus, mache das Fenster auf und lege die Hände auf's Sims, und dann atme ich die Luft am Oranienburger Tor, bis ich davon schwindlig werde, und erst dann – denke ich wieder an ihn. Ich setze mich an die Schreibmaschine und übersetze »Einige Probleme der weiteren Entwicklung des sowjetischen Strafrechts im Lichte des Programms der KPdSU«, Heft 2 Seite 57 und so weiter.

Ich arbeite bis halb fünf, und wenn ich in dieser Zeit dreißig Mark verdient habe, ist das ein sehr guter Tag. Dann ziehe ich mich an oder hole Paul ab, oder ich treffe mich mit ihm irgendwo in der Stadt, weil ich immer noch denke, das ist gut für Dieter. Wir essen zusammen, trinken was, wenn er Zeit hat, gehn wir spazieren oder setzen uns in ein Kino. Ins Theater können wir nicht gehn, weil ich um neun wieder im Clou sein muss. Wenn ich ihm eine Übersetzung gebe, macht er immer ein ernstes Gesicht, lobt mich manchmal und streichelt mir den Arm. Irgendwie nimmt er das wichtig, was ich mache, und es kommt mir so vor, als ob er das unbedingt braucht, als ob es ohne meine Übersetzung in seinem Laden nicht weitergeht.

Trotzdem: Es ist, als laufe ich bei Tauwetter übern Müggelsee. Ich merkte, es lag ihm ein paarmal auf der Zunge, nach meinem Namen zu fragen, aber er hat sich's immer wieder verkniffen. Er küsst mich, aber er hat noch nie versucht, mit mir zu schlafen. Das ist natürlich die gemeinste Art, einen weichzukochen, auf kleiner Flamme sozusagen.

Ich wusste auch, der Tag, wo ich mit meinem Bruder, also mit der Sprache rausmusste, kam näher, aber das Datum wollte ich selber bestimmen.

27

Vom Zuchthaus Brandenburg kriegten wir Nachricht, dass wir Dieter wieder besuchen durften. Tante Hete hatte dicke Beine und fühlte sich so elend, dass ich alleine hin musste. Bis nach Brandenburg fuhr man jetzt von uns aus eine Stunde länger, weil es erst nach Karlshorst mit der S-Bahn und von dort übern Außenring nach Potsdam ging, und ich hatte keine Ahnung, wo man in Potsdam ankam, auf dem früheren S-Bahnhof oder auf dem neuen Hauptbahnhof, oder ob man vielleicht sogar bis Brandenburg durchfahren konnte. Ich fragte Paul. Ich wusste, das war brenzlig, aber ich fragte ihn.

»Nach Brandenburg? Wann willst du denn hin?«

»Mittwoch«, sagte ich und wusste, dass ich einen Fehler gemacht hatte, aber jetzt wollte ich nicht mehr zurück.

»Fahren wir zusammen«, sagte er. »Ich muss sowieso mal rüber.«

»Ins Gefängnis?«, fragte ich.

»Nein, wieso?«, fragte er und lächelte.

Also: Es war soweit. Übermorgen würde ich ihm folgende Rede halten:

»Lieber Paul – aber wahrscheinlich ist es Ihnen angenehmer, wenn ich wieder Herr Deister zu Ihnen sage ... Mein Name ist Maria Morzeck. Ich bin die Schwester von Dieter Morzeck. Damit Sie Bescheid wissen. Jetzt halten Sie am besten an, ich steige aus und geh zu Fuß weiter ...« Oder so ähnlich.

Am Mittwoch, hinter der Autobahnkontrolle in Schönefeld, sagte ich:

»Ich muss dir mal was erklären, Paul.«

»Liebst du mich?«, fragte er und grinste.

»Wie kommst'n darauf«, sagte ich.

»Hätte doch sein können ...«

Er war anders als sonst. Wenn ihm irgendwas nicht passte, winkte er ab oder machte einen Witz draus. Ich wurde meinen Satz einfach nicht los. Dafür redete er umso mehr, und zwar zum ersten Mal von Gerichtsfällen, die ihm irgendwie untergekommen waren. Zuerst hörte ich kaum hin, sondern wartete bloß auf eine Pause, wo ich einhaken konnte.

»Was meinst du denn dazu?«, fragte er plötzlich.

»Weiß nicht«, sagte ich. »Ich hab geschlafen.«

»Bist du müde?«

»Nein, aber ich verstehe sowieso nichts von so'm Kram.«

»Na, erlaube mal«, sagte er. »Du übersetzt es doch sogar.«

»Was denn?«, fragte ich, ließ ihn aber nicht antworten, sondern sagte, damit ich meinen Faden nicht verlor: »Ich habe nämlich gerade über was anderes nachgedacht. Ich wollte dir –«

»Das macht doch nichts, Maria«, sagte er und war wieder obenauf. »Die Fahrt ist lang genug – ich kann's auch noch mal erzählen. Wir haben uns letztlich über zwei Fälle unterhalten, die irgendwo symptomatisch sind.«

»Und ich hab das übersetzt?«

»Naja, den Anstoß dazu haben gewisse Überlegungen gegeben, die zuerst in Kiew, glaube ich, angestellt worden sind ...«

Ich brannte eine Zigarette an und hielt sie ihm hin.

»Und?«, fragte ich.

»Diese beiden Fälle haben eigentlich überhaupt nichts

miteinander zu tun, hängen aber zusammen, was die Rechtsprechung betrifft. Also, um's kurz zu machen: Ein ungefähr dreißigjähriger Mann, sagen wir mal: aus Sachsen – ich hab übrigens nichts gegen Sachsen – du?«

»Hmhm«, machte ich, »mir völlig schnuppe. Du bist ja auch'n halber.«

»Also ein Mann aus Sachsen – wo die schönen Mädchen wachsen«, er fing an zu lachen.

»Paul«, sagte ich.

»Naja, doof«, gab er zu.

»Was hat er denn nun gemacht?«, fragte ich.

»Er hat eine Frau vergewaltigt, eine Lehrerin.«

»Und wieviel hat er gekriegt?«

»Halbes Jahr Gefängnis, zur Bewährung ausgesetzt.«

Ich pfiff drei Töne, stützte den Ellbogen auf das Fensterfutter und legte den Kopf in die Hand.

»Verrückt, was?«, fragte er und sah mich von der Seite an.

»Zum Quadrat«, sagte ich.

»Na, nun pass mal auf«, sagte er und fing an, sich im Fahren das Jackett auszuziehen. »Dieses war der erste Streich ...«

Ich half ihm aus seinem Rock, zog ihm die Ärmel über die Arme und legte das Jackett auf den Rücksitz.

»Fall Numero zwei. Ein Mann in, sagen wir mal: Mecklenburg –«

»Ich hab auch nichts gegen die Mecklenburger«, unterbrach ich ihn.

»Wie schön. Ich auch nicht. Nummer zwei: Geht mit offener Hose betrunken über die Straße. Also: Exhibitionismus.«

»Hm«, machte ich, denn bei dieser Art Geschichten war mir nie sonderlich wohl.

»Was meinst du, was er gekriegt hat?«

»Keine Ahnung«, sagte ich. »Wahrscheinlich zehn Jahre.«

Er ärgerte sich ein bisschen, dass ich ihm die Pointe verdorben hatte.

»Zehn nicht«, sagte er, »aber zwei.«

»Auch ganz schön«, sagte ich.

Paul sah mich entgeistert an.

»Das imponiert dir wohl überhaupt nicht?«, fragte er, und in seinem Ton war etwas, was mich an unsern Direktor erinnerte. (»Haben Sie denn kein Vertrauen zu unseren Gerichten, Morzeck?«) »Weißt du, was das bedeutet – zwei Jahre Knast?«

»Ja«, sagte ich, und jetzt hätte ich die beste Möglichkeit gehabt, alles auf einmal loszuwerden, aber er war schon wieder unterwegs, und ich brachte es nicht fertig, ihm dazwischenzufahren.

»Zwei Jahre? Das sind über siebenhundert Tage und Nächte, mein Kind. Aber das kannst du dir eben nicht vorstellen.«

»Du etwa?«, fragte ich.

»Allerdings«, sagte er. »Ich kann mir sogar dreieinhalb Jahre vorstellen. So lange, wie ich in Gefangenschaft war.«

»Ich denke, da bist du in die Schule gegangen.«

»Die Zeit rechne ich nicht. Das war bloß ein Jahr.«

»Also insgesamt warst du viereinhalb Jahre gefangen?«

»Wenn man so will«, sagte er und nickte. »Aber das eine Jahr auf der Antifa-Schule rechne ich nicht. Das war freiwillig.«

Er sah mich an und lächelte, aber ich sah an ihm vorbei.

»Dann kannst du doch russisch«, sagte ich.

»Ja«, sagte er.

»Warum gibst'n mir dann die Artikel da zum Übersetzen?«

»Pass mal auf«, sagte er, aber sehr überzeugend klang das nicht. »Ich finde, wir schlagen zwei Fliegen mit einer Klappe. Für dich ist es gut – und für uns auch.«

»Für uns.«

»Ich meine, für das Gericht ...«

»Trotzdem«, fand ich. »Du hättest es mir vorher sagen können.«

»Ich hab auch ein schlechtes Gewissen«, knurrte er und sah mich wieder an und wollte mich durch seine verzweifelte Miene zum Lachen bringen, aber ich ging nicht drauf ein. Das war mir zu kleinkariert: ein erwachsener Mann, und so'n Heckmeck! Wenn er mir helfen will, soll er's doch sagen. Wozu dann der Schwindel? Wenn's wenigstens 'ne richtige, schöne runde Lüge gewesen wäre. Na, Schwamm drüber, aber nur vorläufig: Man weiß nie, ob man's nicht noch mal braucht.

»Erledigt«, sagte ich und lächelte.

»Geschenkt?«, fragte er zurück.

»Geschenkt«, sagte ich. »Kannst weitererzählen von deinem Dingsda.«

28

In Brandenburg verabredeten wir uns zum Mittagessen, ich stieg an einer Straßenbahnhaltestelle aus und machte Winkewinke, bis er verschwunden war. Dann fuhr ich mit der Straßenbahn nach Görden.

Im Wartezimmer wurde ich gleichzeitig mit einer jungen Frau aufgerufen.

»Frau Jakobs! Froll'n Morzeck!«

Wir nahmen unsere Einlassscheine und gingen nebeneinander auf das eiserne Tor zu.

»Ist es Ihnen egal, wo Sie sitzen?«, fragte Frau Jakobs.

»Wieso?«, fragte ich.

»Einer sitzt an der Wand und der andere neben dem Wachtmeister.«

»Mir is das egal«, sagte ich.

»Schönen Dank«, sagte Frau Jakobs, und das kam mir nun doch ein bisschen unheimlich vor.

»Warum bedanken Sie sich denn?«, fragte ich.

»Ach«, machte sie, schüttelte den Kopf und zeigte ihren Schein der ersten Kontrolle.

»Sagen Sie doch mal«, drängte ich, als wir neben dem Wachtmeister die Treppe hochgingen. Aber sie wehrte ab und zeigte mit dem Daumen auf den Wachtmeister. Der Leutnant oben, ein anderer als beim vorigen Mal, fragte gleich:

»Und welche der Damen geht an die Wand?«

»Ich«, sagte Frau Jakobs und setzte sich an den Tisch mit dem roten Tuch. Langsam wurde mir die Sache klar. Wenn sich das vordere Pärchen laut genug unterhielt, konnten die beiden hinten einiges flüstern, was der Wachhabende nicht verstand.

Frau Jakobs nahm eine Apfelsine aus'm Mantel und fragte: »Darf ich die meinem Mann geben?«

»Nein«, sagte der Leutnant, »das wissen Sie doch.«

»Strenge Sitten«, sagte ich leise, aber er hatte es gehört.

»Wenn Sie Beschwerden vorzubringen haben«, sagte er ruhig, aber ich merkte doch, wie ihm das Messer in der Tasche aufging, »wenn Sie Beschwerden vorzubringen haben –«

»Schon gut«, sagte ich.

»– dann wenden Sie sich bitte an die Direktion der Strafvollzugsanstalt, Major Ackermann.«

»Danke schön«, sagte ich. »Werde ich mir merken, den Namen.«

Er schob einen Augenblick die Lippen vor, als ob er ausspucken wollte, ging aber nur an das Waschbecken, ließ Wasser auf die Hände laufen, seifte sie ein und fragte: »Haben Sie Fotos mitgebracht?«

»Ja«, sagte Frau Jakobs.

»Die müssen mir vorgelegt werden.«

»Ja«, sagte Frau Jakobs.

Ich hatte genau hingehört. Er sagte nicht: »Die müssen Sie mir zeigen«, sondern: «Die müssen mir vorgelegt werden«. Passiv. Frau Jakobs nahm die Fotos von Klaus aus der Tasche und zeigte sie dem Leutnant, und der Leutnant trocknete sich die Hände ab, griff nach seinem Schlüsselbund, nahm am Tisch Platz und begutachtete die Fotos, die ihm von Frau Jakobs vorgelegt wurden. Er fasste sie gar nicht mal an, als ob er sich davor hüten wollte, Fingerabdrücke zu hinterlassen. Frau Jakobs legte vor: Klausimann auf Omis Schoß – der Leutnant nickte. Frau Jakobs legte die genehmigte Fotografie beiseite und legte vor: Kläuschen mit Schippe im Sandkasten. Der Leutnant nickte, Frau Jakobs legte beiseite und vor: Klaus als Indianer. Der Leutnant nickte ...

»Darf ich mir auch mal die Hände waschen?«, fragte ich.

»Bitte sehr«, sagte der Leutnant, »das Waschbecken ist frei für'n Publikumsverkehr.«

Ich stand auf und ließ mir das kalte Wasser auf die Hände laufen. Ich hatte genau hingehört. Er sagte nicht: »Natürlich. Da rechts hängt das Handtuch!« Sondern er sagte: »Das Waschbecken ist frei für den Publikumsverkehr.« Da möchte man sich am liebsten nicht mehr die Hände waschen. Mir war schlecht. Wahrscheinlich sagt der zu Hause zu seiner Frau: »Die Erbsensuppe darf mir jetzt serviert werden.«

Herr Jakobs und Dieter kamen herein und setzten sich uns gegenüber an den Tisch. Der Leutnant legte die Schlüssel vor sich hin und sagte:

»Die Sprechzeit hat begonnen«, als wollte er sagen: Ring frei zur ersten Runde!

Dieter sah aus wie Braunbier mit Spucke.

»Hast du noch Zahnschmerzen?«, fragte ich.

»Wie kommst'n darauf?«, fragte er.

Ich musste nach'm neuen Anfang suchen und bestellte also erstmal Grüße von Tante Hete und Antje.

»Schon verheiratet?«, fragte er.

»Noch nicht«, sagte ich. »Bist du so scharf drauf?«

»'n reicher Schwager kann nicht schaden«, lachte er, und jetzt sah ich, dass ihm ein Zahn fehlte, aber kein Backenzahn, wie er geschrieben hatte, sondern der linke untere Schneidezahn.

»Wie is'n das passiert?«

»Ich bin auf die Zentralheizung gefallen«, sagte er und grinste, »direkt auf die Ecke von so'm Radiator.«

»Unterlassen Sie das gefälligst!«, schnauzte der Leutnant plötzlich, und ich dachte, er meinte mich und Dieter, aber er griff zwischen uns beiden durch und langte nach der Apfelsine, die Frau Jakobs ihrem Mann zuschieben wollte. Er nahm sie in die Hand und sagte:

»Die können Sie nachher wieder in Empfang nehmen.« (Nicht etwa: Die gebe ich Ihnen nachher wieder.)

»Ich hab sie extra angeschnitten, damit Sie sehn können, dass nichts drin ist.«

»Passen Sie mal auf«, sagte der Leutnant und hob ein bisschen seine Stimme an. »Ihr Mann wird hier ausreichend versorgt, auch vitaminmäßig – stimmt das, Strafgefangener?«

Herr Jakobs stand auf, legte die Hände an die Hosennaht und sagte mit einer unerwartet tiefen Stimme, die in seiner schmächtigen Figur irgendwie gar keinen Platz hatte:

»Jawohl, Herr Leutnant!«

»Dann sagen Sie Ihrer Frau doch selber, dass sie die Apfelsine wieder mitnehmen soll!«

»Du kannst die Apfelsine wieder mitnehmen, Edith«, sagte Herr Jakobs zu seiner Frau, die Hände an der Hosennaht.

»Na, also«, sagte der Leutnant, hob die Schlüssel hoch und ließ sie wieder fallen.

»Weitermachen!«

»Können Sie nicht'n bischen freundlicher sein?«, fragte ich. »Es hat ihnen doch niemand was getan …«

»Ich habe Ihnen schon mal gesagt, wenn Sie Beschwerden vorzubringen haben, bitte wenden Sie sich an die Direktion!«

»Ich glaube, das wird nicht nötig sein, Herr Leutnant«, sagte Dieter plötzlich.

»Hängt von Ihrer Braut ab«, sagte der Leutnant.

»Das ist meine Schwester, Herr Leutnant«, sagte Dieter.

»Na, bitte«, sagte der Leutnant.

»Soll ich Tante Hete irgendwas bestellen?«, fragte ich.

»Es wird so langsam Zeit«, sagte Dieter.

»Gnadengesuch?«

»Ja. Da ist auch 'n neuer Erlass raus. Vielleicht falle ich da mit runter. Du gehst am besten mal zu 'ner Rechtsberatung, die erklären dir das und setzen auch so'n Gesuch auf. Damit du da nicht zuviel Quatsch reinschreibst.«

»Du hältst mich ja für ganz schön dämlich«, sagte ich.

»Wenn du's nich mal weiterbringst wie bis zur Serviererin ...«

»Deinetwegen, Kollege«, sagte ich.

»Weiß ich«, sagte er leise, und aus irgendeiner Schleuse trat ihm's Wasser in die Augen.

»Mensch, heul bloß nicht«, sagte ich. »Hör doch bloß uff! Das hat mir grade noch gefehlt.«

Er wollte lachen, aber die Tränen liefen ihm über die Backen ans Kinn, wackelten da so'n bisschen und fielen ihm dann auf die graue Uniform mit den gelben Streifen auf den Ärmeln und auf dem Rücken.

»Wenn du das Gesuch schreibst, kannst du ruhig erwähnen, dass ich meine Norm hier mit hundertzwanzig Prozent mache.« Er wandte sich an den Wachhabenden. »Das darf ich doch sagen, Herr Leutnant!«

»Selbstverständlich«, sagte der Leutnant. »Das werden Ihre Angehörigen ja sowieso an dem Extra-Brief gemerkt haben.«

»Wenn das stimmt, was Sie sagen. – Tuscheln Sie nicht so!«, brüllte er plötzlich Frau Jakobs an.

»Den habe ich erst gestern abgeschickt«, sagte Dieter, aber der Leutnant hörte nicht mehr darauf.

»Du bist ja'n Großer«, lobte ich Dieter, aber das Brüllen

des Leutnants war mir so aufs Trommelfell geschlagen, dass ich kaum noch hörte, was ich sagte. Frau Jakobs neben mir sprach überhaupt kein Wort mehr, und ihr Mann faltete und knetete die Hände und seufzte.

»Ich hab richtig Muskeln gekriegt«, sagte Dieter.

»Die war'n ja früher auch nicht von Pappe«, sagte ich.

»Naja, aber jetzt ...«

Es war aus. Es gab nichts mehr zu sagen. Neben diesem Leutnant gab es nichts zu sagen. Wir atmeten alle vier auf, als er erklärte: »Die Sprechzeit ist beendet.«

Ich gab Dieter die Hand übern Tisch.

»Hm ..., du duftest ja so gut«, sagte er.

»Kipp dir das nächste Mal 'ne ganze Flasche übern Kopp. Damit ich nicht vergesse, was 'ne Frau ist. Hier riecht's anders.«

29

Ich ging neben Frau Jakobs aus dem Zuchthaus, und wir gingen auch zusammen zur Straßenbahnhaltestelle. Dort band sie ihr Kopftuch ab und ließ ihre langen blonden Haare wehn.

»Schön«, sagte ich. »Warum tragense'n die nicht immer so?«

»Mein Mann ist zu eifersüchtig«, sagte sie, und plötzliche musste sie lachen. »Aber ich lasse mich sowieso von ihm scheiden.«

»Das können Sie nicht machen« sagte ich. »Das überlebt er nicht.«

»Weiß ich«, sagte sie. »Der würde rammdösig, deswegen warte ich auch, bis er wieder draußen ist, aber dann: eins, zwei.«

Die Straßenbahn kam, und wir stiegen ein. Wir setzten uns aber nicht hin, sondern blieben auf der Plattform nebeneinander stehen. Auf den Plätzen im Wagen saßen so viele Polizistenweiber, dass man kein vernünftiges Wort miteinander reden konnte.

»Er wär gar nicht hierhergekommen«, sagte Edith Jakobs. »Er hat ja bloß zwei Jahre, aber in der Tischlerei ist 'n Vorarbeiter ausgefallen, und da musste er wechseln.«

»Wo war er denn vorher?«, fragte ich.

»Ach, überall«, sagte sie. »Zuletzt im Sanatorium in Hohenschönhausen, bei der Stasi, da soll's ja am besten sein, aber in Bützow war er auch und in Torgau. Manchmal dachte ich, sie wollten ihn auf 'ne Rundreise schicken, damit er alles kennenlernt.«

»Was hat er denn gemacht?«, fragte ich.

»Spionage«, sagte sie, als würde sie sagen: Pfannkuchen.

»Und bloß zwei Jahre …?«

»Wissen Sie, wenn mein Schmuckstück schon spioniert …! Der hat bei der russischen Kommandantur inne Müllkisten gesucht, und wie er's erste Mal mit dem Zeug zum Nollendorfplatz fahren wollte, haben sie ihn erwischt. Ich glaube, er hat noch einen hochgehn lassen, deswegen ist er so billig weggekommen, und wissen Sie, was er von den Amis Anzahlung gekriegt hatte? Dreißig Mark. Dafür hat er sich 'n Paar Schuhe gekauft. Die stehn jetzt bei'n Effekten in Brandenburg, prima Schuhe, Wildleder mit Hartgummisohle.«

»Wohnen Sie in Berlin?«, fragte ich.

»Wo denn sonst?«, fragte sie. »Libauer, am Bahnhof Warschauer Straße. Früher konnte man mit der U-Bahn fahren, aber das ist ja nun vorbei, seitdem wir die Schöneberger Brüder und Schwestern ausgemeindet haben.«

»Reißen Sie bloß nicht so'n Mund auf«, warnte ich.

»Hören Sie mal – mir kann doch nischt passieren!«, protestierte sie. »Nach'm Westen kann ich nich. Soldat werden kann ich ooch nich. Also können die mich bestenfalls einsperren, und da hab ich keene Angst vor. Wollen Sie 'ne Appelsine?«

Sie griff in ihre Manteltasche und langte die aufgeschnittene Apfelsine raus, die sie für ihren Mann mitgebracht hatte.

»Nehmen Sie man«, sagte sie. «Ich hab 'ne Freundin, die ist Raumpflegerin bei der Chinesischen Botschaft in Karlshorst, die bringt mir wieder Mandarinen mit.«

Ich schälte die Apfelsine mit den Fingernägeln ab, warf die Schalen aus'm Fenster und bot ihr die Hälfte an, aber sie wollte nicht.

»Schmeckt mir nicht«, sagte sie. »Ich esse auch keine Schokolade. Ich hab's als Kind nicht gehabt – und jetzt auf einmal? Nee, danke!«

»Haben Sie meinen Bruder gesehn?«, fragte ich.

»Freilich. Hat Ärger gehabt, was?«

»Wieso?«

»Dem fehlt doch'n Zahn«, sagte sie, als wäre damit alles klar.

»Er sagt, er ist auf die Zentralheizung gefallen.«

»Was soll er'n sonst sagen«, meinte sie und wurde nun doch ein bisschen leiser. »Steht auch immer im ärztlichen Protokoll. Zwei Zeugen, Unterschrift, da lässt sich nicht dran tippen. Aber mal unter uns: Haben Sie schon mal jemanden uff 'ne Zentralheizung fallen sehn?«

»Nee«, sagte ich und kaute an der Apfelsine, die ein bisschen holzig war.

»Woher wissen Sie'n das alles?«

Sie lachte, fuhr sich mit der rechten Hand durch die Haare und schüttelte den Kopf. Wenn sie jetzt anfängt zu singen, dachte ich, isses Hildegard Knef.

»Weil mein Werner so eifersüchtig ist«, sagte sie. »Ich kriege jede Woche Besuch von irgendeinem Knastologen, und der muss mich fragen, wie's mir geht und was ich mache und sich dabei alles genau ankucken, ob nich'n Kerl irgendwo rumhängt.«

»Und woher wissen Sie das nun wieder?«

Sie lachte.

»Na hören Sie mal! Den einen habe ich vernascht, und da hat er gesungen.«

Ich musste auch lachen.

»Seitdem bin ich ganz trauernde Witwe, noch'n halbes Jahr jedenfalls.«

»Dann kommt er raus?«

»Ja«, sagte sie und sah mich einen Augenblick lang groß an. »Wir könnten uns eigentlich du sagen, was?«

30

Gottseidank wartete Paul nicht im Lokal, sondern war im Wagen sitzengeblieben. Als er ausstieg, um mir die Hand zu geben, sah ich, dass er einen Hut aufhatte.

»Gefällt er dir nicht?«, fragte er.

Ich schüttelte den Kopf.

»Schade, hab ihn grade gekauft.«

»Würdest du ihn bitte wegschmeißen«, sagte ich.

Er nahm ihn und warf ihn unter das Rückfenster.

»Ich hab keinen Hunger«, sagte ich. »Ich möchte am liebsten gleich zurückfahren.«

Er hielt mir die Autotür auf, dass ich einsteigen konnte, kam dann neben mich, und wir fuhren los. Seit ich mich von Edith Jakobs verabschiedet hatte, war ich wie erschlagen, und als Paul hinter Brandenburg, an der Auffahrt zur Autobahn, bremsen musste, rutschte ich nach vorn und prallte mit dem Kopf leicht gegen die Scheibe. Es tat gar nicht weh, aber ich fing furchtbar an zu weinen. Er hielt an, lehnte mich zurück und beugte sich über mich.

»Aber Maria«, sagte er, »so schlimm kann's doch gar nicht gewesen sein.«

Ich heulte Rotz und Wasser, und er wusste nicht, was er machen sollte.

»So eine Bande«, schluchzte ich. »So 'ne Drecksbande …«

»Was ist denn bloß?«, fragte Paul.

»So 'ne Drecksbande«, sagte ich wieder. Mehr brachte ich nicht raus.

»Warst du in Görden?«, fragte Paul.

Ich nickte und sah sein Gesicht über mir.

»Das ist furchtbar«, sagte er, ließ mich los und rückte ein Stück von mir weg. »Ich hatte 'ne Tante … die ist im Irrenhaus gestorben, nach einem Selbstmordversuch …«

Er holte tief Luft und seufzte.

»Scheiße«, sagte er. »Ich kenne das, mir brauchst du nichts zu erzählen. Ich hab sie jede Woche besucht. Das erste Mal kam sie auf mich zu und fiel mir um den Hals und weinte. Als ich das nächste Mal kam, lag sie in so einem Kastenbett, wo die Säume vom Nachthemd eingeklemmt werden, damit sie sich nicht aufrichten konnte. Da hat sie mich schon nicht mehr erkannt. Später war sie in einem großen Zimmer, mit zwanzig, dreißig anderen Frauen, und die liefen den ganzen Tag umeinander rum. In Filzpantoffeln. Das gibt so'n merkwürdiges Geräusch, weißt du, wenn die so hin und her schlurfen. Na, Mahlzeit, mir brauchst du nichts zu erzählen.«

»Ich war im Zuchthaus, Paul«, sagte ich.

»Ja, im Zuchthaus?«, fragte er und wunderte sich.

»Warum weinst'n dann?«

»Ich weiß nicht«, sagte ich.

»Im Zuchthaus ist doch alles klar«, sagte er, startete, legte den Gang ein und fuhr langsam die Auffahrt zur Autobahn hoch. «Da verstehe ich dich nicht. Wenn einer im Knast ist, dann ist der Fall doch eindeutig. Er kriegt soundsoviel Jahre aufgebrummt, und die sitzt er ab. Fertig. Wenn er Schwein hat, fällt er unter 'ne Amnestie. Ansonsten hat er seinen Achtstundentag, seine Bücher, kann Schach spielen, Theater spielen, kann sogar in die Kirche, wenn er will – bloß ausreißen darf er nicht. Er muss immer schön drin bleiben.«

Ich hörte, wie er lachte, lehnte die Stirn ans Wagenfenster, sah raus und ließ die Kiefern vorbeisausen.

»Im Knast kann man natürlich auch 'ne Meise kriegen«, sagte er, »aber die Zeiten sind doch vorbei, wo die Leute gleich 'n paar Jahre in Einzelhaft sitzen mussten. Weißt du, was ich in der Zelle gemacht habe?«

»In was für 'ner Zelle?«, fragte ich, ohne mich umzudrehen, und hauchte auf das Glas, bis ich nicht mehr durchsehn konnte.

»Ich hab mal in Pensa – weißt du, wo das liegt?«

»In Russland«, sagte ich.

»Ja, in der Sowjetunion, nördlich von Saratow, so ungefähr dreihundert Kilometer von Uljanowsk«, er machte eine Pause.

»Ja, ich weiß«, sagte ich. »Da ist Lenin geboren.«

»Ich will dich doch nicht prüfen«, sagte er.

»Ich dachte.«

»Lässt du mich das jetzt mal zuende erzählen?«

»Bitte.«

»Weißt du, wie ich mir da die Zeit vertrieben habe?«

»Nein.«

»Da war ich auch in Einzelhaft. Ich hab mir ein Haar ausgerissen – damals hatte ich noch'n bisschen mehr und längere Haare, und das Haar hab ich so zwischen vier Finger genommen ...«

Ich drehte mich zur Seite, weil ich nicht genau wusste, wie er es meinte. Er ließ das Steuer einen Augenblick los und zeigte es mir.

»So«, sagte er. »Und dann habe ich einen Knoten gemacht. Probier mal! Mit deinen Haaren geht das natürlich prima.«

»Pass auf!«, bat ich ihn. »Du fährst in'n Wald.«

Er griff wieder nach dem Steuer und hielt den Wagen in der Spur.

»Und dann«, sagte er, »und dann den zweiten Knoten.

Und dann den dritten und den vierten und den zwanzigsten, bis von dem Haar nur noch ein einziger Knoten übrigbleibt.«

»Und dann?«, fragte ich. »Ist das alles?«

»Nein«, sagte er, »geht noch weiter. Dann gräbt man mit dem Fingernagel ein Loch unter die Pritsche oder unters Fenster oder in die Wand, und das braucht auch wieder Zeit, und darum gehts ja. Und jetzt fängt man an, diese kleinen Haarknoten –«

»Wie groß muss denn so'n Loch etwa sein?«, fragte ich.

»So groß wie ein …«, er überlegte eine Weile. »So groß wie ein Kirschkern, vielleicht.«

»Hmhm. Und dann?«

»Dort hab ich das Haar gesammelt. Ein Knoten nach dem andern wird dort abgelegt. Bis das Loch voll ist.«

»Und dann?«

»Wenn's gestrichen voll ist, nimmt man die Haare und schmeißt sie aus'm Fenster«, sagte Paul und grinste.

»Und wozu?«

»Das ist Knast, Maria«, sagte er. »So vergeht die Zeit.«

Als wir vom Ring auf die Dresdner Zufahrt bogen, fragte ich ihn, ob er am Nachmittag noch was vorhätte in der Stadt.

»Nein«, sagte er. »Meinen Bericht kann ich auch morgen noch diktieren. Ich bin frei – wieso?«

»Bloß so«, sagte ich, legte mich zurück und angelte mir den Hut, den er in Brandenburg gekauft hatte.

»Du versprichst mir doch, dass du ihn nie wieder aufsetzt?«, fragte ich.

»Ich weiß nicht«, sagte er und sah mich an. »Hat immerhin dreißig Mark gekostet, das Ding.«

Ich kurbelte die Scheibe runter und warf den Hut aus dem Fenster. Ich merkte, wie er nach Luft schnappte.

»Wenn's dir nicht zu kalt ist«, sagte ich, »wir haben in Karolinenhof 'ne Laube. Liegt beinah auf'm Weg. Da könnten wir hinfahren.«

31

Ich zeigte ihm, wo das Schlafzimmer war, ging in den Verschlag, den wir uns für den Sommer als Duschecke eingerichtet hatten und fing an, mich auszuziehn. Ich wollte mich waschen, aber es lief kein Wasser. Wahrscheinlich war die Leitung eingefroren. Jedenfalls war es saukalt. Ich zog mir ein Paar Sommerlatschen über und ging nackend ins Schlafzimmer. Er stand am Fenster, neben dem großen Kleiderschrank, auf den mein amerikanischer Onkel unsere Berliner Tante gemalt hatte, und sah in den Garten. Er hatte den Mantel und das Jackett ausgezogen. Er drehte sich nicht um, aber er hatte mich gehört. Ich legte ihm von hinten meine Arme um den Hals, lehnte mich an ihn und merkte, wie er langsam in Fahrt kam.

»Willst du noch 'ne Extra-Einladung?«, fragte ich.

Jetzt drehte er sich um, küsste mich auf den Hals, nahm mich in seine Arme und trug mich aufs Bett. Ich warf die Latschen von den Füßen und kringelte mich zusammen, weil mir kalt war.

»Gleich wird's wärmer«, sagte er, trat sich die Schuhe von den Füßen und zog sich die Hosen aus.

»Das wird aber auch Zeit«, sagte ich.

Ich wollte 'n bisschen schmusen und erstmal richtig warm werden, aber er stürzte gleich auf mich los und stieß in mich rein, dass mir die Luft wegblieb. Er tat mir eigentlich bloß weh, und seine Armbanduhr zerdrückte mir die Schulter, und mein linkes Ohr hatte er zwischen die Zähne genommen, aber nicht bloß das Ohrläppchen, sondern das ganze Ohr, und ich wartete direkt darauf, dass er es abbeißt und neben das Bett spuckt. Dabei stöhnte er, dass ich dachte, man gut, dass noch Winter ist, sonst kämen die Nachbarn, und plötzlich machte er einen Japser, so ähnlich wie'n Taucher, bevor er unter Wasser geht, und brach richtiggehend auf mir zusammen. Also von Vergnügen konnte nicht die Rede sein, meinerseits. Er nahm die Hand mit der Uhr weg, was schon viel wert war, ließ auch mein Ohr los und flüsterte:

»Du ... Rikchen ...«

»Ja?«, fragte ich, und merkte, wie mir langsam die Kälte die Beine hochkroch.

»Ich bin ein Idiot.«

»Wieso?«

»Dass ich dich nicht mitgenommen habe ...«

»Nächste Mal«, sagte ich und nahm sein Kinn zwischen die Zähne.

»Du, lass das!«

»Hmhm«, machte ich und sagte im Hals, ohne ihn loszulassen: »Ich denke gar nicht dran.«

Ich legte ihm die Hände in die Achseln, und er zog die große Federdecke aus dem Nachbarbett über uns beide. Er blieb einfach liegen, wie er lag, seine Augen über mir, grau mit ein bisschen Grün drin, und langsam, ganz vorsichtig schaukelten wir uns wieder rüber, aber nicht gleich übern Berg, erstmal bloß auf'n paar kleinere Erhebungen in der Landschaft, von wo aus man auch 'n schönen Rundblick hatte, und dann wieder zurück, so weit zurück, dass ich dachte, wir kommen gar nicht mehr hin, und auf einmal wieder mit so einem Karacho, dass ich viel eher da war als er, aber er ließ mich gar nicht groß Luftholen, sondern brachte mich gleich nochmal rüber und nochmal, und als ich ihn mitnehmen wollte, und ihm sagte: »Komm jetzt! Los, komm!«, da grinste er und bremste und ließ mich wieder abkühlen und nahm meine Brustwarzen in den Mund, als ob er geahnt hätte, dass ich das nicht leiden kann, und erst als ich schon ganz sauer war, steckte er mir plötzlich beide Daumen in den Mund und dann in die Ohren, dass ich nichts mehr hörte, und sehen konnte ich gleich auch nichts mehr, weil ich dachte, dass es mich zerreißt und ich jeden Augenblick sterben muss, und da machte ich lieber die Augen zu, und als ich sie wieder aufriss, war alles ganz schwarz, und ich hörte es nur atmen und sagen: »Maria …« Dann eine Pause, der Atem, und wieder: »Maria …« Und dann wurde es langsam grau und hell, und neben mir lag Paul Deister, Zweiter Strafsenat, und lächelte mich an, und ich lächelte zurück, na, was blieb mir denn übrig …

»Maria, Maria, Rike, Rike«, sagte er.

»Paul«, sagte ich. Mehr fiel mir nicht ein.

»Meine Großmutter …«, sagte er, redete aber nicht weiter.

»Na, was denn?«, fragte ich.

»Ach, jetzt habe ich keine Lust mehr.«

»Oh, Euer Gnaden sind launisch«, sagte ich.

Er beugte sich zu mir rüber und küsste mich, aber bevor er mich küsste, sah er mir lange in die Augen, aber ich wusste nicht, was er meinte. Wahrscheinlich hatte er sich in mich verliebt.

»Was ist denn mit deiner Großmutter?«, fragte ich, nachdem er sich ausgestreckt und -gereckt und -gegähnt hatte.

»Wenn die mich morgens weckte, rief sie immer: ›Rike, upstahn, Larken piepen!‹ Und ich musste antworten: ›Lat se piepen, lat se papen, ik ha noch nich utjeslapen.‹«

»Achso«, sagte ich.

»Schön, nicht?«, fragte er. Er brauchte wohl noch 'n bisschen Beifall.

»Sehr schön«, sagte ich, »so richtig thüringisch.«

»Das war nicht thüringisch«, sagte er lehrerhaft, »sondern plattdeutsch.«

»Na, denn eben platt«, sagte ich.

»Ob's hier was zu trinken gibt?«, fragte er.

»Ich seh mal nach«, sagte ich, stand auf und ging in die Küche. Im Besenschrank stand noch eine Flasche rumänischer Riesling, schön kalt. Ich zog den Korken raus, gerade als Paul seinen Kopf durch die Tür steckte.

»Helfen?«, fragte er.

»Misch dich nicht in meinen Beruf«, sagte ich, und ich hörte, wie er sich wieder ins Bett legte. Ich nahm die Flasche und ein ausgewaschenes Senfglas und ging wieder ins Schlafzimmer. Ich setzte mich auf den Bettrand, stellte Flasche und Glas auf den Nachttisch und zog Pauls blauen Sweater über, weil mir kalt war und ich nicht gleich wieder unter die Decke wollte. Er hatte die Arme unter den Kopf gelegt und sah mich an.

»Riesling«, sagte ich, »prima gelagert, Kellerei Karolinenhof, Marke Hete.« Ich goss ein und hielt ihm das Glas hin.

»Erst du«, sagte er.

Ich trank es gleich auf einen Zug aus und goss wieder nach. Er nippte erst und trank dann die Hälfte.

»Du denkst doch schon wieder dran, dass du Auto fahren musst«, sagte ich.

Er lächelte, zog die Nase kraus und nickte.

»Worauf so Männer gleich wieder kommen«, sagte ich, steckte meine kalten Füße unter die Decke und ließ mich ans Fußende zurückfallen.

»Du, Rike«, sagte er, »ich muss dir mal was erklären ...«

»Nö, mein Lieber, so weit sind wir noch nicht«, sagte ich, »das heb dir mal noch 'ne halbe Stunde auf.«

Mir stieg der Wein so schnell in den Kopf, als hätte er gar nicht erst den Umweg übern Blutkreislauf gemacht.

»Ich hab heute noch nichts gegessen«, sagte ich und legte den Nacken auf das Holzfußende.

»Pass mal auf, Rike«, hörte ich ihn vom Kopfende her sagen.

»Nein!«, rief ich.

»Doch«, rief er zurück.

»Nein!«, brüllte ich, richtete mich hoch und warf mich über ihn.

Es wurde schon langsam dunkel, als wir wieder auftauchten. Meine Lippen waren geschwollen, und als ich mich auf die Ellbogen stützte, merkte ich, dass mir die Arme zitterten. Ich ließ mich wieder zurückfallen, und wahrscheinlich schliefen wir dann eine Weile. Als ich aufwachte, war es schon richtig Nacht. Ich zog an dem Schalter über dem Bett, und nach einigen zaghaften Blitzen brannte die Neonlampe an der Decke. Paul war auch wach.

»So«, sagte ich, »jetzt kannst du mir erzählen, dass du verheiratet bist.«

Er lächelte.

»Tja«, machte er. »Woher weißt'n das?«

»Mensch, ich bin doch nicht von gestern«, sagte ich.

»Naja«, sagte er, »dann wäre das Problem ja erledigt.«

»Kommt drauf an», sagte ich. »Kommt ganz drauf an.«

Ich wäre ja hirnverbrannt gewesen, wenn ich ihm gleich meinen einzigen Trumpf geschenkt hätte.

»Wieso?«, fragte er möglichst gleichgültig und nebenbei, sodass ich genau wusste, dass mein Angelhaken an der richtigen Stelle saß.

»Kommt drauf an, wie man dazu steht«, sagte ich. »*Mir* kann's ja beinahe egal sein …«

»Mir auch«, sagte er.

»Gib doch nicht so an«, sagte ich.

Er rückte näher, legte mir seinen Arm über die Brust und fragte: »Liebst du mich?«

»Weiß ich nicht«, sagte ich.

»Das musst du doch wissen.«

»Darüber habe ich noch nicht nachgedacht«, sagte ich.

»Warum bist'n du dann mit mir ins Bett gegangen?«

»Weil ich scharf auf dich war«, sagte ich.

Das tat ihm gut. Das ging ihm ein wie heiße Milch mit Honig. Es war ja auch nicht ganz von der Hand zu weisen, und das musste er auch gemerkt haben. Trotzdem wurde mir ein bisschen schwummrig, als er sagte:

»Ich liebe dich, Maria.«

Ich wusste einfach nicht, was ich dazu sagen sollte.

»Ich liebe dich«, wiederholte er.

»Das ist bloß Einbildung«, sagte ich endlich und hatte auf einmal das Gefühl, als wäre mir die ganze Sache aus der Hand gerutscht. Es hatte ja nicht mehr als 'ne Kaupelei werden sollen, bei der bestenfalls für Dieter was raussprang. Ich wollte doch nicht plötzlich 'n Mann am Hals haben, womöglich mit Familie und Kindern und noch 'ne Ehescheidung und Unterhaltskosten und Kindergeld und sowas. Langweilig.

»Das ist keine Einbildung«, sagte er. »Ich liebe dich.«

»Mach uns jetzt bloß nicht den ganzen Tag kaputt durch solchen Stuss«, sagte ich.

»Auf die Gefahr hin, dass du mich für verrückt hältst – ich liebe dich.«

»Ich muss an meinen Job«, sagte ich. »Wie spät is'n?«

Er hielt seine Armbanduhr vors Gesicht.

»Viertel acht«, sagte er. »Du hast noch Zeit.«

»Eh wir in der Stadt sind … und ich muss noch mal zu Hause vorbei …«

»Ach«, sagte er und winkte ab, »das spielt doch jetzt alles keine Rolle mehr.«

»Was?«, fragte ich.

»Alles«, sagte er und winkte mit beiden Händen.

»Bist du wahnsinnig geworden?«, fragte ich.

»Ja, natürlich«, sagte er, »das habe ich doch schon gesagt. Ich liebe dich.«

»Ich glaube, ich muss dir auch mal was sagen«, sagte ich.

»So?«, fragte er. »Was denn? Immer raus mit der Sprache!« Er lachte.

»Ich heiße Maria Morzeck«, sagte ich.

»Angenehm«, sagte er und lachte wieder.

»Morzeck«, wiederholte ich. »Hast du verstanden, Morzeck. Emm, o, err, zett, e, cee, ka. Morzeck.«

Er lächelte immer noch, aber nur noch mit dem Mund. Seinen Augen war anzusehn, dass er nachdachte.

»Ja ...«, sagte er gedehnt, »Morzeck ...«

»Ich habe das Aktenzeichen nicht im Kopf«, sagte ich.

»Ich auch nicht«, sagte er. »Ist das dein Bruder?«

»Erraten«, sagte ich.

»Ja und?«, fragte er und sah mich an.

»Und – und – und«, sagte ich und legte mich halb auf das Nachbarbett hinüber. »Das ist derselbe, den du zu vier Jahren Zuchthaus verknackt hast.«

Er lächelte schon wieder.

»Seit wann gibt's denn bei uns Sippenhaft?«, fragte er.

Das war ein bisschen zuviel für mich. Damit hatte ich einfach nicht gerechnet.

»Ich kann doch nicht die Schwester für das verantwortlich machen, was der Bruder verbrochen hat! Was ist'n das für'n Unsinn? Ach Rike, du bist ein Schaf!«

Ich kriegte überhaupt den Mund nicht wieder zu.

»Die Tochter von einem stellvertretenden Generalstaatsanwalt ist vor drei Wochen nach dem Westen abgehaun mit falschem Pass – sollen wir den Mann vielleicht deswegen rausschmeißen!? Wer hat dir denn bloß solche Flausen in den Kopf gesetzt?«

»Ich weiß nicht«, sagte ich, ließ mich zurückfallen und fing plötzlich, ohne dass ich es selber gleich merkte, an zu weinen. Erst als das Kissen richtig nass war, musste ich hochziehn.

»Gib mir mal'n Taschentuch«, bat ich.

»Warte«, sagte er, beugte sich aus dem Bett nach seiner Hose und gab mir sein Taschentuch, so'n richtiges, großes, bisschen steifes und nach Tabak duftendes Männertaschentuch. Ich schnaubte mit aller Kraft hinein.

»Ich liebe dich«, sagte er.

Ich schnaubte nochmal mit aller Kraft. Dann wischte ich mir die Nase und gab ihm das Taschentuch zurück.

»Vielen Dank«, sagte ich und schämte mich.

»Ich glaube, jetzt müssen wir los.«

»Ja«, sagte ich, presste die Lippen zusammen und sah ihn an.

»Na?«, fragte er. »Du hast doch noch was auf'm Herzen …«

»Nein«, sagte ich, »nein, nein. Ist schon alles gut.«

32

Oscar, der Oberkellner im Clou, hat eine wunderbare Tour.
Wenn er mit jemand Krach kriegt, fängt sein Unterkiefer an
zu zittern, er setzt das Tablett ab, wenn er zufällig mal eins in
der Hand hat, legt die linke Hand ans Herz und sagt: »Wissen Sie …« Jetzt kommt eine große Pause. »Ich bin schwer
herzkrank. Ich hatte schon meinen Infarkt. Ich brauche mich
bloß 'n bisschen uffregen und falle tot um. Also«, und jetzt
eben der Situation entsprechend: »Wenn Sie der Dame noch
ein einziges Mal in den Ausschnitt fassen, rufe ich den Geschäftsführer!« Oder: »Nehmen Sie endlich Ihre Quadratlatschen aus'm Weg!«

Hatte er einem die Meinung gegeigt, kam er hinten an die
Bar und spuckte große Töne: »Den hab ich vielleicht fertigjemacht, dumme Sau. So kleen is' der jeworden, mit Hut! Hat
sich natürlich sofort bei mir entschuldigt, Knallkopp, aber
wollte erst nich. Benimmt sich wie in'n südfranzösischen Puff!
Dass ich nich glockenhell kichere! Doch nich bei mir, Mann …«

Mehr oder weniger hatten Oscar und Effi mitgekriegt,
dass ich unter der Haube war, bloß Herr Kleeberg, unser
Chef, war noch ahnungslos, bis eines Tages ein Anruf aus
der Littenstraße kam. Er stürzte ganz aufgeregt aus seinem
Verschlag.

»Das Stadtgericht will dich sprechen«, sagte er.

»Komme gleich«, rief ich ihm zu und kassierte erst noch
einen Tisch ab.

»Sekretariat Meister – oder so ähnlich«, sagte er, als ich an ihm vorbeiging.

»Deister«, sagte ich. »Deister, Herr Kleeberg.«

Ich nahm den Hörer und meldete mich.

»Fräulein Morzeck?«, fragte das Fräulein in der Zentrale.

»Ja«, sagte ich.

»Ich verbinde.«

»Na?«, fragte Paul.

»Mensch, du kannst doch nicht um die Zeit anrufen«, sagte ich.

Herr Kleeberg, der mir schräg gegenüber hinter seinem Schreibtisch stand, hob die Hände und winkte beschwichtigend.

»Ich hab hier den ganzen Laden um die Ohren«, sagte ich trotzdem.

»Nu lass mich doch auch mal was sagen«, brüllte Paul und lachte.

»Was denn?«

»Ich hab 'ne Wohnung«, sagte er.

»Kann ich mir denken, dass du nicht im Freien schläfst«, sagte ich.

»Für dich«, sagte er. »Ich komme morgen rum und zeig sie dir.«

»Nee, du, da spiel' ich nicht mit.«

»Schlaf schön«, sagte er. »Entschuldige: Frohes Schaffen. Ich ackere übrigens auch noch.«

»Tschüss«, sagte ich.

Herr Kleeberg hatte rote Ohren vor Neugierde.

»Ist irgendwas nicht in Ordnung, Maria?«, fragte er. »Mit'm Gericht muss man immer 'n bisschen uffpassen …«

»Ooch«, sagte ich, »das war mein Lover.« Und weil ich ihm ansah, dass er das nicht verstand, setzte ich hinzu: »Mein Freund.«

Der Abend war aber noch nicht zu Ende. So gegen elf

tauchte Brigitte mit einem unwahrscheinlich gutaussehenden Mann auf. Sie trug ein dunkelgraues Kleid, leicht antailliert und hochgeschlossen, mit einer vom Kragen bis zum Saum durchgehenden Knopfleiste, ganz kleine schwarze Knöpfe, der Kragen und die Manschetten waren, dachte ich auf die Entfernung, schwarzer Samt, aber wie ich rankam, sah ich, dass es Tuch war. Ihr Macker hatte einen nachtblauen Anzug an, der wie'n Smoking mit Schalkragen geschnitten war, weißes Hemd natürlich, und Fliege. Er musste so Ende Zwanzig sein, hatte schon 'n richtiges Gesicht, aber noch keinen Kummerspeck wie die späten Athleten und war auch noch nicht so steif im Kreuz wie die drahtigen Typen, wenn sie in die Jahre kommen. Er hatte schwarzes Haar, auch auf den Händen, und war mager, und wenn er lachte, selten genug, denn er war natürlich humorlos wie die meisten Beaus, dann sah es aus, als hätte er'n Klavier im Mund, aber eins ohne schwarze Tasten. Ansonsten hörte er hauptsächlich zu, Brigitte hatte das große Wort und erklärte ihm die Welt und legte dabei ihren Kopf zurück, damit er ihren runden Hals richtig sehen konnte, und dann nickte sie plötzlich, dass ihr die Haare nach vorn fielen und sie sie aus'm Mundwinkel wegblasen musste. Mir war natürlich klar, dass sie bloß hergekommen war, um mir den Jungen zu präsentieren, denn sie dachte, der liebe Gott machte bei der Verteilung der Männer immer so'n kleinen Bogen um mich rum. Nun muss ich ja zugeben, dass ihr Basketballer oder was er nun war (vielleicht auch Zahnarzt oder Berufsschullehrer oder Porzellangestalter oder sowas Irres), also ich muss ja zugeben, neben Deister hätte ich ihn nicht legen dürfen, mal so äußerlich gesehn. Ulli ...? Weiß ich nicht. Das war 'ne Typfrage, Ulli war ja eigentlich dasselbe in Blond, bloß von Ulli und mir wusste Brigitte natürlich nichts.

Da sie nicht in meinem Revier saßen, ging ich auch nicht hin, sondern Oscar machte sich auf'n Weg.

»Pulle Schampus«, sagte er zu Effi, als er zurückkam. Er hielt nicht viel von Sektkunden, das wusste ich.

»Die klammern sich'n janzen Abend an eene Pulle, jeben nachher 'n Fuffzijer Trinkjeld und sagen ooch noch: Danke, das stimmt so …«

»Komm, ich übernehme den Tisch«, bot ich ihm an, »und wir machen halbe-halbe, damit du nich weinst …«

Als ich den Sekt bringen wollte, fing gerade die Kapelle an zu spielen, und Brigitte und der Nachtblaue standen auf und tanzten, oder sagen wir's mal anders: Sie erhoben sich, gingen auf die Tanzfläche und lehnten sich aneinander, Bauch an Bauch, und während sich die übrigen nach *Kalkutta liegt am Ganges* schafften, sich die Beine verrenkten, die Arme auskugelten und die Schultergelenke zittern ließen, hielten sie Knie an Knie und schaukelten so'n bisschen, drehten sich auch einmal um die gemeinsame Achse, blieben aber in den beiden Pausen zwischen den Tänzen wie aneinanderge-klebt stehen, klatschten auch nicht, obwohl unser Trio CB (›Clou-Brothers‹) 'n ganz schönen Wind gemacht hatte, und dabei war die Verstärkeranlage schon seit 'ner Woche kaputt, und Herr Kleeberg kriegte keinen Elektriker, weil die Berliner Strippenzieher angeblich alle bei der Leipziger Messe reparierten, weil die Klima-Anlage im Sowjetischen Pavillon ausgefallen war.

»Aurora«, sagte Oscar, als er das hörte, und grinste.

»Kennst du die?«, fragte Effi, weil sie sah, wie ich Brigitte im Auge behielt.

»Mit der bin ich zur Schule gegangen«, sagte ich, nahm den Sekt und ging an ihren Tisch.

»Hallo!«, rief Brigitte und tat überrascht. »Mariechen!«

»Tag«, sagte ich. »Hast du hier den Sekt bestellt?«

»Ja«, sagte sie, »kannst gleich eingießen.«

»Erst mal aufmachen«, sagte ich und bog den verrosteten Draht vom Flaschenhals weg.

»Ich hab euch ja noch gar nicht bekanntgemacht!«

Ich stellte die Flasche auf den Tisch und wischte mir die Hand an der Serviette ab. Der Schöne war aufgestanden und machte jetzt den Mund auf. »Herbert Merseburger«, sagte Brigitte, aber ich hab den Namen sowieso wieder vergessen. Vielleicht hieß er auch Wilfried Knickebein oder Helmut Rauchfuß, ich kann mich nicht mehr erinnern.

»Morzeck«, sagte ich und gab ihm die Hand.

»Du wirst ihn ja kennen«, sagte Brigitte zu mir und lächelte.

»Keinen Schimmer«, sagte ich und zog den Draht von der Flasche.

»Das muss auch nicht sein«, piepste jetzt Herbert – oder Wilfried oder Helmut.

»Du interessierst dich wohl nicht für Skispringen?«, fragte Brigitte schnell, denn seine Stimme war ihr wohl'n bisschen peinlich.

»Nee«, sagte ich und drehte an meinem Sektkorken. »Du?«

»Setz dich doch wieder«, sagte Brigitte zu ihrem Schönen. »Er ist DDR-Meister«, erklärte sie weiter, während ich eingoss.

»Kann ich mir vorstellen«, antwortete ich und sah ihm in die Augen.

»Den Namen hast du sicher schon mal gehört«, sagte Brigitte, während er mich anlächelte.

»Ich werd'n mir auf jeden Fall von jetzt ab merken«, sagte ich. »Sehr zum Wohl!«

Ich ließ sie alleine und kümmerte mich um meine anderen Tische. Nach einer Weile hörte ich es schnepsen. Das konnte nur Brigitte sein, aber ich drehte mich nicht um. Als ich dann mit halbem Auge ihren Ski-Meister an die Bar gehn sah, konnte ich mir denken, was sie gewollt hatte. Er kam auch gleich mit Zigaretten zurück, und sie fing großspurig an zu qualmen, obwohl ich genau wusste, dass sie früher nie geraucht hatte. Als ihre Gläser leer waren, ging ich hin und schenkte nach.

»Sag mal, 'n Eiskübel habt ihr hier wohl nicht?«, fragte sie.

»Doch«, sagte ich. »Aber die Pulle ist schon halb leer, das lohnt sich doch nicht mehr ...«

Ich sah ihr an, dass sie mich am liebsten zerrissen hätte.

»Außerdem ...«, gähnte ich künstlich. »Ich bin so faul ... ich würd' euch nicht mal einen bringen, selbst wenn wir einen hätten – aber ihr wollt ja auch keinen, was?«

»Nein, danke«, piepste der Meister.

»Ich kenne dich gar nicht wieder, Maria«, sagte Brigitte.

»Ich dich auch nicht«, sagte ich. »Darf's sonst noch was sein?«

Brigitte schüttelte den Kopf, und dann fing die Musik wieder an.

Als sie nach Hause gingen, gab mir der Schöne drei Mark Trinkgeld, woran ich Oscar mit einer Mark fuffzig beteiligte. An der Tür gab mir Brigitte die Hand, lächelte und sagte »Auf Wiedersehn« als wollte sie sagen: »Herzliches Beileid.«

Gegen Morgen, in meinem Bette, kriegte ich das große Heulen, weil mir auf einmal klar wurde, warum ich so eklig gewesen war. Der reine Neid.

33

»Das ist Harry Rutek«, sagte Paul.

»Morzeck«, sagte ich, »angenehm.«

So angenehm war's mir gar nicht, aber irgendwann musste es doch mal passieren, dass ich einen seiner Freunde kennenlernte, und vom Gericht war Harry Rutek offensichtlich keiner, dazu war er zu schlampig angezogen, trug einen Pullover, der grau oder grün oder braun war, genau ließ sich das nicht mehr ausmachen, ein schwarzes Jackett, graue Hosen mit ausgebeulten Knien und Sandalen. Im April. Und in den Sandalen gestopfte Strümpfe. Das gefiel mir nun nicht so sehr.

Er war etwa so alt wie Paul, hatte aber kleine Falten um die Augen und blinzelte ununterbrochen, und weil er dabei auch noch den Mund verzog, kam es einem immer so vor, als ob er lachte.

»Na, Mensch, alter Junge«, sagte Harry zu Paul. »Na, das ist aber schön. Damit hilfst du mir ja aus einer gewaltigen Verlegenheit.«

Er machte auf fein, sagte »gewaltige Verlegenheit«, »unendliche Leidenschaft«, »himmlische Konstruktion«, »gesegnete Ruhe« und sowas, und immer im falschen Zusammenhang, dadurch wurde es ein bisschen schief und witzig, wie wenn man auf einer Zeichnung die Maßstäbe willkürlich verschiebt, sagen wir mal, einen Mann durch eine Straße gehn lässt, wo ihm das höchste Haus bloß bis ans Knie reicht, oder umgekehrt – also, auf jeden Fall: Gulliver.

»Ach was«, sagte Paul, »Verlegenheit!«

»Mensch, ich kann die Miete nicht mehr zahlen!«, rief Harry.

»Warum hast'n dich nicht eher bei mir gemeldet?«, fragte Paul.

»Du hast doch auch'n Kopf voll«, sagte Harry und lächelte mich an. »Und du hegst für deine Beschäftigung eine unendliche Leidenschaft … da kann ich nicht erwarten, dass du deine Freizeit mit mir verträdelst. Was habe ich schon zu bieten?«

»Gehen wir einen Kaffee trinken?«, fragte Paul. »Das ist im Augenblick meine einzige unendliche Leidenschaft.«

»Hast du Geld?«, fragte Harry. »Ich bin total abgebrannt.«

Paul legte ihm den Arm um die Schultern, und sie lachten beide, als hätte Harry einen unheimlichen Witz gerissen.

»Komm, Maria«, sagte Paul, »wir spendieren Harry 'n Kaffee!«

Wir setzten uns vor ein Restaurant am Rosenthaler Platz. Der Wirt war überzeugt, dass Frühling sei, er hatte die Stühle ins Freie geschoben. Paul bestellte Kuchen, Kaffee und Kognak. Ich saß zwischen den beiden und kam mir überflüssig vor, aber die Sonne schien, der Kaffee war heiß, der Blätterteig knirschte zwischen den Zähnen, ein paar Meter von uns fuhren Autos vorbei, manche schon mit offenem Verdeck, weiße Mäntel gingen aus dem Licht in den Schatten und wieder ins Licht, der Kognak duftete, und der Zigarettenrauch flog hoch in die Luft. Ich sagte ein paarmal »ja« und »nein« und wieder »ja«, sah auf Pauls und Harrys Hände, wie sie aus den Ärmeln hingen, eine Tasse oder ein Glas anfassten, auf der Tischkante lagen, wie sich die Finger im Gespräch aufrichteten, am Ende der Sätze stehenblieben und plötzlich einknickten, sich zur Faust bogen, wieder öffneten, ganz weich und ganz langsam, vier Finger über der Lebenslinie, der Herzlinie, mit weißen Nagelbetten und Monden alles noch mal sagten, was der Mund sagte; ich sah die beiden von der Seite an, Pauls weiches Kinn, das hatte ich vor einer Woche zwischen den Zähnen gehabt, zum ersten Mal und seitdem noch nicht wieder, und mir wurde gleich schwach in den Schultern, und Harrys kleine Augen, seinen struppigen Haaransatz, die spitze Nase, das Kinn schlecht rasiert, und seine Lippen waren aufgesprungen, vom Saufen, wahrscheinlich, grau wurde er auch langsam; und dann kamen die Stimmen zurück, das Gespräch zerfiel in Fragen und Antworten, die Sätze in Wortgruppen, Fräulein Hartung, Subjekt, Prädikat, Objekt, adverbiale Bestimmung, Interjektion, die Worte in Silben, die Silben in Mitlaute, Zweilaute, Selbstlaute: a – e – i – o – u.

»Hörst du überhaupt zu, wenn man mit dir redet?«, fragte Paul.

»Nein«, sagte ich.

»Ich wollte Paul eben erklären«, sagte Harry, »warum ich nicht Techniker geworden bin, Ingenieur oder sowas, kein Brückenbauer, ohne Sinn für himmlische Konstruktionen, es sei denn …«

»So?«, fragte ich.

»Verse – wollte ich sagen. Ich glaube, das hängt von der Kindheit ab. Wir wohnten zum Beispiel in einem Haus, in dem es eine Bibliothek gab – und eine gesegnete Ruhe. Das war in Böhmen, in einem Ort, den ihr nicht aussprechen könnt, und die Bibliothek gehörte einem Offizier, der irgendwo in der Slowakei diente, aber seine Bestellungen liefen weiter, seine Frau ließ mich die Pakete auspacken – ein lesender Offizier! Wie schön! – und ich durfte als erster die Bücher aufklappen. Ach, Kinder, dieser Duft! Versteht ihr das? Diese Druckerschwärze, dieser Leim, das Papier! Ja und andererseits: Meine Mutter arbeitete in einer kleinen Fabrik als Stenotypistin, eine Art große Schlosserei, in der es nach Öl und Karbid und Eisenteilspänen roch, und sie wollte, dass ich dort eine Lehrstelle annähme. Wie sollte ich denn aber diesen Duft aus den Büchern vergessen! Ich hoffe, Sie begreifen mich«, fiel er sich selber ins Wort. »Wissen Sie, was das bedeutet: ein Buch aufschneiden – warum gibt es das heute nicht mehr? – und mit dem Finger über den Rand gehn und lesen, langsam lesen, Wort für Wort!?«

»Ein Dichter!«, sagte Paul und blinkerte mir zu.

»Später«, sagte Harry. »Das kam später …«

»Sie schreiben Gedichte?«, fragte ich.

»Ja. Manchmal.«

»Mit oder ohne Reim?«

Er lächelte. »Meistens ohne.«

»Schade«, sagte ich. »Ich hab lieber welche mit Reim. Das einzige Gedicht, was ich richtig mag, hat auch Reime.«

»Sagen Sie's mal!«, bat Harry.

Ich setzte mich aufrecht, überlegte einen Augenblick, ob ich es zusammenkriegte und sagte dann leise:

»Wo singt das Lied
das ich verloren habe?
Singt einst an meinem Grabe
dies heimgekehrte Lied?

Kehrt mir der Traum,
den ich vergebens träumte,
in Wirklichkeit versäumte,
zurück in einem Traum?

Singt vogelscheu
und angstbedacht
dies Lied in einem Baum?

Verrat und Treu,
es weint und lacht
dies Lied von meinem Traum.«

»Sehr schön«, sagte Paul.

»Von wem ist das?«, fragte Harry.

»Von Wilm Weinstock«, sagte ich, »das stand mal in der Neuen Deutschen Literatur, aber is schon 'ne ganze Weile her.«

»Ein Sonett«, sagte Harry, »und gar nicht mal so aufwendig.«

»Willst du das etwa analysieren!«, protestierte Paul.

»Von mir aus könnt ihr damit machen, was ihr wollt«, sagte ich, »für mich bleibt es trotzdem das schönste Gedicht, was es auf der Welt gibt.«

»Schöner als Goethe?«, fragte Paul ironisch.

»Ja, schöner als Goethe«, sagte ich.

»Wissen Sie, was mir an Ihrer Meinung so gefällt?«, fragte

Harry und wartete meine Antwort gar nicht ab. »Dass Sie sie so entschieden vertreten. Dass Sie nicht so tun, als würden Sie manchmal auch noch was anderes denken und bloß jetzt, und vielleicht irgendjemandem von uns zuliebe, dies oder das sagen ...«

»Du bist ja'n richtiger Menschenkenner«, sagte Paul zu Harry und grinste.

»Darauf trinken wir noch einen!«

Das Gespräch blieb aber plötzlich auf der Stelle stehn wie ein Eisenbahnzug, vor dem auf einmal die Gleise aufhören. Man musste nur froh sein, dass sich die vorderen Räder nicht schon im Sande drehten. Da half kein Kognak mehr, und auch Harrys Geschichte von der Frauenfeier am 8. März, wo das Präsidium gesungen hatte *Ganz ohne Weiber geht die Chose nicht*, ging irgendwie ins Leere. Paul lächelte nur, und ich nickte, und Harry fiel ein, dass er noch mal bei der Redaktion vorbeisehn wollte.

»Ich rufe dich bei Gelegenheit an«, sagte er zu Paul. »Auf Wiedersehn, Fräulein Morzeck! Wie hieß der Dichter vorhin?«

Ich sagte ihm nochmal den Namen, und er verbeugte sich und stolperte über einen Stuhl, ehe er wieder auf dem Bürgersteig war. Er winkte, und wir winkten zurück.

»Lieber Kerl«, sagte Paul.

»Ist das 'n richtiger Freund von dir?«, fragte ich.

»Freund, weißt du«, sagte er, »ich hab wenig Freunde ... Man kann immer so schwer unterscheiden zwischen guten Bekannten und wirklichen Freunden. Wir haben zur gleichen Zeit studiert und ein paar Vorlesungen zusammen gehört und sind ab und zu mal einen trinken gegangen ... eigentlich: ja, er ist ein Freund von mir. Vielleicht, ja. Auch wenn wir uns mitunter ewig nicht sehn.« Er griff in seine Manteltasche, zog einen kleinen Sicherheitsschlüssel heraus und legte ihn auf den Tisch, zwischen die Kognakgläser.

»Siehst du, den hab ich von ihm«, sagte er.

34

Als ich das erste Mal zu Edith Jakobs ging, in die Libauer, nahm ich mir fest vor, kein Wort von Paul zu sagen. Kaum saß ich, fing ich schon an, über ihn zu reden, aber ohne seinen Namen zu nennen. Auf Edith musste ich Eindruck gemacht haben, als ich dem Leutnant in Brandenburg in die Parade gefahren war. Ich merkte, wie sie mich anhimmelte, obwohl sie schon einen fünfjährigen Jungen hatte, an den ich mich sehr schwer gewöhnte, weil er mir dauernd auf'n Schoß wollte und mich immer mit irgendwas besabberte oder bekleckerte, und als er mal ausnahmsweise saubere Finger hatte, holte er seinen Tuschkasten und kippte ihn auf meinen Mantel. Aber sich darüber aufregen ist sinnlos, weil Bälger entweder Rabauken oder Tränentiere sind, und auf die Nerven gehen sie einem sowieso.

Ich war nicht angemeldet, hatte mich einfach von Paul absetzen lassen, war in den dritten Stock gestiegen und hatte geklingelt.

»Mensch!«, sagte sie, wie sie aufmachte, und zog mich rein.

»Ach, 'n Bekannter hat mich hergebracht«, nuschelte ich, als sie wissen wollte, mit welcher Bahn ich gekommen wäre, und schon waren wir beim Thema.

»Was Ernstes?«

»Naja, wie man's nimmt …«

»Oder bloß so …?«, fragte Edith.

»Ooch«, machte ich, »bisschen mehr is schon.«

Von meinem Klingeln war Klaus aufgewacht, musste dienern und bis dreißig zählen, *Alle meine Entchen* singen und mit seinem Frühstücksranzen vormachen, wie der Onkel im Fernsehen auf'm Akkordeon spielt, und inzwischen hatte Edith Kaffee gekocht, wir konnten uns hinsetzen und rauchen und erzählen. »Nein«, sagte sie, »wenn der rauskommt« – sie meinte ihren Mann – »is Sense. Du, das mache ich nich noch mal mit. Der hat mir morgens gesagt, er geht auf Arbeit und ist gegenüber in die Budike geschlichen und hat gewartet, bis ich einkaufen gegangen bin, und dann ist er hoch und hat meine Schubladen ausgekramt, und wie ich wieder nach Hause gekommen bin mit'n Netz Kartoffeln und zwee Stück Seife, hat er gebrüllt: ›Wo kommst'n jetzt erst her, du Hure?‹ Nee, bei mir – kein Stück.«

Ich fragte ziemlich umständlich, wie sie das machen wollte mit der Scheidung, denn ich musste mich erst mal daran gewöhnen, dass wir uns duzten.

»Ganz einfach«, sagte sie. »Ich lasse ihn nich ran und sage, dass ich schwanger bin, von 'nem andern, versteht sich.«

»Bist – du schwanger?«, fragte ich.

»Ich bin doch nicht lebensmüde«, sagte sie und ließ dabei den Rauch durch die Nase ziehn.

»Aber dann schlägt er dich tot«, sagte ich. »Wenn er wirklich so ist, wie du sagst –«

»So isser«, sagte sie.

»– dann schlägt er dich tot.«

»Das habe ich mir auch schon überlegt«, sagte Edith, »da muss ich vorher'm Funkwagen Bescheid sagen.«

»Du kannst doch nicht dein ganzes Leben lang 'n Funkwagen hinter dir herfahren lassen«, sagte ich.

»Nee«, lachte sie, »aber irgendwann muss er auch mal Dampf ablassen – und außerdem: Er hat sicher wahnsinnigen Schiss, dass er wieder abgeht. Da hat der irre Manschetten vor. Der will nischt wie raus. Du denkst vielleicht, wir haben uns sonstwas für Heimlichkeiten erzählt, wo du mit deinem Bruder geredet hast. Nich die Bohne. Mein Heinz immer bloß: ›Ich muss hier raus, ich muss hier raus!‹ Und ich beruhigte ihn: ›Heinz, sei doch stille, das hat doch keenen Sinn, hier!‹ Aber er: ›Lass mich man rauskommen, dann fängt 'n anderes Leben an.‹ Der wird sich schön wundern.«

»Wenn er nicht aufpasst, isser gleich wieder drin«, sagte ich.

»Obwohl«, sagte Edith, »jetzt sind sie nicht mehr so scharf wie früher. Heinz hat's vor der Mauer erwischt, darfst du nicht vergessen.«

»Meinen Bruder auch!«, rief ich.

»Aber jetzt sind se schon großzügiger«, sagte Edith. »Bei uns hat einer aus der Zuschneiderei bloß ein Jahr, mit Bewährung, gekriegt.«

»Wofür?«

»'n Transparent aus'm Fenster geschmissen, im Suff. Dem hätten se doch früher Boykotthetze angehängt, Menschenskind!«

»Mir hat'n Bekannter erzählt«, sagte ich, »da hat einer 'ne Lehrerin vergewaltigt und hat bloß 'n halbes Jahr gekriegt, auch mit Bewährung, weil er Ausbilder bei der GST war, Sektion Schäferhunde.«

»Was hat'n die GST damit zu tun?«, fragte Edith.

»Und 'n anderer Fall«, sagte ich, aber Edith ließ nicht locker.

»Was haben denn die Schäferhunde damit zu tun, dass der die Alte vergewaltigt hat?«

»Der hat seine Freizeit geopfert, wenn er Schäferhunde dressiert.«

»Und die Frau, die Lehrerin?«

»Weiß ich nicht.«

»Was hat'n die geopfert?«

»Warte doch mal«, sagte ich, »jetzt kommt der Fall Numero zwei. Ein Mann geht auf der Straße und lässt – na, du weißt schon ...«

Ich zeigte Edith mit den Händen, was ich meinte.

»Achso!«, rief Edith und lachte. »So'n Exzentriker ...«

»Na, is ja auch egal«, sagte ich. «Jedenfalls lässt er seinen Dingsda raushängen, besoffen wie tausend Mann, saust mit Seegang die Straße runter, auf'm Dorf, irgendwo in Mecklenburg, und der kriegt zwei Jahre und muss sie abbrummen.«

»Ungerechtigkeit«, sagte Edith.

»Und weißt du, warum?«

»Nee.«

»Weil er regelmäßig Westsender gehört hat und weil ihn natürlich der Norddeutsche Rundfunk in Hamburg zu seiner Untat aufgehetzt hatte.«

»Nein!«, rief Edith, warf sich auf's Sofa und brüllte vor Lachen. »Mensch, das ist doch himmlisch!«

»Na, ich weiß nicht«, sagte ich.

»Ich stelle mir vor, wie der Rundfunksprecher sagt: So, Herr Posemichel in Gadebusch, nu nehmense mal noch einen zur Brust und dann gehnse vors Lokal und knöppen sich die Hose uff!«

Edith quietschte vor Vergnügen, sodass Klaus, der seit 'ner halben Stunde in der Küche saß, wieder reinkam und wissen wollte, was es zu lachen gab.

»Ach, 'n komischer Onkel«, sagte Edith. »Das verstehst du noch nicht.«

»Stell dir mal vor«, sagte ich zu Edith und trank meinen Kaffee aus.

»Hast du das von deinem Bruder?«

»Nö«, sagte ich, »'n Bekannter hat's mir erzählt. Aber ist überhaupt kein Geheimnis, das stand sogar in 'ner juristischen Zeitschrift, sagt er.«

»Zustände«, sagte Edith.

»Inzwischen isses umgekehrt«, sagte ich und schaukelte Klaus auf meinen Knien. »Der erste is drin und der zweite draußen.«

»Was machst'n du eigentlich für deinen Bruder?«, fragte Edith.

»Ich weiß noch nicht mal, warum er sitzt.«

»Das lässt sich doch rauskriegen«, sagte Edith, »Mensch, bei meinen Verbindungen …«

»Wirklich?«

»Ich sage dir doch, dass mir jede Woche einer auf'n Hals kommt.«

»Aus Brandenburg?«

»Na, was denn!«

Ich nahm Klaus von meinen Knien und stellte ihn neben den Sessel. Ihm war von dem Hoppe-Reiter so schwindlig, dass er sich an der Tischkante festhalten musste. Ich setzte mich zu Edith auf's Sofa und umarmte sie.

»Mensch, du bist wohl warm?«, fragte sie.

»Wieso soll'n Tante Maria warm sein?«, fragte Klaus, der langsam wieder zu sich kam, aufgeweckter Junge, ganz der Vater.

»Na, klar«, sagte Edith, »in vierzehn Tagen weißt du Bescheid, oder ich heiße Emma.«

»Du heißt gar nicht Emma«, sagte Klaus. »Du heißt Mama.«

»Und wenn der nächste, der kommt, nichts weiß, dann hat der wieder seine Kumpels, und einer kennt deinen Bruder bestimmt, die lassen sich nicht wieder aus'n Augen. Die halten zusammen und helfen sich auch unter'nander. Eigentlich komisch, dass du noch nie Besuch gekriegt hast.«

»Ja«, sagte ich, »ich weiß auch nich, wie das kommt.«

35

Aber ich hatte es geahnt. Ich hatte es geahnt, als ich noch bei Edith auf dem Sofa saß. Wir hatten natürlich Besuch gehabt. Zwei Männer waren bei uns gewesen, bei Tante Hete, und hatten nach mir gefragt, aber Tante Hete hatte sie rausgeschmissen, weil sie dachte, sie wären hinter mir her. Der eine kurz vor Weihnachten, der andere Anfang Februar.

»Nein«, hatte Tante Hete gesagt, »wenn Sie Freunde von meinem Neffen wären, wüssten Sie, dass er im Gefängnis ist. Und was meine Nichte angeht, die ist für Ihnen viel zu schade. Die hat ganz andere Herren an der Hand. Die is auf solche Leute nicht angewiesen.«

»Hören Sie mal«, hatte der eine gesagt. »Vergessen Sie bloß nicht, dass Ihr Neffe auch in Brandenburg sitzt.«

»Aber aus ideellen Gründen!«, hatte Tante Hete gerufen und mit ihrem dicken Zeigefinger gedroht. »Mein Neffe hat nich jeklaut!«

Jedenfalls wusste ich endlich Bescheid und wusste, warum ich nichts wusste. Ich hielt Tante Hete eine gewaltige Standpauke, und sie saß am Küchentisch, schüttelte den Kopf und sagte immer wieder:

»Ich Rindvieh, Mariechen, ich bin ein Rindvieh.«

»Du hättest sie doch wenigstens zu mir ins Clou schicken können«, sagte ich.

»Die sahen so aus wie richtige Verbrecher, Mariechen. Ich hab mich wirklich gefürchtet. Ich hab gar nicht die Türkette abgenommen. So'ne Menschen konnte ich dir doch nich uff'n Hals hetzen.«

Ich überlegte seit vierzehn Tagen, wie ich ihr beibringen sollte, dass ich noch 'ne andere Adresse hatte, ob mit Krach oder mit List und Tücke.

»Was ich dir übrigens noch sagen wollte«, fing ich an, aber sie spitzte gleich die Ohren und ahnte, dass ich so 'ne Situation, wo sie völlig am Boden lag, nicht vorübergehn lasse, ohne irgendwas für mich rauszuschlagen.

»Also, ich bitte dich um Verzeihung«, sagte sie, ohne mich ausreden zu lassen. »Und damit ist der Fall dann wohl erledigt.«

Sie wischte sich mit dem Küchenhandtuch, das auf dem Tisch lag, die Augen aus, obwohl sie überhaupt nicht geweint hatte, und stand auf. »Wolltest du noch irgendwas?«, fragte sie.

»Eigentlich ja«, sagte ich, »aber vielleicht gebe ich's dir lieber schriftlich, denn gegen dich kommt sowieso keiner an.«

»Mariechen«, sagte sie, »mach mir keine Dummheiten! Was einmal weg is, is weg, da kannste bitteln und betteln – was im Eimer is, is hinüber.«

36

Die Ackerstraße hat keinen guten Ruf, hatte ihn noch nie, auch nicht zu der Zeit, wo sie von der Großen Hamburger bis zum Friedhof an der Liesenstraße durchging, wo jetzt die Mauer so'n Knick macht bis zum Nordbahnhof runter. Wegen der Nutten, wegen dem »horizontalen Gewerbe«, dabei war das oft genug »vertikal«, weil manche noch nicht mal 'ne Bude und 'n Bette hatten. Am Pappelplatz in der Invalidenstraße, schräg gegenüber von der Markthalle, kniet der Arbeitslose und zählt, was ihm in Clärchens Ballhaus nicht durch die Finger gegangen ist – von Rechts wegen ein großer nackter Mann aus Stein, eine Art Gefallenendenkmal, ein Fahnenträger ohne Fahne, kann man sich aber zudenken, die ist irgendwann mal weggerostet oder hat einer geklaut, jedenfalls wenn er jetzt so da kniet, gegenüber von der Markthalle am Pappelplatz, wie gesagt, dann sieht er aus wie einer, der sein Geld zählen will, seine Mücken und Kohlen.

Langer Rede kurzer Sinn: Hier war meine zweite Adresse. Ackerstraße, fünfter Stock, ein Studio, hatte Harry Rutek gesagt, ein Atelier, sagte Paul, also 'ne Absteige. Das wollte natürlich keiner wahrhaben, als ich einzog. Harry Rutek »stellte es zur Verfügung«, Paul »kam für die Miete auf«, und ich »machte dort meine Übersetzungen«, aber in Wirklichkeit kriegte Harry das Doppelte oder Dreifache von dem, was das Zimmer kostete – und er brauchte es bitternötig –, und Paul kam sich vor, als wäre er neugeboren, und ich schlief mit ihm, weil ich mir einbildete, dass das gut für meinen Bruder wäre. Und weil's Spaß machte.

Einmal, nachmittags, so zwischen fünf und sechs, das Zimmer hatte 'ne schräge Wand und das Licht kam von oben durchs Dachfenster, fragte ich ihn:

»Sag mal – werden Gefangene eigentlich geschlagen?«

Er lag auf der andern Couch, die im rechten Winkel von meiner weg stand, das hatten wir gemacht, um Platz zu sparen und damit wir eine Ecke kriegten, in der man sitzen und liegen konnte, aber nicht unbedingt immer nebeneinander.

»Dich müssen sie doch wohl mit'm Klammerbeutel gepudert haben«, sagte er und drehte sich zur Wand rum.

»Kannst du mir dann mal sagen, warum meinem Bruder 'n Zahn fehlt?«, fragte ich.

Er richtete sich plötzlich auf, schlug mit der Hand auf den Tisch und sagte:

»Nein! Das kann ich nicht!«

»Danke«, sagte ich und legte mich auf den Bauch. »Danke, das genügt mir.«

»Wieso?«, fragte er, brannte sich eine Zigarette an, und da ich nicht antwortete, sagte er nach einer Weile: »Also, bitte!«

Ich ließ ungefähr eine halbe Minute vergehen, dann sagte ich: »Mein Gott, hast du ein schlechtes Gewissen.«

»Was habe ich?«, fragte er leise und lächelte.

»Schlechtes Gewissen«, sagte ich. »Gib mir mal'n Zug!«

Er reichte mir die Zigarette rüber, und ich rauchte sie weiter, gab sie ihm aber nicht wieder. Es war Anfang Mai, die Sonne knallte aufs Dach, und wenn ich hier war, lief ich immer nur im Bikini rum. Ich wusste auch, dass er das am liebsten hatte. Wenn's nach mir gegangen wäre, hätte ich gar nichts angezogen, aber er brauchte immer was zum Aufhaken und Aufknöpfen, sonst machte es ihm keinen Spaß. Bloß lange Hosen konnte er nicht ausstehen, und gerade die trug ich am liebsten, weil ich die ganze Nacht immer in so'm schwarzen Fetzen rumlaufen musste. Ich merkte, wie er darauf wartete, dass ich ihm die Zigarette zurückgab, aber ich steckte sie in den Mund, drehte mich wieder auf den Rücken, hob den BH ein bisschen an und blies mir den Rauch über die Brust. Das musste ihn, wenn er's sah, entweder scharf machen, oder er kriegte eine Stinkwut auf mich.

»Ich will dir mal was sagen«, fing er an. Also war er wütend.

»Bitte?«, fragte ich.

»Du bist sowas von hochnäsig und arrogant und eingebildet«, sagte er, hörte aber plötzlich wieder auf.

»Sprich dich ruhig aus«, sagte ich. »Bei mir brauchst du kein Blatt vor'n Mund zu nehmen. Du bist doch hier nicht im Gericht oder zu Hause. Immer raus mit der Sprache!«

Er ließ sich auf die Couch fallen und lachte.

»Womit kann man dir bloß imponieren«, sagte er, war also schon wieder auf dem Rückzug, ehe die Schlacht angefangen hatte. Schade, jetzt würde er mir gleich seinen Mund auf'n Bauch legen, mich langsam mit den Zähnen ausziehn und dabei wieder die Häkelöse von meinem Bikini abreißen, die muss ich morgen wieder annähen. Mist, mir ist das blaue Garn ausgegangen, da kann ich aber zur Not auch das schwarze nehmen, an der Seite unterm Knopf fällt's ja nicht so auf.

»Aua«, sagte ich und konnte grade noch die Zigarette ausdrücken.

Paul hatte drei, vier Decken gekauft, ein paar Tassen und einen Tauchsieder, damit man wenigstens Kaffee machen konnte (ein Ausguss war gleich im Zimmer), außerdem ein kleines Radio und einen Wecker. Er brachte jeden Tag was Neues mit, mal Toilettenpapier, andermal eine Taschenlampe, weil nachts auf der Treppe oft das Licht ausging und manchmal überhaupt nicht brannte, dann wieder eine ungarische Salami und Wein und einen Blumenstrauß und Gläser und natürlich auch seine Zahnbürste. Als ich die sah, wurde mir 'n bisschen anders, ich merkte zum ersten Mal so richtig, worauf ich mich überhaupt eingelassen hatte. Was sollte ich machen? Ich schluckte alles. Aber am nächsten Tag kaufte ich zwei Zahnbürsten-Etuis aus Bakelit, für jeden eins, damit's nicht so auffiel. Ich konnte das Ding nicht sehen, ich kam mir gleich wie verheiratet vor, oder wie 'ne Nutte mit Stammkundschaft.

An der Wand hing ein Bücherregal mit Schopenhauers Briefen und *Krieg und Frieden* von Tolstoi und *Vögel unserer Heimat* und zwei Nummern von *Sinn und Form* und einem Stadtplan von Berlin, wo das Wort »Stadtplan« genau an der Stelle stand, wo in Hohenschönhausen der Staatssicherheits-Knast ist, noch einem halben Dutzend Reclam-Heften, *Don Carlos* und *Schach von Wuthenow* und sowas. Und ganz hinten, in der Ecke, schon dreckig und verstaubt: *Turgenjew, Aufzeichnungen eines Jägers,* und daraus las Paul mir die Geschichte vom Sängerwettstreit vor. Ich glaube, sie heißt *Die Sänger.* Eigentlich eine ganz einfache Story. Zwei Leute haben um ein Achtelfass Bier gewettet – ich weiß nicht, wieviel das ist, scheint aber eine ganze Menge zu sein, denn nachher waren sie alle blau wie die Veilchen. Sie haben gewettet, wer besser singen kann, der Arbeitseinteiler (wohl so 'ne Art Inspektor) oder Jakow, der Türke. (Wie der dahin gekommen ist, weiß ich nicht mehr.) Das ist eigentlich schon alles. Aber erst einmal werden alle Personen, die dabei sind, so beschrieben, dass man sie nicht wieder vergisst, und Paul kann ja nun ungeheuer vorlesen, gar nicht mit doller Betonung oder so, eher ganz normal und alles hübsch nacheinander, und er hat eine wirklich prima Stimme. Wenn der mitgesungen hätte in der Kneipe Zum angenehmen Aufenthalt, hätte er wahrscheinlich den Vogel abgeschossen. Dann gibts da einen, der heißt Tolpatsch, und der andere ist der Blinzler, und der dritte »der wilde Herr«, und dann sitzt da immer noch so'n Bauer mit'm riesigen Loch im Ärmel. Als Paul zu lesen anfing, überlegte ich, wie die das bloß entscheiden wollen, wer nu eigentlich am besten singen kann – dafür gibt's doch gar keine Regel, ich meine, vorausgesetzt, jeder singt richtig. Schön ist doch Ansichtssache. Oder sie machen es so, dass der mit den meisten Fehlern verliert, und wer den höchsten Ton am längsten halten kann, ist Sieger. Aber es ist ja sowieso ganz anders.

Der gewinnt, der die Gäste, aber auch seinen Konkurrenten, am meisten rührt, der alle blass werden lässt vor Ergriffenheit, alle zum Weinen bringt und dass sie kein Wort mehr sagen können. »Sorglose Kümmernis«, sagt Turgenjew; es macht traurig, und keiner weiß warum. Ist ja auch nur'n Lied. *Lag kein einziger kleiner Pfad für mich im Feld*, und nachher gibt es dafür ein Achtelfass Bier und Branntwein (Wodka, wahrscheinlich, oder Korn), und dann tanzen die Besoffenen auf Tischen und Bänken. Die Geschichte hört damit auf, dass der Jäger nach Hause geht, schon mitten in der Nacht, und von weitem schreit ein Junge: »Antropka-a-a!« Schreit nach einem andern Jungen, der sich nach Hause scheren soll, »weil der Tate dich verhauen will!!!«.

Wir blieben eine ganze Weile liegen, als Paul die Geschichte zu Ende gelesen hatte. Dann sagte er:

»Hab richtig Durst davon gekriegt. Ich springe noch mal runter und hole mir 'ne Flasche Bier.«

Ich blieb liegen, wie ich lag.

»Hej, du – was ist denn?«, fragte er.

»Ja, geh man«, sagte ich und hörte, wie er sich die Schuhe anzog. Ich brannte mir eine Zigarette an, ließ das Streichholz in den Aschenbecher fallen und legte mich auf den Rücken. Der Rauch kringelte sich über mir weg zum Fenster hin. Ich hörte, wie die Tür ins Schloss fiel und die ersten Schritte auf der Treppe. Ich pustete hinter dem Rauch her. Irgendwann müsste ich mal Urlaub machen, fiel mir ein. Ich machte wieder einen Zug und ließ den Rauch so wölkchenweise nach oben steigen, gegen das blaue Fenster. So ungefähr musste es an der See sein, bei Schönwetter. *Lag kein einziger kleiner Pfad für mich im Feld.* Hätte er doch bloß nichts gesagt. Na, wer weiß, ob Turgenjew das Maul gehalten hätte.

37

Zu meinem Geburtstag schenkte er mir eine kleine chinesische Figur aus Elfenbein. Nachmittags um drei, in der Ackerstraße. Dann ging er.

Eine halbe Stunde später kamen Tante Hete und Brigitte. Ich hatte mein Maul eben nicht halten können. Aber Tante Hete erschien zum ersten Mal. Das einzige, was sie sagte, war: »Mariechen, ich muss mal.«

Ich bot Brigitte 'n Platz auf der Couch an und zeigte Tante Hete, wo das Klo war.

»Ich gratuliere dir, Maria«, sagte Brigitte, als ich zurückkam und wollte aufstehn, aber ich setzte mich gleich neben sie und fiel ihr um den Hals. Ich war froh, dass sie gekommen war und wollte an die ganze Clou-Geschichte nicht mehr denken. Sie roch nach irgendeinem scheißteuren Parfüm und war 'n bisschen verschwitzt.

»Siehst blendend aus«, sagte ich, obwohl sie 'n weißes Kleid anhatte, was zu ihrem Blond nicht so ganz paßte.

»Ich krieg 'n Kind«, sagte sie.

»Von dem Ski-Springer?« fragte ich, aber Brigitte konnte bloß noch den Kopf schütteln, denn Tante Hete war schon wieder da.

»Also meine Süße«, sagte sie. »Herzlichen Glückwunsch!«
Sie umarmte und küsste mich.

»Kaffee habe ich mitgebracht – haste denn dein Geschenk schon überreicht, Gitty?«

»Ach!«, machte Brigitte. »Das Wichtigste vergisst man immer!«

Sie langte nach ihrem Netz und wickelte einen rosa Pullover für mich aus. Tante Hete gab mir drei Paar Strümpfe, die von Antje gekommen waren, und sie selber hatte mir 'ne Packung Katzenzungen mitgebracht, aber ihr allergrößtes Geschenk war, dass sie sich vor Brigitte nicht einen Augenblick anmerken ließ, dass sie zum ersten Mal hier war. Groß, Tante Hete! Daran werde ich mich noch erinnern, wenn du schon dreißig Jahre auf 'm Dorotheenstädtischen neben Mama liegst.

Ich setzte Kaffeewasser auf, und Tante Hete übertraf sich, als sie sagte: »Du musst dir mal bei Gelegenheit noch Tassen mitnehmen, Mariechen – mit den paar Dinger hier kommste ja nich aus …«

Dann saßen wir jede hinter einer Tasse, Tante Hete hatte 'ne Taschenflasche mit Weinbrand bei sich, den sie in ihren Kaffee kippte, Brigitte und ich tranken Rotwein, und dann quatschten wir fünf Stunden ununterbrochen, ohne eine Pause, aber nicht etwa so wie Männer, langweilig: Einer redet, und der andere hört zu, und dann redet der andere, und der eine hört zu. Nein. Wir hatten uns soviel zu sagen, dass, wenn die eine sprach, die andere das Satzende einfach nicht abwarten konnte, also anfangen musste, bevor die erste fertig war, ist ja auch ganz logisch, denn das Wichtigste sagt man in der ersten Hälfte, die zweite ist Dekoration, und jede weiß schon, was kommt, sodass die Unterbrechung überhaupt keine Unterbrechung ist, sondern eigentlich den roten Faden in der Hand hält, damit sich das Gespräch nicht aufbröselt wie'n zu fett gebackener Kuchen, bei dem der Fehler ja auch darin besteht, dass man's zu gut gemeint hat. Ich gebe mal'n kleines Schema:

(Hete) »– das war ja ganz klar, sonst hätte mir doch Leni nicht versprochen, am Dienstag rüberzukommen, und wenn ich mein Portemonnaie liegengelassen hätte, wäre doch Frau Fentzke, die nach mir im Laden war, garantiert zur Polizei gegangen, und die Polizei hätte sich ja schließlich drum kümmern müssen, denn so'ne Nappsülzen –«

(Ich) »– apropos Bart, sag mal, stimmt denn das, dass sich unsere Jungens jetzt alle 'n Bart stehenlassen, ich finde das ja'n bisschen affig – ich meine, zu wem's passt – gut! Aber wenn ich mir Rainer mit'm Bart vorstelle, allerdings, wenn er immer noch so viel Pickel hat, isses vielleicht ganz gut, dann kann man sie nich mehr sehn, aber 'n andern Sinn kann doch 'n Bart bei so'm Kleinkaliber nich haben, gestatte mal!«

(Brigitte) »– das sagen Sie! Meinem Vater ist das auch mal passiert, da is einer mit so'm verlausten Drahthaarfox gekommen, und der war bissig, kann ich Ihnen sagen, ein ekelhaftes Vieh, nu müssen Sie ihm doch den Maulkorb abnehmen, wenn sie ihm den Bart schneiden wollen, haha!, anders kommen Sie da ja gar nicht ran, anders geht das ja überhaupt nicht, ich stelle mir grade vor, das wäre dasselbe wie wenn Sie mit'm Hut auf zum Friseur gehn würden und sagen: Einmal Dauerwelle, bitte –«

(Brigitte) »– wie kommst du denn darauf – der und Pickel!? Dass ich bloß nich Hilfe schreie! Der hat'n Verhältnis mit 'ner Platzanweiserin im Palast, und beim Schlagersingen im Altbayern hat er 'n zweiten Preis gemacht, und vorher isser mit der Barfrau vom Clou gegangen, jawohl, mit deiner Freundin Effi, die du angeblich so genau kennst, aber Pfeifendeckel!«

(Hete) »– Hast du nicht gesagt, dass die was mit Himbeergeist mixen kann, das würde mich ja mal sehr interessieren, ich muss sowieso balde wieder 'n Obsttag einlegen, sonst werde ich zu dicke, wie der Kruschoff in Berlin war, da hat's sogar Apfelsinen gegeben, da packen se de Schaufenster voll, damit sich die Leute freuen, aber der kommt eben zu selten –«

(Ich) »– du brauchst ja dann auch viel Obst, was? Na, dein Vater kommt schon irgendwie ran, aber jetzt gibt's auch so'ne neuen Vitamintabletten, so'ne roten Kullerchen, sehn aus wie'n Verhütungsmittel, is aber nich!«

(Hete) »Aber Kinder!«

Dreihundert Minuten lang. Und als wir uns verabschiedeten, weil ich ins Clou musste, hatten wir uns längst nicht alles gesagt, und wir verabredeten, uns so bald wie möglich wiederzusehn, um uns in Ruhe aussprechen zu können.

38

Ende Mai kamen so heiße Tage, dass wir es in der Mansarde kaum noch aushielten. Paul überlegte, ob er nicht einen Gartenschlauch kaufen, ihn an den Hahn anschließen und das Wasser aufs Dach leiten sollte, damit es ein bisschen kühler wurde, aber er brachte nur einen Ventilator mit, der wirklich Wind, aber gleichzeitig so einen Krach machte, dass wir ihn abstellen mussten, wenn wir uns was sagen wollten.

Paul erschien fast jeden Tag, und bei der Zahnbürste blieb's nicht. Hausschuhe und Sandalen, Oberhemden und Manschettenknöpfe, Krawatten und Strümpfe rückten an, und alles war neu, nichts von zu Hause mitgebracht, meistens hatten wir's sogar zusammen ausgesucht, und von meinem Übersetzerhonorar hatte ich ihm eine breite dunkelrote Fliege mit weißen Tupfen geschenkt, die er aber nur in der Ackerstraße bei mir trug, weil sie ihm sonst zu bürgerlich vorkam. Die Nächte von Montag zu Dienstag, wenn ich im Clou frei hatte, blieben wir in der Ackerstraße. Ich wusste nicht, wie er seiner Frau das erklärte, war auch seine Sache, von ihr war nie die Rede, außer einmal, aber nur indirekt, als ich in der Greifswalder Straße in Weißensee was abholen wollte und ihn fragte, ob er mich absetzen oder hinbringen könnte.

»Nein«, sagte er, »das geht nicht.« Kein Wort mehr, aber an seinem Gesicht sah ich, warum er nicht wollte. Ich dachte mir, dass sie dort arbeitete, und so war es auch, wie sich später rausstellte.

Nach außen hin sahen wir wie ein junges Ehepaar aus, das sich die ersten Jahre mit 'ner Einzimmerwohnung unterm Dach aushelfen muss und einen Groschen auf den andern legt, um später in die Bauspar-Villa nach Grünau zu ziehn, in die Hellerau-Möbel und Folklore-Teppiche, in die Bast-Tapete, Anbau-Küche und Perlon-Gardine, schwarzes Auto in der Garage, weißer Pudel auf der Terrasse, der bellt den ganzen Tag: »Geh weg, geh weg, geh weg von userm Haus!« Sozialistenglück: Freitags Parteiversammlung, sonnabends Hollywood-Schaukel, sonntags Rabattenpflege im Nationalen Aufbauwerk und anschließend Frühschoppen im WDR, montags Sonderschicht zu Ehren des IV. Parteitags, dienstags Skat in der Jägerklause, mittwochs Plandiskussion oder Überstunden mit anschließendem Abstecher in den Bürgerkeller, Donnerstag: die laue Nacht in Fernsehn und Familie, freitags Parteiversammlung oder *Seventy-Seven-Sunset-Strip* (Genosse Kleinschmidt wird wegen moralischer Verfehlungen in den Kandidatenstand zurückversetzt, während der Privatdetektiv seine rauhen Lippen auf den Mund des Opfers drückt, um den verräterischen Schrei zu ersticken.) Hattet ihr euch das wirklich so gedacht?

Seit beinahe drei Monaten wartete ich darauf, dass Paul eines Tages sagte:

»Hör mal, ich hab mir die Akten von deinem Bruder kommen lassen – ich muss dir leider sagen: Da ist nichts drin.«

Oder:

»Ich glaube, du könntest für deinen Bruder was tun, wenn du …«, und dann müsste er mir irgendwas vorschlagen. Ich hatte gewollt, dass er selber damit anfängt. Er fing aber nicht an. Also musste ich anfangen, und zuallererst musste er mal runter von seinem Thron. Das ging natürlich nicht von heute auf morgen, sondern bloß nach und nach.

»Du kannst ruhig ein bisschen auf deine Figur achten«, sagte ich, als er sich eines Nachmittags vor dem Waschbecken in unserer Mansarde die Brust mit meinem großen weißen Handtuch frottierte. Er hörte auf, sich abzureiben, sah mich an, lächelte und sagte:

»Mein Bauch hat mich viel Geld gekostet, Rike.«

Er drehte sich wieder um, und ich verkniff mir meine Antwort. Am nächsten Tag schenkte ich ihm eine Flasche Haar-

wasser mit einem großen roten Etikett: *Gegen Haarausfall*.
Ich stellte es neben sein Rasierzeug, unter den Spiegel, und
er bedankte sich, indem er mir einen Kuss auf die Stirn gab,
ohne Kommentar. Volltreffer! Ich wippte auf der Couch und
trällerte und sang, aber als er mit mir schlafen wollte, sagte
ich:

»Du, das geht heute nicht, wirklich nicht«, und damit er
es glaubte, schickte ich ihn in die Apotheke nach Schmerz-
tabletten und bat ihn, sich zu beeilen, und als er wiederkam,
ziemlich außer Atem nach fünf Treppen, erwartete ich ihn an
der Korridortür und sagte:

»Es ist schon wieder besser... Du bist ja so außer Puste ...?«
Ich merkte, dass er sauer war, aber es sich nicht anmerken
lassen wollte. Zwei Tage lang war ich wieder ganz lieb. »Du
bist mein Rikchen«, sagte er, und sein Haar duftete nach dem
Wasser, das ich ihm geschenkt hatte.

Zwei Tage später gab ich Brigitte den Schlüssel zu unserer Mansarde und sagte ihr, dass sie am Nachmittag gegen
vier hingehen, irgendwas von mir anziehen und sich auf die
Couch legen sollte. Wenn er käme, sollte sie ihn auffordern
zu bleiben und ihn dann ein bisschen anwärmen, einfach um
mal rauszukriegen, wie weit er geht. Danach sollte sie ins
Clou kommen, wo Paul sich nie blicken ließ, mir den Schlüssel bringen und alles erzählen.

Brigitte war kurz nach neun im Clou und krümmte sich
vor Lachen. Das beruhigte mich, denn mittlerweile hatte ich
mir Vorwürfe gemacht, ob ich das Experiment nicht ein bisschen zu weit getrieben hatte.

Er war noch vor fünf gekommen, hatte mit seinem eigenen
Schlüssel geöffnet, mich auf der Couch liegen sehn und gedacht, ich schlafe. Brigitte hatte aber ihre offene Handtasche
so auf das Couchkissen gestellt, dass sie über den kleinen
Innenspiegel ziemlich genau beobachten konnte, was er
machte. Er wickelte einen Blumenstrauß aus dem Papier,

steckte ihn in eine leere Milchflasche und ließ Wasser einlaufen. Danach wusch er sich die Hände und das Gesicht, setzte sich an den Tisch und las die *BZ am Abend*. Er schien so überhaupt nicht damit gerechnet zu haben, dass jemand anders als ich auf der Couch lag, dass er wirklich einen Augenblick lang wie vom Donner gerührt war, als Brigitte sich umdrehte und sagte:

»Tag, Herr Deister!«

Er legte die Zeitung beiseite und stand auf, aber den Mund brachte er immer noch nicht wieder zu.

»Sie kennen mich«, sagte Brigitte. »Sie haben mich mit Frau Hentig hier mal abgesetzt.«

»Ach, ja!«, soll er gerufen haben, und sicher war ihm ein Stein vom Herzen gefallen.

»Maria muss bald kommen«, sagte Brigitte. »Sie ist bloß auf'n Sprung zum Alex.«

»Sie hätte mich doch anrufen können«, sagte er.

»Ja, das war wohl ganz plötzlich«, meinte Brigitte, und jetzt musste sie anfangen zu spinnen, weil ich ihr nichts Genaues vorgeschrieben hatte. »Ich glaube, sie wollte zum Gericht ... Kann das sein?«

»Zum Gericht?«, fragte Paul. »Dann wollte sie wahrscheinlich zu mir!«

»Nein«, widersprach Brigitte, die zwar instinktiv auf das Richtige gekommen war, aber nicht wusste, wie es weitergehen sollte. »Nein, nein. Sie wollte ausdrücklich, dass ich hier auf Sie warte, damit Sie nicht wegrennen. Also muss sie jeden Augenblick auftauchen.« Und dann sagte Brigitte aus Daffke, ohne dass wir darüber geredet hätten: »Vielleicht hat sie ein anderes Gericht gemeint ...«

Aber darauf soll er bloß gelächelt und gesagt haben:

»Das ist kaum denkbar, Fräulein ...«

»Brigitte.«

»Richtig«, sagte Paul.

Brigitte fragte, ob sie Kaffee machen sollte; eine wichtige Frage, denn jetzt zeigte sich, wer Herr im Hause war.

»Das lassen Sie mich mal machen«, sagte Paul. »Ich kenne mich hier besser aus.«

Während er den Kaffee kochte, machte sich Brigitte wieder auf der Couch lang und legte die Arme unter den Kopf.

»Irgendwie beneide ich Sie«, sagte sie.

»Mich?«, fragte Paul und war anscheinend ehrlich verwundert.

»Naja«, sagte Brigitte, »weil Sie Maria haben ...«

»Achso. Ja, da haben Sie recht«, sagte er. »Da habe ich Glück gehabt.«

»Und Sie sollten bloß mal hören, wie Maria von Ihnen redet!«

»Na«, sagte Paul, »da bin ich nicht so überzeugt.«

Er brachte den Kaffee an den Tisch und setzte sich auf die andere Couch.

»Warum haben Sie denn so wenig Zutrauen zu sich selber?«

»Zu mir schon.«

»Aber nicht zu Maria, wollten Sie sagen.«

»Das haben Sie gesagt«, lachte er und bot Brigitte zu rauchen an.

»Sie dürfen nicht vergessen, was das für so'n Mädchen bedeutet«, sagte Brigitte.

»Was denn?«

»Ach, ich mische mich da lieber nicht ein ...«

Brigitte hielt ihre Zigarette übers Feuerzeug und machte eine Pause.

»Sie meinen – wegen ihrer Tante?«, fragte Paul, nachdem sie beide, jeder am anderen Ende der Peinlichkeit, eine Minute lang geschwiegen hatten.

»Ach, Tante Hete!«, brummte Brigitte. »Frau Hentig is 'n Goldstück.«

»Ja, was meinen Sie denn dann?«

»Maria ist sehr unglücklich«, sagte Brigitte.

Paul sah sie plötzlich groß an und lächelte.

»Sagen Sie mal, sind Sie das Vorauskommando für schlechte Nachrichten?«

»Wie bitte?«, fragte Brigitte, denn das ging wahrscheinlich wirklich über ihren Horizont.

»Na, denn andersrum«, sagte Paul. »Hat Maria Sie gebeten, mir zu sagen, dass sie unglücklich ist?«

Brigitte legte die Zigarette in den Aschenbecher, warf sie nicht weg, sondern legte sie langsam auf den Rand oder ließ sie sogar reinfallen, schlug die Augen zu Paul auf und sagte, fast tonlos, aber mit einem leisen Zittern in der Stimme:

»Sie sind ein schlechter Mensch, Herr Deister.«

Das ist nichts für Anfänger. Mit so einer Begabung wird man entweder geboren oder lernt sie nur durch jahrelanges Training. Solch ein Satz muss, ohne die Spur eines Beweises, einfach aus sich heraus, zerschmettern. Er zerschmetterte Paul nicht, aber er traf ihn. Und er traf umso besser und saß umso tiefer, als ihn Brigitte abgefeuert hatte, eine, die nach außen hin bloß schniefe war und flott und oberflächlich.

»Ich weiß nicht, was sie von mir erwartet«, sagte Paul und wollte dadurch Brigitte den Schwarzen Peter wieder zuschieben.

»Erwartet?«, fragte Brigitte, um Zeit zu gewinnen. Jetzt hieß es aufpassen, das wusste sie. Jetzt musste sie allgemein werden, weich und wolkig, aber immer noch so griffig, dass der andere danach langen wollte. »Sie erwartet, was jede Frau erwartet, oder jedes Mädchen …«

»Dass man sie heiratet?«

»Sie sind einfach altmodisch«, schimpfte Brigitte, und Paul zuckte die Schultern.

»Dann weiß ich's nicht«, sagte er, und Brigitte merkte, dass er drauf und dran war, die Kurve zu kratzen. »Das wird mir zu mondsüchtig«, sagte er. »Da komme ich nicht mit. Ich will Ihnen mal was sagen ...« Aber plötzlich fiel ihm ein, dass er sich selber ins Unrecht setzte, wenn er in diesem Ton mit Brigitte redete.

»Entschuldigen Sie«, bat er. »Ich tue ganz so, als würden Sie Maria alles wiedererzählen, worüber wir hier reden ... aber Sie sind doch kein Parlamentär – äh, kein Botschafter ... darauf haben Sie ja eben selber so empört reagiert, dass ich es gar nicht zu wiederholen wage.«

»Ich glaube, Sie können einen richtig besoffen reden«, sagte Brigitte, weil sie nicht wusste, worauf Paul hinauswollte.

»Ja«, sagte Paul, »schon möglich. Aber trinken Sie nicht lieber einen Schnaps?«

Paul, der mir natürlich – genau wie Brigitte – erzählte, worüber sie gesprochen hatten, sagte am nächsten Tag:

»Sie ist ein bisschen dumm, deine Freundin, aber manchmal springt sie einem mit'm nackten Hintern ins Gesicht, und der Hintern ist gar nicht so hässlich, oder andersrum gesagt: Mitunter hat sie sogar recht.«

»Weißt du«, sagte Brigitte, »auf die Dauer wäre mir der Mann zu strapaziös. Intelligent ist er, das lässt sich nicht abstreiten, aber daher kommt es eben auch, dass er alles doppelt sieht. Wahrscheinlich hält er das für dialektisch, aber vielleicht weiß er bloß nicht, was gehauen und gestochen ist.«

39

»Während ihr euch hier amüsiert, musste ich ...«, sagte ich, aber es klang nicht echt, ich suchte nach einem anderen Anfang, doch Paul unterbrach mich sofort.

»Wo warst du überhaupt?«, fragte er.

»Ach«, log ich, »bei der Rechtsberatung.«

»Am Alex?«

»Nein, in der Kastanienallee, Ecke Eberswalder, wo unten die Teestube drin ist.«

»Ja, kenne ich«, sagte Paul. »Was wolltest du denn da?«

»Wegen meinem Bruder«, sagte ich.

»Bist du wahnsinnig?«, fragte er. »Bist du irgendwie übergeschnappt?«

»Ich?«

»Ja, wer denn sonst?«, brüllte er plötzlich.

»Vielleicht sprichst du mit mir, wie's sich gehört«, sagte ich. »Ich bin nämlich nicht mit dir verheiratet.«

»Nein«, sagte er und setzte sich hin, stand aber gleich wieder auf, machte ein paar Schritte und setzte sich wieder hin.

»Und was haben die gesagt?«

»Alles mögliche ...«

»Die müssen dir doch irgendwas geraten haben!«, rief Paul.

»Haben sie auch«, sagte ich.

»Mit wem hast du denn gesprochen?«

»Irgendso'n Rechtsanwalt, was weiß ich«, sagte ich.

»Name?«

»Keine Ahnung.«

»Na, ich rufe da morgen mal an«, sagte Paul.

»Was geht dich denn das an«, sagte ich, und jetzt wurde ich ein bisschen lauter. »Auf einmal! Was hast du dich denn da reinzumischen!«

»Immerhin«, lächelte er. »Ein bisschen geht mich die Sache ja wohl auch an ...«

»Hör mal«, sagte ich. »Ich möchte, dass mein Bruder rauskommt, weil sie den da zur Minna machen. Es ist nicht jeder 'n Gefängnismensch wie du, der sich da umkrempeln lässt und auf einmal alles mit anderen Augen sieht. Es gibt nämlich noch 'n paar hunderttausend Normale auf der Welt, die wahnsinnig werden, wenn sie in so 'ner Bude sitzen. Wenn du nicht dazugehörst, hast du Schwein gehabt – aber dann bist du in meinen Augen eben ein Verrückter. Mein Bruder hat die andere Blutgruppe. Der will sich nich erziehen lassen, sondern der will raus! Der will sich nicht die Fresse einschlagen lassen, sondern der will frei sein! Frei – verstehst du das? Moment, jetzt rede ich. Du hast lange genug Zeit gehabt, mir was zu erzählen, aber du hast vier Monate lang die Klappe gehalten und so getan, als ob das alles ganz selbstverständlich ist, dass mein Bruder in Brandenburg sitzt und du hier mit seiner Schwester schläfst, obwohl du daran schuld bist –«

»Augenblick!«, unterbrach er mich, weil mir der Atem ausgegangen war. »Woran bin ich schuld?«

»Woran?«, fragte ich, und meine Rippen gingen rauf und runter wie'n Blasebalg.

»Ja!«, rief er. »Sag doch, woran ich schuld bin, verdammt nochmal! Ist denn das meine Schuld, dass dein Brüderchen in Brandenburg sitzt? Wolltest du das sagen?!«

»Ja!«, brüllte ich. »Genau das wollte ich sagen!«

»Sicher«, sagte er und fing wieder an, durchs Zimmer zu wandern, aber nicht mehr so aufgeregt wie vorhin, eher wie so'n Professor, der alles auswendig weiß und sich nicht mehr an seinem Manuskript festzuhalten braucht, oder wie'n Conférencier beim Quiz, der mit seiner Strippe immer von links nach rechts und von rechts nach links geht, damit die Kameras zu tun haben und die Zuschauer denken, es bewegt sich was. »Sicher bin ich daran schuld und auch bereit, die Verantwortung zu übernehmen. Wenn du so willst«, sagte er, blieb stehn, machte eine Pause und sah mich an, als ob er aufs Dach steigen und wegfliegen wollte. »Wenn du so willst, dann bin ich sogar stolz darauf, dass es meine Schuld ist, denn Leute wie dein Bruder gehören genau dorthin, wo er jetzt ist!«

»Sag mal«, fragte ich, »habense dich irgendwie gebissen, oder was ist mit dir los?«

»Bitte, Maria!«, sagte er. »Bitte, so nicht!«

»Dir muss doch wohl die Hitze aufs Gehirn gegangen sein«, sagte ich. »Ich will mal verstehn, dass du nicht gerade gegen dein eigenes Urteil sein kannst, aber warum du darauf auch noch stolz bist, nee, bei aller Liebe, da schnalle ich ab.«

»Ich glaube, ich gehe jetzt lieber«, sagte Paul. »Es hat keinen Zweck, in diesem Ton weiterzureden, dazu ist die Sache zu ernst.«

Aber er ging nicht, sondern setzte sich in den Korbsessel, und nach einer Weile legte er sich sogar auf die Couch und schloss die Augen.

»Stolz«, sagte er, aber ich ließ ihn nicht ausreden, weil ich das auf'n Tod nicht leiden kann, wenn sich einer hinlegt und anfängt zu sinnieren. Das ist wie Monolog im Theater, da gehe ich auch am Stock.

»Wolltest du nicht verschwinden?«

»Hast du irgendwas vor?«, fragte er zurück und stemmte sich auf die Ellbogen.

»Ja«, sagte ich. »Ich muss was schreiben.«

»Und da willst du lieber alleine sein?«

»Genau«, sagte ich.

»Übersetzung?« fragte er, während er sich die Schuhe anzog.

»Nein«, sagte ich. »Das Gnadengesuch für meinen Bruder.«

Er blieb ein paar Sekunden sitzen, ohne sich zu rühren, in jeder Hand 'n Schnürsenkel, ein bisschen rot im Gesicht vom Bücken und mit offenem Mund.

»Ich hoffe, dass du's mir wenigstens zeigst, bevor du's abschickst«, sagte er und machte eine Schleife.

»Wieso?«, fragte ich.

»Wieso! Wieso!«, fing er plötzlich wieder an zu brüllen.

»Weil du sonst bloß Unsinn schreibst, und dann ist es besser, du schickst es überhaupt nicht ab!«

»Du kriegst es ja doch zu lesen«, sagte ich. »Ich schick's ja an dich.«

»Du bist nicht ganz bei Trost, mein Kind«, sagte er. »Auf Wiedersehn!«

Er warf seine leichte Jacke über und ging, ohne mir die Hand zu geben. Ich langte meine Schreibmaschine raus, spannte einen Bogen ein und machte einen Entwurf.

»Sehr geehrter Herr ..« – da gings gleich los. Besser war vielleicht: »Hochverehrter Herr ...« – das klingt wie in einem amerikanischen Kriminalfilm, wo die Verteidiger den Richter immer mit »Euer Ehren« anreden. »Hohes Gericht!« Jawohl. Trotzdem. Trotz alledem. »Hohes Gericht!« Besser ist vielleicht noch, damit's nicht zu aggressiv klingt: »Verehrtes Hohes Gericht!« oder »Hoher Gerichtshof!«? Nein, nein. Also: »Verehrtes Hohes Gericht!« Ausrufezeichen. Absatz. »Ich erlaube mir ...«, oder wie die Russen sagen: »Rasreschitje menja«, »Gestatten Sie mir« – und weiter? – »mich in einer Angelegenheit an Sie zu wenden, die mich ...« na, was denn? »sehr bedrückt«, Quatsch, »mich in der Angelegenheit meines Bruders, des Strafgefangenen Dieter Morzeck, z. Zt. Strafvollzugsanstalt Brandenburg, an Sie zu wenden.« Na, bitte! »Ich finde ...« nee, das geht nicht. Ich habe überhaupt nichts zu »finden«, auch nichts zu »glauben« und nichts zu »wollen«. Ich darf höchstens was »dürfen«. »Ich darf Ihr Augenmerk« (herrliches Wort!) »auf die Tatsache lenken (ist ja nicht zu fassen, wie das über die Tasten klappert!) Komma, dass mein Bruder bereits die Hälfte seiner Strafe abge ...« – abgesessen geht nicht, sagt man nicht, ist Ganovensprache, abgemacht, -gebrummt, -gewartet, aha: »verbüßt hat. Ich erlaube mir daher die Frage«, nein: »die Bitte, ob man den Fall«, nein: »die Strafsache noch einmal prüfen könnte, im Interesse einer vorzeitigen Entlassung.« Muss ich umstellen. Stilistisch unter aller Kanone. »Soviel ich weiß« – woher weiß ich denn das? »Wie mir mein Bruder mitteilte, führt er sich gut und zeichnet sich auch bei der Arbeit durch besondere Leistungen aus!«

Ich klapperte den Rest des Abends, bevor ich ins Clou ging, an dem Gesuch rum, aber es stimmte hinten und vorne nicht. Wenn es sachlich richtig war, fehlte das Persönliche und war nicht dringlich genug, und wenn ich tippte, dass sie ihn endlich entlassen sollten, fiel die Begründung zu knapp aus. Als mir überhaupt nichts mehr einfiel, schrieb ich nur noch: »Hohes Gericht! Lassen Sie bitte meinen Bruder frei.« Unterschrift: Maria Morzeck. – »Hochverehrter Herr Vorsitzender Deister! Lieber Paul! Wenn du nicht dafür sorgst, dass Dieter entlassen wird, ist Feierabend. Deine Rike.«

40

Edith arbeitete bei Fortschritt in Lichtenberg in der Sakko-Abteilung, aber ihr schwarzes französisches Kostüm stammte von 'ner anderen Firma. Weil sie keine Bluse trug, sah es so aus, als ob sie unter der Jacke überhaupt nichts anhätte.

»Sie werden sich doch nicht verkühlen«, sagte Tante Hete zu ihr.

»Ach, bei der Hitze, Frau Hentig«, sagte Edith und schüttelte ihre Mähne.

»Haste was rausgekriegt?«, fragte ich. »Wegen Dieter?«

»Ja, selbstverständlich, was denkst du denn!?«

»Wirklich?«, fragte Tante Hete.

»Das hatte ich doch versprochen«, sagte Edith und zog die Schuhe aus. »Sie entschuldigen, aber sonst kriege ich Blasen …«

»Ich hole Ihnen 'ne Schüssel Wasser, lauwarm«, sagte Tante Hete, winkte ab und war schneller wieder da, als Edith ihre Strümpfe ausziehen konnte.

»Aaach«, stöhnte sie, als sie die Füße ins Wasser steckte, »das ist ja schöner wie verkehrtrum!«

»Was meinen Sie?« fragte Tante Hete, die grade vorm Büfett stand und nach ihrem Konfekt suchte.

»Angenehm«, sagte Edith, »sehr angenehm, Frau Hentig!«

Tante Hete hatte endlich ihre Pralinendose gefunden und stellte sie auf die Häkeldecke, damit alles seine Ordnung hatte, bevor es losging.

»Also der Herr, der bei mir war«, sagte Edith und grinste. »Naja, Herr«, unterbrach sie sich selber und setzte den Herrn in Gänsefüßchen. »Auf einmal sind sie alle politisch, sobald sie wieder raus sind, meine ich. Das ist wie mit die Kriminellen bei de Nazis – die waren nach'm Krieg ooch alle Antifaschisten und liefen mit Armbinde rum und wollten Zusatzkarte ...«

»Woher wissen Sie denn das?«, fragte Tante Hete. »Sie sind doch noch so jung.«

»Mein Vater war Nazi«, sagte Edith, und obwohl das nicht unbedingt 'ne Begründung dafür war, dass sie über alles so gut Bescheid wusste, hielten Tante Hete und ich den Mund. »Jedenfalls heißt er Wendt, gesagt hat er mir nicht, warum er sieben Jahre runtergerissen hat, wär ja 'n bisschen viel für falsches Parken, aber er hat so die Augen verdreht, wie ich ihn gefragt habe, warum und so weiter, da wollte ich lieber nicht nachstoßen.«

»Und was ist mit Dieter?« fragte Tante Hete.

»Kommt sofort«, sagte Edith und fuhr sich mit dem Zeigefinger zwischen die Zehen.

»Den haben sie verknackt, weil er 'ne Adenauer-Rede übern Betriebsfunk gejubelt hat.«

»Sagense mal!«, stöhnte Tante Hete. »Det is' doch ein fürchterlicher Kerl!«

»Wer?«, fragte Edith.

»Na, dieser Adenauer«, sagte Tante Hete.

»Also, schlagense mich tot, ich kann bloß wiederholen, was mir der Wendt erzählt hat. Dieter hatte 'ne Adenauer-Rede schon vorher auf Band genommen, sich dann eines schönen Tages in'n Betriebsfunk gesetzt, die Türe abgeschlossen und den ollen Indianer abjedudelt, über alle Lautsprecher, bis sie die Türe eingetreten haben, da war er aber schon weg über die Feuerleiter.«

»Entsetzlich«, seufzte Tante Hete.

»Wie habense ihn denn überhaupt geschnappt?«, wollte ich wissen.

»Keine Ahnung«, sagte Edith, »danach hab ich nicht gefragt, weil ich dachte, das wisst ihr. Ich finde das überhaupt komisch, Maria, dass ihr hier schon drei Jahre sitzt wie zwee Pfannkuchen und weiter nischt macht als die Oogen verdrehn. Entschuldigense, Frau Hentig, aber is doch wahr!«

»Was sollten wir denn machen?«, fragte Tante Hete, ohne Edith böse zu sein. »Maria ging noch auf Schule, Antje war man erst fuffzehn, und ick bin für so'ne Sachen einfach zu dusslig, Frau Jakobs. Wenn mir einer erzählt, im Himmel ist Jahrmarkt, ick gloobe det ooch. Ich bin da nicht pfiffig genug. Und mal ehrlich – was hätten wir denn machen können? Was wär uns denn damit gedient gewesen, wenn wir das, was Sie jetzt erzählen, schon vorher gewusst hätten? Wir hätten ja doch keenen Gebrauch davon machen dürfen, sonst hätten wir wieder 'n andern ins Unglück gestürzt. Woher sollten wir denn das überhaupt wissen?«

»Aus der Bude in Köpenick, von seinen Kollegen«, sagte Edith.

»Er hat doch gar nicht hier gewohnt«, sagte Tante Hete. »Er hatte doch'n Zimmer in Schöneweide und wollte mit uns nischt mehr zu tun haben.«

»Geben Sie mir mal 'n Handtuch, Frau Hentig?« fragte Edith.

»Ja, selbstverständlich!«, rief Tante Hete und rannte an die Wäschekommode.

»Ist das alles?«, fragte ich Edith leise, und sie nickte. »Hier, mein Jutes«, sagte Tante Hete und brachte eins ihrer besten Frottee-Handtücher. »Jebense mal her, det Pampelchen, jebense mal her!«

Sie setzte sich Edith gegenüber hin, legte sich ihr rechtes Bein auf den Schoß und fing an, es mit dem Handtuch abzureiben.

»Hol mal das Schmalz aus der Küche!«, kommandierte sie, und während ich rausging, erklärte sie Edith: »Jetzt soll'n Sie mal sehn, was das für Füße werden! Schmalz ist besser als die ganze Kosmetik.«

»Ich hab 'ne sehr empfindliche Haut«, sagte Edith und verzog das Gesicht, als ich den Schmalztopf neben die Pralinendose stellte.

»Dann ist Schweineschmalz genau das richtige«, sagte Tante Hete, griff mit drei Fingern in den Topf und klatschte 'n Viertelpfund auf Ediths Spann.

»Alles andere ist nur noch Massage«, sagte sie und lachte.

»Aber das riecht doch, Frau Hentig!«, wehrte sich Edith.

»Das ist ja ooch Natür«, sagte Tante Hete auf französisch. »Und Natur muss riechen. Da beißt die Maus keen' Faden ab. Was meinste denn, Kind, woraus Creme gemacht wird! Alles Schweineschmalz, nischt als Schweineschmalz, bloß kippen die noch 'n Troppen Rosenöl rin, im Verhältnis: ein Troppen Parföng – eine Tonne Schmalz, das duftet dann so'n bisschen, und die Dose kost' nachher zehn Mark. Bei mir nich! Nu mal das andere Füßchen!«

»Damit trau ich mich aber nicht in die S-Bahn«, sagte Edith und hielt Tante Hete das linke Bein hin.

»Aber ohne Bluse«, nickte Tante Hete, »ohne Bluse trauste dir, das macht nischt, wa! Wo jeder oben rinkucken kann, 'n Riese biste ja grade nich, und wenn du sitzt, dann kommt sogar noch'n Liliputaner uff sein Jeld.«

»Ja, das ist meine Tante«, sagte ich zu Edith. »Immer Sonne im Herzen und Wasser im Been.«

»Maria«, sagte Tante Hete, »du weißt nie, wann der Spaß aufhört, und wo's ernst wird.«

»Entschuldige«, sagte ich. Ich wusste, das hörte sie gerne. »Das war doch nich so gemeint.«

41

»Bist du ein Ombudsman?«, fragte ich.

»Kommt drauf an«, sagte Paul, und an seiner Stimme merkte ich, dass er nicht alleine im Zimmer war. Vorsichtshalber fragte ich aber.

»Nein«, sagte er. Da stand also mindestens die Sekretärin hinter ihm.

»Entweder man ist ein Ombudsman – oder man ist keiner«, sagte ich.

»Man ist«, sagte er.

»Dann kommst du heute gegen fünf in die Libauer Straße sechzehn –«

»Wo ist denn die?«

Ich erklärte es ihm. »– und klingelst dort bei Jakobs. Wir fahren alle drei nach Karlshorst.«

»Ja, aber – wer wir?«

»Bist du ein Ombudsman?«, fragte ich ihn noch einmal.

»Also schön«, sagte er, und ich hängte auf.

Ich kannte Karlshorst vom Trabrennen her, aus der Zeit, wo die linke Seite der Treskowallee, wenn man vom Tierpark kommt, noch vergittert war. Hinter dem Maschendraht standen die Russen und davor die Deutschen. Die Russen durften raus, aber die Deutschen durften nicht rein, wie die Amis am Wannsee und die Franzosen in Tegel. Trotzdem wurde vom ersten Tage an geschoben, weil die Russen ihre eigenen Geschäfte hatten, wo's Obst gab und Pilsner und Wodka und größere Schrippen als beim deutschen Bäcker, und andererseits brauchten sie Geld für Möbel und Stoffe und Tapeten, und auf diese Weise wurde einiges über und untern Zaun gereicht, und ich glaube, Brigittes Vater hatte da auch seine Finger drin. Inzwischen war die russische Kommandantur aber ausgezogen, auf beiden Seiten *Konsum* und HO, bloß die Leute hatten sich noch nich dran gewöhnt: Wer aus der S-Bahn kam, ging immer gleich nach links, nach der Dönhoffstraße rüber.

»Jetzt wirst du uns mal vormachen«, sagte ich zu Paul unterwegs, »dass du auch 'n guter Schauspieler bist.«

Ich saß neben ihm und sah, wie er die Augenbrauen hochzog, aber nichts sagte.

»Wendt heißt der Mann, übrigens«, meinte Edith.

»Was für'n Mann?«, fragte Paul.

»Wirst du gleich erleben«, sagte ich. »Du brauchst überhaupt keine Angst zu haben, du bist einfach mein Onkel und fertig.«

»Dein Onkel«, sagte Paul und nickte, »sehr schön. Sehr gut.«

»Paßt dir das nicht?«, fragte ich.

»Doch, doch«, sagte Paul, »warum denn nicht? Ich bin dein Onkel.«

»Du kannst ja auch sagen, dass er dein Vetter ist«, schlug Edith vor.

»Nein, nein«, sagte Paul, »ich bin dein Onkel. Der Mann von Tante Hete, Onkel Hentig, sozusagen.«

»Am besten, du sagst gar nichts«, bat ich ihn.

»Worauf du dich verlassen kannst«, bestätigte er.

»Nicht, dass du ihm etwa erzählst, was du wirklich machst«, sagte ich, und er nickte.

»Wo is'n das, Cäsarstraße?«, fragte Edith.

»Rechts hinter der Hochschule«, sagte Paul.

»Wieso kennst du dich denn hier so gut aus?«, fragte ich.

»Ich hatte da mal 'ne Freundin«, sagte er und lächelte zu mir rüber.

»Ach«, sagte ich und nahm die Lippen zwischen die Zähne.

Ich wusste, dass es bloß die Rache für den Onkel war, aber ich wäre am liebsten ausgestiegen. Und das alles vor Edith, die natürlich gleich ihren Senf dazugeben musste!

»Wunderbar!«, sagte sie. »Solche Männer liebe ich. Bloß kein Blatt vorn Mund und nich so ville Zicken machen ...«

»Da würdet ihr großartig zusammenpassen«, sagte ich. »Paul ist auch gerne sehr direkt.«

»Paul heißen Sie?«, fragte Edith.

»Ja«, sagte er. »Onkel Paul.«

42

Die Wirtin von Herrn Wendt, eine Frau um die Vierzig mit einem Hund zwischen den Füßen und Lockenwicklern im Haar, kriegte einen furchtbaren Schreck, als sie uns alle drei vor der Korridortür stehn sah.

»Liegt denn wieder was vor?«, fragte sie.

»Aber nein!«, schnauzte Paul und machte eine Bewegung mit der rechten Hand, als würde er alles wegwischen, was jemals gegen Herrn Wendt vorgelegen hatte. Im Grunde war er aber ärgerlich, weil die Frau ängstlich war. Seiner Meinung nach mussten die Leute aus ihren Wohnungen kommen und fragen: »Womit kann ich Ihnen über meinen Nachbarn dienen?« Aber das erste, was sie in Wirklichkeit machten, war: Sie ließen das Visier runter: Klappe zu, Affe dot, herrlich leuchtet das Morgenrot.

»Wir sind nicht von der Polizei«, sagte ich. »Sehn wir vielleicht so aus?«

»Man weiß nie«, sagte die Wirtin. »Mich geht's ja auch nichts an. Ich hab ihm bloß abvermietet.«

»Wir sind Bekannte«, sagte Edith. »In welcher Kneipe isser denn?«

»Entweder inner Stumpfen Ecke oder unten an der Marksburgstraße. Aber verraten Sie ihm nicht, dass ich's Ihnen
gesagt habe!«

»Kinder, Wendt heißt der Mann?«, fragte Paul, als wir
wieder im Auto saßen.

»Ja«, sagte Edith.

»Und ist jetzt entlassen worden?«

»Ja.«

»Dann kenne ich ihn.«

»Schade«, sagte ich. »Dann kommst du nicht mit.«

»Doch«, sagte Paul, »er kennt mich nämlich nicht.«

Er startete und fuhr los.

»Nicht so schnell«, bat ich. »Wo hat denn deine Freundin
hier gewohnt?«

»Quatsch«, grinste er.

»Feigling«, sagte ich. »War sie blond oder schwarz?«

Paul sah sich nach Edith um, als wüsste er nicht genau,
was sie für Haare hatte.

»Braun«, sagte er dann. »Soll ich euch mal sagen, wer
Herbert Wendt ist – oder wisst ihr das?«

»Ich weiß es nicht. Du, Edith?«

»Irgendwas Politisches, dachte ich.«

»Jaja«, sagte Paul, »politisch, natürlich! Sogar bevölke-
rungspolitisch, wenn man so will ...«

»Zahlt er keene Alimente?«, fragte Edith.

»Ganz anders«, sagte Paul. »Er hat Geburtsurkunden
gefälscht und das Kindergeld kassiert. Er ist der Berliner
Zwillingsmacher, er hat nämlich gedacht, doppelt hält besser, und Zwillinge auf die Urkunden geschrieben, fast immer
dieselben Namen, ich glaube: Jürgen und Udo. Das Papier
und die Stempel hatte er aus'm Westen. In Untersuchungshaft hat er uns angeboten, Offizier bei der Volksarmee zu
werden.«

»Wieso'n das?« fragte ich.

»Um seine Schuld an der Gesellschaft wieder gutzumachen«, lachte Paul.

»Wieviel hat er denn abgesahnt?«, fragte Edith.

»So an die fuffzigtausend«, sagte Paul und hielt vor der Stumpfen Ecke. »Kuckt mal rein! Ich darf hier nicht parken.«

Ich ging mit Edith ins Lokal, aber Herbert Wendt war nicht drin, und wir fuhren die Treskowallee zur Marksburgstraße runter. Er saß in der Eckkneipe am Stammtisch und erkannte Edith sofort wieder.

»Noch zwei Nordlichter, Herr Schumann!« rief er. »Oder wollt ihr was anderes trinken, Mädchen?«

»Ich warte lieber, bis mein Onkel kommt«, sagte ich, weil Paul noch nicht da war.

»Dein Onkel kommt ooch noch?«, fragte Herbert Wendt, und jetzt merkte ich, dass er'n bisschen angesoffen war. »Det wird ja 'ne lustige Runde.«

Er war Mitte Vierzig und mager wie'n Windhund. »Der kann det Vaterunser durch de Backen pusten«, sagte Edith später, als wir nach Hause fuhren.

Inzwischen servierte der Wirt die Nordlichter, jeweils zwei Kurze: ein Pfefferminzschnaps und ein Korn, und Paul kam rein. Er begrüßte Herrn Wendt, stellte sich mit seinem richtigen Namen vor, »Deister, angenehm«, »Wendt, sehr angenehm«, und der Zwillingsmacher schluckte den »Onkel«, warum auch nicht, obwohl mir's, als es gesagt war, lieber gewesen wäre, wir hätten auf Cousin gemacht, aber den Jahren nach konnte er sogar mein Vater sein, warum dann nicht Onkel! Trotzdem: Es ärgerte mich, und ich legte ihm unterm Tisch die Hand aufs Knie, und er sah mich an und lächelte, und jetzt wär ich ihm am liebsten um den Hals gefallen.

»Ja, Ihr Bruder«, sagte Herbert Wendt zu mir, »das ist ein schwerer Fall. Der nimmt alles so tragisch, der passt sich ooch nich an, der schluckt und schluckt und schluckt – na, dann erst mal: Prost!«, unterbrach er sich, kippte das grün-weiße

Nordlicht weg, sah noch mal ins Glas und schüttete auch den Rest hinterher. »Und auf einmal bricht's aus ihm raus!«

»Was macht er denn?«, fragte ich.

»Er nimmt seinen Essnapp und kippt ihn 'nem Bullen uff die Uniform.«

»Und dann?«

»Bunker«, sagte der Zwillingsmacher.

»Kein Wunder«, sagte Paul.

»Und Bunker – wie ist das?« fragte ich.

»Dunkel«, sagte Herr Wendt. »Und Wasser und Brot, also früher Wasser, jetzt gibt's Kaffee, Zichorie, versteht sich. Trinken Sie keinen Alkohol?«, wandte er sich an Paul.

»Doch, aber heute nicht«, antwortete Paul sehr höflich. »Ich bin mit'm Auto.«

»Sehr richtig«, billigte Wendt. »Du hast wohl noch Bewährung?«

»Wie meinen Sie?« fragte Paul.

»Schon länger draußen, was?«

»Ja«, sagte Paul, lächelte und drückte unter dem Tisch meine Hand. »Schon eine ganze Weile.«

»Aber immer vorsichtig, Kamerad!«, warnte Wendt. »Immer aufpassen! Du weißt: das Auge des Gesetzes –«

»– schläft nicht«, ergänzte Paul.

»Selbst wenn's 'n Glasauge ist«, fügte Wendt hinzu und bestellte noch drei Nordlichter.

»Und hat mein Bruder auch gesagt, warum er eingesperrt wurde?«

»Mir selber nicht, aber das weiß jeder von jedem.«

»Meinen Sie nicht, dass da manchmal auch'n bisschen geschwindelt wird?«, fragte Paul.

»Sicher«, sagte Wendt, »aber im Knast kommt alles raus. Denn sieh mal, das ist doch so ... Es gibt keinen Prozess auf der Welt, wo sich bloß Angeklagter und Richter gegenüberstehn. Oder gibt's sowas?«

»Kaum«, sagte Paul.

»Natürlich gibts sowas«, korrigierte Wendt. »Aber das ist das Jüngste Gericht, und der Knast, der danach kommt, ist immer lebenslänglich, todeslänglich, wenn man's genau nimmt, aber nu zwischendurch mal erst auf die Liebe: Tschau, und glückliche Reise!«

Das Zeug schmeckte gar nicht so schlecht, wie's aussah, aber diesmal ließ ich die Hälfte drin.

»Es kommt alles raus«, wiederholte Wendt. »Was meinst du denn, wieviel Bullen einsitzen! Und da sind welche bei, die haben 'n Gedächtis wie'n Lexikon! Ich hab gegen 'n früheren Vernehmer vonner Stasi Schach gespielt, der konnte bis zu sechzehn Züge im voraus berechnen! Da staunste, wat?«

»Doll«, sagte Paul.

»Und so'n Mann soll sich nicht genau an jeden Fall erinnern können, den er unter de Finger gehabt hat?«

»Hm«, machte Paul.

»Ich frage«, sagte Wendt.

»Wahrscheinlich«, meinte Paul und bestellte sich noch'n Apfelsaft.

»Mit andern Worten: Es hat überhaupt keinen Zweck, wenn du im Knast anfängst zu schwindeln. Aber das weißte doch selber, Mann!«

»Klar«, sagte Paul.

»Also war deine Frage von vorhin überflüssig, um nicht dumm zu sagen. Was?«

»Naja«, sagte Paul.

»Na, was denn?«, fragte Wendt, der seinen Sieg auskosten musste.

Ich gab Paul einen aufmunternden Stoß.

»So gesehn: ja«, sagte er endlich.

»Ist ja nicht so wichtig, Herr Wendt«, sagte ich. »Das müssen Sie doch merken, dass wir zu Ihnen Vertrauen haben, sonst wären wir nicht hier, und gleich drei Mann hoch. Frau

Jakobs hat mir schon was angedeutet, aber ich würde's eben lieber selber hören. Wann haben Sie meinen Bruder eigentlich das letzte Mal gesehen?«

»Vor Weihnachten muss es gewesen sein«, sagte er. »Ich war nämlich in der Wäscherei, und da sind wir nicht so oft zusammengekommen.«

»Aber Herr Jakobs ist doch auch nicht in der Wäscherei«, sagte ich und hoffte schon, ihn erwischt zu haben.

»Jakobs«, lächelte er. »Der hat bei uns die Plättbretter gemacht, Frolleinchen. Sie sollen nicht denken, dass ich lüge. Wenn Sie das denken, höre ich gleich auf. Dann brauche ich gar nicht erst anzufangen.«

»Ja«, sagte Paul und nickte, als ob er das für die beste Lösung hielte.

»Herr Wendt«, fragte ich, »was hat mein Bruder eigentlich gemacht?«

43

Aus Wendt war nicht mehr rauszuholen, als ich schon von Edith wusste. Paul machte mir nachher Vorwürfe, dass ich ihm meine Adresse aufgeschrieben hatte, und vielleicht war es wirklich überflüssig gewesen, aber ich war nicht in der Stimmung darüber nachzudenken. Als wir Edith an der Warschauer Straße abgesetzt hatten, fragte er:

»Warum wolltest du mich eigentlich dabeihaben?«

»Damit du weißt, dass ich alles weiß«, sagte ich wie aus der Pistole geschossen, aber als ich es raushatte, kam ich mir albern vor. »Ich meine«, fing ich noch mal an und wollte es ihm erklären, aber als ich sah, wie er lächelte, verging mir die Lust.

»Du weißt einen Dreck«, sagte er plötzlich.

»Dann sag du's mir doch!«, brüllte ich, und weil wir die

Fenster offen hatten und grade an einer Ampel hielten, beugte sich ein Radfahrer, der neben uns stand, zu mir und sagte halb flüsternd:

»Wenn der Alte nich mehr spurt – du kannst sofort umsteigen!« Und dabei zeigte er auf den Rahmen von seinem Fahrrad.

»Hm«, machte ich, weil immer noch Rot war.

»Was sagst du?«, fragte Paul, der den Radfahrer nicht gesehn hatte.

»Gut überlegen!«, sagte der Radfahrer und kam ein bisschen dichter. Er war Mitte Zwanzig, in Arbeitsklamotten und anscheinend besoffen. Er beugte den Kopf zum Lenker runter, um Paul sehen zu können, blies die Backen auf und ließ verächtlich Luft ab.

»Mensch, so'n Knacker«, sagte er.

»Zieh Leine, Mann!« sagte ich.

»Ick soll mir verfatzen?«, fragte er. »Ick fahr hinter euch, bis ihr zu Hause seid. Und denn komm' ick oben, und denn woll'n wa ma sehn!«

»Kurble doch hoch!«, bat Paul.

In dem Augenblick, als er seine Hand ins Fenster legen wollte, wurde die Ampel grün, und Paul fuhr an. Ich drehte mich um und sah, wie der Radfahrer stolperte, sich aber am Fahrrad festhielt, um nicht die Balance zu verlieren.

»Ich werde dir das in den nächsten Tagen mal alles genau erklären«, sagte Paul, bevor ich am Clou ausstieg. »Hast du ein Gnadengesuch geschrieben?«

»Ja«, sagte ich.

»Und abgeschickt?«

Ich schüttelte den Kopf.

»Dann warte mal noch'n paar Tage damit«, bat Paul. »Wir wollen erst mal drüber reden.«

»Findest du, dass jemand für so 'ne Sache vier Jahre Gefängnis verdient?«, fragte ich.

Paul machte etwas Ähnliches wie der Radfahrer vorhin. Er blies die Backen auf und ließ Luft ab, und das klang wie 'n Dutzend Seufzer auf einmal.

»Was?«, fragte ich.

»Übermorgen«, bat Paul, und ich stieg aus.

Aber wer zwei Tage später nicht kam, war Paul. Zum ersten Mal tauchte Harry Rutek in seinem Studio auf, das erste Mal, seit wir unsern Nachmittag hier feierten, manchmal auch den Abend, ab und zu sogar ein ganzes Wochenende, wenn wir nicht zum Baden rausfuhren.

»Paul kommt heute nicht«, sagte er gleich zur Begrüßung: »Er hat mich angerufen, damit ich zu Ihnen gehe und –«

»Ja, gut«, sagte ich, »is ja kein Beinbruch.«

»Und ich wollte gleich mal nach'm elektrischen Zähler sehn, bei der Gelegenheit.«

»Machen Sie das!«, sagte ich. »Trinken Sie einen?«

»Gern«, sagte er. »Haben Sie was dagegen, wenn ich mir das Jackett ausziehe?«

»Ja«, sagte ich.

»Es ist so heiß«, sagte er.

»Ich hab was dagegen, dass Sie so komische Fragen stellen.«

Er zog sich das Sakko aus, und ich sah, wie ihm das Hemd an der Haut klebte.

»Würden Sie mir vielleicht auch 'ne Zigarette geben?«, fragte er. Ich gab ihm eine. Er brannte sie sich mit einem Streichholz an, und in der Mansarde war es so heiß, dass man die Flamme kaum noch sah.

»Die Vögel fliegen schon nicht mehr«, sagte er. »Das will doch etwas heißen, nicht wahr? Die Vögel sitzen auf den Ästen und sind zu faul zum Fliegen. In Pankow habe ich übrigens heute einen Mann gesehn, in einem schwarzen Anzug, er stand in der Nähe des Friedhofs, also kann es ein Leichenbitter gewesen sein. Er ging an eine Pumpe, nahm den

Zylinder ab und ließ sich das Wasser über den Kopf laufen. Allerdings hatte er eine Glatze. Dadurch wird dieser Vorfall verständlicher.«

»Ich weiß nicht«, sagte ich, und auf einmal kam es mir so vor, als wäre es nach dem, was Harry gesagt hatte, noch heißer geworden. »Ich weiß nicht, was Sie meinen ... Sind Sie betrunken?«

»Keineswegs«, lachte er. »Ich will mich nur ein paar Minuten ausruhen, ehe ich an den Zähler gehe.«

Er trank einen Schluck Rotwein und setzte das Glas behutsam wieder auf dem Tisch ab, als hätte er Angst, er könnte es zerbrechen.

»Dann habe ich am Bahnhof Vinetastraße zwei Mädchen gesehn, die auf dem Gitter des Luftschachts standen. Die taten so, als wären sie ganz zufällig dorthin geraten, aber in ihren Gesichtern war so ein Abglanz von Kühle und Wind ... Ich lasse mich nicht so leicht täuschen. Ich habe viel Zeit, wissen Sie. Ich bin dafür bekannt, dass ich mich nie an Termine halte. Manchmal frage ich, weshalb mir die Leute überhaupt noch Aufträge geben ...«

»Weil Sie so gut sind«, sagte ich. »Wollten Sie das hören?«

»Ja«, antwortete er, »vielen Dank!«

Er stand auf und sah nach dem elektrischen Zähler.

»Würden Sie mal so freundlich sein«, fragte er, »und die Zahlen aufschreiben?«

Ich langte Papier und Bleistift und ließ mir die Zahlen diktieren. Ich legte den Zettel beiseite, und später vergaß er ihn. »Ich habe in meinem Leben, oder besser: in den letzten Jahren, noch nie ein Mädchen gesehn, das gleichzeitig so hässlich und so schön ist. Wie finden Sie das?«

»Wie oft haben Sie'n das schon gesagt?«, fragte ich.

Er hob den Daumen.

»Aber es wirkt«, sagte er, »weil Sie natürlich wissen wollen, was nun eigentlich hässlich und was schön an Ihnen ist.«

»Das würde ich an Ihrer Stelle nicht verraten«, sagte ich.

»Kennen Sie die Tagebücher von Stendhal?«, fragte er.

»Nein«, sagte ich.

»Sehen Sie, Stendhal hat sich einen richtigen Plan gemacht, wie er eine Frau erobert. Er hat sich alles aufgeschrieben, Witze, Komplimente, Fragen und so weiter ...«

»Haben Sie auch 'n Plan?« fragte ich.

»Ich habe ein gutes Gedächtnis, das reicht«, sagte er. »Wollen Sie nun wissen, warum Sie gleichzeitig hässlich und schön sind?«

»Nein«, sagte ich. »Ich wüsste lieber was anderes.«

»Bitte«, sagte er. »Wenn ich es bin, der es weiß. Darf ich Sie noch um einen Schluck angehen?«

»Nehmen Sie doch gleich die Flasche rüber«, sagte ich und machte es mir bequem.

Er goss sich ein, hob das Glas und sagte:

»Ich singe das Lob meines Freundes Deister!«

»Prost!« sagte ich.

»Ich soll ihn also gar nicht schlechtmachen?«, fragte er.

»Sie sind ein Idiot«, sagte ich.

»Gut«, antwortete er. »Wissen Sie eigentlich, woher seine Zahnlücke stammt?«

»Nein.«

»Dann wissen Sie also auch nicht, dass man ihn mit einem SS-Mann verwechselt hatte?«

»Nein.«

»Dann wissen Sie es jetzt.«

»Wollen Sie mir das nicht genauer erklären?«, fragte ich.

»Es lohnt sich nicht«, sagte Harry Rutek. »Es wären doch nur Einzelheiten, Daten, Fakten. Es genügt zu wissen, dass er in der ersten Zeit seiner Gefangenschaft mit einem SS-Mann verwechselt oder für einen SS-Mann gehalten wurde, was weiß ich! Er hat also alle die Prügel bekommen, die einem anderen zugedacht waren. Verstehen Sie das?«

»Ja«, sagte ich.

»Er selber war bei den Pionieren. Er hat Brücken gesprengt oder Brücken gebaut, ganz wie's kam. Ich halte das für wichtig.«

»Was?«, fragte ich.

»Dass er immer Stellvertreter war«, sagte Harry Rutek und nahm wieder einen Schluck. »Immer anstelle, anstatt ... und nie selber, durch sich, aus sich heraus, verstehen Sie? Das ist, wie wenn Sie einen Garten geschenkt bekommen, in dem Sie keinen Baum gepflanzt haben, aber für jeden Wind, der die Äpfel von den Zweigen wirft, kriegen Sie eine Ohrfeige! Können Sie mir folgen?«

»Ja. Warum denn nicht?«

»Was macht ein solcher Mensch?«

»Er pflanzt seine eigenen Bäume an«, sagte ich.

»Aber nein!« widersprach er. »Dazu ist man zu alt! Wenn man Kinder hätte! Oder Vertrauen zu den Jüngeren! Aber in so 'ner Zeit Kinder? Vertrauen? Werfen Sie mir bitte mal die Zigaretten rüber! Ich will mich nicht bewegen. Mir bricht schon der Schweiß aus, wenn ich bloß den Mund aufmache.«

Ich schob die Packung über den Tisch. Er hielt sie sich unter den Mund und ließ eine Zigarette zwischen die Lippen springen.

»Da will man Sicherheit, Ordnung, Koordinaten, Plus und Minus, ich geh hierlang, du gehst dortlang, jetzt trennen sich unsere Wege. Was braucht der Staat? Der Staat braucht Macht. Macht über seine Bürger, zuallererst. Dazu gibt es Polizei und Gerichte.«

»Und die Bürger lassen sich das alles so gefallen?«

»Hören Sie«, sagte Harry Rutek, »davon war bis jetzt nicht die Rede.«

»Also schön«, sagte ich.

»Nichts soll mehr provisorisch sein«, fuhr Harry Rutek fort und ließ beide Arme vom Sessel auf den Boden hängen.

»Jetzt wird alles perfekt, endgültig, erstklassig. Dazu muss man selber prima werden, erste Wahl, wie bei Damenstrümpfen. Und alles passt so gut zusammen: Aufgabe und Ehrgeiz, Auftrag und Wunsch. Nach einem Jahr, oder sagen wir nach zweien, merkt man natürlich, dass man bis an die Knie in der Scheiße steht – pardon! Aber das ist der Dreck der alten Zeit, aus dem man den neuen Karren herausziehen muss.«

»Mir zu allgemein«, sagte ich.

»Na, schaun Sie mal: Er war Soldat, in Gefangenschaft, auf dieser Schule bei Moskau, danach in Jena und bald darauf in Berlin. Vier Jahre lang nichts als: Die Waffen nieder! Krieg dem Kriege! Friede! Friede! Friede! Und plötzlich wird die Polizei mit leichter Artillerie und schweren Panzern ausgerüstet. Was denn nun?«

»Ach, so meinen Sie das«, sagte ich.

»Und dann Leipzig, die Mädchen mit den Luftgewehren – merkwürdig, was?«

»Ja«, sagte ich.

»Und heute? Die Wachablösung Untern Linden, Parademarsch mit Schellenbaum und Tambourstock – doch seltsam, oder?«

»Ja«, sagte ich.

»Und dazwischen nicht mal fünfzehn Jahre! ›Wer ein Gewehr anfasst, dem soll die Hand verdorren‹ – und nun wieder der Yorcksche Marsch und Scharnhorst und Schill. Generalfeldmarschall Paulus ist ein ehrenwerter Mann, gut, er hatte seine Fehler, aber jetzt wohnt er eben in Dresden – was soll's? Was ich damit sagen will: Das geht doch nicht von heute auf morgen und braucht außerdem biegsame Charaktere, nicht bloße Ja-Sager und Mitmarschierer, sondern Leute, die nicht zögern, selber vorzugehn, anzugreifen, Attacke zu reiten gegen die Gleichgültigkeit –«

»Wer?«, fragte ich.

»Gegen die Gleichgültigkeit der Leute – oder glauben Sie

denn, hier interessiere sich jemand für politische Fragen? Sie etwa?«

»Kaum«, sagte ich und musste an Thälmann und die Bauern denken.

»Wer sich in einem Staat, dessen oberster Grundsatz die Verteidigung der Macht einer bestimmten Clique ist, für Politik interessiert, ist entweder ein Selbstmörder, oder er gehört zu dieser Clique. Ich kann auch Verbrecher sagen, wenn Ihnen Selbstmörder nicht passt, oder Agent oder Diversant. Sie werden fragen: Was hat das alles mit Deister zu tun? Aber erstmal zum Wohle! Sie trinken gar nichts?«

Ich schüttelte den Kopf.

»Sie wissen, man sagt, der Angriff sei die beste Verteidigung. Und Sie müssen doch zugeben, dass daran viel Wahres ist. Spielen Sie Schach?«

»Ja«, sagte ich.

»Oh!« Er war überrascht. »Dann sollten wir vielleicht lieber Schach spielen als klatschen.«

»Mir wäre es lieber, wenn Sie noch'n bisschen klatschen«, sagte ich.

»Der Ausdruck ›Karriere‹ kommt, glaube ich, aus der Sprache der Kavalleristen, und mit Pferden verteidigt man sich doch nicht! Mit Pferden wird angegriffen, nicht wahr? Also Karriere – das ist der Angriff auf eine Stellung, in der der andere sitzt. Das muss allerdings«, lachte er, »nicht immer der Gegner sein. Aber vielleicht greife ich da vor«, fiel er sich selbst in die Rede. »Bleiben wir bei der Attacke. Ein Hochgefühl doch, nicht wahr? Man ist gern Sieger. Wer möchte nicht gewinnen und dabei nicht einsam sein? In einer Reihe stehn mit den Gefährten, den Genossen ... Haben Sie die *Ilias* gelesen?«

»Nein«, sagte ich.

»Auch egal«, sagte er. »Doch das Schönste am Siegen sind die Nebenerscheinungen: Die Wunde brennt nicht mehr, das

Rheuma ist verschwunden, durchs Raucherbein rollt wieder Blut, und die Gewissensbisse? Weg! Der Zweifel? Weg! Zögern? Weg! Haben wir gesehn, wohin die Skepsis führt? Jawohl, wir haben gesehn, wohin sie führt. Kann man an diese Frage überhaupt so herangehn? Nein, man kann an diese Frage nicht so herangehn. Wäre es jetzt gut, eine Diskussion über diese Fragen zu beginnen? Nein, es wäre nicht gut. Ist es nicht besser, Vertrauen zu haben? Jawohl, es ist besser, Vertrauen zu haben. Aber wie soll unser Vertrauen sein, Freunde? Grenzenlos soll unser Vertrauen sein. Warum muss unser Vertrauen grenzenlos sein? Weil sich die Partei noch nie geirrt hat. Kann sich der einzelne irren? Ja, der einzelne kann irren. Kann die Partei irren? Nein. Die Partei hat immer recht. – Kennen Sie dieses Lied?«

»Ja«, sagte ich, »aber wie sind Sie jetzt darauf gekommen?«

»Durch Nachdenken«, sagte Harry Rutek, »und das ist etwas, worauf unser Freund verzichten kann. Es steht in der Zeitung. Oh, jetzt habe ich einen großen Sprung gemacht! So schnell geht das nicht! Das hat seine schlaflosen Nächte, seine verweinten Kopfkissen, seine Selbstgespräche, seine vegetative Dystonie, Tabletten, Elektrokardiogramme, Schnaps, da muss sogar ein Psychiater her, dann aber wieder Schnaps, oder vielleicht eine Freundin – ja, wie wär's denn damit? An den Busen der Natur, da weinte man früher, ist es zu weit – also: Her mit dem Busen der Freundin! Danach die Ehekrise, die Frau, wohl gleichaltrig und zu viel gearbeitet, nicht rechtzeitig verjüngt durch Kräuterkosmetik, läuft zur Partei: Mein Mann geht fremd – was soll ich tun und lassen? Der Vorstand tagt, der Fall wird kritisiert, der Ungetreue übt die Selbstkritik. Dann wieder Schnaps. Man ist nicht mehr so ganz im Angriff. Das Rheuma meldet sich auf einmal wieder, das rechte Bein wird schwer, und die Gewissensbisse beißen – Herr Ober, noch'n Doppelten! Weil's so schön war! Schmeckt heute wieder, was? – Zum Wohl, Fräulein Maria!«

»Geben Sie mir jetzt auch'n Schluck, bitte!«, sagte ich, langte in das Regal über der Couch und hielt ihm das Glas hin.

»Und jetzt macht er eine Entdeckung«, begann Harry Rutek wieder.

»Wer?«, fragte ich.

»Irgendwer«, lächelte Harry. »Er liest den *Faust*, denn er hat gelernt, das Erbe zu achten, oder zum Beispiel einen Satz wie diesen: ›Der Handelnde ist stets gewissenlos, Gewissen hat nur der Betrachtende.‹ Vom selben Verfasser, von wem sonst? Das ist Balsam in die Wunden. ›Im Anfang war die Tat.‹ Das hat er gern! Nur nicht ständig reflektieren, obwohl das ja widerspiegeln heißt und eigentlich in die Theorie passt – nein! Wir korrigieren unsere Fehler im Vorwärtsschreiten! Keine Diskussionen über Verpasstes und Verpatztes – das holen wir im Jahre 2000 nach! Zugegeben: Wir gehen etwas krumm – aber wir müssen einfach krumm gehen, um später umso aufrechter schreiten zu können. Wir schielen für den freien Blick. Wir hinken ins Ziel. Der Taube – Dirigent! Der Stotterer – Sekretär für Sprache und Dichtung! Der Blinde – Galeriedirektor! Wir zwingen euch zu eurem Glück, ihr Kinder!«

Harry machte eine Pause, brannte sich eine Zigarette an, und als er sah, dass ich auch rauchen wollte, stand er sogar auf und hielt mir die Schachtel und ein Streichholz hin. Es war kühler geworden, und am liebsten wäre ich aufgestanden, um mir etwas überzuziehen, aber ich wollte ihn ausreden lassen.

»Das ist eigentlich alles«, sagte er. »Also gar nicht so einfach, wie es sich auf den ersten Blick ausnimmt. Da kommt ein Gedanke aus dem neunzehnten Jahrhundert, mit sehr viel Süße …«

»Süße?«, fragte ich und schüttelte den Kopf.

»Das verstehen Sie nicht«, sagte Harry scharf. »Verzeihen

Sie, anders kann ich das nicht sagen. Das ist eine Generationsfrage. Für uns ist immerhin mal eine Welt untergegangen. Das können Sie von sich wohl nicht behaupten. Sie haben einfach nur das Gefühl, die Straßenschilder müssten ausgewechselt werden, und alles wäre im Lot.«

»Das verstehe ich nicht«, sagte ich.

»Na, dann will ich's Ihnen anders erklären«, sagte er und lächelte herablassend. »Möchten Sie, dass die Entfremdung und die Produktion dieser Entfremdung endgültig aufgehoben werden, oder würde es Ihnen genügen, wenn die Pullover in Zukunft nur mehr fünf statt fünfzig Mark kosten?«

»Dumm«, sagte ich.

»Das ist doch die Frage!«, rief er. »Aber lassen wir das! Das führt uns zu weit weg! Ich will mich auch nicht mit Ihnen streiten ... Ich will Ihnen etwas anderes sagen. Es gibt Leute, die mit diesem Widerspruch sehr einfach fertig werden ...«

»Mit welchem?«

»Nun«, sagte Harry, »sagen wir: zwischen Mittel und Zweck, Weg und Ziel, wie Sie wollen. Zu denen gehört er sicher nicht. Davor hat ihn, glaube ich, auch seine Frau bewahrt. Er ist also, wenn man's genau nimmt, einer von den Bremsern. Das macht ihn in meinen Augen sympathisch, vielleicht auch in Ihren, aber Sie sehen ihn sicher ... na ja! – Es macht ihn aber auch gefährlicher als die andern. Man gerät in Versuchung, ihn mit der Sache, die er vertritt – er ist ja Stellvertreter geblieben – gleichzusetzen. Und jetzt bin ich wieder genau dort, wo ich angefangen habe. Er ist nicht er selber ohne die Sache. Aber er ist auch nicht er selber mit ihr. Auch dann ist er nur ihr Stellvertreter. Er steckt die Ohrfeigen für sie ein. Er kämpft für sie, was man so Kämpfen nennt, an einem Schreibtisch, an einem Telefon. Gut. Aber er ist nicht identisch, weder mit sich, noch mit der Sache. Er ist nicht zu sich selber gekommen. Er ist unglücklich. Er ist ein Knecht.«

»Und weiß er das?«, fragte ich ihn nach einer langen Pause.

»Wenn er es wüßte, wie ich es weiß, müsste er sich eigentlich umbringen«, sagte Harry nach einigem Nachdenken.

»Sie sagen's ihm nicht?«, fragte ich.

»Er hört mir nicht zu«, sagte Harry. »Oder er versteht mich nicht. Ich drücke mich auch falsch aus. Ich bin befangen, wenn ich mit ihm spreche. Sehn Sie, er hat es zu was gebracht. Und ich? Wenn Sie mich betrachten, wie ich hier sitze und Ihren Wein trinke, Ihre Zigaretten rauche, zu einer Zeit, in der andere Leute schwitzen, weil sie arbeiten, nicht vom Saufen wie ich ... Ich bin der lebendige Beweis dafür, dass seine Art die richtige ist.«

»Nein!«, rief ich und richtete mich auf.

»Tut mir leid«, sagte Harry Rutek. »Wenn Sie dachten, ich könnte Ihnen was anbieten, womit sich sterben lässt, was man sich so ins Leben spulen kann wie einen roten Faden – tut mir leid, Maria. Da passe ich.«

44

Als Harry Rutek die Tür hinter sich zugemacht hatte, ging ich an den Ausguss und kotzte. Zuerst dachte ich, ich bin schwanger, dann schob ich's auf den Wein, der schon ein paar Tage offen gestanden hatte, und zuletzt auf die Hitze, aber es war was anderes. Ich hatte einfach das Gefühl, ich stehe über 'ner Jauchegrube und kann den Kopf nicht wegdrehn. Ich würgte alles raus, was in meinem Magen war, ich heulte und stöhnte und ächzte, aber dann war's vorbei. Ich spritzte mir mit beiden Händen kaltes Wasser ins Gesicht, bis es mir so vorkam, als ob ich die Haut in Streifen abziehn könnte. Dann legte ich mich, ohne mich abzutrocknen, auf die Couch und blieb so lange liegen, bis die Haut zu kribbeln anfing. Ich nahm die Hülle von der Schreibmaschine und schrieb alles auf, was mir Harry Rutek gesagt hatte, wenigstens das, woran ich mich erinnern konnte. Ich musste es machen, solange es noch frisch im Gedächtnis war. Ich wusste nicht, warum, vielleicht wars ein später Ersatz für Poesie-Album oder Tagebuch, was ich nie geführt hatte. Als ich fertig war, faltete ich die Bogen zusammen und nahm sie mit nach Hause, zu Tante Hete. Womit ich nicht gerechnet hatte, war, dass Harry Rutek schon am nächsten Tage wiederkam, aber diesmal mit Paul zusammen.

»So«, sagte Paul, nachdem sie sich hingesetzt und sich gegenseitig mit Zeitungen Luft zugefächelt hatten. »Harry sagt, ihr habt gestern nur von mir geredet.«

»Ja«, sagte ich.

»Und zwar nur Schlechtes«, sagte Paul und lachte.

»Wie man's nimmt«, sagte ich.

»Wie nimmt man's denn?«, fragte er.

»Auf die leichte Schulter«, sagte ich.

»Hm«, machte Paul und schien zufrieden.

»Ich wollte übrigens nicht mitkommen«, sagte Harry, als müsste er sich entschuldigen, »Paul hat mich gezwungen.«

Paul zog sich die Schuhe aus und warf sich auf die Couch.

»Jawohl«, sagte er, »hab ich. Harry ist nämlich in dich verliebt.«

»Lass doch den Quatsch!«, sagte ich.

»Und weil ich nicht möchte, dass es ernst wird, habe ich ihn mitgebracht. Und jetzt lies dein Gedicht vor. Los!«

»Wenn ihr in dem Ton weitermacht, gehe ich«, sagte ich. »Rausschmeißen kann ich euch leider nicht, das ist nicht meine Wohnung!«

»Verzeihen Sie, Maria«, sagte Harry, »vielleicht lieber ein andermal …«

Er stand auf, und nun tat er mir wieder leid.

»Du bleibst hier!«, rief Paul. »Ich gehe!«

»Ja, dann gehn wir vielleicht am besten alle drei«, schlug ich vor.

»Nein, ich gehe«, sagte Paul. »Es ist mein Fehler.«

Er war plötzlich sehr aufgeregt und rümpfte die Nase und verzerrte dabei die linke Gesichtshälfte so sehr, dass die Sehnen am Hals hervortraten. Er war auf einmal richtig hässlich, und ich hatte zum ersten Mal Angst vor ihm. Er wollte gehn, er wollte tatsächlich gehn, aber er fand seine Schuhe nicht. Es war ihm furchtbar peinlich, dass er sich niederknien und seine Schuhe unter der Couch und unter dem Tisch suchen musste. Als er sich wieder aufrichtete, konnte ich nicht anders als zu ihm gehen und ihm die Hände um den Hals legen.

»Bleib hier, bitte«, sagte ich. »Oder wir gehn alle drei ...«

»Nein«, sagte er, »nein, ich gehe.« Aber er blieb, und wir setzten uns um den Tisch, und als wir lange genug den Mund gehalten hatten, fingen wir plötzlich alle drei an zu lachen.

»So muss es sein«, sagte Harry. »Das ist genau die Stimmung, die ich brauche. Habt ihr schon von Maria Celeste gehört?«

»Nein«, sagte ich, und Paul schüttelte den Kopf und fing wieder an zu lachen, weil er einen Schluckauf bekam. »Verdammt nochmal«, sagte er.

»Halt die Luft an und zähl bis dreißig«, riet ich ihm.

»Solange erzähle ich, wer und was Maria Celeste ist«, sagte Harry. »Sie war ein Segelschiff und wurde Ende des vorigen Jahrhunderts auf dem Atlantik gefunden. Ja, gefunden! Sie war aus Südamerika gekommen und hatte für einen europäischen Hafen geladen. Ich weiß nicht, wie der Kahn hieß, der die Maria Celeste entdeckte. Der Kapitän sah jedenfalls die treibende Bark –«

»Dreißig!«, rief Paul.

»– und gab Kommando, darauf zuzuhalten. Geht's wieder?«

»Ja, danke«, sagte Paul und lächelte. »Entschuldige!«

»Sie setzten ein Signal, aber die Maria Celeste antwortete nicht. Als sie näherkamen, sahen sie die Jakobsleitern im Wasser hängen. Das sind Strickleitern, an denen man in die Rettungsboote steigen kann, aber die Boote waren gar nicht abgelassen. Der Kapitän gab noch ein Signal, doch wieder blieb alles still. Schließlich schickte er Leute rüber. Es war ruhiges Wetter, und die Matrosen waren mit ein paar Schlägen an der Maria Celeste. Sie verschwanden unter Deck, kamen aber bald wieder hoch und winkten, dass der Kapitän rüberkommen sollte. Er fuhr hin und inspizierte das Schiff. Es war niemand an Bord. Sie durchsuchten alles: die Brücke, die Logis, die Laderäume, die Brücke – nichts! In der Mannschaftsmesse stand das Geschirr auf den Tischen. Es musste, kurz bevor die Matrosen das Schiff verlassen hatten, serviert worden sein. Manche hatten sogar schon angefangen, die Teller standen alle in einer Reihe –«

»Sag mal«, unterbrach ihn Paul, »willst du nicht lieber gleich das Gedicht vorlesen, sonst müssen wir uns das alles zweimal anhören ...«

»Nein«, sagte Harry, »es ist besser, wenn ihr das vorher wisst. – In der Offiziersmesse stand ein Harmonium mit offenem Deckel. Aufgeschlagen: *De Profundis*. In der Stammrolle waren außer der Besatzung, dem Chief und zwei Steuerleuten der Kapitän und seine Frau eingetragen. Das Logbuch war bis zum Vortage geführt worden, ohne besondere Eintragungen. Man stellte fest, wem das Schiff gehörte, welchen Kurs es genommen hatte, wie weit es abgetrieben war, und nahm es ins Schlepp.«

Er machte eine Pause und sah uns an.

»Ja und nun?«, fragte Paul.

»Das ist es eben«, sagte Harry. »Niemand weiß bis heute, wo diese Leute geblieben sind. Die Boote hingen in den Davits, die Takelage war unbeschädigt, die Kabinen der

Offiziere waren aufgeräumt. Nur neben der Jakobsleiter sah man in der Schiffswand einen Riss, wie von einer riesigen vierfingrigen Hand. Das war alles. Später meldeten sich Matrosen, die behaupteten, auf der Maria Celeste gewesen zu sein, aber das waren Betrüger. Es gab keine Erklärung. Man fand sich damit ab, dass die ganze Geschichte ein Rätsel war und ein Rätsel bleiben würde, und gab das Schiff dem Eigner zurück.«

»Komisch«, sagte ich.

»Tja«, sagte Paul. »Verrückt.«

»Mein Gedicht heißt natürlich –«

»Maria Celeste«, sagten Paul und ich gleichzeitig.

Harry zog zwei Bogen Papier aus der Tasche, entfaltete sie und las leise und langsam:

»Aus einem gelben Himmel fällt ein weißes Schiff:
Maria Celeste. Die Jakobsleitern hängen
ins Grüne. In der Offiziersmesse
das Harmonium spielt:
Aus der Tiefe. Durch die Windstille geht der
Atem der Ertrunkenen. Durch mein Herz,
Maria Celeste, meine Zweitagsfliege,
meine Bettfederfee,
schwimmen drei Matrosen und schlagen
meinen Puls mit braunen Beinen –
in die Milch aus Tang und Finsternissen
den Flossenflügelwurf des Rochens, den
dritten, den giftigen Stachel des Goldbarschs, den
blauen, den silbernen Streifen des Schellfischs.«

»Das ist der erste Teil«, sagte Harry und griff nach dem anderen Blatt. »Es ist sowieso noch nicht fertig, aber ich ...«

»Lies mal weiter«, sagte Paul.

»An den langen Abenden, wenn
Václav und Colleoni (um die zu wenig Platz ist)
ihren Schatten über die Hotels werfen,
eine Taube am Steigbügel, der Ermordete, der
Mörder, eine Krähe am Hut, der Herzog, der
Generalissimus, kommt mir,
wenn ich an langen Abenden über den Atlantik gehe, die
Leuchtfeuer grüße, wenn ich an langen Abenden
(um die zu wenig Platz ist)
kommt mir, Maria Celeste, kommst du mir entgegen,
weißes Schiff vor den roten Felsen Neufundlands. Auf
der Brücke raucht ein Herr aus Amsterdam, aus
Zwickau und zieht mit seiner Shag einen
Strich in den Himmel, in Richtung
Jehova, des Vorhautsammlers,
des Beträchtlichen.«

»Und jetzt kommt der dritte Teil«, sagte Harry.

»Du kämmst den Schaum zu Federn und
bleichen Wellen. Komm mit dem
Einmaleins. Einmal eins ist
zwei. Einmal zwei ist Dreikönigstag.
Der Himmel nimmt die Fledermaus und den Apfelbaum
untern Arm und fliegt zu einem Fisch, der heißt
Maria Celeste. Komm,
noch im Tode schwimme ich dir zu:
Maria Celeste.«

Wir blieben eine Weile stumm.
»Also, nun keine Feierlichkeit«, sagte Harry. »Gefällt's
euch – oder gefällt's euch nicht?«
»Mir gefällt's« sagte ich, »obwohl's keine Reime hat.«
»Ja«, sagte Paul, »es gefällt mir ... es hat gewisse Schön-

heiten ... aber ich frage mich: Was soll das alles? Entschuldige, wenn ich so offen bin, ich will das Gedicht nicht schlecht machen ...«

»Bitte, sag doch, was du denkst!«, bat Harry, aber er war blass, und ich merkte, dass er sich nicht wohlfühlte.

»Überleg doch mal«, begann Paul, »du musstest uns die ganze Geschichte mit diesem Segelschiff vorher erzählen, damit wir überhaupt in der Lage waren –«

»Schluss!«, rief ich. »Mir gefällt es. Genügt Ihnen das, Harry?«

Paul versuchte nicht weiterzusprechen, denn er konnte sich denken, dass ich nicht zulassen würde, dass Harry in die Ecke getrieben wurde.

»Mehr als genug«, sagte er, stand auf und küsste mir die Hand

Es war das erste Mal, dass mir jemand die Hand küsste. Ich wurde rot, weil es ganz ernstgemeint war.

»Ich schenke es Ihnen«, sagte er und ließ meine Hand wieder los.

»Steht dir gut, wenn du rot wirst«, sagte Paul, aber weder Harry noch ich hörten hin. Er gab mir die beiden Blätter, ich faltete sie zusammen und ließ sie den ganzen Abend nicht mehr aus der Hand.

45

Anfang August, und alles an einem Tag. Wenigstens kommt es mir heute so vor. Vielleicht kriegte ich die Ablehnung von der Universität schon am Dienstag, den Bescheid aus Brandenburg, dass wir Dieter nicht besuchen dürften, am Mittwoch, und Paul sagte mir, dass er drei Wochen verreisen müsste, erst am Donnerstag. Aber ich glaube, es war alles an einem Dienstag, denn der Dienstag ist einfach mein Tag.

An einem Dienstag war Mama gestorben, Dienstag wurde Dieter verhaftet, Dienstag ging ich in die Jägerklause und brachte Herrn Löschke zehn Pullen Wodka. Ich bin nicht abergläubisch, außer wenn ich mit'm rechten Fuß stolpere. Da geht man eben die paar Schritte zurück und macht'n kleinen Satz über die Stelle, wo man hängen geblieben ist. Tante Hete spuckt sich in den Ärmel, wenn sie einen Rothaarigen trifft, und bei Schornsteinfegern wird sie ganz nervös, denn sie muss gleich anschließend noch einen Hund, eine Brille und eine Uniform sehn, sonst bringt der Schornsteinfeger kein Glück. Man darf sich allerdings auch mit drei Dreien aushelfen, und das kann sein: Hausnummer, Autoschild oder Seitenzahl, besser ist aber Hund, Brille und Uniform. Kommt einem eine Nonne entgegen, muss man aufpassen, dass sie links vorbeigeht, nicht rechts, aber das finde ich auch albern. Bloß wenn ich mir überlege, was mir dienstags schon alles passiert ist, möchte ich am liebsten, wenn ich dienstags morgens aufwache, gleich im Bette bleiben. Aber dann würde wahrscheinlich das Haus einstürzen.

Der Bescheid von der Humboldt-Universität hatte denselben Text wie das Jahr zuvor. »Sehr geehrtes Fräulein«, darunter: »Sehr geehrter Herr«, dahinter Platz genug für den Namen. »Zu unserem Bedauern müssen wir Ihnen mitteilen ...«

Der Brief vom Zuchthaus war mit Schreibmaschine geschrieben, und es stand nichts weiter drin, als dass alle Besuche für die Dauer eines halben Jahres untersagt seien. Begründung: keine. Im Oktober könnte ein neuer Besuchsantrag gestellt werden. Und dann kam Paul, wie gesagt, und teilte mit, dass er drei Wochen verreisen müsste. »Liebe Maria, zu meinem Bedauern ...« Zum ersten Mal, nach langer Zeit, sah ich wieder, wie er die Hände ineinanderdrehte, als ob er sie abtrocknen wollte, aber ich erzähle lieber der Reihe nach.

An dem versprochenen Übermorgen war er nicht gekommen, an seiner Stelle Harry, am Tag drauf erschienen sie beide, das Wochenende über blieb ich allein, nein, Moment, ich fuhr mit Edith und Klaus in den Tierpark zu Känguruhs und Affen, im Raubtierhaus roch es hygienisch wie im Milchladen, und Klaus durfte auf dem Spielplatz in den eisernen Walfisch krabbeln, aber er kam nicht wieder raus, und ich machte mir mein neues Weißes dreckig, und wir hatten sowieso das Gefühl, hier waren wir irgendwie falsch, denn die Familienväter, die ihre Frauen und Kinder vor die Käfige schoben, grinsten uns von der Seite an und machten so'ne Stielaugen, dass es sogar ihre transusigen Hälften merkten. Im Hintergrund spielte eine Blaskapelle, zwischen den Stiefmütterchenrabatten gingen Fräuleins auf und ab, und jede hatte eine Bockwurst in der Hand. Sie trugen Blusen aus weißem Perlon und schwitzten auf der Stirn und drückten ihre Absätze in die Sandwege, dass es überall so aussah, als hätte es Kieselsteine geregnet. Die Flamingos waren ganz schön und die Papageien, die in der Allee zum Schloss saßen, auch, aber dann konnte Klaus nicht mehr laufen, und wir mussten ihn jede an eine Hand nehmen und zum Ausgang schlenkern. Edith fragte mich in der Straßenbahn, ob wir nicht zusammen auf Urlaub fahren wollten, aber ich sagte:

»Mit dem Jungen – kein Stück.«

»Den geb ich zu Werners Mutter«, meinte sie. »Das ist sowieso das letzte Mal, dass sie ihn nimmt ...«

»Achso«, sagte ich, »der muss ja balde rauskommen.«

»In vier Wochen«, sagte Edith und lächelte. »Da muss ich noch mal Kräfte sammeln ...«

Das war Sonntag. Am Montag ging ich Russisch-Römisch. Am Dienstag kriegte ich die Ablehnung von der Universität und aus Brandenburg. Vielleicht kam der Bescheid aus Brandenburg auch erst am Mittwoch, aber das ist ja egal. Am Nachmittag marschierte ich in die Ackerstraße und machte sauber. Ich stellte das Radio an, schmiss die Scheuertücher in den Eimer und fing an zu schrubben, auf allen Vieren. Es gab ein Potpourri aus *La Bohème*, das konnte ich hören von morgens bis abends.

»Heute gibt's doch Penicillin«, hatte Paul mal gesagt. »Schwindsucht ist kein Problem mehr. Mimi müsste auf Krebs umgeschrieben werden. Die Musik geht. Aber vielleicht sollte man die ganze Handlung in ein anderes Milieu bringen ...«

Ich klatschte den nassen Lappen auf die Bretter, dass das Wasser in die Ritzen lief, und wischte und wrang den Dreck überm Eimer aus, und manchmal blieb ich ein paar Minuten auf den Hacken sitzen oder stand auf den Knien am Tisch und hörte zu. An einer Stelle kamen mir sogar die Tränen, aber ich weiß nicht mehr, an welcher.

Als Paul eintrat, muss ich geschlafen haben. Ich kriegte plötzlich keine Luft mehr und wachte auf.

»Da bist du ja«, sagte ich und zog ihn näher ran.

»Du«, sagte er und küsste mich noch mal.

»Da bist du ja«, sagte ich wieder und ließ ihn nicht mehr los.

»Ich hab nicht abgeschlossen«, sagte er.

»Ach, lass doch«, sagte ich, und wir zogen uns aus. Ich legte mich so hin, dass meine Füße ans Kopfende kamen, damit ich das Fenster über mir hatte. Der Berliner Rundfunk brachte die Nachrichten, wir hatten vergessen, das Radio abzustellen. Ich sah Paul einen Augenblick fragend an, aber er wollte nicht wieder weg. Also hörte ich, während er sich Mühe gab, mich übern Berg zu bringen, die neuesten Meldungen: die Parade in Kuba, die Sitzung in Moskau, den Absturz in San Franzisko, den Rekord in Thüringen, den Angriff in Kambodscha, den Handel in Finnland, und über mir immer der blaue Himmel, leicht vergittert, grade den Kopf hätte man durchstecken können, durch ein Quadrat, den Aufenthalt in Kairo, das Manöver in der Pfalz, dazu den Atem von Paul, der schneller wurde, langsam schneller wurde, die Preise in Italien, der Verkehr in Stockholm, das Konzert in Leipzig, und wieder der Himmel über dem Fenster, aber den Wetterbericht konnte ich nicht mehr verstehen, und auch das Fenster verschwand, wurde kleiner, bis der Himmel nicht größer als mein Daumennagel war, bis mir Hören und Sehen verging. Es dauerte eine Weile, ehe die Stimme wiederkam, mit der Ankündigung, dass wegen Bauarbeiten zwei Straßen gesperrt werden, aber für Umleitung war gesorgt ... Paul richtete sich auf und schaltete das Radio aus.

Er blieb einen Augenblick sitzen und fuhr sich mit beiden Händen übers Gesicht, ehe er aufstand und seine Sachen zusammensuchte. Ich ging schnell an ihm vorbei, um mich zu waschen. Als ich zurückkam, saß er am Tisch in Hemd und Schlips und Hosen. Ich hatte mir nur meinen Morgenmantel übergezogen, legte mich auf die Couch und nahm mir eine Zigarette.

»Nu schieß mal los!«, sagte ich.

»Hast du schon die Ablehnung aus Brandenburg?«

»Ja«, antwortete ich.

»Weißt du auch, warum?«

»Nein.«

»Er macht einen Hungerstreik.«

»Dieter?«, fragte ich und richtete mich auf.

»Ja«, sagte Paul. »Er verdirbt sich alles. Er hatte den Antrag gestellt, wegen guter Führung nach der Hälfte der Zeit entlassen zu werden.«

»Er selber?«, fragte ich, weil ich davon nichts wusste.

»Ja«, sagte Paul. »Dem wird auch in manchen Fällen stattgegeben, wenn das Strafmaß fünf Jahre überschreitet.«

»Aber er hat leider bloß vier.«

»Sei nicht so zynisch«, bat Paul. »Lass uns doch mal ganz in Ruhe darüber reden.«

»Dann müssen wir aber am Anfang anfangen«, sagte ich. »Hat er wirklich vier Jahre für das gekriegt, was Wendt in Karlshorst erzählt hat, oder gibt's da noch irgendwas, was ich nicht weiß?«

Ich merkte, wie ich 'ne andere Stimme kriegte, wenn ich mit ihm über Dieter sprach. Sie rutschte nach oben und wurde spitzer, und je mehr Paul sich anstrengte, ruhig und sachlich zu antworten, umso piepsiger und unausstehlicher wurde ich. Aber ich konnte nichts dagegen tun, und als ich hörte, dass Dieter einen Hungerstreik machte, wurde mir der Hals so eng, dass ich nicht mehr schlucken konnte.

»Ja, es gibt noch etwas«, sagte Paul.

»Und deswegen wurde die Öffentlichkeit ausgeschlossen?«

»Nein, deswegen nicht«, sagte er.

»Warum mussten wir denn überhaupt raus?«, fragte ich.

Paul sah zu Boden, blickte dann rasch wieder auf und sagte:

»Weil die Adenauerrede vorgespielt wurde, die dein Bruder –«

»Wirklich?« fragte ich, und er nickte.

Ich warf mich nach vorn und brüllte vor Lachen, obwohl mein Zwerchfell und mein Herz gar nicht wollten, aber ich hatte Spucke vorm Mund, so lachte ich. Ich langte mir ein Taschentuch und wischte mir das Gesicht ab, aber ich gluckste immer noch.

»Prima«, sagte ich, »ihr seid prima Jungens ... ihr seid klasse«

Paul blickte auf seine Fingernägel und sagte nichts.

»Was jeder jeden Tag im Radio hören und jeden Tag im Fernsehn sehn kann – davon wird euch mies und mau? Herzlichen Dank. Das genügt ja eigentlich. Ihr seid so einmalige Scheißer, dass es wirklich zum Himmel stinkt. Das war euer Staatsgeheimnis, was Tante Hete und ich nicht hören durften? Und zu Hause hätten wir bloß am Knopp zu drehn brauchen, aber das machen wir nich mal, weil uns das zu doof und zu langweilig ist! Verstehste!? Euer Staatsgeheimnis ist uns schnuppe! Begreifst du das!? Geht das in deinen Schädel?? Dass unsereinem das Kotzen kommt, wenn wir eure Staatsgeheimnisse hören?!«

»Bist du fertig?«, fragte Paul.

»Nein«, sagte ich, »aber jetzt darfst du wieder.«

»Die ganze Sache ist viel einfacher«, sagte er. »Du machst so einen Wind, und in Wirklichkeit passiert das bei jeder Gerichtsverhandlung auf der Welt. Hätte ich in diesem Fall die Öffentlichkeit nicht ausgeschlossen, müsste ich bei Mordprozessen zulassen, dass uns die Angeklagten vorführen, wie sie Menschen umbringen. Sie müssten jemanden vor unseren Augen töten. Kapierst du das wenigstens? Die Anklage gegen deinen Bruder lautete auf Staatsverleumdung und planmäßige Hetze – aber wie hatte er denn das gemacht? Indem er öffentlich, nämlich über die Funkanlage seines Betriebes, diese Rede abspielte. Öffentlich!«

»Jaja«, sagte ich, »is ja gut. Ich hab auch gar nicht erwartet, dass ich dich davon überzeugen könnte, dass ich recht habe. Ich bin kein Rechtsanwalt. Ich hab bloß meinen Menschenverstand, und der sagt mir, dass ihr ganz große Kacker seid.«

»Hör jetzt auf, in diesem Ton mit mir zu reden!«, brüllte Paul und sah auf einmal richtig gut aus, viel besser als jemals vorher. Sein Doppelkinn war weg, und seine Augen waren klar und überhaupt nicht verschwiemelt wie sonst manchmal.

»Entweder du hörst mir zu und lässt dir den Fall erklären oder ich gehe.«

Ich merkte, es war ihm ernst, und vielleicht hätte er auf diese Weise sogar den besten Dreh gefunden, mich und Dieter und alles was damit zusammenhing, auf einmal loszuwerden, aber den Zahn musste ich ihm gleich erstmal ziehen.

»Nu werd man nicht übermütig«, sagte ich und langte mir eine neue Zigarette. »Du bildest dir doch nich etwa ein, dass du hier so einfach Kurve kratzen kannst.«

»Ganz der Bruder«, sagte er und sah mich an.

»Gottseidank«, sagte ich. »Würdest du mir bitte mal Feuer geben?«

Er suchte nach seinem Feuerzeug, aber ich stieß ihm die Streichhölzer über den Tisch zu.

»Du wolltest doch eigentlich was ganz anderes sagen?«, fragte ich

»Ja«, sagte er und lehnte sich zurück. Es wurde Zeit, ihn wieder aufzubauen, ich musste ihn in seine Mittellage zurückschaukeln, denn Aufregung bekam ihm nicht, das merkte ich. Er wurde bloß grob, was anderes fiel ihm nicht ein.

»Entschuldige bitte«, sagte ich und versuchte es mit einem reumütigen Gesicht.

»Is ja gut, sagte er.

»Wieder lieb?«, fragte ich und hatte Angst, ob er das auch schon schlucken würde.

»Das weißt du doch«, sagte er, langte übern Tisch und drückte mir den Oberarm.

»Dann fangen wir eben noch mal von vorne an«, sagte ich.

»Ganz von vorne?« fragte er, und ich schüttelte den Kopf und lachte.

»Es ist scheinbar eine Kleinigkeit«, sagte er, setzte sich bequemer und legte die Beine auf die Couch. »Es kam darauf an zu ermitteln, ob seine Tat als ›planmäßig‹, oder sagen wir mal: vorsätzlich, absichtlich, qualifiziert werden musste oder als Dummerjungenstreich.«

»Was hat denn Dieter gesagt?«, fragte ich.

»Der wollte sich natürlich auf'n Ulk rausreden«, sagte Paul, »aber das brach schon in der Voruntersuchung zusammen.«

»Wer brach zusammen?«

»Aber nein!«, lächelte Paul. »Seine Aussage konnte sich nicht halten, dieser ganze Quatsch, den er sich da ausgedacht hatte …«

»Was war denn das?«, wollte ich wissen.

»Es ist wirklich albern, Maria«, sagte Paul, »und er hat es in der Hauptverhandlung selber nicht mehr erwähnt. Es wäre 'n Faschingsscherz gewesen, und eigentlich hätte er eine Sportreportage mit Zitaten aus der Rede mixen wollen und dazwischen wieder Musik und solchen Unsinn, ach, eigentlich hätte er's überhaupt bloß ausprobieren wollen, und weil er zu Hause nur sein eigenes Tonbandgerät hatte, also keine Mischung machen konnte, musste er die Rede mit in den Betrieb bringen, hat aber keinem was erzählt, weil er natürlich wusste, dass man solche Sachen nicht verbreiten durfte.«

»Klingt ganz vernünftig«, sagte ich. »War ja auch Fasching …«

»Ja«, sagte Paul, »das habe ich auch erwartet, dass du deinem Bruder recht gibst, und es stimmt: Auf'n ersten Blick sieht's ganz plausibel aus.«

»Und auf'n zweiten?«

»Faul«, sagte er, »oberfaul. Die Sache fängt doch damit an, dass er sich hinsetzt und diese Rede aufnimmt oder mitschneidet.«

»Ist das verboten?«

»Ja«, sagte Paul. »Es sei denn, du machst so eine Aufnahmen aus technischen Gründen, um Frequenzen zu messen oder solchen Kram. Dann bist du aber sowieso in irgendeinem Zirkel, Amateur-Funker oder wie die heißen, da lässt du das Band ordnungsgemäß registrieren, und damit ist der Fall erledigt. Du kannst deine Versuche machen und so weiter, und keiner murkst dir dazwischen. Davon war aber bei deinem Bruder nicht die Rede. Er hatte die Aufnahme gemacht, um sie über den Betriebsfunk abzuspielen, und zwar genau zu der Zeit, als eine Gewerkschaftsversammlung stattfand, an der er eigentlich hätte teilnehmen müssen. Zufall? Na, ich weiß nicht … Punkt zwei: Die Lautsprecher, die überall im Betrieb hängen, lassen sich bekanntlich lauter und leiser stellen. Von der Zentrale aus gibt es aber eine Schaltmöglichkeit, die die Einzelregelung aufhebt – das ist notwendig für den Katastrophenfall, um alle sofort zu erreichen, auch wenn jemand gesucht wird oder so. Klar?«

»Ja«, sagte ich.

»Diesen Schalter hat dein Bruder so eingestellt, dass seine Kollegen bei der Versammlung ihren Lautsprecher nicht auf leise drehen konnten. Zufall? Nein. Kein Zufall. – Punkt drei: Die Funkzentrale im Betrieb ist im Allgemeinen gut gesichert. Aber weil dein Bruder bekannt war, hatte der Redakteur Vertrauen und ließ ihn rein, vor allem, weil er gesagt hatte, er wollte bloß 'ne Mischung ausprobieren. Er war schon oft im Funkraum gewesen – warum sollte jemand Verdacht haben? Als der Redakteur gegangen war, schloss Dieter die Tür ab – eine Doppeltür! – legte die Sperre vor, legte anstelle des laufenden Musikbandes die Rede auf und spielte sie in den Betrieb. Bisschen viel auf einmal, findest du nicht? Na, du vielleicht nicht! Wir dachten jedenfalls, dass vier Jahre gerade das richtige Maß dafür sind.«

»Du bist wohl nicht bei Trost«, sagte ich. »Vier Jahre für so'n Unsinn …!«

»Ich hab noch was vergessen«, sagte Paul. »Er versuchte, über die Feuerleiter abzuhauen. Wohin, lässt sich denken. Damals war die Grenze noch offen. Aber da hatte er sich verrechnet. Da kriegte er seine Abreibung.«

»Die hätte auch genügt«, sagte ich.

»Nein«, sagte Paul, zog die Füße heran und stand auf. An der Art, wie er hin und her ging, sah ich, dass ihm ein Bein eingeschlafen war. »Nein«, wiederholte er. »Das haben wir jahrelang geglaubt …«

»Wer?«

»Wir. Die Partei. Die Staatsorgane. Aber es hat nicht geholfen.«

Er drehte sich zu mir herum und fing plötzlich wieder an zu brüllen, was ich nicht mehr erwartet hatte.

»Denkst du denn, wir sind Faschisten!« schrie er. »Denkst du vielleicht, es macht uns Spaß, jemanden ins Gefängnis zu bringen? Denkst du, irgendeiner von uns hat ein Vergnügen dran, Leute abzuurteilen, hinzurichten, einzusperren, kaltzustellen? Wir sind die Partei, die die Gefängnisse abschaffen, die keine Zuchthäuser, sondern Krankenhäuser und Schulen und Kindergärten bauen will – begreifst du denn das nicht?«

»Aber die Gefängnisse platzen«, sagte ich. »Wer heute seine achtzehn Monate wegen Republikflucht kriegt, muss warten, bis 'ne Zelle frei wird. Alles überbelegt, oder nicht?«

»Ja, ja, ja«, sagte er, »das weiß ich doch, das weiß ich doch alles viel besser als du! Was weißt du denn überhaupt! Du warst zweimal in Brandenburg – na schön! Ich habe vorige Woche mit einem alten Genossen gesprochen, der bei den Nazis vier Jahre im Konzentrationslager gewesen war und dann nochmal fünf Jahre in unserer Republik, in seiner Republik – und heute? Er ist rehabilitiert, er ist wieder Parteimitglied, er hat wieder eine verantwortungsvolle Funktion. Denkst du, der redet auch nur mit einem Wort über das, was er durchgemacht hat? Doch, jetzt fällt's mir ein, er hat was gesagt. Als ich ein paar Minuten mit ihm alleine war, hat er gesagt, aber so, dass es niemand hörte: Paul, ihr solltet in Zukunft drauf achten, das die ehemaligen Genossen nicht mit den alten SS-Leuten zusammensitzen müssen. Das war alles! Das war seine einzige Beschwerde! Aber wie hat er das gesagt!! Er hat sich nicht beklagt, dass er mit seinen ehemaligen Bewachern in derselben Zelle saß. Er hat überhaupt nicht von sich gesprochen, sondern nur an die Sache gedacht, an die Zukunft! Er weiß nämlich, was du nicht weißt, Rike: Leben heißt Opfer bringen, vorwärts gehn, ununterbrochen vorwärts, hart und unerbittlich, aber nicht ungerecht, nicht grausam, verstehst du?«

»Nein«, sagte ich und fühlte, dass mir Hände und Füße kalt geworden waren. »Aber das ist auch deine Sache. Mich überzeugst du sowieso nicht, jedenfalls nicht so lange, wie ihr Gefängnisse dazu braucht, um euch mit jemandem zu unterhalten. Ihr teilt uns einfach in zwei Kategorien: Die einen sitzen, und die andern sind verdächtig. Aber das mach du man mit dir selber ab! Da misch ich mich nicht ein. Vielleicht sitzt du eines Tages auch, weil du mal an der falschen Stelle gehustet hast – bitte! Zwischen uns ändert sich deswegen nichts. Ich würde dich sogar besuchen, wenn deine Frau nichts dagegen hat. Das ist dein Bier. Das geht mich nichts an, und ich will nicht, dass sich das jetzt irgendwie dazwischenschiebt. Du darfst bloß kein Krümelkacker sein, verstehst du? Ich hab die Typen nicht gerne, die so mit 'ner Apothekerwaage rumlaufen – in die eine Schale legen sie 'n paar Gesetze und Verordnungen und in die andere 'n lebendigen Menschen, zum Beispiel meinen Bruder ...«

»Aber dann sind wir uns doch einig!«, rief Paul. »Das ist mir aus der Seele gesprochen! Nicht der tote Buchstabe soll regieren! Es sind doch Menschen – wir sind's doch! Du doch auch!«

»Na«, sagte ich, »dass ich an der Regierung beteiligt bin, ist mir neu. Den Eindruck hatte ich bisher nicht, entschuldige.«

»Du weißt doch, wie ich's meine«, sagte Paul, und weil ich noch auf was anderes rauswollte, nickte ich.

»Würdest du ihn heute noch mal zu vier Jahren verurteilen?«, fragte ich.

Er legte den Kopf ein bisschen nach rechts und tat so, als überlegte er, aber er ist ein schlechter Schauspieler, er hatte längst darüber nachgedacht und war auf meine Frage vorbereitet.

»Wahrscheinlich nicht«, sagte er nach einer langen Pause.

»Ach«, sagte ich. »Ändern sich denn die Gesetze alle paar Jahre?«

»Eigentlich«, sagte Paul, »wenn auch ... die Gesetze ändern sich natürlich nicht so oft ... aber die Art, sie auszulegen, die ändert sich. Und das ist es doch gerade: Wir laufen nicht mit der Apothekerwaage rum, wie du gesagt hast, wir sprechen nicht Recht auf Grund des toten Buchstabens.«

»Sondern? Na, was denn?«

»Sieh mal! Wenn es nichts zu fressen gibt, dann muss ich den, der ein Brot klaut, zum Tode verurteilen, aber wenn die Läden voll sind, ist derselbe Fall eine Bagatellsache, Schiedsgericht, fertig, aus.«

»Wieviel würde Dieter heute kriegen?«, fragte ich.

»Das weiß ich nicht«, sagte Paul. »Vielleicht die Hälfte – ja, ich kann mir denken, was du sagen willst! Warum lassen wir ihn dann nicht raus?!«

Er setzte sich wieder hin und fing an, seine Nase zu massieren.

»Er steht sich selber im Wege«, sagte er. »Wie kommt so ein Junge plötzlich auf die Idee, einen Hungerstreik zu machen! Wahnsinn! Er verdirbt sich alles!«

Ich sagte nichts, weil ich merkte, dass er mit seinen Gedanken noch nicht am Ende war und ich ihn jetzt nicht unterbrechen durfte.

»Natürlich sind auch Fehler vorgekommen, manchmal«, sagte er leise. »Wir gingen davon aus, dass grundsätzlich jedes Delikt – aber das interessiert dich wohl nicht so ...«

»Wie kommst'n darauf?« fragte ich zurück.

»Das ist Politik«, sagte er. »Aber wie du willst ... Es gab also die Theorie, dass jede Straftat konterrevolutionär ist. Dementsprechend sahen die Urteile aus. Du hast es doch selber übersetzt«, fiel ihm ein. »Straffetischismus, sagen wir heute. Das hat es gegeben, zweifellos – aber was hilft's, wenn wir lange darüber reden?«

»Und? Habt ihr's besser gemacht?«

»Na und ob! Es gibt den Rechtspflege-Erlass – siehst du, das ist die Art, wie wir sowas machen: langsam, gründlich, aber hieb- und stichfest.« Er lachte auf einmal, als ob er sich an irgendwas erinnerte. Ich tat ihm aber nicht den Gefallen, danach zu fragen.

»Was ich übrigens sagen wollte ...« Er stand wieder auf und sah auf den Kalender neben dem Bücherregal. »Ich gehe auf drei Wochen in Urlaub.«

»Ich auch«, sagte ich.

Er drehte sich langsam zu mir herum und machte ein erstauntes Gesicht.

»Keine Angst«, sagte ich. »Ich fahr allein ... Du solltest mir bloß sagen, wo du bist, damit wir uns nicht übern Weg laufen.«

»In Bulgarien«, sagte er.

»Dann kann nichts passieren.«

46

Meine Schwester schickte ihre Hochzeitsbilder, und zweie davon nahm ich mit nach Binz. Das eine, wie sie aus der Kirche kommen, und das andere, wie sie beim Standesamt unterschreiben, Antje in Weiß und Uwe in Bratenrock und gestreiften Hosen. Vor der Kirche, da hat sie geweint, das sieht man ganz deutlich, aber auf dem Standesamt lacht sie, weil sie sich noch nicht an die neue Unterschrift gewöhnen kann, obwohl sie zu Hause geübt hatte (schreibt sie). Tante Hete, als Vormund, musste einverstanden sein mit der Ehe-schließung, denn im Westen war Antje ja mit achtzehn noch nicht volljährig. Hete hatte auch eine Reisegenehmigung nach Stuttgart beantragt, aber die war abgelehnt worden, weil Antje Republikflüchtling ist. Ich hatte es gar nicht erst probiert. Wer die Art Verwandte hat wie ich, steht sowieso im Fahndungsbuch.

Das Meer, also die Ostsee, war blau. Damit hatten wir gerechnet. Dass wir bis zum Strand 'ne Viertelstunde zu Fuß gehn mussten, war neu. Aber wir hatten ja, weil wir bei der Gewerkschaft billig wohnten, genug Geld, und deswegen nahmen wir, wenn uns die Beine wehtaten, ein Taxi. Das gefiel unseren Kollegen aus Schkeuditz und Friedrichsroda aber gar nicht, und wir mussten die Taxe immer um die Ecke rum halten lassen, weil sie sonst pöbelten. Ich gebe zu, dass ich die Sorte Mensch nie besonders gemocht habe, aber seit meinem Urlaub kann mir diese ganze Mischpoche endgültig im Mondschein begegnen. Bei allem, was mir heilig ist, das sind Schleimscheißer und Arschkriecher, und wer von denen anders ist, ist ein heimlicher Berliner. Mein Gott, es gibt soviel Schwule, die nicht wissen, dass sie warm sind. Warum soll's denn nicht in Deutschland ein paar Millionen Berliner geben, die nicht wissen, dass sie aus Berlin sind?

Also das Meer – naja, schön. Erfrischend irgendwie, aber auf die Dauer langweilig. Am ersten Tag ließen wir uns von einigen Herren aus der Umgebung eine Burg bauen, strichen uns mit Öl ein und ließen uns absengen. Am zweiten Tag regnete es, und wir blieben im Bette. Am dritten Tag regnete es immer noch, wir lasen Illustrierte, rauchten, quatschten und schliefen. Am vierten Tag schien wieder die Sonne, wir bestellten 'ne Taxe und fuhren an den Strand. Unsere Nachbarn waren Jazzer aus Magdeburg, die im Kurhaus spielten, alles so Jungens zwischen achtzehn und achtundzwanzig. Wir gingen am Abend natürlich hin, tanzten auch 'n paarmal, hielten sie uns aber vom Leibe. Edith hätte ja den Bassisten gerne mitgehn lassen, aber da machte ich einen Strich durch die

Rechnung, denn ich wollte mich in Ruhe ausschlafen, und alleine nach Hause gehn kam überhaupt nicht in Frage. Mitten in der Nacht warf sie sich auf einmal über mich und wollte mich abknutschen.

»Sag mal Edith, dich hat's wohl!«, schnauzte ich.

»Ich halte das nicht aus«, sagte sie.

»Nu mach mal'n Punkt!«

»Wirklich, Maria, ich halte's nicht aus«, sagte sie wieder und warf sich in ihrem Bett herum, dass die Sprungfedern knirschten.

»Jetzt kann ich deinen Mann ja 'n bischen besser verstehn«, sagte ich.

»Ach, mein Mann«, seufzte sie. »Was fängst du denn jetzt mit meinem Mann an! Ich brauche 'n richtigen –«

»Jaja«, sagte ich, »ich kann mir schon ungefähr denken, was du brauchst, aber vielleicht überstehst du's wenigstens heute Nacht noch ...«

»Du weißt gar nicht, was ich dir für'n Opfer bringe«, sagte sie ganz ernsthaft und fing an, auf mich zu schimpfen, weil ich dauernd lachte, aber ich konnte einfach nicht anders, denn ich hatte in meinem Leben noch nie jemand gesehen, der auf so ernsthafte Art so geil war.

Die nächste Nacht schlief sie nicht im Heim, sondern kam erst gegen Morgen zurück, fiel aufs Bett, und weil ich wach wurde von dem Krach, mit dem sie ihre Schuhe gegen den Schrank donnerte, musste ich mir auch noch ihre Erlebnisse anhören. Wenn alles stimmte, was sie erzählte, war der Bassist aus Magdeburg eine Mischung aus einem Eichhörnchen, einem Pferd und einem Tiger. Endlich zog sie sich aus, knipste aber noch mal die Nachttischlampe an, um mir zu zeigen, wie der Musikant sie zugerichtet hatte.

»Prost Mahlzeit«, sagte ich. »So kannste morgen nich an'n Strand.«

»Meine Fresse«, sagte sie. »Daran habe ich nicht gedacht.«

Der Bassist hatte wahrscheinlich dem Trompeter Bescheid gesagt, und der Trompeter dem Drummer, jedenfalls nach einer Woche war die Combo durch und war wesentlich müder geworden – ganz im Gegensatz zu Edith, die vormittags und nachmittags am Strand schlief und sich zwischendurch mit der Taxe zum Essen ins FDGB-Heim fahren ließ. Sie wurde wunderbar braun, ihre blonden Haare wurden ganz hell, und sie ließ sie einfach hängen. »Klemmen rausziehn – reine Zeitverschwendung«, sagte sie. Ich ließ sie machen und blieb sauber. Deswegen brauchte ich nicht nach Binz zu fahren, sagte ich mir. Diese Scheiche hatte ich Abend für Abend im Clou am Hals. Hier wollte ich mich erholen. Manchmal, vor allem die ersten Tage, dachte ich an Paul, später nur noch an Dieter. Wenn ich mich mittags an den Tisch setzte, kam das schlechte Gewissen hoch. Ich hatte ihm durch die Blume geschrieben, dass er mit seinem Streik aufhören sollte, aber es kam keine Antwort, anscheinend hatte er auch Schreibverbot.

Ungefähr am zehnten Tag wollte sich Edith das Leben nehmen. Damit hatte ich schon gerechnet.

»Willst du ins Wasser gehen?«, fragte ich. »Dann hastes ja nicht weit.«

»Ich bin eine Hure«, wimmerte sie.

»Nein, das stimmt nicht«, tröstete ich sie.

»Doch, doch, doch«, widersprach sie. »Ich bin eine Hure ...«

Und dann heulte sie wieder wie'n Schlosshund.

»Du hast doch kein Geld genommen«, sagte ich.

»Wie kannst du überhaupt sowas denken«, schluchzte sie. »Du bist so gemein.«

An dieser Ecke musste ich aufpassen, dass ich nicht den ganzen Jammer um die Ohren kriegte.

»'ne Hure ist eine, die Geld nimmt«, sagte ich.

»Ich hab meinen Kram immer selber bezahlt und manchmal für die Kerle noch mit.«

»Dann sind die Kerle die Huren«, sagte ich, und damit war der Fall erledigt, denn Edith richtete sich auf und brüllte:

»Ja, da hast du recht! Diese Drecksäcke! Die Männer sind Schweine!«

Aus dem Nachbarzimmer wurde geklopft.

»Ruhe bitte!« rief jemand.

»Halts Maul, du Hurenbock!«, rief Edith zurück, warf sich über ihr Federbett und lachte. Nebenan rührte sich nichts mehr. Edith erholte sich wieder, und als wir eine Woche später unsere Koffer packten, hatte sie sich sogar richtig verknallt, wie sie sagte. In den zweiten Koch vom Intelligenz-Heim, einen langen, blonden Berliner mit Halbglatze, der uns immer Eis an den Korb brachte, der aber noch bis Ende der Saison in Binz bleiben musste.

Ich war ganz aufgeregt, als wir in Berlin ankamen. Als wir in Binz aus dem Zug gestiegen waren, hatte ich mir gedacht: »Was kann schon groß werden? Wasser, Sand und Männer …« Und genauso war's auch gewesen. Aber hier, zu Hause, da weiß man nie. Ich war so besoffen von Berlin, dass ich meinen Koffer auf'm Bahnhof Friedrichstraße ließ und zu Fuß nach Hause ging. Am Alex war der Zeitungsverkäufer eingestiegen, so'n kleiner Mann mit Nickelbrille, der vier Stunden am Tag »BZ am Abend« ruft, aber so schüchtern ist, dass er keinen ansieht dabei. In der *Distel* verdrehten sie immer noch Sprichwörter, ich weiß nicht mehr, wie das Programm hieß, *Viele Köche haben kurze Beine* oder *Wer einmal schläft, dem glaubt man nicht.* Im Pressecafé palaverten die Araber und die Afrikaner mit den Nutten über Zigarettenpreise und Strumpfgrößen, und der Rest der Kundschaft sah so aus, als ob er hier schon seit dem dreizehnten August säße, weil man ihm auf der Berufsberatung vorgeschlagen hatte, Zootechniker zu werden. Die Tschechen und die Polen hatten Schallplatten, Keramik, Vögel aus Glas und Teppiche in die Schaufenster gelegt, die Verkäuferinnen griffen mit langen spitzen

Fingern in die Regale und sagten den Kunden die Preise ins Ohr. Die Möwen an der Weidendammer Brücke hatten sich verzogen, waren abgewandert nach Rügen oder Helgoland oder zur Pfaueninsel. Am Sofia wurde immer noch gebaut oder schon wieder. Zirkus Busch war auf Tournee, die Kleine Melodie und das Grand-Café waren noch geschlossen, in der City-Klause grölten sie aber schon. Im Schaufenster der Bärenschenke lagen Mayonnaisebrötchen, der Friseur an der Ecke Oranienburger Straße war zum elften Mal Bezirkssieger im Dauerwellenwickeln geworden, und ich war zu Hause.

Tante Hete fiel aus allen Wolken. »Warum haste denn nicht geschrieben, wann de kommst, denn hätte ich mich doch heute abend nicht verabredet, naja, ich muss zu Leni, die bleibt nicht mehr lange, die kriegt ihre Übersiedelung nach Hamburg, und hier sind se froh, wenn se wieder 'n Fresser los werden ...«

»Geh man«, sagte ich. »Ich muss noch mal auf'n Bahnhof.«

»Wo haste denn dein Koffer?«, fragte sie.

»Eben, auf'm Bahnhof.«

»Aus dir wird der Mensch auch nicht schlau« sagte Tante Hete, und als ich wiederkam, war sie weg. Es wurde langsam dunkel. Ich packte meine Sachen aus, warf die dreckige Wäsche in den Korb, stellte die Schuhe untern Schrank, räumte mein Necessaire weg und zog mir was Leichtes an. Dann setzte ich mich ans offene Fenster, legte mir'n Kissen unters Kinn und kuckte raus. Alle alten Geschichten fielen mir auf einmal wieder ein. Ich sitze in der Badewanne und bin zwei Jahre alt. Oder drei? Ich hab einen Schlüssel in der Hand und will, dass er schwimmt: Ich lege ihn neben das Holzschiff, aber er geht unter. Ich versuche es immer wieder, aber er geht immer wieder unter, fällt auf den Wannenboden und macht »bumm«. Warum schwimmt das Schiff, und warum geht der Schlüssel unter? Ich finde keine Antwort. Dann ziehe ich alle Federn aus Dieters Indianerhut und lasse sie aus'm Fenster fliegen. Dann reiße ich alle Geranien aus'm Blumenkasten und schmeiße sie hinterher. Die Blüten fallen zwischen die Federn, jetzt scheint auch noch die Sonne: Alles ist rosa und blau und weiß und grau. Unten im Hof steht eine Frau und schimpft und droht mit'm Teppichklopfer. Das ist Mama. Aber sie ist gar nicht böse. Sie hat bloß Angst, ich könnte aus'm Fenster fallen. Sonnabends kauft sie mir immer Schaumspeise bei Fräulein Dietrich. Auf einmal ist Fräulein Dietrich nicht mehr da. Die Schaumspeise von dem neuen Fräulein schmeckt nicht. Wo ist Frollein Dietrich? Mama sagt, sie ist im Himmel. Wenn ich die Federn und die Blumen nicht auf'n Hof geworfen hätte, könnte ich sie jetzt nach oben schmeißen, damit Fräulein Dietrich was zu lachen hat. Weit kann der Himmel ja nicht sein, denn wir wohnen im dritten Stock. Naja.

47

Ich hatte noch'n paar Tage Urlaub, Paul war anscheinend noch nicht zurück, Edith bereitete sich innerlich darauf vor, dass ihr Mann aus'm Knast kam, Brigitte war im fünften Monat und fing an, Sabberlätzchen zu häkeln, Tante Hete ging abends zu ihrer Freundin Leni, auf Harry Rutek hatte ich keinen Appetit – was macht man denn da? Gehste einfach mal aus, dachte ich. Also trillerte ich eines schönen Abends in die *Melodie* im Friedrichstadtpalast und setzte mich zu einem älteren Ehepaar, das verheiratet war, aber jeder mit einem anderen. Das sah ich an den verschiedenen Trauringen, die sie trugen, er einen hellen, schmalen, der beinahe wie Silber aussah, und sie einen dicken mit Einlegearbeit. Die Frau hatte sich mit Gottes und Professor Sauerbruchs Hilfe nochmal auf Fünfunddreißig hingekriegt und ihr Verehrer anscheinend den ganzen Nachmittag unter einer Kräuterpackung gelegen, damit ihm beim Lachen nicht immer das Kinn in den Hemdkragen rutschte. Sie tranken Dessertwein, einen richtigen Büchsenöffner, hatten die Hände ineinandergelegt und flüsterten, ohne sich anzusehn, immer in meine Richtung. Ich konnte kaum was verstehen, höchstens mal »wenn du mit der Bahn kommst« oder »kriegen kein Zimmer« oder »das macht doch nichts«. Zur Not konnte man sie für meine Eltern halten, und genau das war's, was ich brauchte.

Ich weiß selber nicht mehr genau, warum ich da überhaupt hingegangen bin. Vielleicht, weil mir an dem Abend, wo ich alleine zu Hause am Fenster gesessen hatte, so kotzjämmerlich und elend geworden war – meinetwegen kam keiner zum Bahnhof. Edith hatte wenigstens ihren Jungen, Brigitte war schwanger und hatte erzählt, dass sie'n Krötentest machen lässt, damit sie jetzt schon weiß, ob's ein Junge oder ein Mädchen wird. Bei dem Gedanken, dass sie in drei, vier Monaten mit'm Kinderwagen auf die Museums-Insel zuckeln würde, wurde mir ganz schlecht. »Die Frösche werden geimpft«, hatte sie gesagt, »und wenn die Männer Eier legen, ist es ein Mädchen – oder umgekehrt. Na, is ja auch egal.«

Sie schrieb jeden Tag einen Brief an ihren Freiberger Mineralogen und wollte ausgerechnet von mir wissen, was Männer am meisten interessiert. Menschenskind, woher sollte ich das wissen!? Frauen interessieren Männer am meisten, dachte ich, aber Brigittes Mineraloge kloppte immer bloß an seinem Feldspat rum.

»Vielleicht gehst du mal ins Theater und schreibst ihm, was du gesehn hast«, schlug ich ihr vor.

»Das geht nicht«, sagte sie und legte die Hände auf ihren Bauch. »Er soll nicht denken, dass ich mich rumtreibe.«

Vielleicht wollte ich aber auch bloß mal ausprobieren, ob noch alles in Ordnung ist mit mir, aber nicht unter Laboratoriumsbedingungen wie in Binz sondern auf freier Wildbahn.

Es kam einfach so über mich. Ich glaube, jede Frau braucht manchmal ihren kleinen privaten Test, und es genügt ihr nicht, bloß ein neues Kleid anzuziehn. Sie will rauskriegen, wofür man sie ohne Dienstausweis hält, was für Männer auf sie zukommen, warum sie wegsehen oder ihr in die Augen, und was sie anstellen, um mehr zu sagen als: »Finden Sie auch, dass die Kapelle ein bisschen zu laut ist?« oder »Gehen Sie öfter hierher?« Muss ja nicht jeden Tag sein, aber so einmal im Monat oder im Vierteljahr – alles andere bleibt wie es ist: Der Mann bleibt der Mann, der Freund Freund, der Chef Chef, die Kinder Kinder, Liebe Liebe – aber so'n kleiner Sturm im Kognakschwenker, so'n leichter Kitzel in der Magengrube, die Hände sollen auch ein bisschen zittern: Das ist es.

Mein erster Tänzer war von der pflaumenweichen Sorte.

»Wo haben wir uns bloß schon mal gesehn?«, fragte er und starrte an die Decke.

»In Nessebar«, antwortete ich, weil ich wusste, dass Paul dort war.

»Ja, das ist möglich«, sagte er, aber seinem Gesicht sah ich an, dass seine weiteste Reise bisher nach Sanssouci gewesen war.

»In der Kirche zu den Drei Gerechten«, sagte ich und trat ihm auf den Fuß.

»Wirklich?« fragte er.

»Ganz bestimmt«, sagte ich. »Waren Sie nicht sogar mit Ihrer Frau dort?«

»Sehr witzig«, meinte er und tanzte die letzte Runde mit mir, ohne ein Wort zu sagen. Der nächste war ein Araber.

»Sie sind sehr schön«, sagte er, kaum dass wir auf der Tanzfläche waren.

»Ja, ich weiß«, sagte ich.

»Ich liebe Sie«, sagte er.

»Ja«, nickte ich, »ich liebe mich auch!«

»Sie sind sehr schön.«

»Sie auch!«

»Oh, dann müssten Sie erstmal meine Vater sehn!«, rief er.

»Wieviel Frauen hat'n der?«, fragte ich.

»Vier«, sagte er, »aber meine Mutter ist die erste.«

»Da haben Sie ja Schwein gehabt«, sagte ich.

»Schwein? Wieso?« fragte er und kuckte mich groß an.

»Glück«, meine ich.

»Ah! Glück!«, rief er. »Ja, ich hab viele Glück! Ich kann auch nach West-Berlin gehen!«

»Na, dann sind Sie ja hier Kaiser.«

»Ich nicht Kaiser«, sagte er. »Ich studiere Planökonomie.«

»Sieh mal an«, sagte ich.

»Brauchen Sie was?«, fragte er und hielt den Kopf schief.

»Nein, danke«, sagte ich.

»Nicht verkaufen – schenken!«

Ich schüttelte den Kopf.

»Wollen Sie nicht an meine Tisch setzen?«

»Mann, sei'n se doch nicht so stürmisch!«

»Muss sich beeilen«, sagte er und machte traurige Augen. »Um zehn Uhr alle Mädchen weg.«

»Wie spät haben wir's denn?«

»Halb zehn«, sagte er.

»Schade«, sagte ich, »ich bin mit meinen Eltern hier. Vielleicht'n andermal …«

Nach ihm kam ein Student, der sich ununterbrochen entschuldigte, dreckige Fingernägel hatte und beim Tanzen seinen Pfefferminzbonbon aus der einen Backe in die andere schob.

Erst der Vierte war einigermaßen auf Draht. Zwei Runden lang sagte er überhaupt nichts, tanzte gut, nicht gleich so Nabel an Nabel, sah mich ein paarmal an und lächelte. Beim dritten Tanz stellte er sich vor:

»Ich heiße Mechow. Darf ich Sie einladen?«

»Bitte«, sagte ich und ging mit ihm an die Bar.

Er schob mir den Hocker zurecht, half mir hoch und bestellte zwei Glas Sekt. Als wir getrunken hatten, fragte er:

»Und wie heißen Sie?«

»Maria.«

»Hmhm«, sagte er und lächelte wieder, gar nicht unsympathisch, aber er redete nicht weiter, und weil ich auch nicht wusste, was ich sagen sollte, wurden wir beide verlegen.

»Woher wissen Sie eigentlich, dass ich alleine hier bin?«, fragte ich, weil mir schon der Schweiß ausbrach.

»Ich hab Sie gesehn, wie Sie reinkamen«, sagte er. Wieder eine Pause. Ich nahm noch einen Mund voll aus dem Glas und hätte es am liebsten gleich ausgetrunken, aber von Sekt muss ich aufstoßen, wenn ich ihn schnell kippe, und das Vergnügen wollte ich hier keinem machen.

»Ich wollte schon vorher mit Ihnen tanzen«, sagte er endlich. »Aber der Beduine da war schneller.«

»Ja«, sagte ich, »um zehn sind alle weg.«

»Wer?«

»Alle Miezen«, sagte ich.

»Da hab ich ja Glück gehabt«, erklärte er.

»Sind Sie sicher?« fragte ich.

»Ja«, sagte er, und auf einmal fand ich ihn saudumm.

»Sie gefallen mir sehr«, sagte er.

»Soso«, sagte ich.

»Sie haben 'ne sehr schöne Nase.«

»Ach.«

»Kennen Sie das Lied ›Es gibt Nasen, Näschen, Näselein – muss doch ein jeder mit seiner zufrieden wohl sein …‹«

»Bedaure«, sagte ich.

»Ein schönes altes Lied«, sagte er.

»Wollen Sie mich auf'n Arm nehmen?«, fragte ich.

»Ich bin auf'm Konservatorium in Leipzig«, sagte er und fing an, eine Melodie zu pfeifen. »Das ist es.«

Ich trank nun doch mein Glas aus, auf einen Zug.

»Ich bin Flötist«, sagte er. »Und Sie?«

»Verkäuferin.«

Dazu fiel ihm wieder nichts ein. Jetzt hätte der Araber von vorhin ruhig noch mal kommen können, bloß so zum Tanzen, aber der twistete mit einer Rothaarigen, dass sie beide fast auf'm Parkett lagen. Wenn das deine vier Mütter sehen könnten, dachte ich.

»Vielen Dank«, sagte ich plötzlich zu dem Flötisten. »Ich möchte mich wieder an meinen Tisch setzen. Auf Wiedersehn.« Irgendwie blieb ihm die Spucke weg. Er verbeugte sich, und ich setzte mich wieder zu meinem Pärchen, das sich gegenseitig unter die Haut gekrochen war und nur noch grunzte. Am liebsten hätte ich ihnen mein Bett abgetreten, aber ich war nicht ganz sicher, was Tante Hete dazu gesagt hätte. Mir fiel ein, dass sie in die Mansarde in der Ackerstraße gehn könnten.

Ich lehnte mich übern Tisch und fragte:

»Sagen Sie mal, brauchen Sie vielleicht 'n Zimmer?«

Die beiden sahen mich an, als ob ich einen schweinischen Witz erzählt hätte.

»Wie kommen Sie denn darauf!« sagte der Mann und leckte sich die Lippen, einmal rechts, einmal links, einmal rechts.

»Unverschämtheit«, zischelte die Frau.

»Ich hab ja bloß mal gefragt«, sagte ich zu meiner Entschuldigung.

Sie wandten sich von mir ab und taten so, als säße ich an einem andern Tisch. Auch gut. Wer nicht hören will, muss im Hausflur stehn. Ich bestellte mir noch ein Glas Weißwein, und gegen elf tanzte ich noch ein paarmal, aber ich zog bloß Nieten. Alle wollten mich nach Hause bringen, aber sie waren zu dünn und zu dick, zu schmierig und zu arrogant, zu schüchtern oder zu frech – man darf sich sowas einfach nicht vornehmen. Wenn man's darauf ankommen lässt, gehts garantiert schief.

Ich beeilte mich, durch die dustere Friedrichstraße nach Hause zu kommen, machte alle zehn Schritte einen Bogen um Besoffene und war heilfroh, als ich den Schlüssel hinter mir rumdrehn konnte. Es war schlimmer als früh um vier, wenn ich vom Clou nach Hause ging.

Tante Hete lag im Bert. Leni, ihre Freundin, stand in der Küche und rührte in einer Tasse mit Baldriantee.

»Hete is nich gut«, sagte sie. »Sie hat 'n Herzanfall gehabt.«

Tante Hete war knallrot im Gesicht und keuchte, und ihre grauen Haare klebten an den Schläfen. Der Unterkiefer hing herunter, und ich sah, dass sie ihre Prothese ins Glas gelegt hatte.

»Soll ich 'n Arzt holen?«, fragte ich.

»Bist du verrückt!«, drohte sie, lachte aber gleich wieder, und auf einmal sah sie aus wie Frau Chrustschowa in Wien neben Kennedy, wo sie zusammen auf dem Empfang waren, und alle die ausgemergelten Weiber sitzen um sie rum in ihren Modellkleidern, aber mittendrin Nina, lächelnd, der einzige Mensch, in ihrem braunen Kleid aus'm GUM, zweiter Stock rechts, Damenabteilung.

»Und wenn dir nu was passiert?«, fragte ich.

»Dann passiert mir eben was. Vorhin wäre ich am liebsten aus'm Fenster gesprungen, jetzt würde mir's schon genügen, wenn ihr's wenigstens mal aufmacht ...«

Ich zog die Gardine beiseite und klappte beide Flügel auf. Leni kam und brachte den Tee.

»Sie hat sich so aufgeregt«, sagte sie. »Wir haben im Fernsehn 'n Film aus'm Gefängnis gesehn, so 'ne Räuberpistole ...«

»Hörst du auf!«, sagte Tante Hete und setzte die Tasse ab. »Schert ihr euch raus! Ich will meine Ruhe haben.«

»Wenn de schon wieder so brüllst, Hete, dann kann's dir ooch nich mehr so schlecht gehn«, sagte Leni und schob mich in die Küche. Wir setzten uns an den Wachstuchtisch. Leni wischte sich den Schweiß von der Stirn, im Zimmer hörten wir Tante Hete poltern.

»'s Wort kriegt man verboten ... inne eigene Wohnung ...«

»Sie war vollkommen daun«, sagte Leni, »aber fix und fertig. Wenn bloß der Junge noch rauskommt, hat sie immer gesagt. Dabei isses 'n uralter Film gewesen. Aus'm Mittelalter, gloobe ich. Da sind die Gefangenen im Hungerturm gewesen, und das konnte se nu überhaupt nicht mit ansehn, und du kennst mich doch – ich bin ooch so 'ne Heulsuse, und denn haben wer alle beede geweent, und immer wieder hat se gesagt: Die müssen den Jungen doch wieder rauslassen, und wir haben schon gar nicht mehr uff'n Fernseher jekuckt. Sag mal, Kind, besteht denn überhaupt keene Aussicht? Kennst du denn nich jemanden, der da mal'n bisschen dran drehen kann: Sind so ville inner letzten Zeit entlassen worden, sogar nachm Westen rüber ... Zweendreissigtausend Mark wird verlangt, pro Nase. Vielleicht, wenn Antje oder ihr Mann – was meenste denn, ob die das vielleicht zusammenbringen? Das kann er doch nachher wieder abarbeiten.«

»Wieviel?«, fragte ich.

»Über dreißigtausend, aber die bezahlen das in Naturalien, Kaffee oder Bananen, nich in bar.«

»Ich frag mal«, sagte ich.

»Sie konnte kaum mehr de Treppen steigen – und du warst nicht da! Ich sage ja nischt, du bist 'n erwachsener Mensch, aber du solltest sie jetzt nich so alleine lassen, ja? Überleg doch mal, was sie alles für euch getan hat, seit Mutter tot ist. Und es zwingt sie doch keener zu. Alles freiwillig. Und wenn man's bedenkt, is sie gar nicht mal richtig verwandt mit euch, ne angeheiratete Tante. Also, Maria, alles was recht is, aber so 'ne Frau musste mit der Lupe suchen.«

»Ich passe schon auf«, sagte ich.

Ich brachte sie runter und schloss das Haus ab. Als ich wieder nach oben ging, fragte ich mich, warum bei mir eigentlich alles verquer gehn musste. Warum der liebe Gott – wenn's ihn gibt – unbedingt Maria Morzeck alles an Unglück aufbrummen musste, was ihm grade zwischen die Finger kam. Jetzt wäre ich am liebsten in die Kirche gegangen und hätte ihn selber gefragt, aber die protestantischen sind nachts geschlossen. Warum haben die Katholiken eigentlich keine Angst, dass ihnen ihr Altarsilber geklaut wird? Oder machen die auch zu?

48

Es wurde September, ehe ich Paul wiedersah. Er sagte, dass er ein paar von seinen Büchern in die Mansarde bringen wollte. Ich hatte nichts dagegen. Er war braungebrannt und schien abgenommen zu haben, war aber gar nicht kregel, sondern auf so 'ne merkwürdige Art tiefsinnig. Er sah mich an, während ich erzählte, und hörte überhaupt nicht zu. Dann starrte er wieder in irgendeine Ecke, als würde er über Gottweißwas nachdenken, bückte sich nach einer Weile und schnürte sich die Schuhe auf

»Los, zieh dich aus!«, sagte er.

»Nein«, sagte ich.

Er richtete sich auf und lachte. »Sehr gut«, sagte er.

»Ich hab das nicht gerne, wenn du so mit mir redest«, sagte ich

»Sehr gut«, wiederholte er. »Ich soll dir wohl vorher sagen, dass ich dich liebe?«

»Mach, was du willst«, sagte ich. »Von mir aus kannst du auch'n Lied singen.«

Er zog sich die Schuhe aus und das Oberhemd.

»Ich liebe dich«, sagte er und breitete die Arme aus.

»Bist du betrunken?«, fragte ich.

»Nein«, sagte er und setzte sich wieder hin.

»Kommt mir aber so vor.«

»Du irrst dich«, sagte er. »Ich bin nicht betrunken. Ich glaube, ich habe schon seit sechs Wochen nichts getrunken ...«

»Nicht mal in Bulgarien?«, fragte ich.

»Hör mir bloß auf mit Bulgarien!«, rief er.

»Wieso? War's nicht schön?«, fragte ich scheinheilig.

»In Warna findet die deutsche Wiedervereinigung statt, als Gesangverein, als Wiedergesangvereinigung, in der Reihenfolge ›O, du schöner Wä-hä-hästerwald, Eukalyptusbongbong!‹, und ›Sie war das allerschönste Kind, das man in Polen find, aber nein, aber nein, sprach sie, ich küsse nie!‹ Wurzen und Bremerhaven liegen sich im Arm – weißt du, was einem da hochkommt?«

»Der kalte Kaffee.«

»Ja. Die Galle.«

»Denen muss man eben aus'm Weg gehn«, sagte ich. »Die gibt's überall.«

»Unmöglich«, sagte Paul. »Die verfolgen jeden, der nicht singen will. Im Traum kniete mir immer irgendeine Emma auf der Brust und keuchte: Singen! Singen! Wirst du wohl singen!«

Jetzt musste er selber lachen.

»Na schön«, sagte ich, »du bist nicht betrunken. Aber irgendwas ist mit dir los ...«

»Ja«, sagte er.

»Muss ja nicht heute sein«, sagte ich, »reden wir'n andermal drüber.«

Er sprang plötzlich auf, stürzte auf mich los, drückte mich an sich und küsste mich wie wahnsinnig.

»Oi, oi«, machte ich, »du bist mir doch nicht etwa treu gewesen!«

Er ließ mich sofort los, legte mich auf die Couch und sah mir lange in die Augen. Auf einmal wusste ich Bescheid. Es gab zwei Möglichkeiten. Entweder wollte er sich von mir trennen, oder er wollte mich heiraten. Aber wenn er abhaun wollte, brauchte er sich nicht die Schuhe auszuziehn, oder wollte er noch mal zum Abschluss einen auf die Schnelle, damit die Sache rund wird, wegen der schönen Erinnerung? Das war wohl nicht drin, passte auch nicht zu ihm. Und auf einmal merkte ich, wie ich rot wurde, aber nicht im Gesicht zuerst, sondern an Händen und Füßen, mir wurde ganz warm, als ob ich 'ne Kalziumspritze gekriegt hätte, richtig heiß, aber nicht auf der Haut, sondern unter der Haut oder in den Adern, und jetzt ging die Hitze sogar über'n Bauch und über die Rippen und war schon am Herzen, machte aber 'n Bogen drum und saß mir im Hals und lief zu den Ohren rüber und ging durch die Ohren durch ins Gehirn und aus dem Gehirn wieder raus in die Haare, die mussten schon brennen, und auf einmal hatte ich's auch in den Augen, erst in den äußeren Winkeln, aber dann kam's über die Lider, und die Wimpern wischten es in die Pupillen, und dann hatte ich's überall, von den Fingerspitzen und den Zehenspitzen bis ans Herz – ich schlug Flammen und brannte lichterloh, und es half auch nichts, dass mir die Tränen runterliefen, das war bloß Öl ins Feuer, und er saß über mir, hielt seinen Kopf über mich, dass wir uns in die Augen sahen, und um seine Augen rum waren lauter Falten, seine Augenbrauen waren heller geworden, seine Lippen trocken und hart, und in der Delle auf seinem Kinn standen ein paar Bartstoppeln, die er nicht erwischt hatte mit dem Rasierapparat, die Haut unter den Augen war dunkel und weich ...

»Was ist denn?«, flüsterte ich.

»Liebst du mich?«, fragte er.

»Ja«, sagte ich, aber ich hatte auf einmal 'ne ganz andere Stimme.

»Liebst du mich?«, fragte er wieder.

»Ja«, sagte ich.

»Liebst du mich?«

»Ja.«

»Liebst du mich?«

»Ja.«

»Liebst du mich?

»Ja.«

»Immer?«

»Ja.«

»Willst du mich immer lieben?«

»Ja«, sagte ich.

»Versprichst du mir, dass du mich immer liebst?«

»Ja«, sagte ich.

»Schwörst du, dass du mich immer liebst?«

»Ja«, sagte ich. »Ja«, sagte ich. »Ja«, sagte ich immer wieder und auf alles, und er hätte mich fragen können, was er wollte. Jetzt gab's nur: »Ja«. Manchmal verstand ich gar nicht, was er fragte, und trotzdem sagte ich: »Ja.« Er fragte immer schneller, und ich sagte immer nur: »Ja. Ja. Ja. Ja. Ja.« Er lachte nicht, sondern blickte mich ganz ernst an. Einmal beugte er sich zu mir runter und wischte mir mit dem Mund die Tränen ab, die mir über die Backen liefen, und während er mir mit den Lippen über das Gesicht fuhr, sagte ich ihm, erst ins linke, dann ins rechte Ohr: »Ja.« Und: »Ja.«

49

Als ich nach Hause kam, saß Tante Hete in der Küche und hatte die Beine in einer Schüssel mit heißem Wasser.

»Tut gut«, sagte sie, »beste, wat jibt für'n Kreislauf.«

»Ja«, sagte ich, setzte mich ihr gegenüber auf'n Stuhl und legte die Hände in'n Schoß.

»Is dir wat?«, fragte sie.

»Nee«, sagte ich, »im Gegenteil.«

»Aussehn tuste jedenfalls, als fehlen dir zehn Jroschen anne Mark.«

»Ach, bewahre«, sagte ich.

»Komm mal her!«, sagte sie und kuckte mir in die Augen. »Hast du dich wieder mit dem Herrn da getroffen?«

»Ja«, sagte ich.

Sie senkte den Kopf und sah auf ihre roten Füße.

»Du musst ja wissen...«

»Weiß auch«, sagte ich und ging an den Brotkasten.

»In Bad Elster wird auch nich mehr gemacht«, sagte Tante Hete und schwenkte ihre Füße im Wasser. »Kostet bloß Geld, un hier hab ich alles umsonst. Vorm Kriege war ich mal dort. Ich hatte ooch 'n Kurschatten, der war im VDO.«

»Was is'n das?«, fragte ich.

»Siehste, du weeßt es ooch nich! Genau wie ich damals. Deswegen isses ja schiefgegangen.«

»Was heißt es denn nu?«

»Verein Deutscher Offiziere.«

»Na und?«

»Menschenskind, det war det Vornehmste, wat et überhaupt jab. VDO – das war damals so wie heute Intelligenzrente mit Einzelvertrag. Ach, ich hatte so filetgestrickte Handschuhe an! Und Troddeln um die Brust und Bubikopp und so Schuhe, weißte, so offene, mit drei Schnallen rüber und Seidenstrümpfe und immer mit so 'ne Wolke Chanel ... Aber der Hund kam nich wieder.«

»Wieso denn nicht?«

»Ich denke mir, weil ich nich wusste, wat VDO heißt.«

»Knallkopp«, sagte ich.

»Naja«, seufzte sie. »Wenn ich's gewusst hätte, wäre ich vielleicht heute Frau Rittmeestern ...«

»Rittmeister? Wieso denn ausgerechnet ...?«

»Oder Major oder Jeneral!«

Ich legte meine Stulle beiseite, trocknete ihr die Füße ab und zog ihr wollene Socken über.

»Gibt doch überhaupt keine Rittmeister mehr«, sagte ich, um sie 'n bisschen zu trösten.

»Ja, hier«, sagte Tante Hete. »Aber im Westen! Da kriegte ich als Majorswitwe bestimmt meine tausend Mark Pangsion. Und wat hier – als sitzengelassene Fleischersbraut? 'n feuchten Kehricht.«

Sie stand auf und machte ein paar Schritte.

»Na, wie looft sich's denn, Frau Major?«, fragte ich.

»Du bist auch schon verseucht«, sagte sie. »Is ja kein Wunder, wenn ihr von kleen uff immer so'n Kaleika hört ...«

»Ab in die Falle!«, sagte ich. »Wer herzkrank is, kann hier nich noch große Vorträge halten!«

Ich schob sie vor mir her in ihr Zimmer, schüttelte das Bett auf und packte sie ein. Sie sah mir zu, wie ich das Geschirr rausbrachte und Staub wischte.

»Du hängst woll gar nich 'n bischen an mir?«, fragte sie plötzlich.

Ich knallte den Lappen in die Ecke und legte mich neben sie.

»Aber Hete«, sagte ich.

»Und wenn ick nu sterbe?«, fragte sie.

»Du bleibst gesund. Du bist gar nicht krank.«

»Ich halte schon durch«, sagte sie. »Bis Dieter wieder rauskommt, halte ich schon durch. Solange bleibe ich noch bei euch. Nachher braucht ihr mich ja nich mehr. Da bin ich dann überflüssig ...«

»Grade!«, sagte ich. »Grade nachher. Was denkst du denn, wer die Kinder großziehn soll? Von uns hat doch keiner Zeit dazu.«

»Wehe, Maria!«, sagte sie. »Wehe, du schleppst mir noch 'n Kind ins Haus! Du, da hört der Spaß uff!«

»Denk an dein Herz, Hete!«, warnte ich. »Reg dich nicht auf!«

»Aber, ich bitte dich – nicht, ehe du verheiratet bist!«

»Nich mal'n kleines bisschen eher?«, ärgerte ich sie.

»Wir haben wirklich genug Dreimonatskinder in der Familie.«

»Auch nicht 'n ganz, ganz kleines bisschen eher? Bloß so'n Viertelstündchen?«

Ich hatte den Kopf an ihrer Brust und merkte, wie sie lachen musste. Es kribbelte ihr im Hals, sie gluckste und ließ ihren Bauch wackeln, und auf einmal meckerte sie los: »Mach, dass du rauskommst, freche Jöre! Scher dich weg! Sowas hat man sich nu rangezogen!«

50

Überall, wo ich hinkam, sagten die Leute: »Was is'n mit dir los, Mensch? Du siehst irgendwie anders aus. Bist du hübscher geworden …?«

Ich wusste nicht, was los war. Mir machte einfach alles Spaß. Im Clou flitzte ich von den Tischen an die Theke, die Korken flogen wie von selber aus den Flaschen, an die Zahlen auf'm Bonblock hätte ich am liebsten Ohren und Nasen gemalt, die Sektkübel blitzte ich blank, dass sogar Oscar die Spucke wegblieb, und für Herrn Kleeberg machte ich aus Goldpapier, Pappe und rotem Stoff 'n Transparent für sein Büro, dass ihm vor Freude die Tränen kamen und er mich am liebsten adoptiert hätte. »So 'ne Tochter müsste ich haben«, sagte er immer wieder.

Aber als ich einmal nachts nach Hause kam und mit der Stirn so unglücklich gegen den Fensterflügel stieß, dass ich davon eine leichte Gehirnerschütterung kriegte und im Dunkeln auf dem Teppich saß und vor mich hinlachte, merkte ich selber, dass ich verrückt war. Bloß war dagegen einfach kein Kraut gewachsen. Wenn sich Effi mit mir streiten wollte, sagte ich gleich: »Ja, du hast ja recht«, sie blieb mit offenem Mund stehn, und ich war längst woanders, wo sie mich nicht einholen konnte. Das Laub fiel von den Bäumen, aber ich wurde nicht traurig davon, sondern freute mich drüber. »Umso schneller wird's wieder Frühling«, sagte ich.

Wenn ich über die Weidendammer Brücke ging und der Himmel über mir war blau, dann hätte ich am liebsten die Arme ausgebreitet und wäre das Stückchen bis zum Bahnhof geflogen. »Nein, von Ihnen will ich kein Geld«, sagte der Eisverkäufer und gab mir die Mark zurück, die ich ihm auf seinen Tresen gelegt hatte. »Von Ihnen nehme ich nischt.« Ich bedankte mich und ging, meine Eistüte am Mund, die Invalidenstraße runter, in Richtung Ackerstraße.

»Wenn's ein Mädchen wird«, sagte Brigitte, »hast du was dagegen, wenn wir's Maria nennen?«

»Bist du verrückt!«, sagte ich und musste das erste Mal wieder weinen.

»Du musst mir helfen«, sagte Edith. »Du musst mit meinem Mann reden. Du bist die einzige, auf die er hört ...«

»Er kennt mich doch überhaupt nicht«, sagte ich.

»Aber du kannst so wunderbar umgehn mit allen Leuten«, sagte Edith. »Schade, dass du nicht meine Schwester bist. Ich hätt's gerne, wenn wir verwandt wären.«

»Du bist doch meine Freundin«, sagte ich. »Das ist doch viel mehr ...«

»Du könntest auf die Hotelfachschule gehen«, sagte Herr Kleeberg. »Mädchen, bei deinen Sprachen, denk doch mal an die Zukunft!«

»In Berlin?«, fragte ich.

»Nee, in Leipzig«, sagte er. »Wir würden dich delegieren, dann kann überhaupt nischt schiefgehn ...«

»Schönen Dank, Herr Kleeberg«, sagte ich. »Ich geh nicht raus aus Berlin.«

»Überleg doch mal, Maria!«, redete er mir zu.

»Wenn die Schule nach Berlin verlegt wird«, sagte ich.

»Eher nicht! Außerdem – Hotel! Denken Sie, aus mir wird 'n Grüß-August, der die Türen aufhält?«

Paul ließ mir bei Moden-Barth ein Kostüm machen. Ich wollte erst nicht, aber er sagte: »Das schenke ich dir, weil du so schön bist.«

»Nochmal«, sagte ich.

»Weil du so schön bist«, wiederholte er.

Und an dem Nachmittag, als das Kostüm fertig war, erzählte ich ihm, was ich mir eigentlich vorgenommen hatte für den Tag, an dem wir uns das erste Mal wiedersahen nach den Ferien.

»Ich wollte dich erpressen«, sagte ich, »richtig erpressen.«

Er lachte und half mir aus meinen Sachen.

»Nein«, sagte ich, »warte mal! Das muss ich dir vormachen!«

Er setzte sich in den Sessel, und ich zog mir die Kostümjacke wieder über.

»Gib mir mal deine Sonnenbrille!«, bat ich. »Es muss werden wie im Film.«

Ich setzte die Brille auf, stützte die Hände in die Hüften, verzog den Mund und lächelte höhnisch.

»Gut so?«, fragte ich.

»Auf jeden Fall sieht's irrsinnig komisch aus. Möchtest du nicht noch 'n Revolver?«

»Meine Worte sind mein Revolver«, sagte ich und kicherte.

»Na, denn mal los!«, sagte Paul.

»Sie sind also der Richter Paul Deister?«, fragte ich.

»Ja«, antwortete er. »Aber musst du mich deswegen gleich wieder siezen?«

»Das gehört dazu«, sagte ich normal, und mit meiner Quietsch-Stimme fuhr ich fort: »Was würden eigentlich Ihre Vorgesetzten davon halten, wenn ich eines Tages dort erscheine und ihnen erzähle, dass Sie ein unerlaubtes Verhältnis mit einer gewissen Maria Morzeck haben, die Sie regelmäßig in einer Mansarde in der Ackerstraße treffen? Hä?«

»Die würden ganz schön die Augen verdrehn«, lachte Paul.

Auf einmal spürte ich, dass ich nicht weiterspielen durfte. Ich musste sofort aufhören, die Sonnenbrille absetzen und entweder den Rock an- oder die Jacke ausziehn. Ich durfte nicht eine Sekunde länger so stehenbleiben, sondern musste gleich etwas tun.

»Ja, und wie denn nun weiter?«, fragte Paul.

»Schluss«, sagte ich, nahm mir die Sonnenbrille von der Nase, legte sie auf den Tisch und zog die Jacke aus. »Ende der Vorstellung.«

»Aber Rike!«, bat Paul, der anscheinend immer noch nicht begriffen hatte. »Es wurde doch grade so schön ...«

»Ja«, sagte ich, ging ans Regal und langte die Gläser raus, »und wenn's am schönsten ist, soll man eben aufhören. Sagt Tante Hete, und die muss es wissen, denn die is der lebende Beweis dafür, und ich denke gar nicht dran, bloß damit du dich über mich lustig machen kannst, hier Theater zu spielen. Nein! Schluss! Es bleibt dabei.«

Ich wusste nicht, was ich noch sagen sollte, um nicht mehr drüber zu reden. Ich machte also das einzige, was mir grade einfiel, um ihn zum Schweigen zu bringen. Ich setzte mich auf seinen Schoß und nahm seinen Mund in den Mund. Aber als er nach einer Weile Luft schnappen musste, war das erste, was er rausbrachte: »Das ist ja Erpressung!« Und an diesem Nachmittag wurden wir das Wort nicht mehr los.

»Hör doch mal auf damit!«, sagte ich so nebenbei wie möglich und hütete mich, irgendwie auffällig zu protestieren. Aber die Tasse hatte ihren Sprung. Das weiß man hinterher natürlich alles viel besser, und nach'm Krieg ist jeder Gefreite General.

Wenn ich jetzt, bei einigermaßen klarem Verstand, drüber nachdenke, bleibt's eigentlich immer noch ein Rätsel, warum ich damals solchen Unsinn geredet habe. Wahrscheinlich liebte ich ihn einfach so sehr, dass ich mir wie ein Verbrecher vorgekommen wäre, wenn er nicht alles gewusst hätte. Ich war so glücklich, so eins mit mir und alles mit ihm, dass ich gar nicht anders konnte als ihn auf den Grund von dem Topf kucken zu lassen. »Wenn der Topp aber nu 'n Loch hat, liebe Mutter, liebe Mutter …« Ich weiß, wenn man die Wahl hat zwischen Reden und Schweigen, muss man die Klappe halten, aber ich ging an die ganze Sache wie ein Buchhalter, der seine Jahresbilanz machen wollte. Eingänge auf die eine, Ausgaben auf die andere Seite, Strich drunter, alles zusammenzählen, und auf einmal blieb so'n Restposten, für den keine Deckung da war, also: Karten auf'n Tisch, Offenbarungseid, damit das Geschäft wieder flott wird, aber denkste! Wir kommen nicht mehr liquide, wir haben mit Zitronen gehandelt, Mariechen, unser Laden geht in Konkurs. Und warum denn? Kein Herz kann Kontokorrent.

Wir liebten uns schnell drüber weg, und ich war so verrückt nach ihm, dass er zum ersten Mal, nach fast einem Jahr zum ersten Mal, sagte: »Hör auf, Rike …« Ich ließ ihn liegen, zog mein Kostüm über, rannte die Treppe runter und lief nach Hause. Ich hätte ja die Straßenbahn nehmen können, aber ich wollte zu Fuß gehn, zu Fuß fliegen, und beim Laufen hob ich meine neue Jacke ein bisschen an, dass mir der Wind in den Kragen fuhr und den Rücken kühlte. ›Es wird noch alles gut‹, dachte ich im Tempo meiner Schritte, ›es wird schon alles werden‹.

51

Mitte Oktober 1962

»Ich gebe euch einen guten Rat«, sagte Oscar zu Effi, Erna, Jürgen und zu mir. »Kauft Benzin und Präservative! Das wird am ehesten knapp. Außerdem Schmalzfleisch in Dosen, Kerzen und Streichhölzer. Davon kann man nie genug haben!«

»Was reden Sie denn da, Mann!«, rief Herr Kleeberg.

»Ich weiß, was ich sage«, schimpfte Oscar. »Ich bin im ersten Krieg geboren und war im zweiten Soldat. Benzin und Präser – das ist die Losung.«

»Wie kommen Sie denn auf solchen Unsinn!?«, fragte Herr Kleeberg, ging an die Theke und goß sich 'n Schnaps ein.

»Wat meinen se denn, warum die Bude heute so leer is?«, fragte Oscar und zeigte auf die Tanzfläche.

»Die Saison fängt ja erst an«, sagte Herr Kleeberg und trank seinen Schnaps.

»Ick werd Ihnen sagen, warum«, sagte Oscar.

»Ist das hier 'ne Versammlung oder was?«, fragte Herr Kleeberg.

»Det können se nennen, wie Sie wollen«, sagte Oscar und wurde plötzlich rot im Gesicht. »Wenn Sie mich nich ausreden lassen …«

»Ja, ich weiß«, sagte Herr Kleeberg.

»Nee«, sagte Oscar, »dann schmeiße ich den ganzen Dreck hin und gehe.«

»Soweit dürfen wir's nicht kommen lassen«, sagte Herr Kleeberg. »Da würde ja alles zusammenbrechen.« Ich merkte, wie er Oscar lächerlich machen wollte, ohne dass es zum Krach kam.

»Wissen Sie, was das bedeutet – russische Raketen auf Kuba?«, fragte Oscar.

»Ja«, sagte Herr Kleeberg und zeigte die Zähne, aber lachen konnte man das nicht nennen. »Raketen auf Kuba sind Raketen auf Kuba.«

»Ach nee«, sagte Oscar. »Sie sind ja'n janz Schlauer.«

»Passen Sie mal auf«, sagte Herr Kleeberg. »Ich bin hier der Chef, und Sie sind hier Oberkellner. Sie gehn jetzt an Ihre Arbeit, und ich gehe an meine. Sie haben sich ausgesprochen,

ich mich auch. Wenn Sie mir hier aber mein Personal verrückt machen, fliegen Sie achtkantig. Verstanden?«

Oscar sagte nichts, stieß gegen die Küchentür und verschwand.

»Kaffee!«, hörten wir ihn brüllen.

52

»Erinnerst du dich an Edith?«, fragte ich Paul.

»Ja, natürlich«, sagte er. »Mit der waren wir in Karlshorst.«

»Du müsstest ihr mal helfen. Die will sich scheiden lassen.«

»Soll sie zum Rechtsanwalt gehn«, sagte Paul.

»Sie hat kein Geld.«

Er schüttelte den Kopf. »Wovon will sie dann leben, wenn
sie alleine ist?«

»Dann muss ihr Mann zahlen.«

Ich erzählte ihm, wie ich bei Jakobs in der Libauer Straße
gewesen war. Sie wirtschafteten getrennt: Betten, Seife,
Marmelade, Nudeln, jeder seins.

»Nein, das ist Werners Kaffee«, sagte Edith, als ich ihr
helfen wollte.

Werner Jakobs saß am Küchenfenster und sah raus. Er hatte ein gestreiftes Hemd und eine Strickjacke an, und als er die
Beine übereinanderschlug, sah ich die dunkelblaue Hose mit
dem Fischgrätmuster, von der mir Edith gesagt hatte, dass er
sie seit seiner Hochzeit jeden Tag zu Hause trug. »Englischer
Stoff«, so wurde das erklärt.

Aber Werner Jakobs sprach nicht mit mir. Ich gehörte zur
Verschwörung.

»Guten Tag«, sagte ich.

»Das kannst du dir schenken«, sagte Edith. »Der spricht
mit keinem. Dazu ist der sich zu fein.«

»Ach was«, sagte ich, trat zum Fenster und hielt ihm die Hand hin. Plötzlich sah er mich an, erkannte mich, aber seine Augen waren so hundeelend, dass ich einfach nicht weiterwusste. Er war blass und unrasiert, und unter seiner langen Nase rieb er ununterbrochen die Lippen gegeneinander, als wollte er nicht, dass ihm die Tränen kamen. »Herr Jakobs«, sagte ich leise, aber ich hatte kein gutes Gewissen dabei, und er saß da wie das Denkmal des verlassenen Ehemannes, gar nicht mal lächerlich mit seinen Kamelhaarlatschen und dem Henkelmann auf dem Fensterbrett, und die Haare hingen ihm auf die Ohren, als ob er einen Mittelscheitel hätte. Ich wendete mich ab, weil da nichts zu ändern war, und eigentlich tat er mir leid. Als ich zwei Schritte zu Edith hin gemacht hatte, schrie sie auf einmal: »Du Schwein!«

Ich drehte mich um und sah, wie er sich den Mund wischte. Er hatte hinter mir ausgespuckt. Edith wollte sich auf ihn stürzen, aber ich bremste sie.

»Du Mistsau!«, rief sie und fing sofort an zu heulen. »Du Toppsau, du dreckige!« Werner Jakobs sah aus dem Fenster und kümmerte sich überhaupt nicht mehr um uns. Edith wollte sich immer wieder losreißen, und sie hätte ihm das Gesicht zerkratzt, wenn ich sie nicht festgehalten hätte.

»Du bist nicht wert, dass du dem Mädchen die Schuhe leckst, du Giftzahn!«, brüllte sie. »In meiner Küche ausspucken, du Sau! Aber jetzt isses vorbei und finito, das sage ich dir!«

Werner Jakobs griff nach seinem Blechnapf und nahm einen Schluck. Er drehte sich nicht um. Als die Tür aufging und Klaus reinkam, war er einen Augenblick unschlüssig, aber dann blieb er doch sitzen, wie er saß.

»Raus!«, brüllte Edith den Jungen an, der überhaupt nicht wusste, wie ihm geschah und rückwärtsgehend über die Schwelle stolperte.

»Will sich denn dieser Jakobs überhaupt scheiden lassen?«, fragte Paul.

»Er redet nicht mit ihr. Als er entlassen wurde, hat sie ihn abgeholt in Rummelsburg, und dann sind sie nach Hause gegangen, zu Fuß, ist ja nicht weit, und sie hat den ganzen Weg über geredet, weil sie Angst hatte, er schlägt sie tot.«

»Warum?«

»Warum! Warum!«, machte ich.

»Dann isses doch ganz einfach«, meinte Paul. »Sie gibt an, dass sie ihn betrogen hat, dass sie, sagen wir mal, einen andern –«

»Dann kriegt sie aber doch nicht das Kind!«, unterbrach ich.

»Achso, ja«, sagte er.

»Also weißte!«

»Ich bin kein Scheidungsrichter«, verteidigte er sich. »Aber wahrscheinlich ist es das beste, wenn sie auf Paragraph 8 Eheverordnung geht, dass die Ehe ihren gesellschaftlichen Sinn verloren hat und so weiter.«

»Das will ich eben grade von dir hören!«

Paul seufzte und schüttelte den Kopf.

»Du bringst mich wirklich in eine komische Situation«, brummelte er.

»Sie weiß nichts davon«, sagte ich, und ich musste gar nicht mal schwindeln.

Als Edith mich zwei Tage später besuchte, setzten wir zusammen die Klage auf und machten aus Werner Jakobs einem finsteren Asozialen, der sich nie um seine Familie gekümmert und den größten Teil der Ehe im Gefängnis verbracht hatte. Dadurch, schrieben wir, war es der klagenden Partei unmöglich gewesen, ihren gesellschaftlichen Aufgaben nachzukommen.

»Wenn der Richter nu wissen will, was ich damit meine?«, fragte Edith.

»Du konntest dich nicht qualifizieren«, schlug ich vor. »Du wolltest dein Leben lang Zuschneiderin werden, aber wegen deinem Mann, weil der so'n Ekel ist, musstest du am Band bleiben …«

»Auf deine Verantwortung!«

»Nee!«, protestierte ich. »Damit komm mir nich auf'n Hals!«

»Du bist vielleicht 'ne Freundin«, sagte sie und zog den Bogen aus der Maschine. »Ich dachte, dass wenigstens du mit zur Verhandlung kommst. Ist doch öffentlich!«

»Das dauert sowieso noch seine acht Wochen, ehe ihr dran seid«, sagte ich.

»Na und dann?«

»Dann werden wir mal sehn.«

53

Es war schon Mittwoch, früh um vier, also immerhin noch Dienstag nacht, sodass ich dabei bleiben kann: Der Dienstag ist mein Tag. Wir hatten 'ne ruhige Nacht hinter uns, wenig Betrieb, aber das macht manchmal mehr müde, als wenn man rennen muss. Ich kam mit Effi auf die Straße und sah ihn sofort neben der Haltestelle, an der kleinen Zigarettenbude stehn.

»Ich werde abgeholt«, sagte ich zu Effi und lief ihm entgegen.

»Tschau!«, rief sie und ging übern Damm, damit sie uns nicht nochmal in die Quere kam.

»Was ist denn passiert?«, fragte ich Paul und gab ihm 'n Kuss.

»Nichts«, sagte er. »Ich kann bloß nicht schlafen.«

»Und wo willst du jetzt hin?«

»In die Ackerstraße.«

»Und Tante Hete?«, fragte ich.

»Denk doch auch einmal an mich«, sagte er, hakte mich unter und ging mit mir um die Ecke, wo er den Wagen geparkt hatte. Auf den Rücksitzen sah ich, als ich meinen Mantel ablegte, zwei Netze mit Konserven, daneben stand ein Karton, und unter dem Fenster lagen ein paar Schallplattenhüllen.

»Hast du'n Plattenspieler gekauft?«, fragte ich.

»Ja«, sagte er und nickte.

Wir fuhren in die Ackerstraße, schlossen das Grammophon an und spielten die Schallplatten durch. Wir tranken noch was, Paul hatte Wodka in der Aktentasche gehabt, und ich trank ein bisschen Rotwein. Als es hell wurde, zog er sich das Oberhemd aus und rasierte sich. Ich machte das Dachfenster auf und holte tief Luft.

»Willst du nicht noch'ne Stunde schlafen?«, fragte ich ihn.

»Hmhm«, machte er, weil er grade das Messer am Mund hatte.

»Wenn du die ganze Nacht nicht geschlafen hast ...«, sagte ich.

»Bleibt immer noch der Büroschlaf«, lachte er.

Er setzte mich an meiner Haustür ab, und ich sah dem Wagen hinterher, wie er die Friedrichstraße runterfuhr zur Weidendammer Brücke und hinter dem Buckel verschwand. Am Nachmittag kam er nicht, wie ausgemacht. Aber Donnerstag früh stand er wieder vorm Clou. Auf dem Rücksitz hatte er fünf Gläser Bockwurst und zwei Büchsen Frankfurter. Die Tasche war wieder voll Schnaps, und in seinen Mantel hatte er drei Stangen Zigaretten gewickelt.

»Du kommst mir vor wie unser Oberkellner«, sagte ich.

»Wieso?«, fragte er, und ich sagte ihm, warum, aber er sah mich nur an und hörte mir überhaupt nicht zu.

»Hast du mich verstanden?«, fragte ich.

»Ja, warum soll ich dich denn nicht verstehn!«, rief er aufgebracht. »Ich bringe morgen noch mehr. Ich hole dich wieder ab. Es ist besser, wenn wir das nicht am Tage machen.«

»Aber warum kaufst du den ganzen Quatsch?«, fragte ich ihn.

»Wird doch nicht schlecht«, sagte er und stapelte die Konserven an der schrägen Wand. »Da machen wir 'n kleinen Vorhang hin ...«

»Denkst du auch, es gibt Krieg?«, fragte ich. »Hast du Angst?«

Er sah mich auf einmal lange an.

»Mit dir nicht«, sagte er endlich. »Ich hab keine Angst, aber ich bin jetzt ziemlich viel alleine. Ich schlafe schlecht, weißt du? Das ist alles. Ich lege mich abends hin ... aber wozu darüber reden? Ich kann eben nicht einschlafen, und das weißt du sicher auch, wie sowas ist.«

Ich legte ihm die Arme um den Hals und küsste ihn.

»Zieh mich aus«, sagte ich, weil ich wusste, dass er das gerne hatte, wenn ich einfach dastand und mich von ihm ausziehn ließ, ohne selber was anzufassen, bloß dass ich mal einen Arm einwinkelte oder den Fuß anhob, und er fing auch gleich an, mir die Bluse aufzuknöpfen, aber ich merkte, wie ihm die Hände zitterten, und deswegen kam ich ihm ein bisschen entgegen und hakte den Reißverschluss auf, aber plötzlich ging er hinter mir zu Boden, legte mir den Kopf in die Kniekehlen und schluchzte: »Maria ...«

Der Rock rutschte ihm ins Gesicht, aber das kümmerte ihn nicht. Er legte mir die Hände um die Knöchel, und ich bückte mich und zog mir den Rock übern Kopf, weil er meine Füße nicht losließ.

»Paul«, sagte ich leise, aber er schüttelte nur den Kopf. Ich ging in die Hocke und ließ mich neben ihn fallen.

»Paul«, sagte ich wieder und drückte mich an ihn. Auf einmal riss er mir die Wäsche weg und fing an, meine Brust zu küssen.

»Paul«, sagte ich, weil er mir wehtat, »nicht ...«

Aber er legte mir die Hand auf den Mund, zerriss mir die Hose und nahm mich so brutal, dass ich ihm vor Schmerz in die Finger biss und brüllte. Er zuckte und stieß und stöhnte, kippte dann plötzlich neben mich, seufzte und fing auf einmal an zu lachen. »Komm«, sagte ich leise, aber er hörte es nicht. Also nahm ich die Oberlippe zwischen die Zähne, drückte mir die Fingernägel in die Handteller, zog die Beine an und krampfte die Zehen zusammen. Als er mich berühren wollte, als er, vielleicht ohne Absicht, mit den Fingern an meine Brust kam, fauchte ich ihn an, rückte beiseite und hielt die Füße so, dass ich ihn in den Bauch treten konnte, wenn er es noch mal probieren wollte. Er stand auf, suchte unsere Sachen zusammen und legte sich auf die Couch. Zehn Minuten oder eine Viertelstunde später erzählte er mir, dass es Leute gäbe, die gegen ihn intrigierten.

»Was für Leute?«

»Dieselben, mit denen ich in der Jägerklause Skat gespielt habe«, sagte er.

»Was machen die denn?«

»Die sind natürlich sehr vorsichtig«, sagte er. Er lag auf dem Rücken und sah an die Decke. Ich saß am Fußende der Couch und musste aufpassen, dass mir nicht die Augen zufielen. »Ich kriege keine Prozesse mehr.«

»Sei doch froh!«, sagte ich.

»Bei Wirtschaftsverbrechen sagen sie einfach: Dafür brauchen wir einen Fachmann, das ist nicht dein Bier ... und sie haben ja irgendwo recht! Ich kenne mich da wirklich nicht aus. Was ich früher viel gemacht habe – die ganzen Fluchtsachen, das geht jetzt im Ruck-Zuck-Verfahren: Achtzehn Monate! Peng! Feierabend!!«

»Oder die werden gleich verkauft«, sagte ich.

»Oder so«, sagte er, »aber 'ne Weile müssen sie schon brummen.«

Er richtete sich plötzlich auf.

»Wie kommst'n du überhaupt darauf?«, fragte er. »Woher weißt'n das?«

»Tja!«, machte ich.

»Von mir?«

»Nein.«

»Von wem denn?«

»Das hat mir meine Schwester aus Stuttgart geschrieben«, schwindelte ich.

»Achso«, sagte er und legte sich wieder hin.

»Die darf das wissen«, sagte ich. »Die ist zwar noch nicht mündig, aber erwachsen. Wir sind ja hier so 'ne Art Kindergarten und müssen abwarten, bis uns der gute Onkel eines Tages alles erklärt. Inzwischen ist natürlich die Hälfte schiefgegangen, aber das sind die gesetzmäßigen Widersprüche. Die müssen wir schlucken.«

Paul lachte, und das wunderte mich.

»Sehr gut«, sagte er, »denn man tau ... wirst schon sehen, wohin du damit kommst.«

»Hör mal«, sagte ich. »Ich bin Serviererin. Mir könnense alle 'n Hobel blasen!«

»Ist bei euch nicht noch 'ne Stelle frei?« fragte er.

»Ja, als Nachtwächter.«

»Sei doch nicht gleich so ... zynisch«, sagte er. Er hatte eine Weile nach dem richtigen Wort suchen müssen, und auf einmal kam mir der Gedanke, dass er es ernst meinen könnte.

»Bei uns wird geackert«, sagte ich. »Da bleibt nicht viel Zeit zum Stänkern, und mit Büroschlaf is auch Essig. Da zählt bloß, was du umgesetzt hast, und wenn du dich verrechnest, zahlste drauf, und wenn du deinen Schlüssel in der Bonkasse stecken lässt, zahlste auch drauf, und zu jedem Piesepampel: ›Wohl bekomm's!‹ und ›Vielen Dank!‹ und ›Gestatten Sie bitte!‹, und wenn du's erste Mal mit'm Tablett Kaffeetassen hinknallst und die Hälfte davon kriegste übers Schemisett, dann möchtste am liebsten wieder in die Schule gehn und sagen: Jawohl, Herr Lehrer, ich bin frech gewesen, und da ist es scheißegal, ob du in der Partei bist oder nich: Heißer

Kaffee is heißer Kaffee, und bezahlen musste den Spaß, ob der Laden volkseigen is oder privat ...«

»Red weiter, Maria«, sagte Paul.

»Wieso? Ich bin fertig.«

»Ich hör dir so gerne zu«, sagte er, legte sich die Faust untern Kopf und sah mich an. »Dabei könnte ich einschlafen ...«

»Herzlichen Dank«, sagte ich.

»Nein!« rief er. »Versteh mich doch mal richtig!«

»Ich weiß schon, wie du's meinst«, sagte ich, kringelte mich an ihn ran und machte die Augen zu.

»Findest du nicht überhaupt«, sagte er nach 'ner großen Pause, »wir sollten irgendwie zusammenziehn ...«

»Was?«

»Du hast ganz genau gehört, was ich gesagt habe.«

»Allerdings«, sagte ich.

»Also?«

Ich sagte nichts und meinte auch nichts, sondern starrte auf das Karo-Muster in seinem Oberhemd: Acht Streifen blau und neunmal acht sind zweiundsiebzig weiße Quadrate und drumherum vier blaue Streifen, aber breiter als in der Mitte und tiefdunkelblau, wo sie sich schnitten, wie ein Schachbrett oder ein vergittertes Fenster oder ein Schottenrock oder ein Oberhemd.

»Was?«, fragte ich.

»Ich will wissen, was du darüber denkst«, sagte er.

Ich schob mich ein bisschen höher, hielt meine Hand über sein Gesicht, tippte ihm mit dem Zeigefinger auf die Stirn und sang dazu:

»Du bist verrückt, mein Kind,
du musst nach Berlin!
Wo die Verrückten sind,
da gehörst du hin!«

Er schlug nach meinem Finger und wollte ihn festhalten, aber ich war natürlich fixer, und plötzlich war er richtig böse.

»Dann werde ich dich mal erpressen«, sagte er.

»So?«, fragte ich und tat so, als wäre »Erpressen« für mich bloß so'n Wort. »Womit denn?« Aber ich hatte wohl vergessen dabei zu lachen, denn er sah mich ganz entgeistert an und fragte: »Traust du mir das wirklich zu?«

Er kam mir immer näher, bis unsere Nasen aneinanderstießen.

»Willst du mich hypnotisieren?« fragte ich, als ich in seine starren Augen sah.

»Ja«, flüsterte er und zischelte so, wie wir als Kinder Eisenbahn gespielt haben. »Ich bin die Schlange.«

»Aha«, sagte ich und blieb weiter an seinen Augen kleben. »Und das Kaninchen bin ich.«

»Ja«, sagte er, »und jetzt wirst du gefressen.«

Er legte mir die Arme auf den Rücken.

»Du, ich glaube, es ist schon zu spät«, sagte ich. »Du musst auf Arbeit.«

Ich kam immer noch nicht von seinen Augen los, aus denen ein einziges großes Auge geworden war.

»Wir haben Zeit«, sagte er, »viel Zeit, den ganzen Morgen und den ganzen Vormittag, du Kaninchen.«

»Schlange«, sagte ich.

»Kaninchen«, sagte er.

Als es hell wurde, fing er an, im Schlaf zu sprechen und sich hin und her zu werfen. Plötzlich erwachte er, richtete sich hoch und sagte:

»Maria, du musst mir etwas versprechen.«

»Ja«, sagte ich.

»Du musst mir versprechen ...«, begann er, sprach aber den Satz nicht zu Ende. »Nein«, sagte er dann nach einiger Zeit, »das ist Unsinn. Das kann ich nicht von dir verlangen.«

»Was denn?«, fragte ich.

»Könntest du dir vorstellen ...«, fragte er und machte wieder eine Pause, »dass man zusammen stirbt ... ich meine das gar nicht romantisch! Zum Beispiel, wenn es Krieg gibt – dass man sich vornimmt, nie auseinanderzugehn, dass man nicht wegrennt, verstehst du, sondern zusammen auf seinem Platz bleibt ...«

»Benzin und Präservative«, sagte ich. »Kuba.«

»Du musst das ernstnehmen«, sagte er und legte sich wieder hin. »Du darfst nicht über alles lachen, Maria! Ich glaube, ich ziehe ganz hierher, und du könntest auch ... ich meine, deine Tante braucht dich doch nicht ...«

Er hatte seinen Arm um meine Schultern gelegt, und ich spürte, wie er zitterte.

»Paul, du bist krank«, sagte ich.

»Quatsch«, sagte er, warf die Decke beiseite, richtete sich wieder auf und rieb mit ausgestreckten Händen seine Oberschenkel.

»Das ist bloß dieser dusslige Schnaps. Ich denke, ich schlafe ein davon, aber ich werde bloß noch verrückter.«

»So wie es ist, ist es doch am besten«, sagte ich. »Wozu willst du was ändern? Du hast deine Arbeit, dann kommst du zu mir, dann fährst du nach Hause.«

»Nach Hause«, wiederholte er.

»Ja!«, sagte ich. »Du hast doch noch ein richtiges Zuhause. Da werden deine Hemden gewaschen und gebügelt, da ist morgens der Tisch gedeckt ...«

Er lachte und ließ sich zurücksinken. »Tisch gedeckt!« rief er.

»Erwartest du etwa von mir, dass ich –«

»Nein, du sollst nicht meine Socken waschen!«, rief er ärgerlich. »Ich erwarte, dass du mit mir redest wie eine Frau mit einem Mann!«

»Und? Und?«, fragte ich.

»Liebst du mich?«

»Ja«, sagte ich.

»Dann ziehe ich morgen um.«

»Das geht nicht, Paul«, sagte ich und legte ihm meinen Kopf auf die Brust. »Es geht nicht.«

»Warum nicht?«

»Es geht nur, wenn du alleine hier wohnen willst. Nicht mit mir zusammen.«

»Aber warum denn nicht, in drei Teufels Namen!?«, rief er. »Meinst du wegen meiner Frau?«

»Paul«, bat ich.

»Meine Frau –«, fing er an, aber ich redete ihm gleich dazwischen.

»Ich hab keine Lust, mit dir über deine Frau zu reden. Die interessiert mich nicht und geht mich nichts an. Verstehst du das wenigstens?«

»Gut«, sagte er. »Meine Sache. Einverstanden. Ich erledige das. Sowieso. Du hast damit überhaupt nichts zu schaffen – aber was spricht dagegen, dass wir hier zusammen wohnen?«

»Alles«, sagte ich.

»Du meinst – mein Beruf«, sagte er.

»Auch«, sagte ich.

»Ich habe das mal überprüfen lassen ...«, sagte er.

»Soso«, machte ich, »du hast es schon überprüfen lassen.«

»Ja!«, rief er. »Das ist erstaunlich! Über dreißig Prozent unserer ganzen Mannschaft sind geschieden!«

»Jetzt fängst du schon wieder damit an«, sagte ich und zog mir die Decke übern Bauch.

»Aber welchen anderen Grund gibts denn sonst, der dagegen spricht!?«

»Jetzt haben wir Oktober«, sagte ich.

»Ja.«

»Dann kommt November«, ich rechnete es an den Fingern aus.

»Sechs Monate.«

»Was?«

»In sechs Monaten kommt mein Bruder raus. Dann hat er seine vier Jahre rum.«

»Na und?«

»Was heißt hier Na und?«, fragte ich. »Der schlägt erst dich tot und dann mich.«

»Aber Rike«, sagte er und verzog das Gesicht, »das sind doch Räuberpistolen ...«

»Du solltest meinen Bruder eigentlich 'n bisschen besser kennen«, sagte ich. »Der is nachtragend.«

»Aber das ist doch kein vernünftiger Grund!«

»Hab ich auch nicht behauptet. Ich sage bloß, der macht Kleinholz aus dir. Mehr nicht.«

»Dazu gehören ja nun immer zwei«, sagte Paul.

»Ach, komm, komm«, sagte ich. »Markiere bloß nich 'n starken Mann. Wenn dir einer von hinten mit'm Knüppel übern Kopp geht, dann fallen dir deine Jiu-Jitsu-Griffe ein. Das ist doch nu aber wirklich albern!«

»Das macht er nicht«, sagte Paul. »Weißt du, was das bedeuten würde?«

»Ja. Du kriegst 'n Staatsbegräbnis mit Rappen und Lafette, wie letztlich der Minister da, der sich selber ...«

»Du hast eine Phantasie!«, rief Paul.

»Ich hab'n Bruder«, sagte ich, »und den kenne ich.«

»Aber der geht doch lebenslänglich in'n Kahn!«

»Und wenn sie ihm die Rübe abhacken«, sagte ich. »Dieter is'n Junge, der is als Rächer der Enterbten auf die Welt gekommen – wenn du das kapierst. Eben nicht als Pudding, sondern als Mann! Verrückt, natürlich! Aber der bleibt immer in seiner Spur, verstehste? Der is wie'n Huhn, dem du 'n Kopp auf'n Kreidestrich drückst – der kuckt nirgendwo anders mehr hin. Entweder man wird mit ihnen fertig im Guten, oder man muss sie exportieren.«

»Krank«, sagte Paul.

»Wenn du das gesund findest, wie die andern leben, dann ist er krank.«

»Eigentlich gibst du mir nachträglich recht«, sagte er.

»Nein, ihr hättet ihn nicht ins Zuchthaus sperren dürfen. Da hat er bloß gelernt, was ihm noch fehlte.«

»Ist dir auch klar, was du damit sagst?«

»Ja«, sagte ich, aber es war mir überhaupt nicht klar. Das musste mir erst gesagt werden, Paul musste es mir erst um die Ohren haun. Erst dann begriff ich, dass es aus war, denn mein Bruder würde keinen Unterschied machen, ob wir zusammen wohnten oder ob wir uns bloß alle paar Tage trafen.

Paul erklärte es mir, während er sich rasierte. Ich saß auf der Couch und bürstete mir die Haare. Er kam vom Waschbecken rüber, beugte sich vor, weil ich ihn nicht ansah, bückte sich, bis er mir ins Gesicht blicken konnte, kam so nahe, dass ich den Rasierschaum roch, machte den Mund auf, redete mich an und stank aus dem Hals nach Wodka. Ich nickte, bis er sich abdrehte, an den Spiegel zurückging und weiterkratzte.

»Habe ich recht?«, fragte er.

»Ja, du hast recht«, sagte ich.

Er rieb sich mit dem Rasierwasser ein, das ich ihm gekauft hatte, und er spritzte sich das Haarwasser, das ich ihm geschenkt hatte, auf den Kopf, und mir wurde von dem Geruch so schlecht, dass ich das Fenster aufriss.

»Was ist denn?«, fragte er. »Ist dir übel?«

»Ja«, stöhnte ich und brach auf der Couch zusammen.

»Maria«, sagte er, kam wieder ran und legte mir die Hand auf die Schulter. »Sag mal, bist du etwa ...?«

»Ja«, sagte ich, obwohl ich es besser wusste, »vielleicht bin ich schwanger. Das wird dann gleich ein Aufwaschen – findest du nicht auch?«

»Willst du nicht endlich damit aufhören?«, fragte er leise. »Das sind doch alles Kindereien. Reiner Robin Hood. Wir leben in Berlin. Hier gibt's keine Blutrache mehr. Du musst einfach mal'n bisschen vernünftiger an die Sache rangehn. Ich meine, selbst wenn du schwanger wärst ...«

»Vernünftiger?« fragte ich, und ehe ich selber wusste, was ich tat, holte ich aus und schlug in sein rasiertes Gesicht. »Vernünftiger?«, fragte ich noch einmal und schlug gleich wieder zu. Ich sah mit meinen verheulten Augen, wie er aufstand und einen Schritt zurücktrat.

»Das Vernünftigste wäre, wenn du jetzt verschwindest«, schrie ich.

»Ich gehe ja schon«, sagte er. »Komm, ich setze dich zu Hause ab.«

»Ich hab kein Zuhause«, brüllte ich, warf meinen Kopf auf die Arme und heulte. Ich wusste, dass er jetzt über mir stand und lächelte.

»Du bist überarbeitet«, sagte er, und ich spürte seine Hand wieder auf meiner Schulter.

»Nimm die Pfote weg!«, brüllte ich.

»Seit gestern abend auf'n Beinen«, sagte er. »Du bist einfach überreizt.«

»Hau ab«, wiederholte ich.

»Meine Schuld«, sagte er nahe an meinem Hals. »Ich rufe dich heute abend an.«

»Hau ab«, wiederholte ich.

»Du kannst den ganzen Tag schlafen.«

Ich hob den Kopf und brüllte, während mir die Tränen über die Nase und in den Mund liefen: »Ich will dich nicht mehr sehn! Verschwinde!«

54

Kurz nach neun rief er im Clou an. Herr Kleeberg gab mir den Hörer und ging aus dem Büro.

»Morzeck«, meldete ich mich, als ob ich nicht gewusst hätte, wer am Apparat war.

»Ich hole dich ab», sagte er.

»Wann?«

»Um vier.«

»Nein«, sagte ich.

»Was heißt nein?«

»Nein heißt nein. Ich will schlafen.«

»Kannst du ja auch. Ich muss dir bloß was sagen. Dann bringe ich dich nach Hause.«

»Ich hab keine Lust.«

»Es geht um Dieter«, sagte er nach einer Pause, und als ob er sich schämte, dass er ihn beim Vornamen genannt hatte, setzte er hinzu: »Um deinen Bruder.«

»Ja«, sagte ich, »es geht immer um meinen Bruder. Wir haben übrigens Nachricht gekriegt. Ich kann ihn nächste Woche besuchen.«

»Das ist'n gutes Zeichen«, sagte er. »Das passt mir glänzend in den Kram.«

»Paul«, sagte ich und hörte, wie in meinem Rücken die Bürotür aufging, »aber höchstens 'ne halbe Stunde ...«

»Das reicht«, sagte er und hängte auf.

55

Diesmal brachte er keine Konserven mit, dafür eine Schallplatte mit Liedern aus dem spanischen Bürgerkrieg. Immer wenn sie abgespielt war, nahm er den Tonarm und setzte ihn wieder auf die erste Rille:

»Spaniens Himmel breitet seine Sterrnä
über unsre Schützengrrräben aus ...«

»Können wir nicht zwischendurch mal was anderes auflegen?«, fragte ich.

»Lass«, sagte er und schüttelte den Kopf. »Das ist meine Kirche. Die andern haben ›O Haupt voll Blut und Wunden‹, und wir haben das hier.« Dann stand er sogar auf, schlug mit dem Fuß den Takt und summte:

»Die Heimat ist weit,
doch wir sind bereit!
Wir kämpfen und siegen für dich –
Frei – heit!«

»'ne halbe Stunde hattest du gesagt«, erinnerte ich ihn.

Er holte seine Tasche von der Tür, ließ die Verschlüsse aufschnappen und langte einen Schnellhefter raus.

»Ich glaube, wir können was machen«, sagte er.

Ich sah, wie seine Hände zitterten, als er die Klemmen von den Papieren abnahm. Es schien auch überflüssig gewesen zu sein, denn er setzte sie gleich auf die beiden Stifte zurück und bog sie in ihre alte Lage.

»Um es kurz zu machen«, sagte er und sah mich schnell an.

»Wegen Dieter?«, fragte ich.

»Ja.«

»Und was soll ich dabei?«

»Er ist ja wohl dein Bruder«, meinte er, zuckte mit der rechten Schulter und sagte im gleichen Ton: »Ich glaube, du musst mir'n Schnaps geben, Rike.«

»Gerne«, sagte ich und goss ihm Wodka in ein Senfglas.

»Trinkst du nichts?«, fragte er.

»Nein.«

Er kippte den Schnaps, hielt ihn einen Augenblick im Mund, schluckte ihn runter und rieb sich dann mit beiden Händen die Augen.

»Ah, sehr gut!«

»Paul, bitte!«, sagte ich. »Ich kann nicht erst wieder um zehn nach Hause kommen. Sie hat gesagt, 's nächste Mal lässt sie mich von der Polizei suchen ...«

»Alles, was ich tun kann, ist«, er machte eine Pause, sah mich an, und ich merkte, dass er betrunken war, »eine Revision des Prozesses! Es gibt nämlich einen Punkt – du erinnerst dich doch an alles, einigermaßen wenigstens?«

Ich nickte.

»Hast du eigentlich schon das Gnadengesuch abgeschickt?«, fragte er plötzlich.

»Nein«, sagte ich.

»Gut. Einen Augenblick!« Er drehte sich um und richtete den Tonarm wieder auf den Plattenanfang. »Es sieht aus wie eine Kleinigkeit«, sagte er, »kann aber wichtig werden.« Er blätterte einige Seiten in dem Schnellhefter um und sagte, ohne mich anzusehn: »Wir haben nämlich die Aussage, wonach die Tür des Senderaums verschlossen war, nicht unter Eid genommen. Das war, angesichts des«, er warf einen Blick auf mich, »geradezu erdrückenden Beweismaterials nicht nötig, außerdem, wir mussten uns ja nicht auf Indizien stützen, wir hatten ein Geständnis, wenngleich –«

»Ich verstehe nicht, was mich das angeht«, sagte ich.

»Sei doch nicht so zickig«, brüllte er mich an. »Wenn ich diese ganze Geschichte hier anfange, muss ich wenigstens sicher sein, dass nicht zur gleichen Zeit ein Gnadengesuch von dir eintrudelt.«

»Das habe ich dir doch schon gesagt.«

»Doppelt hält besser«, sagte er und hielt mir sein Glas hin. »Die Schwierigkeit ist nämlich die«, fuhr er fort, nachdem er getrunken hatte. »Dein Bruder hat nie zugegeben, dass die Tür abgeschlossen war. In den Protokollen steht nur, dass er über die Dächer wegwollte, als er Schritte im Gang und auf der Treppe hörte. Also«, er hob den rechten Zeigefinger und hielt ihn in die Luft, »ist es doch mal sehr fraglich, ob man in diesem Falle wirklich von ›vorsätzlich‹ und ›planmäßig‹ reden konnte. Ich kann mich auch nicht erinnern, dass wir uns den Senderaum angesehen hätten, auch eine Unterlassung, wenn man so will.«

»Und was ändert sich dadurch?«

»Er kriegt die Hälfte!«, rief Paul. »Bestenfalls die Hälfte!«

»Dann säße er jetzt schon anderthalb Jahre zu lange drin.«

»Ja«, sagte Paul, »so kann man's auch sehn. Nun hat er ja allerdings auf Rechtsmittel verzichtet und sein Verteidiger auch –«

»Das war euer Verteidiger«, unterbrach ich ihn, »nicht seiner, also damit komm mir bitte nicht!«

»Er hat ihn angenommen und damit basta. Ich will doch auf was ganz anderes raus.« Bevor er weitersprach, goss er sich wieder ein. »Trink doch wenigstens mal'n Schluck mit, zur Gesellschaft!«, bat er.

Ich nahm sein Glas und nippte dran, aber mir schmeckt Wodka nicht, Wodka ist nicht zum Trinken, bloß zum Besaufen.

»Wer kann jetzt eigentlich den ganzen Fall noch mal aufrollen?«, fragte er und lehnte sich zurück.

»Der Staatsanwalt«, sagte ich.

»Der wird sich hüten«, sagte Paul und grinste.

»Dann eben die nächste Instanz«, sagte ich. »Das Oberste Gericht oder irgendwer …«

»Einverstanden«, sagte Paul und nickte. »Dann hätte aber jemand Berufung einlegen müssen, vor drei Jahren, und das ist nicht geschehn. Theoretisch wäre es natürlich möglich, dass eine Kommission die Akten alle mal durchkämmt und dann drauf stößt, aber wenn die deswegen den ganzen Prozess noch mal von vorne anfangen, fresse ich'n Besen.«

»Ja, was 'n dann?« fragte ich.

Er sah mich an, nickte im Takt von *Madrid, du wunder-*

bare und grinste. Plötzlich streckte er den Arm aus, ballte die Hand zur Faust und schlug sie sich auf die Brust.

»Du?«, fragte ich

»Ja.«

»Ach, Paul«, sagte ich, stand auf, ging zu ihm hin, stellte mich neben ihn, und er legte seinen Kopf an meinen Bauch.

»Gut?«, fragte er.

»Das sollst du nicht«, sagte ich. »Meinetwegen brauchst du doch nicht so'n Schwindel zu machen.«

»Das ist kein Schwindel«, sagte er, legte den Kopf in den Nacken und sah zu mir hoch.

»Na klar ist das Schwindel«, sagte ich. »Und was kommt denn dabei raus?«

»Er wird früher entlassen«, sagte Paul.

»Glaube ich nicht«, sagte ich. »Aber wenn du'n neuen Prozess anfängst ...«

Auf einmal wurde mir klar, was er vorhatte, und ich kriegte eine richtige Gänsehaut.

»Was ist denn?«, fragte er.

»Du haust dir doch alles kaputt«, sagte ich. »Das geht doch bloß, wenn du sagst, dass es deine Schuld ist.«

»Ja, ja. Ja«, sagte er, nickte jedesmal und legte mir dann die Arme um die Hüften.

»Dieter kommt sowieso bald raus«, sagte ich. »Wegen der paar Monate wirst du dir doch nicht alles ruinieren! Du musst doch weiterdenken!«

»Tu ich ja, tu ich ja«, sagte er und ließ mich los.

Ich wollte mich auf seinen Schoß setzen, aber er wehrte mich ab und stand auf. Ich hatte ein dummes Gefühl, wie wir plötzlich beide nebeneinander standen, und legte mich auf die Couch.

»Maria«, sagte er, fing an auf und ab zu gehen und sich dabei die Schuhspitzen gegen die Hacken zu stoßen.

»Wie kommst du denn plötzlich darauf?«, fragte ich. »Ich

wollte die ganzen Monate von dir nichts weiter hören als die Wahrheit, und auf einmal kommst du mit so 'ner Scheiße an, wo du selber noch bei hopsgehst ... Überleg doch mal'n bisschen!«

»Dein Bruder –«

»Hör doch bloß endlich auf mit meinem Bruder!«, rief ich.

»Du bist für mich wichtig! Merkst du denn das nicht!? Du – und sonst keiner.«

»Ja«, sagte er, sah mich aber nicht an, sondern ging weiter auf und ab, hin und her, vom Regal zum Fenster, vom Fenster zum Regal.

»Wenn ich nun aber zwei Fliegen mit einer Klappe ... oder sagen wir mal lieber: Wenn ich gleichzeitig deinem Bruder und mir selber helfe?«

Er war einen Augenblick stehngeblieben, hatte sich auf die Fußspitzen gestellt und die Arme so weit nach oben gestreckt, dass er die Zimmerdecke berührte.

»Das geht nicht«, sagte ich.

»Doch«, sagte er, nahm die Hände runter und lächelte. »Ich sage, dass es meine Schuld war, ausschließlich meine Schuld. Ich darf mich natürlich nicht schonen. Ich muss sehr selbstkritisch sein, sehr ehrlich und bereit, meine Fehler zuzugeben, verstehst du? Aber immerhin war es Wachsamkeit – wenn auch übertrieben und anfechtbar, aber –«

»Glaubt dir doch keiner«, unterbrach ich ihn.

»Wieso?«, fragte er und war ganz erstaunt. »Der Staatsanwalt hatte doch bloß auf zwei Jahre plädiert.«

Ich verstand nicht gleich, wie er das meinte. Ich wollte es zweimal hören.

»Der Staatsanwalt hat zwei Jahre beantragt, und du hast viere draus gemacht?«

»Ja«, sagte er. «Ich dachte, das wüsstest du.«

Er ging zum Tisch, goss sich noch einen Schnaps ein und trank ihn aus.

»Nee«, sagte ich, »das habe ich nich gewusst. Das höre ich heute das erste Mal.«

»Nun, wie dem auch sei ... das lässt sich also rückgängig machen ... Dieter kriegt eine Entschädigung ...«

»Warum hat denn der Staatsanwalt damals nicht gegen das Urteil protestiert?«

Paul lachte, verschluckte sich und fing an zu husten.

»Protestiert?«, fragte er und lachte wieder, bis ihm der Husten in die Quere kam. »Du meinst, Revision eingelegt? Wogegen denn?« Wieder musste er husten. »Der hätte mich höchstens anschmieren können, wenn ich unter seinem Antrag geblieben wäre.«

»Achso«, sagte ich, »und jetzt, wo's dir dreckig geht, willste den Spieß wieder umdrehn? Gar nicht so dumm ... Aber mich lässt du lieber draußen, ja?«

»Mir ist es sogar angenehm, wenn du dich gar nicht einmischst«, sagte er.

»Gut, dass ich das weiß«, sagte ich und stand auf.

»Das würde die Sache bloß komplizieren.« Er stotterte ein bisschen, weil er betrunken war.

»Ja, natürlich«, sagte ich und zog meinen Mantel über.

»Und das wollen wir doch alle nicht«, sagte er und streckte mir die Hände entgegen, aber er musste aufstoßen und hielt sie sich schnell vor den Mund.

»Nein, das wollen wir nicht.«

»Wo willst du denn hin?«, wunderte er sich plötzlich und riss die Augen weit auf.

»Ich gehe«, sagte ich.

»Wo denn hin?«

»Nach Hause. Wohin denn sonst?«

»Aber ich bringe dich doch«, sagte er und wollte nach seinem Mantel greifen, der am Türhaken hing. Ich stand aber näher, riss den Mantel vom Haken und warf ihn auf den Boden.

»Rikchen«, sagte er. »Aber Rikchen ...«

Das war das letzte, was ich hörte. Ich machte die Tür auf und donnerte sie hinter mir zu. Ich sauste die Treppe runter, weil ich Angst hatte, er könnte hinter mir herkommen, aber oben blieb alles still. Ich ging bis zur Haltestelle am Nordbahnhof zu Fuß und weinte ein bisschen, aber kein großes Geheule, grade so viel, dass ich mir drei-, viermal die Nase schnauben musste.

56

Freitagabend rief er im Clou an, fragte, ob wir uns irgendwo treffen könnten, und bot sogar an, mit mir nach Karolinenhof zu fahren.

»Wie kommste'n darauf?«, fragte ich ihn.

»Da hat alles angefangen«, sagte er.

»Wenn du wissen willst, wo alles angefangen hat, musste in die Invalidenstraße gehn, Botanisches Museum«, sagte ich.

»Rike«, bat er.

»Nee«, sagte ich, »vielen Dank, bin bedient.«

Kurz nach Mitternacht holte mich Herr Kleeberg wieder in sein Büro. Als ich den Hörer auf dem Schreibtisch liegen sah, wusste ich Bescheid.

»Tun Sie mir den Gefallen, Herr Kleeberg, sagen Sie ihm einfach, ich nehme keine Gespräche mehr an während der Arbeitszeit.«

»Is das nich'n bischen hart?« fragte er.

»Ja«, sagte ich und ging zur Tür. »'s ganze Leben is hart – warum soll ich'n da weich sein?«

Als ich gegen Morgen mit Effi und Oscar die Friedrichstraße runterging, kam uns ein schwarzer Škoda entgegen und fuhr ganz langsam an uns vorbei.

245

»War das nicht dein Macker?«, fragte Oscar.

»Wo?«, fragte ich, weil ich gar nicht drauf geachtet hatte.

»Na, da«, rief Oscar, drehte sich um und zeigte auf den Wagen.

»Is det nich seine Nummer?«

»Keine Ahnung«, sagte ich und sah den Wagen in die Schlegelstraße einbiegen.

»Du musst doch wissen, wat dem sein Wagen für 'ne Nummer hat«, sagte Oscar.

»Weiß ich nicht«, sagte ich, aber ich kriegte es auf einmal mit der Angst zu tun. Als wir vor meiner Haustür waren, bat ich sie, solange zu warten, bis ich mich oben am Fenster melde. Ich raste hoch, schloss leise auf, damit ich Hete nicht weckte, und ging ans Fenster.

»Schönen Dank!«, rief ich runter. Oscar nahm seinen Hut ab und verbeugte sich, und Effi rief: »Tschüss!«

Ich sah ihnen noch ein paar Schritte hinterher und winkte, aber auf einmal tauchte aus der Linienstraße ein schwarzer Škoda auf, drehte einen Bogen um den früheren U-Bahn-Eingang, fuhr ein Stückchen neben Oscar und Effi her, wurde dann plötzlich schneller und verschwand in Richtung Weidendammer Brücke. Bevor ich ins Bett ging, schloss ich die Korridortür zweimal rum und legte die Kette vor.

Die Nacht vom Sonnabend auf Sonntag rechnete ich damit, dass er anrief. Gegen zwei Uhr morgens fragte ich Herrn Kleeberg.

»Nischt, meine Kleene«, sagte er. »Jetzt tut's dir wohl leid, wa?«

»Quack«, sagte ich.

»Warum fragst'n denn?«

»Bloß so.«

Einigen Spaß gab's die Nacht mit Oscar. Herr Kleeberg kam immer wieder ins Lokal, rückte die Blumen zurecht, putzte 'n Aschenbecher aus und trug auch mal was weg.

Dabei richtete er es so ein, dass er Oscar behilflich sein konnte, immer nahe an ihm dran war oder ihn wenigstens im Auge behielt.

»Was is denn, Chef?«, knurrte Oscar nach einer Weile.

»Nichts«, sagte Herr Kleeberg. »Was soll sein?«

»Mache ick irjendwat falsch?«, fragte Oscar und setzte gleich, ohne eine Antwort abzuwarten, hinzu: »Ick bin ja ooch erst fünfunddreißig Jahre in meinem Beruf, ick lasse mir jerne belehren.«

»Aber ich bitte Sie!«, sagte Herr Kleeberg. »Ich bin bloß neugierig. Weiter nichts.«

»Ach«, sagte Oscar. »Woruff denn?«

»Was Sie jetzt mit Ihrem Benzin machen und diesen Dingern da …«

»Wieso?«

»Mich interessiert das mal so, rein theoretisch«, sagte Herr Kleeberg.

»Wie kommen Sie denn überhaupt daruff?«, fragte Oscar und stellte sich eine Batterie Gläser auf sein Tablett. »Da is doch 'ne Heimtücke hinter.«

»Die Freunde sind abgezogen«, sagte Herr Kleeberg.

Oscars Tablett geriet ein bisschen ins Zittern.

»Die Russen?«, fragte er, ohne Herrn Kleeberg anzusehn. »Von Kuba?«

»Hm.«

»Ha'ick ja immer jesagt, denen muss bloß ma eener wie der Kennedy richtig die Meinung jeijen, schon jeben se kleen bei.«

»Ach, das is große Politik«, verteidigte sich Herr Kleeberg. »Mich intressiert, wie das so'n Mann wie Sie trifft. Det muss doch für Sie'n schrecklicher Verlust sein.«

»Wissen Se wat, Herr Kleeberg«, sagte Oscar und nahm zwei Flaschen in die rechte Hand. »Det Benzin schenke ick Ihnen, damit se mit Ihren Trabant um die Mauer knattern können, und die Frommser vakoofe ick uff'n Weihnachts-markt als Luftballons.«

Er machte, dass er wegkam, und wir hielten uns alle den Bauch vor Lachen.

Sonntag Nachmittag ging ich zu Brigitte, um ihren Jungen zu besichtigen.

»Auf diese Weise biste ja schön drumrumgekommen«, sagte ich, als sie mir den Wurm in'n Schoß gelegt hatte.

»Worum?«, fragte sie und sah mich groß an.

»Um den Namen«, sagte ich. »Und zur Hochzeit wird unsereiner auch nicht eingeladen«, beschwerte ich mich nachträglich. »Deinen Mann habe ich bis heute noch nicht gesehn.«

»Also, komm«, sagte sie. »Was kann ich denn dafür, wenn du dich in Binz rumtreibst ...«

»So 'ne Heirat überlegt man sich eben 'n bisschen«, sagte ich und hielt meine Nase vor das kleine Gesicht, damit er mit seinen Fäusten besser boxen konnte.

»Christoph? Ja, das gefällt mir«, sagte ich.

»Mein Schwiegervater is nämlich Kirchensteuerinspek-tor«, sagte Brigitte.

»Naja, da muss man'n bischen Rücksicht nehmen«, sagte ich.

»Aber sonst 'ne dufte Type.«

Auf dem Tisch, wo früher ihre Schreibgarnitur gestanden hatte mit dem Kugelschreiber in der grüne Feder, lag jetzt das Wickelzeug, und auf den Hockern hatte sie Öl, Puder, Watte und Creme abgestellt.

»Du musst ihn auch mal Tante Hete zeigen«, sagte ich. »Da machste ihr 'ne große Freude mit.«

»Warum zeigste ihr denn nich mal 'n eigenes?«, fragte Brigitte.

»Haste'n passenden Vater für mich?«

»Wieso? Is aus?«

»Ich weiß nicht«, sagte ich und gab ihr den Jungen zurück. »Manchmal hab ich so'n Gefühl, als hätte's nie richtig ange- fangen.«

57

»Es ist immer dasselbe«, sagte ich zu Tante Hete, als ich Montagabend aus Brandenburg zurückgekommen war. »Ich weiß nicht, was ich dir Neues erzählen soll. Ich hab wieder 'ne Stunde warten müssen, und dann brachten sie uns hoch, bloß dass uns der Leutant diesmal nicht angebrüllt hat.«

»Und Dieter?«

»Er hat sich geärgert, weil wir immer noch kein Gnaden- gesuch eingereicht haben.«

»Siehste«, sagte Tante Hete. »Nu aber schleunigst!«

Angeschrien hatte er mich, dass sogar der Leutnant zusam- mengezuckt war, von mir und der Frau, die neben mir saß, ganz zu schweigen.

»Etwas leiser, bitte«, hatte der Leutnant gesagt und ge- grinst.

»Wir haben uns übern halbes Jahr nicht gesehn«, wollte ich mich verteidigen, aber Dieter fiel mir gleich ins Wort und redete so schnell, dass ihm die Spucke von den Lippen flog.

»Ich geh gleich morgen hin«, versprach ich, obwohl ich überhaupt nicht wusste, wohin, bis mir auf'm Nachhause- weg das Notariat in der Kastanienallee einfiel, mit dem ich Paul beschwindelt hatte.

»Bestimmt«, sagte ich.

»Hast du mit Wendt gesprochen?«, fragte er.

»Ja«, sagte ich.

»Mit Jakobs auch?«

»Ich wollte mit ihm reden«, sagte ich. »Aber er nicht mit mir.«

»Na, der kann sich auf was gefasst machen«, sagte Dieter.

»Vielleicht isses auch meine Schuld. Ich kenne mich mit seiner Frau ... und er ist so wahnsinnig eifersüchtig.«

»Aber doch nicht auf dich!«, lachte Dieter. »Das hat andere Gründe.«

»Ich weiß nich«, sagte ich.

»Komm, komm«, meinte er, »mir kannste nischt erzählen.«

»Riech mal«, sagte ich. »Ich hab mir die Hände eingerieben.«

Ich hielt ihm die Finger unter die Nase.

»Jaja«, sagte er, »prima.« Aber er war mit seinen Gedanken woanders. »Du musst dann eben mal 'ne Weile bei Tante Hete schlafen«, sagte er. »Ich brauche 'n Zimmer für mich.«

»Ja, natürlich«, schwindelte ich, »das hatten wir uns auch so gedacht.«

»Ich weiß auch nich, wie's mit Arbeit wird. Ob die mich gleich wieder nehmen ...«

»Du kannst doch erstmal Urlaub machen«, sagte ich.

»Wovon soll ich denn leben?«, fuhr er mich an.

»Ich hab auch'n paar Pfennige«, sagte ich, aber dass ich Geld verdiente, konnte er sich nicht vorstellen. Er lächelte nur mitleidig.

»Deine Piepen behalt man. Darauf bin ich nicht angewiesen.«

»Der ist nich auf'n Kopp gefallen«, sagte ich zu Tante Hete. »Der wird schon was finden. Du darfst nicht vergessen, Dieter ist jetzt 'n Mann, und wenn er rauskommt, müssen wir alle beide parieren, ob wir wollen oder nich. Er wird unser Haushaltsvorstand, und wir sind hier bloß noch Hilfskräfte. Richte dich man schon drauf ein, dass du in Zukunft anklopfen und fragen musst, ob du die Blumen gießen darfst.«

Hete lachte und schüttelte den Kopf. Aber plötzlich fiel ihr was ein, sie stand auf, langte unter ihren Quittungen-Teller auf dem Küchenbüfett und gab mir einen zusammengefalteten Zettel. »Heute Nachmittag war jemand da und hat nach dir gefragt«, sagte sie.

Ich hatte auf einmal furchtbares Herzklopfen. »Liebes Fräulein Morzeck! Könnten Sie mich bitte gleich anrufen, wenn Sie nach Hause kommen? Ihre Gudrun Deister«. Unter dem Namen stand die Telefonnummer.

»Was is denn?« fragte Tante Hete.

»Du willst doch nicht etwa behaupten, dass du das nicht gelesen hast«, sagte ich.

»Äh …«, machte Hete, »ich hab zufällig draufgekuckt, wie sie's geschrieben hat. Steht ja auch nichts weiter drin, als was sie mir ooch gesagt hat.«

»Na, ich geh dann mal telefonieren«, sagte ich.

»Bleibste denn weg, heute abend?«, fragte Tante Hete. »Bloß damit ich Bescheid weiß …«

»Vielleicht«, sagte ich, stand auf und ging zur Tür, aber auf einmal wurde mir schwarz vor Augen, und ich musste mich wieder hinsetzen.

»Kind, Kind«, sagte Tante Hete. »Det jeht nich jut aus.«

Ich nahm den Kopf zwischen die Hände und starrte sie an.

»Was denn?«, fragte ich. »Was meinste denn?«

»Lass ihn doch loofen … Wenn er verheiratet is … Vielleicht hat er ooch noch Kinder.«

Ich legte die Augen auf die Handballen, musste aber nicht weinen.

»Er is ja 'n netter Mensch – aber bedenk doch mal das Alter, und denn machste die Frau unjlücklich, und die Kinder haben keen Vater mehr …«

»Sie haben keine Kinder«, sagte ich leise.

»Dann isses noch schlimmer«, sagte Tante Hete.

»Warum?«

»Wenn se keene Kinder haben, hängen se noch mehr anenander«, sagte Hete. »Wenn Bälger da sind, is alles einfacher. Aber 'ne Ehe, wo keene Kinder sind, det jeht uff de Nerven, da wird man leicht eklig und will sich uff de Socken machen, aber wenn man denn doch so lange zusammenbleibt, denn will det schon wat heeßen. Vielleicht brauchste se bloß anzutelefonieren, und denn sagste janz von oben: Nehmen se sich Ihr Schmuckstück wieder, meine Gnädigste, wir sind uff Ihnen nicht anjewiesen, ick bin zwanzig Jahre und habe an jeden Finger zehne, eener hübscher wie der andere, und in Zukunft passen se besser uff, machen se de Leine kürzer und legen se 'n Maulkorb um, damit is der Fall erledigt.«

»Du verstehst das nich, Tante Hete«, sagte ich.

»Ick verstehe det nich? Eijentlich müsste ick dir für so 'ne Frechheit acht Tage uff halbe Ration setzen! Denkste vielleicht, ick hab keene Seele? Weil ick so fett bin un dicke Beene habe, is bei mir Pause? Ick hab ooch 'n Herz, meine Süße, und da sind se ooch druff rumgelatscht, bis se dachten, nu isset dot, aber hat sich wat! Ick bin wie Unkraut – ick wachse ooch uff Asphalt. Drei Tage de Woche muss regnen, der Rest windig, un' wenn Sonntagnachmittag de Sonne 'n bischen rauskuckt, jenügt uns das. Und nu geh und sag ihr, du lässt dich empfehlen ...«

58

Sie sprach sehr leise am Telefon, und ich konnte sie kaum verstehen, aber vielleicht lag das auch am Apparat.

»Ich würde Sie gern heute noch sehen«, sagte sie.

»Ja«, sagte ich.

»Wollen Sie nicht zu mir kommen?«, fragte sie.

»Das möchte ich nicht«, sagte ich.

»Mein Mann ist ... Paul ist nicht zu Hause«, sagte sie, »und ich hab keine Lust, mich in ein Café zu setzen. Ich will ungestört mit Ihnen reden.«

»Wozu?«, fragte ich und erinnerte mich daran, was mir Tante Hete geraten hatte, aber zu Hause am Küchentisch war alles so einfach und in Wirklichkeit alles viel schwerer. Ich hätte ja den Hörer einhängen und weggehn können, aber warum hatte ich dann überhaupt angerufen?

»Können Sie sich das nicht denken?«, fragte Frau Deister und wurde auch jetzt nicht lauter. Sie gab mir ihre Adresse, ich tat so, als hörte ich sie zum ersten Mal, und eine halbe Stunde später war ich in Weißensee, stand vor der Wohnungstür mit dem Schild *Deister* und klingelte.

Sie war Mitte Dreißig, ein bisschen größer als ich, trug aber auch Schuhe mit hohen Absätzen, und ich hatte noch die flachen Treter an, mit denen ich in Brandenburg gewesen war. Sie nahm mir meinen Mantel ab und hängte ihn auf einen Haken. Sie stand hinter mir, und wir sahen uns einen Augenblick lang im Garderobenspiegel und lächelten, dann klinkte sie die Tür zum Wohnzimmer auf und ließ mich vorangehn. Sie redete die ganze Zeit, aber ich weiß nicht mehr was, bis wir uns in die roten Sessel gesetzt hatten, die mit dem gleichen Stoff bezogen waren wie die Couch und die Hocker vor den Bücherregalen. Der Teppich war dunkelbraun und abgetreten, über dem Tisch hing eine Papierlampe, und der Zigarettenrauch stieg nach oben ins Licht. Sie war dunkel wie ich, gar nicht hässlich, aber hatte eine zu hohe Stirn, auf die sie anscheinend stolz war, denn sie trug die Haare nach hinten, aber bloß halblang mit 'ner Außenwelle bis an den Kragen von ihrem schwarzen Kleid. Sie hielt sich grade und schlug nie die Beine übereinander, dafür zog sie das Kleid aber immer wieder über die Knie, wenn es ein bisschen hochgerutscht war. Im Grunde sah sie aus wie eine junge Witwe, und mir kam auch prompt der

Gedanke, dass Paul tot sein könnte. Aber dann hätte sie mich wahrscheinlich nicht eingeladen, sondern mir höchstens eine Anzeige geschickt.

»Trinken Sie einen Kaffee?«

»Nein, danke.«

»Tee?«

»Nein, wirklich, gar nichts«, sagte ich.

»Ich lasse Sie aber nicht so schnell wieder weg«, sagte sie.

»Ich hab Zeit.«

»Vielleicht trinken wir'n Glas Wein?«

»Das schon eher«, sagte ich, und sie brachte einen ungarischen Weißwein, der bei uns die Flasche zwölf Mark kostet.

»Geben Sie mal her«, sagte ich, als ich sie mit dem Korkenzieher hantieren sah. »Das ist mein Beruf ...«

Sie lächelte und kam mit dem Gesicht unter die Lampe. Sie hatte große Zähne und ihre Lippen waren blassgeschminkt, aber die Nase war zu breit, und als sie mir jetzt zusah, wie ich den Korken rauszog, standen ihre Nasenflügel fast über den Mundwinkeln.

»Ich war am Sonntag in der Ackerstraße«, sagte sie, als wir getrunken hatten. »Aber Sie sind ja leider nicht gekommen. Ist der Wein kalt genug?«

»Ja, danke«, sagte ich.

»Entschuldigen Sie, wenn ich dort so einfach eingebrochen bin, aber ich hab nur sein Rasierzeug geholt. Ich hab sonst nichts angerührt.«

»Warum –«, fing ich an, aber sie unterbrach mich sofort.

»Ich will Ihnen das alles in Ruhe erklären. Deswegen habe ich Sie ja hergebeten. Ich muss mich bloß erst mal dran gewöhnen, dass Sie ... dass Sie so jung sind und so ein – hübsches Mädchen ... Als wir in Warna waren, hat er mir von Ihnen erzählt, und ich dachte – aber das ist ja egal! Was machen Sie eigentlich?«

»Ich bin Kellnerin«, sagte ich. »Und Sie?«

»Ich bin Buchhändlerin«, sagte sie ein bisschen überrascht, weil sie dachte, dass sie die einzige war, die hier Fragen zu stellen hatte. Ihre Lippen waren zu schmal, fiel mir auf, aber sie stülpte sie vor und saß immer mit offenem Mund.

»Vielleicht sagen Sie mir mal, was Sie eigentlich von mir wollen«, sagte ich.

»Ich muss etwas von Ihnen erfahren«, sagte sie, ohne sich aus der Ruhe bringen zu lassen. »Und ich glaube, darauf habe ich ein gewisses Recht, denn immerhin bin ich mit Paul verheiratet, seit neun Jahren.«

»Bitte«, sagte ich.

»Aber damit will ich nicht sagen, dass es ewig so bleiben muss.«

»Was meinen Sie damit?«

»Alles!«, rief sie, aber es war eher eine Art Zwitschern, und jetzt wusste ich auch, warum sie so leise sprach. Ihre Stimme lag so hoch, dass sie ins Kreischen kam, wenn sie laut wurde.

»Alles!«, wiederholte sie. »Wir alle ändern uns. Als Paul Sie kennenlernte, war er anders als heute ... oh, ja, unbedingt«, unterbrach sie sich selber. »Und Sie haben sich sicher auch geändert, von mir ganz zu schweigen, ich bin ja sozusagen die komische Figur in dem Dreieck ... Nein, bitte, sagen Sie nichts! Das ist doch albern! Ich finde nur, wir sind jetzt an einem Punkt, wo wir uns die ganze Geschichte mal gründlich überlegen müssen. Paul hat mir zweimal versprochen, sich nicht mehr mit Ihnen zu treffen – er ist trotzdem wieder zu Ihnen gegangen – gut! Er hat mir sogar gesagt, wo Sie sich – ich meine, er hat mir die Adresse in der Ackerstraße gegeben, obwohl ich die längst von Harry Rutek wusste – den kennen Sie doch?«

»Ja«, sagte ich

»Harry hat nämlich einen großen Fehler«, sagte sie. »Er redet zuviel. Er ist unbrauchbar für jede Art Konspiration.

Vorige Woche hat er mir einen Brief geschickt. Himmlisch! Warten Sie, ich zeig Ihnen das mal.«

Sie stand auf, raschelte ans Bücherregal in meinem Rücken, kam mit einem Kuvert zurück und zog einen Zettel raus. »Passen Sie auf!«, sagte sie. »So 'ne Art Gedicht! –

Unser Leben ist wie das Meer.
Ans eine Ufer wirft es den Tang und die Leichen,
ans andre das Glück und den goldenen Sand.

Aus! Alles. Unterschrift: Dein Harry. Ich müsste Ihnen mal noch mehr zeigen. *Maria Celeste* kennen Sie doch?«

»Ja«, sagte ich.

»Hat er Ihnen das gewidmet?«

»Ja«, sagte ich.

»Mir auch«, sagte sie und lächelte mit ihren großen Zähnen. »Das ist eben sein Fehler. Er übertreibt alles und vergaloppiert sich dann – aber das kann uns egal sein. Ich wollte Ihnen nur sagen ... Darf ich noch einschenken?«

»Ja, bitte«, sagte ich.

»Aber nicht, dass Sie denken ...«

»Ich vertrage schon 'n Zahn«, sagte ich.

»Wir müssen einfach mal klären«, sagte sie, »was Sie von Paul erwarten ... Sie wissen ja sicher, dass er ein Neurotiker ist. Er trinkt eigentlich nur, um mit seinen Komplexen fertig zu werden. Die Frage ist doch, ob Sie ihn wirklich lieben, nicht wahr.«

»Wie bitte?«

»Ob Sie ihn lieben!«, wiederholte sie mit dreimal spitzem »i«, so spitz und so scharf, dass man Fenster damit hätte zuschneiden können.

»Ja«, sagte ich

»Schön«, sagte sie und nickte. »Das hatte ich erwartet. Aber dann möchten Sie ihn doch auch heiraten ...?«

»Nein«, sagte ich und nahm die Lippen zwischen die Zähne.

»Gut, dann sagen wir: mit ihm zusammenleben. Wenn man in Ihrem Alter das Wort ›heiraten‹ hört, kriegt man eine Gänsehaut, ich erinnere mich.«

»Ich weiß nicht genau«, sagte ich. »Aber das hängt auch von Paul ab, ich meine, was er will ...«

Sie lächelte und zog ihr Kleid über die Knie.

»Das kann ich Ihnen genau sagen«, sagte sie. »Paul möchte am liebsten sterben.«

»Das ist doch Quatsch«, sagte ich. »Wenn Sie mich bloß auf'n Arm nehmen wollen, hätte ich nicht herzukommen brauchen ... Dann geh ich lieber.«

»Hier nimmt Sie keiner auf'n Arm, Kindchen«, sagte sie. »Paul hat vorgestern einen Selbstmordversuch gemacht. Es stimmt schon, dass er sterben will.«

Ich versuchte aufzustehn, aber ich hatte das Gefühl, als ob ich immer kleiner würde und mit den Füßen gar nicht mehr auf den Teppich reichte. Ich nahm die Arme von den Sessellehnen, legte sie eng an die Hüfte und faltete die Hände wie in der Konfirmandenstunde. Viel fehlte nicht, und ich hätte gesagt: Ich war es wirklich nicht.

Uns gegenüber stand der Fernsehapparat, obendrauf eine Vase mit Alpenveilchen, darunter die Rundfunkzeitung in einem Strohkörbchen, vor dem Fenster, auf dem Kacheltisch, Gummibäume und abgeblühte Azaleen. Zwischen den Büchern hingen Bilder, eine Stadt im Tal, daneben ein Foto, alte Leute, ein Ehepaar in Binder und Spitzenkragen, zwei Bauernteller, wieder Bücher, ein Zeitungsständer, ein Kalender, die Tür zum Nebenzimmer.

»Wo?«, fragte ich.

»Er liegt in Buch«, sagte sie.

»Nein, ich meine ...«

»Hier ist es passiert«, sagte sie. »Zufall, dass ich am Sonnabend nach Hause kam. Ich wollte ursprünglich zu einer Bekannten nach Potsdam, weil ich ja wusste, dass er übers Wochenende bei Ihnen ist ... aber die hatte unerwarteten Besuch von ihren Eltern, im Hotel wollte ich nicht bleiben, naja, ich bin eben wieder zurückgefahren, und dann hab ich den Rettungsdienst angerufen und so weiter ... aber das ist – jedenfalls lebt er, allerdings muss er noch ein paar Wochen im Krankenhaus bleiben. Wenn er rauskommt, möchte ich aber klare Verhältnisse haben – verstehn Sie das? Ich möchte nicht, dass alles noch mal von vorn anfängt. Ich halte das nicht mehr aus. Sonst drehe ich durch, wissen Sie? Aber um es kurz zu machen – wer von uns beiden holt ihn ab? Das ist doch fair play, oder nicht?«

»Nein«, sagte ich.

»Ach, Sie meinen, wir sollten vorher Paul fragen?«, lachte sie. »Aber hören Sie mal, Kindchen ...«

»Sagen Sie bitte nicht Kindchen zu mir«, sagte ich ruhig und merkte, wie mir Arme und Beine wieder wuchsen. Sie ging überhaupt nicht darauf ein, entschuldigte sich auch nicht.

»Er hat am Freitag eine Eingabe machen wollen, bei seiner Dienststelle«, sagte sie und schloss einen Augenblick die Augen.

»Was für 'ne Eingabe?«

»Tun Sie doch nicht so!«, sagte sie und blickte mich an. »Wegen Ihres Bruders natürlich! Aber Gottseidank hat man die Sache gar nicht erst angenommen. Er wollte sie trotzdem durchdrücken, es hat Krach gegeben, und sie haben ihm geraten, sich beurlauben zu lassen. Er bildete sich immer noch ein, dass in der Littenstraße keiner was von seiner – wie soll ich das nennen, damit Sie mir nicht ins Gesicht springen: Freundschaft? mit Ihnen wusste, aber man kann doch nicht Richter sein und wochenlang mit einem Mädchen durch Berlin laufen, ohne gesehn zu werden! Die Genossen

haben es ihm ja auch ganz eindeutig gesagt, ohne Kinker-
litzchen: Lieber Freund, halt deinen privaten Kram aus deiner
Arbeit raus!«

»Und er?«, fragte ich

»Sie erwarten, dass er denen seinen Talar vor die Füße
wirft, nicht wahr? Oder alles kurz und klein schlägt? Sie vergessen, dass er im Dezember vierzig Jahre alt wird und dass
er – aber das wissen Sie doch auch ... Nein, nein, es ist alles
in Ordnung. Sobald er aus dem Krankenhaus kommt, nimmt
er einen Sonderurlaub und später ...«

»Ja?«, fragte ich, und es klang sehr neugierig.

»Achso«, sagte sie, »richtig! Es kann ja auch Ihre Zukunft
sein, nicht wahr? Nein! Ich finde es ganz normal, dass Sie
danach fragen. Sie brauchen sich nicht zu genieren! ... Er
geht natürlich wieder in den Justizdienst, so viel hat man mir
heute Vormittag schon versprochen. Man will nicht auf ihn
verzichten. Das ist ganz sicher. Er muss nur sehen, so schnell
wie möglich seine Schulden zurückzuzahlen, und man wird
ihm nicht gleich wieder einen großen Prozess anvertrauen,
aber – die wichtigste Voraussetzung ist –«

»Ja, ich verstehe«, sagte ich.

»Nein!«, widersprach sie. »Sie verstehen eben nicht! Sie
halten mich für eine kalte Ziege, die zwei liebende Herzen
auseinanderreißen will! Sagen Sie mal, in welchem Jahrhundert leben wir denn eigentlich!? Machen Sie sich's doch
bloß nicht so leicht! Denken Sie, mir macht's Spaß, dass
mein Mann jeden Nachmittag um fünf zu 'ner andern geht?
Und um halb zehn kommt er nach Hause, quietschvergnügt,
Knutschfleck am Hals, Lippenstift im Taschentuch, und haut
sich mit Appetit zwei Rouladen rein, die ich seit ein paar
Stunden in der Röhre habe? Denken Sie etwa, so habe ich mir
mein Leben vorgestellt?« Sie machte eine Pause. »Meine Ehe?
Ich bin sechsunddreißig Jahre alt. Ich weiß langsam, was ich
will – oder glauben Sie das nicht?«

»Doch«, sagte ich und griff nach dem Weinglas, weil mein Mund trocken war.

»Trinken Sie!«, forderte sie mich auf. »Wir müssen beide unseren Grips anstrengen.«

Ich trank das Glas aus und setzte es langsam auf den Tisch zurück.

»Ich war heute Morgen in der Littenstraße«, sagte sie und wollte mir anscheinend nochmal alles erklären.

»Ich gehe jetzt«, sagte ich leise und stand auf.

»So dürfen Sie nicht weg!«, rief sie und blieb sitzen, als ob sie mich auf diese Weise in meinen Sessel zurückdrücken könnte.

»Machen Sie nich so'n Theater«, sagte ich. »Sie wollen Ihren Mann behalten – bitte sehr! Ich schenke'n Ihnen.«

Ich ging quer durchs Zimmer zu der Tür, durch die wir reingekommen waren. Als sie merkte, dass es mir Ernst war, kam sie plötzlich hinterher und legte mir die Hand auf'n Arm.

»Maria«, sagte sie.

»Ich heiße Morzeck. Was is denn?«

Sie hielt mich am Arm fest und wollte mich nicht weitergehn lassen.

»Nehmen Sie Ihre Hand weg«, bat ich.

»Ja«, sagte sie, ließ mich aber noch nicht los. »Unter einer Bedingung. Sie müssen mich noch fünf Minuten anhören.«

»Wissen Sie was«, sagte ich und machte einen halben Schritt ins Zimmer zurück. »Drehn wir doch den Spieß mal um!«

»Bitte!«, rief sie mit ihrem spitzen »i«. »Aber bitte sehr!«

»Wenn Ihnen in Zukunft mal wieder sowas passiert«, sagte ich ganz ruhig, »dann nehmen se 'n Knüppel und gehen se gleich dazwischen! Lassen Sie mich ausreden! Und warten se nich erst so lange, bis sich einer 's Leben nimmt. Und wenn ich Ihnen noch was raten darf: Stellen se die Rouladen nich in die Röhre, sondern haun se ihm die Dinger um die Ohren!«

»Aber –«

»Nee«, sagte ich und dachte an Tante Hete, »jetzt bin ich dran. Sie haben mir Ihren Seelenkäse zu riechen gegeben. Was wollten Sie denn überhaupt von mir? Ich soll Ihnen den Jungen wieder auf die Beine bringen und Sie kommen 'n dann abholen, was? Doch nich bei mir! Na, hören Se mal! Da wird ja der Hund inner Pfanne verrückt. Reagieren Se Ihre Komplexe gefälligst woanders ab! Das müssen doch nich ausgerechnet meine Eingeweide sein, wo Sie drin rumwühlen ... Ich will Ihnen mal was sagen – und denn gehe ich: Kämmen Se sich morgen früh 'n Pony inne Stirn, nehmen Se sich 'n Taxi und fahren Se ins Krankenhaus! Sie haben gewonnen, und ich hab meine Ruhe. Ich bin noch in dem gesegneten Alter, wo die Männer mir nachloofen und nich umgekehrt. Haben Se det begriffen? Na, denn: Mahlzeit!«

Ich ließ sie stehn, nahm meinen Mantel vom Haken und machte, dass ich die Treppe runter kam. Aber die Haustür war zu. Ich ruckelte mit aller Gewalt an der Klinke, aber die Tür war zu.

»Ich komme!«, rief sie von oben.

Sie ließ mich eine Weile warten, ehe sie runterkam. Wahrscheinlich überlegte sie sich, was sie mir noch mit auf den Weg geben konnte. Aber sie sagte gar nichts, und als sie neben mir stand, sah ich, dass sie weinte. Dann ging das Treppenlicht aus, und sie suchte mit dem Schlüssel nach dem Türschloss. Ich drückte auf den Lichtknopf, damit sie was sehen konnte, aber sie stocherte ewig mit dem Schlüssel rum, bis ich ihr das Bund aus der Hand nahm und alle Schlüssel der Reihe nach durchprobierte, ehe ich den passenden gefunden hatte. Ich wollte ihr die Schlüssel zurückgeben, aber sie hatte den Kopf an die Briefkästen gelegt und die Augen zugemacht. Es schüttelte sie richtig, so heulte sie.

»Mach kein' Ärger«, sagte ich und versuchte, ihr die Schlüssel in die Hand zu drücken, aber sie ließ sie durch die

Finger rutschen, sie fielen ihr auf die Schuhe und von den Schuhen auf die Fliesen. Ich bückte mich, und sie bückte sich gleichzeitig, und im selben Augenblick ging das Licht wieder aus, und im Dunkeln berührten sich unsere Hände. Sie hielt mich fest und legte mir eine Sekunde lang den Kopf auf die Schulter. Dann schluchzte sie nochmal, richtete sich hoch und hielt mir die Tür auf. Als ich an ihr vorbeiging, kam ich mit den Fingern zufällig an ihr Gesicht, als ich den Mantelkragen hochschlug, und die Haare nach hinten warf, nur ganz leicht, und es konnte nicht wehgetan haben, aber irgendwas, was sie hatte sagen wollen, ich fühlte es, sagte sie nicht mehr.

59

Am andern Morgen (Dienstag) ging ich in die Kastanien-allee und ließ das Gnadengesuch für meinen Bruder aufsetzen. Ich fragte den Rechtsanwalt, der mich bediente, was wir für Aussichten hätten.

»Das wird immer von Fall zu Fall entschieden«, sagte er. »Aber ich glaube, es steht gar nicht schlecht. Ihr Bruder hat weit mehr als die Hälfte der Strafe verbüßt ... Ich wüsste nicht, was einer vorzeitigen Entlassung im Wege sein sollte. Kam es denn während der drei Jahre zu Unregelmäßigkeiten? Wissen Sie da zufällig von irgendwas?«

»Ja«, sagte ich. »Er hat'n Hungerstreik gemacht.«

»Oh, oh, oh, das ist böse«, murmelte er, hielt den Kopf schräg und legte seine Hand auf die Glatze. »Das ist gar nicht gut.«

»Sie meinen, es hat überhaupt keinen Zweck?«

»Durften Sie ihn schon mal wieder besuchen?«, fragte er. »Ja? Dann war's vielleicht nicht so gefährlich. Ist er bestraft worden?«

»Ja«, sagte ich. »Drei Wochen Bunker.«

»Isoliert, ja ... ja, aber doch nicht verlegt, dann ist das intern geregelt worden, nein, das muss gar nicht mal Einfluss haben auf unsern Antrag, aber – versprechen kann ich natürlich nichts!«

Ich ging zu Fuß zum S-Bahnhof Schönhauser Allee und fuhr nach Buch. Als ich ausstieg auf dem hohen Bahnsteig, fror ich wie'n Schneider. Hier war die Stadt zu Ende, und an den Bäumen hingen längst keine Blätter mehr. Die Treppe, die Stufen zur Straße runter nach rechts durch die windige Unterführung zum Krankenhaus, bloß schnell, weil die Kälte die Beine hochstieg, die Knie waren schon wie Eis. Noch einmal um die Ecke, dann sah ich schon die dunkelroten Blöcke, mit Appellplätzen zwischen, und Rhododendron, die Wege asphaltiert, die Bäume gestutzt und die Hecken gekappt, märkisch.

»Können Sie mir sagen ...?«, fragte ich den Pförmer, der eher in einen Schlachthofeingang als vor ein Krankenhaus gepasst hätte. »Ich suche nämlich jemanden.«

»Wo soller denn liegen?« fragte er.

»Das weiß ich nich«, sagte ich. »Er heißt Paul Deister.«

»Und wann ist er eingeliefert?«

»Vorgestern«, sagte ich, »oder vor drei Tagen.«

»Wat fehlt ihm denn?«, fragte der Pförtner.

»Er hat'n ... er wollte sich ...«

»Suicid«, sagte der Pförter. »Der kann sonstwo sein. Vielleicht is er uff Innere, wenn noch Lebensgefahr is ...«

Ich schüttelte den Kopf.

»Dann is er wahrscheinlich schon uff de Psychiatrie. Ick kann ja mal anrufen ...«

Er klemmte sich hinter seinen Schreibtisch, schwenkte das Telefon ran und wählte.

»Hier is der Pförtner«, sagte er. »Schwester Sonja, tun se mir doch mal 'n Jefallen und sagen se mir mal, ob bei Ihnen ein Herr ... Moment mal – wie war der Name?«

»Deister«, sagte ich.

»... Deister uff Station is. Bitte, sein se so jut.«

Er hielt den Hörer vom Ohr ab und lächelte mich an.

»Schönen Dank«, sagte ich.

»Was?«, fragte er ins Telefon. »Na, das is ja prima. Augenblick! Sind Sie 'ne Anjehörije?«

»Nein«, sagte ich.

»Nee«, wiederholte er, »aber sie hätte ihn jerne mal jesprochen. – Achso. Verstehe. – Na, denn jeht et eben nich. Schönen Dank, Schwester! Wiederhörn!«

Ich ging langsam zum S-Bahnhof zurück. Ich musste daran denken, wie Paul immer seine Tante besucht hatte, wie sie ihn das erste Mal erkannte und dann nicht mehr. Aber er hatte sie wenigstens sehen dürfen. Er war Angehöriger, und ich bin keine Angehörige, ich gehöre weder an noch dazu noch hierher. Ich gehöre bloß 'n paar hinter die Ohren, wie Tante Hete früher immer sagte.

Wie ich mich in der S-Bahn hinsetzte, nahm ich den Mantel und das Kleid hoch, damit ich mit den Beinen aufs warme Holz kam. Als wir in Zepernick hielten, merkte ich, dass ich im falschen Zug saß. Aber nun fuhr ich gleich durch bis Bernau, kaufte mir eine neue Fahrkarte und eine Zeitung und nahm den Gegenzug. Hinter Röntgental, kurz vor Buch, fing ich an, das Kreuzworträtsel zu lösen, Schneehütte der Eskimos, vier Buchstaben: Iglu. Internationales Notsignal, drei Buchstaben: SOS. Tropisches Baumharz, fünf Buchstaben: wusste ich nicht.

60

Obwohl sich Edith fest entschlossen hatte und die Scheidung längst eingereicht war, machte sie immer noch Zicken. Einmal kam sie mit einer Liste zu mir, wo sie alles aufgeschrieben hatte, und fragte, ob sie lieber den Kühlschrank oder den Fernseher, lieber den Wohnzimmerteppich oder die beiden Brücken, lieber die Flurgarderobe oder die Nachttische nehmen sollte. Dann rechnete sie mir Bettwäsche und Handtücher, Tischdecken und Essbestecke, Stehlampen und Porzellan, Wäscheleinen und Gardinen vor, heulte zwischendurch, wenn sie sich daran erinnerte, wo sie die Vase gekauft hatte, dass der Damast von Tante Gerti aus Plauen gekommen war, und das Radio hatten sie gekauft, als der Kleine geboren wurde ... Also, es war fürchterlich!

Aber eines Tages saßen sie beide endlich auf einer Holzpritsche vor dem Gerichtssaal. Neben Jakobs stand der Rechtsanwalt mit Aktentasche und Homburg. Sie sahen mich an, wie ich den Gang runterkam, als wäre ich die Gerechtigkeit persönlich. Ich wusste nicht genau, ob ich allen die Hand geben sollte, grüßte erst mal bloß Edith und nickte dann, als sie mich festhielt, den beiden Männern nur kurz zu. Der Rechtsanwalt hob seinen Hut an, aber Jakobs rührte sich überhaupt nicht.

»Na?«, fragte ich Edith.

Sie schob die Lippen vor und schüttelte den Kopf. Der Rechtsanwalt tippte Jakobs auf die Schulter und ging mit ihm ein paar Schritte den Gang hinunter.

»Ich glaube, sie wollen mir den Jungen wegnehmen«, sagte Edith.

»Das lässt du dir einfach nich gefallen«, sagte ich, weil ich ihr Mut machen wollte.

»Angeblich wegen meiner Untreue«, sagte Edith, schloss die Augen und schlug sie plötzlich so unschuldig wieder auf, dass ich selber eine Sekunde lang glaubte, sie wäre nie im Leben fremdgegangen, obwohl ich in Binz beinahe danebengestanden hatte.

»Und die Wohnung werde ich auch los«, sagte sie.

»Wir werden schon was finden für dich.«

»Wo soll ich denn hin?«, fauchte sie mich an.

Ich wollte noch was sagen, aber die Tür ging auf, und eine Blondine mit knallrotem Pullover rief: »Ehesache Jakobs!«

»Ich bleibe draußen«, sagte ich zu Edith.

»Komm doch!«, bat sie, aber ich wollte nicht.

Der Rechtsanwalt kam mit Jakobs vom Ende des Ganges, und eine Weile standen sie alle drei vor der Tür, weil jeder den andern zuerst reingehn lassen wollte. Endlich ging Jakobs als erster, danach Edith und zum Schluss der Rechtsanwalt.

Ich setzte mich auf eine Bank und ärgerte mich, dass ich mich hatte überreden lassen hier aufzutauchen, und auf einmal kriegte ich ein schlechtes Gewissen wegen der Scheidungsklage, die ich mit Edith gegen Jakobs aufgesetzt hatte. Eigentlich war er ja im Recht, wenn man's genau nahm – bloß andererseits: Musste Edith zwei Jahre lang ...? Ich wusste es auch nicht.

Mir gegenüber nahm ein anderes Scheidungspärchen Platz, mit gehörigem Abstand zwischen sich.

»Auf einmal?«, fragte die Frau, nachdem der Mann ihr was ins Ohr gesagt hatte.

Aus dem Saal, in dem Edith war, hörte man die Anschläge der Stenotypistin auf der Schreibmaschine, aber sonst war nichts zu verstehn.

»Das habe ich dir doch gestern Abend schon gesagt«, flüsterte der Mann

»Was hast du gesagt?«

»Elvira!«

»Ich will wissen, was du gesagt hast!«

»Dass es Unsinn ist.«

»Habe ich die Scheidung eingereicht?«

»Nein.«

»Na also.«

»Nu sind wir einmal hier«, sagte der Mann, langte ein großes weißes Taschentuch heraus und putzte sich die Nase. Er war Mitte Dreißig, seine Frau etwas jünger.

»Wann wolltest du Mathias abholen?«, fragte er.

»Um fünf.«

»Hustet er immer noch so?«

»Nein.«

»Die sollten ihm mal lieber'n Wickel machen als die ewigen Troppen. Du könntest doch Schwester Marianne –«

»Nich so laut!«, bat die Frau und sah mich an.

»Der erste Termin!«, sagte der Mann nach einer Weile und hob den rechten Daumen.

»Ja.«

»Willst du 'ne Zigarette?«

»Hier ist kein Aschenbecher.«

»Gehn wir auf die Straße.«

»Wir sind gleich dran ...«

Der Mann sah auf seine Armbanduhr, zog dann eine Streichholzschachtel raus, schüttete sich die Hölzer in die linke Hand und sagte: »Greif mir mal in die linke Tasche. Da sind Zigaretten.«

Die Frau nahm ihm eine Schachtel Casino aus der Tasche und steckte ihm eine in den Mund. »Nimm dir auch«, sagte der Mann, mit der Zigarette im Mund.

»Das ist bestimmt verboten«, sagte sie.

»Quatsch nich so dusselig«, sagte er.

»Du sollst nicht so mit mir reden!«, beschwerte sie sich. »Ich verbitte mir diesen Ton!«

»Du bist mich ja bald los«, sagte er. »Komm!«

Sie rauchten und tippten die Asche in die leere Streichholzschachtel. Ich hätte auch gerne geraucht, aber ich hatte keine Zigaretten bei mir.

»Gott sei Dank«, seufzte die Frau.

»Was?«

»Dass wir's balde hinter uns haben ...«

Der Mann schlug die Beine übereinander und wollte sich den Hosenumschlag geraderichten. Dabei fielen ihm die Streichhölzer aus der Hand. Er bückte sich und sammelte sie wieder auf.

»Du machst dir den Anzug schmutzig«, sagte die Frau.

»Wieso?«, fragte er.

»Die Asche.«

Er hatte die Streichholzschachtel zerknickt, und die Asche hatte ihm das Jackett verdreckt.

»Scheiße«, sagte der Mann und klopfte sich den Anzug mit der Hand ab, in der er die Streichhölzer hielt.

»Heinz!«, sagte die Frau und blickte wieder zu mir rüber.

»Is doch wahr!« rief Heinz. »Können denn die hier keene Aschenbecher uffstelln!«

»Nich so laut!«, warnte die Frau.

»Warum denn nich? Sind doch meine Steuern!«

»Reg dich doch nicht auf wegen so ne Lappalie!«

»Ich rege mich uff, worüber ich will!«, sagte Heinz und zog an seiner Zigarette, aber die war ausgegangen. Er versuchte, an der zerknickten Schachtel ein Streichholz anzureißen, zerbrach es aber und schmiss es auf die Fliesen.

»Wenn das jemand sieht«, sagte sie.

»Dann fallen ihm die Oogen raus«, sagte Heinz und warf das zweite Streichholz auf den Boden. Die Frau bückte sich und suchte die Streichhölzer wieder zusammen. Als sie aufstand, stieß sie mit dem Knie an die Bank.

»Haste dir wehgetan?« fragte der Mann.

»Mein Strumpf is kaputt.«

»Wo?«

»Direkt unterm Knie.«

Heinz besah sich den Fall.

»Spuck drauf, damits keene Laufmasche gibt«, sagte er.

»Wie soll ich denn ...?«

Der Mann spuckte sich ein bisschen Spucke auf den Zeigefinger und rieb damit den Strumpf ein. In diesem Augenblick kam Edith aus dem Gerichtssaal, und hinter ihr sah ich Jakobs und den Rechtsanwalt.

»Jetzt sind wir dran«, sagte der Mann und stand auf.

»Na, was is?«, fragte ich Edith, aber sie schüttelte bloß den Kopf.

Als wir die Treppe runtergingen, sagte sie: »Ick brauche erstmal'n Kurzen.«

61

Ende November war es, dass Herbert Wendt und Werner Jakobs ins Clou kamen, beide in dunklen Anzügen, schneidig, tipptopp, silbergraue Krawatten und die weißen Manschetten anderthalb Zentimeter aus'm Ärmel.

»Die Herren möchten gerne 'n Tisch in deinem Revier«, sagte Oscar.

»Guten Abend«, sagte ich.

»'n Abend«, sagte Werner Jakobs.

»Ach«, sagte ich. »Sie sind ja wieder bei Sprache!«

»Seit heute«, sagte er und grinste.

Ich gab ihnen meinen guten Ecktisch, wo ich bis kurz vor Mitternacht immer ein Schild *Reserviert* stehn hatte, und brachte ihnen grusinischen Kognak.

»Zum Anwärmen«, sagte Herbert Wendt. »Bier gibts ja doch nich in euerm feinen Laden.«

»Bring man gleich noch zweie«, meinte Jakobs.

Ich wollte ihm sagen, dass er mich nicht duzen sollte, aber ich hatte kaum die Zähne auseinander, da brüllte er schon: »Mach, mach, mach! Du willst doch hier keenen Ärger haben, oder?«

Ich ging an die Theke und holte wieder zwei Grusinische.

»Vielen Dank«, sagte Wendt. »Trinkste einen mit?«

»Nein«, sagte ich. »Ich darf nicht.«

»Wenn wir dir einen spendieren, darfste.«

»Wirklich nicht«, sagte ich und ging an einen andern Tisch.

Von Weitem sah ich, wie sie die Köpfe zusammensteckten und lachten. Werner Jakobs haute auf den Tisch, dass die Vase zitterte.

»Was sind'n das für Zoloten?«, fragte Oscar.

»Bekannte von meinem Bruder«, sagte ich.

»Stoß denen mal, det se nich so'n Krawall machen«, sagte Oscar, »sonst ...«

»Was'n sonst?« fragte ich, aber er drehte sich ab, trat gegen die Küchentür und verschwand.

»Ick bin heute geschieden worden«, sagte Jakobs, als ich die nächste Lage brachte.

»Gratuliere«, sagte ich und wollte gleich wieder weg, aber mich juckte, wer den Jungen gekriegt hatte.

»Der Staat«, sagte Jakobs und lachte.

»Wieso?«

»Janz einfach«, grinste er. »Die Mutter is 'ne Hure, der Vater 'n Verbrecher – also? Kinderheim!«

»Armer Junge«, sagte ich.

»Der wird jetzt erzogen!«, rief er und legte sich plötzlich die rechte Hand hochkant auf den Scheitel. »Immer bereit!«

»Mach keen Theater«, sagte Wendt und zog ihm die Hand vom Kopf.

»Wollen Sie vielleicht zwischendurch mal'n Mokka?« fragte ich.

»Jute Idee«, sagte Wendt, »wir werden hier sowieso nich alt. Wir wollten bloß juten Tag sagen ...«

Ich ging in die Küche, bestellte den Mokka, vertrat mir an der Bonkasse ein bisschen die Beine und betete, dass Wendt und Jakobs wieder abhauten, aber es kam anders, denn während ich auf den Mokka wartete, hatte sich in meinem Revier was getan.

Frauen ohne Begleitung verkehrten bei uns eigentlich nicht. Mädchen eher mal, aber die kannten wir alle, und die tanzten gleich zu dritt oder viert an, und wenn bloß zweie kamen, trugen sie meistens dieselben Blusen oder Röcke, damit jeder sehen konnte, dass sie zusammengehörten, zusammen tanzten, zusammen aufs Klo und nach Hause gingen. »Pissnelken«, sagte Oscar. Aber die beiden, die sich in die Nähe von Jakobs und Wendt gesetzt hatten, waren anderes Kaliber, richtige Frauen, stattlich und gut angezogen, die Haare offen, die eine mit Halstuch und einer Perle drin, die andere in einem dunkelblauen, hoch geschlossenen Kostüm. »Pferde«, nach Oscar. Sie bestellten Wein, ganz guten, aber nicht den teuersten, und als ich wegging und schnell mal zu Wendt und Jakobs rüberblinzte, kriegte ich mit, wie die beiden Stielaugen machten. Als ich ihnen die nächste Lage Grusinischen brachte, fragte Wendt: »Kennste die?«

»Wen?«, fragte ich sicherheitshalber.

»Die beeden da.«

»Nein«, sagte ich.

»Hm, na jut«, sagte Wendt, und ich durfte wieder gehn, aber kaum hatte ich 'n paar Schritte gemacht, pfiff er mich wieder ran: »Ksss! Ksss!«

»Was ist denn?«, fragte ich.

»Habt ihr Eierkognak?«

»Ja.«

»Dann bring die beeden Damen mal zwee doppelte«, sagte Wendt und sah mich an. »Na, los, los!«

»Das is hier nich üblich«, sagte ich. »Hier bestellt sich jeder seinen Kram selber. Sie können sie höchstens an die Bar einladen.«

»Was ich kann, weeß ich selber, meine Jute«, sagte Wendt. »Und wenn das bei euch nich üblich is, denn wollen wir des mal einführen. Marschiere!«

»Herr Wendt«, sagte ich, »überlegen Sie doch mal!

Die trinken Wein, und Sie wollen Eierkognak dazubestellen!?«

»Wat macht eigentlich dein Freund?«, fragte Jakobs und sah zu mir hoch. »Brauchst doch nicht gleich rot zu werden ...«

»Ich weiß nich, wovon Sie reden«, sagte ich und merkte, wie ich heiße Ohren kriegte.

»Der Blonde«, sagte Jakobs und freute sich. »Der mit dem schwarzen Skoda – wie hieß er gleich, Herbert?«

»Lass die Kleene«, sagte Wendt, »ärgere sie doch nich, Liebe is Geschmacksache ... Wo die hinfällt ...! Dass es nu grade eener aus de Littenstraße sein muss ... Aber ich sage dir: Dafür kann keener. Und nu hör uff damit! Lass det Kind! – Nu bring die Damen zwee Eierkognak, doppelte!«

Ich drehte mich um, nahm die Lippen zwischen die Zähne und trottete an die Theke, während die Kapelle *Das Wandern ist des Müllers Lust* spielte, aber als Shake. Ich ließ mir von Effi die Eierkognaks geben und brachte sie den beiden an den Tisch.

»Was soll'n das?«, fragte die mit der Perle.

»Von den beiden Herren da«, sagte ich und zeigte mit dem Kinn zu Wendt und Jakobs.

»Vielen Dank, aber das trinken wir nicht.«

»Dann lassen Sie's eben stehn«, sagte ich, drehte mich um und tat so, als ob ich nicht hörte, wie die eine mir nachrief:

»Bitte, nehmen Sie das wieder mit!«

Eine Weile war ich mit meinen anderen Tischen beschäftigt, dann sah ich, wie Wendt sein Kognakglas hochnahm und zu den Damen rüberprostete.

»Was haste denn da wieder gemacht?«, fragte mich Oscar. »Wie konnteste denn denen Eierkognak servieren?«

»Die haben ihn doch bestellt«, verteidigte ich mich.

»Den bringste zurück!«, sagte Oscar.

»Wohin?« fragte ich.

»Dahin, wo er bestellt worden is«, sagte Oscar.

»Wollen Sie das nicht lieber machen?«, fragte ich.

»Ich denke, det sind Freunde von deinem Bruder?«, fragte er zurück, trommelte mit der rechten Hand aufs Thekenblech und sah mich nicht an.

Ich nahm mir ein Tablett, ging an den Tisch, wo die beiden Frauen saßen, nahm den Eierkognak weg, sagte: »Entschuldigung!« und brachte ihn zu Wendt und Jakobs.

»Det haut aber nu dem Fass die Krone in't Gesicht«, sagte Wendt.

»Den bringste sofort zurück«, sagte Jakobs.

»Nee, der bleibt hier«, sagte ich und ging an die Theke zurück, aber die Knie zitterten mir ein bisschen.

»Jawoll«, sagte Oscar. »Is ja wie in'n südfranzösischen Puff. Aber bei mir – so hoch der Schnee!«

Er trat noch ein paarmal mit den Hacken auf's Parkett, dann tanzte er in die Küche, wo er um diese Zeit seine Bouillon löffelte.

»Kuck mal!«, sagte Effi und stipste mich in Richtung auf meine Tische. Wendt und Jakobs waren aufgestanden, jeder einen Eierkognak in der linken und einen Grusinischen in der rechten Hand, waren an den Tisch getreten, wo die beiden Frauen saßen, setzten den Eierkognak neben die Weingläser, hoben ihre Schwenker an und prosteten. Die Frauen schüttelten den Kopf, blieben aber freundlich. Als ich sah, wie Wendt der einen seine Hand auf die Schulter legte, klopfte ich bei Herrn Kleeberg an und ging rein, aber er telefonierte grade und winkte ab. Ich riss die Tür zur Küche auf und rief: »Oscar!« Aber Oscar war nicht zu sehn. Ich klemmte mir ein Tablett unterm Arm, marschierte wie ein Zinnsoldat an den Tisch, nahm die beiden Eierkognaks, stellte sie auf mein Blech und setzte sie an Wendts und Jakobs Tisch wieder ab. Im Nu waren sie beide hinter mir her und fauchten mich an, aber inzwischen fingen die andern Gäste an, sich nach uns umzudrehn, und mehr wollte ich eigentlich nicht.

»Jibste mal sofort die Schnäpse wieder zurück!«, sagte Wendt.

»Ich denke gar nicht dran«, sagte ich und setzte mein Tablett auf die Eierkognaks.

»Du, ick feuere dir eene«, sagte er.

»Das machen se man«, bluffte ich. »Dauert nicht mehr lange, bis mein Bruder rauskommt. Der wird wohl noch fertig werden mit so'm Windei wie Sie.«

»Na, warte ...!«, sagte Jakobs.

»Sie halten doch mal überhaupt 'n Mund!«, rief ich. »Grade man geschieden, und sich schon wieder an andere ranschmeißen!«

»Ick bin herzkrank«, hörte ich auf einmal eine deutliche und scharfe Stimme hinter mir. »Und wenn ick mir uffrege, kriege ick'n Infarkt.«

»Na und?«, fragte Jakobs. »Wenigstens eener weniger.« Er wandte sich zu Wendt. »Wat is, Herbert, wollen wir den Laden auseinandernehmen?«

»Lohnt sich doch nich, Mann«, sagte Wendt, »wegen die Zicke hier. Det wirste noch mal sehr bereuen, Meechen.«

»Sie ooch, Herr Wendt«, konterte ich, wusste aber selber nicht, wie ich das meinte. Jakobs zog einen Zwanzigmarkschein aus dem Jackett und steckte ihn mir hintern Latz.

»Der Rest is für die Brautschuhe«, sagte er und grinste.

Mit den Eierkognaks machte die Rechnung siebenundzwanzig Mark. Also musste ich sieben Mark zuzahlen. Für die Brautschuhe blieb nichts übrig. Minus auf der ganzen Linie.

62

Die Woche drauf kriegte ich einen Brief von Harry Rutek.

»Liebes Fräulein Maria!«, schrieb er. »Wo werden Sie wohnen, wenn Ihr Bruder entlassen wird, was, wie ich höre, unmittelbar bevorsteht? Oder ist Ihre Wohnung in der Friedrichstraße groß genug? Ich frage nicht ohne Eigennutz. Sie könnten das Zimmer in der Ackerstraße behalten. Sollte Ihnen das aber nicht genehm sein, dann stellen Sie es doch Ihrem Bruder zur Verfügung! Unser Freund hat seine Sachen inzwischen abholen lassen, oder um es genau zu sagen: Ich bin dort gewesen und habe ausgeräumt. Alles, was Ihnen gehört, ist an seinem Platz und wartet eigentlich nur darauf, wieder von Ihnen benutzt zu werden. Sollten Sie selber aber keine Lust dazu haben, so erneuere ich mein Angebot, Ihren Bruder dort wohnen zu lassen. (Die monatliche Miete beträgt DM 55,-, Elektrisch extra). Dieses Briefchen soll nicht ohne einen Vers bleiben, der mir einfiel, als ich über Umziehn, Hinziehn, Wegziehn nachdachte:

Überall dasselbe
Nur die Farbe des Vorhangs
ändert sich:
hier der grüne, da der gelbe

Ich grüße Sie ganz ergebenst als Ihr H. R.«

Das mit der Wohnung ließ mich kalt, obwohl ich beim Ausräumen lieber dabeigewesen wäre. Aber woher wusste er was über Dieters Entlassung? Als die Nachricht eintraf, dass wir ihn in Rummelsburg abholen konnten, eine Woche vor Weihnachten, kam ich mir vor wie ein Luftballon, der gegen eine brennende Zigarette geflogen ist: Es knallt nochmal, aber dann ist alles leer.

»Freust du dich gar nicht?«, fragte Tante Hete.

»Doch«, sagte ich.

Aber ich hatte zu lange drauf gewartet. Ich konnte mich nicht richtig freuen, und es kam mir auch so vor, als hätte Frau Deister ihren Mann gegen meinen Bruder getauscht und dabei eigentlich noch ein gutes Geschäft gemacht. Ich rief Harry Rutek an und fragte, woher er wüsste, dass mein Bruder rauskommt.

»Das haben Sie doch selber gesagt.«

»Wann?«

»Im Sommer, als ich bei Ihnen war.«

»Da haben wir über meinen Bruder gesprochen?«

Er hustete und entschuldigte sich. »Sie haben, wenn ich mal so sagen darf, eigentlich immer nur von Ihrem Bruder gesprochen, auch wenn Sie – aber wissen Sie das nicht?«

»Nein«, sagte ich.

»Und Sie sagten doch, Anfang nächsten Jahres ...«

»Ja, jetzt erinnere ich mich.«

»Wie machen wir das nun mit der Ackerstraße?«, fragte er. »Ich will Sie nicht drängeln, aber die steht jetzt natürlich leer, und irgendjemand ...«

»Ich bezahle die Miete«, sagte ich. »Geben Sie mir mal Ihre Kontonummer!«

»Sie können's mir ja auch ...«

»Nein, nein«, sagte ich, »ich gebe 'n Dauerauftrag, das ist das einfachste.«

Als ich mir die Nummer aufgeschrieben hatte, fragte er: »Und wie gefällt Ihnen das kleine Gedicht?«

»Gut«, sagte ich. »Es reimt sich.«

»Achso«, sagte er.

»Haben Sie noch 'n Durchschlag?«

»Ja«, sagte er. »Warum?«

»Bloß so«, sagte ich. »Mir fehlt übrigens noch ein anderes von Ihnen ... warten Sie mal, wie ging'n das? Das Meer ist wie das Leben – oder so ähnlich ...«

»Ja«, sagte er, »das schicke ich Ihnen.«

»Wie nett!«, bedankte ich mich und hängte auf.

Am nächsten Tag holte ich Geld von der Sparkasse und schleifte Tante Hete zum Friseur. Vorher putzten wir Fenster, wischten Staub, klopften die Sofakissen und lagen Herrn Liebold in der Novalisstraße so lange auf den Nerven, bis er zwei Pfund weiße Bohnen rausrückte, damit wir Dieters Lieblingsessen kochen konnten, süßsauer mit Essig und Zucker. Als Edith am Abend kam, musste sie Bier holen und Zigaretten und Schnaps, damit der Kronensohn sich gleich einen anblasen konnte, wenn er zu Hause war.

»Was is denn mit dir los?«, fragte Oscar. »Du hast ja heute zwee linke Hände.«

»Mein Bruder kommt raus«, sagte ich.

»Wirklich?« fragte er, setzte sein Tablett ab, breitete die Arme aus und legte sie mir um die Schultern. »Kleene, ick freue mir. Aber daruff gibste ooch eenen aus!«

»Gratuliere!«, sagte Effi, die alles gehört hatte, und nach einer Weile kam sogar Herr Kleeberg, tätschelte mir die Hand und sagte: »Ich bin froh, das du nich mehr alleine bist mit deiner Tante. Hoffentlich findet er sich balde wieder zurechte. Du bist ja nicht auf'n Kopp gefallen, aber wenn 'n Mann im Haushalt is, geht's eben doch besser ...«, und er gab auch noch 'ne Runde. Dann gab Effi noch 'ne Runde, dann Oscar, dann gab die Küche 'ne Runde, und zum Schluss gab ich nochmal 'ne Runde.

Als wir am nächsten Vormittag um halb elf auf der Rummelsburger Chaussee standen und auf Dieter warteten, taten mir ein bisschen die Haare weh. Ursprünglich hatten wir ein Taxi nehmen wollen, aber Tante Hete wollte nicht. »Das wird zu teuer«, sagte sie, »das heben wir uns lieber für die Rückfahrt auf. Außerdem weißte ja nich, wie lange die Abfertigung dauert.«

Zwei Stunden lang, bis halb eins, gingen wir auf der Rummelsburger Chaussee immer auf und ab, einmal Richtung Klingenberg, andermal Richtung Ostkreuz. Alle zehn Minuten fuhr die 13 an uns vorbei und fünf Minuten später die 82, die 13 aus der Eberswalder und die 82 von Jannowitzbrücke. Es hatte geschneit über Nacht, und wir konnten uns aussuchen, ob wir in dem Matsch stehn oder laufen sollten, wir mussten bloß aufpassen, dass uns die Laster, die nach Köpenick und Schöneweide brummten, nicht den ganzen Modder auf die Strümpfe und die Mäntel spritzten, deswegen schlichen wir dicht an der Mauer, und die ersten paarmal sang Tante Hete: »Immer an de Wand lang, immer an de Wand lang« und knickste im Takt dazu, aber nach einer Stunde war sie auch bedient.

Plötzlich stand er wie vom Himmel gefallen neben uns und sagte:

»Mahlzeit, die Damen! Wartet ihr hier auf jemand?«

Wir fielen uns um den Hals, Tante Hete von rechts, ich von links.

»Warum freut ihr euch denn so?«, fragte er und heulte.

»Weil de wieder da bist, mein Kleener«, sagte Tante Hete und schluchzte so laut, dass wir alle drei die Taschentücher rauslangten. »Hamse dir ooch nischt jetan?«

»Ach, bewahre«, sagte Dieter und schüttelte den Kopf.

»Na, denn komm«, sagte Tante Hete. »Ab durch die Mitte!«

Wir hakten ihn unter und gingen Richtung S-Bahnhof Rummelsburg.

»Bisschen langsamer«, sagte Dieter. »Ich kann nich so schnell laufen.« Er zeigte auf seine Schuhe. »Ich hab die Senkel rausgezogen. Sind mir zu klein geworden«, und er drückte den Spann gegen die Laschen.

»Wir hätten doch 'n Auto nehmen sollen«, sagte Tante Hete.

»Kinder«, sagte Dieter auf einmal, »würdet ihr mir 'n Gefallen tun?«

»Jeden«, sagte ich.

»Dann gehn wir mal in den Blumenladen da«, bat er.

»Siehste, Maria, daran haben wir überhaupt nicht gedacht!«, rief Tante Hete.

»Ich will gar keine haben«, sagte Dieter. »Ich will bloß dran riechen.«

Wir gingen über die Straße. Auf der anderen Seite ließ ich Dieter los und sah ihn von der Seite an, bis er es merkte.

»Na, gefalle ich dir?«, fragte er.

»Ach ja«, sagte ich. »So kannste eigentlich bleiben.«

Obwohl er ein bisschen krumm lief und immer nach unten blickte. Er sprach auch leiser als früher und bewegte sich langsamer.

»Dass keene Taxe kommt!«, schimpfte Tante Hete.

Wir gingen in den Blumenladen, und ich kaufte einen kleinen Rosenstrauß.

»Diese Moosröschen da?«, fragte die Verkäuferin und verrenkte sich beinahe die Zunge dabei.

Dieter stand wie benommen und hielt die Nase über alle Schalen und Töpfe, und als wir rausgingen, wurde ihm ganz schwindlig. Tante Hete drückte immer noch ihr Taschentuch an die Augen. Auf der Straße blieb er einen Moment stehn, reckte die Schultern und sah zum ersten Mal richtig nach oben. Ich gab ihm den Strauß und hängte mich in seinen Arm.

»Muss das sein?«, fragte er und sah die Rosen an.

»Ja«, sagte ich, »das muss sein.«

In der S-Bahn sagte er keinen Ton. Er sah nur immer aus'm Fenster, als müsste er sich alles ganz genau merken, als dürfte er die Leute, die auf dem Bahnsteig Ostkreuz standen, nicht wieder vergessen, als käme er nie wieder dazu, einen Bahnhof, einen Zeitungskiosk, eine Schulklasse mit Lehrer, eine Bockwurstbude, ein Mädchen mit braunen Strümpfen in weißen Halbschuhen, einen Blindenhund und einen Kinderwagen zu sehn. Es tat ihm direkt leid, dass die Bahn so schnell

weiterfuhr. Warschauer Straße, Ostbahnhof, Jannowitzbrücke, Alex, Marx-Engels-Platz. Am Bahnhof Friedrichstraße wollte Tante Hete endlich ein Taxi nehmen, aber als
sie dem Fahrer sagte, wo wir hinwollten, sagte er: »Det Stück
jehn se man zu Fuß!«

Zu Hause ging Dieter durch unsere beiden Zimmer, setzte
sich auf das grüne Sofa, stand aber gleich wieder auf, schlich
sich in die Küche und machte die Tür hinter sich zu. Als ich
nach zehn Minuten leise aufmachte, saß er am Tisch und hatte den Kopf auf die Wachstuchdecke gelegt. Er sah mich mit
offenen Augen an, aber er erkannte mich nicht. Ich zog die
Tür wieder zu.

»Ich muss reingehn«, sagte Tante Hete. »Sonst setzen die
Bohnen an.«

»Bohnensuppe?«, hörten wir Dieter fragen.

»Ja«, sagte Tante Hete und ging in die Küche, »süßsauer,
haste doch so gerne …«

»Wir haben dauernd Bohnen gekriegt«, sagte er und lachte.

»Und bei uns gibt's keene«, sagte Hete.

»Wisst ihr was?«, sagte Dieter. »Die lassen wir für morgen. Heute gehn wir in die Bärenschenke und essen Bockwurst, ja? Richtige Bockwurst mit Kartoffelsalat!«

»Aber warum denn?«, fragte Tante Hete.

»Ich hab so'n Appetit drauf!«

»Kuck mal!«, sagte Tante Hete, hob den Deckel hoch und
holte mit der Kelle einen Schlag weiße Bohnen raus.

»Wenn er nich will …«, sagte ich.

»Habt ihr 'ne Flasche Bier da?«

»Aber gewiss!«, sagte ich und holte ihm eine aus der Spei-
sekammer.

»Kein Glas!«, rief er, knallte den Verschluss auf, hielt
einen Augenblick die Nase rüber und drückte dann die Lippen gegen den Rand.

Sein Adamsapfel ruckte auf und nieder, bis die Flasche leer war.

»Klasse«, sagte er. »Noch eene.«

»Erst wird was gegessen«, kommandierte Tante Hete. Sie hatte schon weißes Hemd, Schlips und frische Unterwäsche rausgelegt. Er zog sich in meinem Zimmer um, und wir warteten so lange in der Küche.

»Na?«, fragte ich

»Er is 'n richtiger Mann geworden«, sagte Tante Hete.

»Meinste?«

»Pulle vor'n Kopp und weg.«

»Da müssen wir aufpassen«, sagte ich. »Er isses nich gewöhnt ...«

Als wir in der Bärenschenke saßen, bestellte er für Tante Hete Himbeergeist und für mich und sich Kognak. Ich hätte ihm gerne gesagt, dass er sich ein bisschen zurückhalten sollte, aber ich brachte es nicht über die Zunge. Nach dem Essen trank er noch zwei Bier und zwei Schnäpse, stellte die Fäuste auf den Tisch und sah sich im Lokal um. Wahrscheinlich erwartete er, dass irgendjemand kam und sagte: »Mensch, da biste ja wieder!« – aber es kam keiner, wir waren hier nicht bekannt, und so musste er mit uns beiden Weibern rumsitzen und sich einen Schnaps nach dem andern eingießen, bis es ihm aus den Ohren lief und wir Mühe hatten, ihn anschließend über die Straße und ins Bett zu bringen. Tante Hete und ich saßen wieder in der Küche, rochen die gute Bohnensuppe, wussten nicht recht, was wir mit dem angebrochenen Nachmittag anfangen sollten und mussten beide plötzlich lachen.

»Man kann's ja verstehn«, sagte sie.

»Hm«, machte ich.

»Obwohl ...«

»Was?«

»Er hätte ja erstmal 'n bisschen was erzählen können.«

»Ja, das stimmt«, sagte ich.

»Er is so schweigsam geworden, findeste nich?«

»Ja.«

»Nu werd du nich auch noch so maulfaul!«, drohte sie.

»Ich?«

»Ich mache uns jetzt 'n Kaffee, denn gehste zur Post und schickst Antje 'n Telegramm.«

»Ja.«

»Schreibste am besten ... Dieter wieder wohlbehalten bei uns.«

»Ja.«

»Und sag man ooch, dass wir uns freuen. Das Wort kost ja bloß fuffzehn Pfennige.«

63

Dieter wachte gegen Abend auf, aß einen Teller weiße Bohnen und trank eine Flasche Bier zu. Er fragte, ob Hella uns besucht hätte, aber wir wussten von keiner Hella.

»Wer soll'n das sein?«, fragte Tante Hete.

»'ne Freundin von mir. Ich werd sie mal anrufen.«

»Wollen wir denn nicht heute Abend 'n bisschen zusammenbleiben?«, fragte Tante Hete.

»Na, selbstverfreilich«, sagte Dieter. »Aber die stört doch nich, oder?«

»Wie du meinst ...«, sagte Tante Hete. Ich enthielt mich der Stimme, wurde auch gar nicht gefragt, und mir konnte es auch egal sein, denn ich musste sowieso um neun ins Clou.

Nach einer halben Stunde kam Dieter wieder und brachte Hella gleich mit. Es war dieselbe, die damals bei ihm in Schöneweide auf der Couch gelegen hatte, bloß vor vier Jahren war sie blond gewesen, und jetzt hatte sie rote Haare. »Tizian«, sagte sie und kratzte sich mit ihren langen Fingernägeln unter der Bluse. Ich mussste gleich an Flöhe denken, und ich sah, wie Tante Hete eine Gänsehaut kriegte. Aber Dieter war eben jetzt Herr im Haus, schickte mich nach Wein, weil Hella keinen Schnaps trinken wollte, ließ Tante Hete ihren Kuchen auftischen, und als wir nach 'ner Weile nicht mehr wussten, worüber wir reden sollten, sagte er: »Entschuldigt, bitte, mal 'n Augenblick! Ich muss Hella bloß mal was zeigen«, und ging mit ihr in mein Zimmer. Wir gingen zu Tante Hete, und ich blies mir die Luftmatratze auf, damit ich mein Bett hatte, wenn ich aus dem Clou kam.

»Tja«, sagte ich und verstöpselte den Verschluss. »So is das numal, wenn 'n Mann da ist.«

»Wird ja hoffentlich nich jeden Abend so weitergehn«, sagte Tante Hete

»Wie gefällt se dir denn?«

»Hm, ganz apart, aber 'n bisschen zu alt für ihn.«

Von nebenan hörten wir Dieter lachen, und dann kicherte Hella.

»Lustig«, sagte Tante Hete.

»Ja«, sagte ich, »und in meinem Bett.«

»Das wird er doch nich«, sagte Tante Hete.

»Was denkst'n du?«

Tante Hete hielt sich die Ohren zu.

»Willst du das die ganze Nacht machen?«, fragte ich sie.

»Was?« Sie lockerte die Hand ein bisschen.

»Ob du dir die ganze Nacht die Ohren zuhalten willst???«

»Maria!«, sagte sie und sah mich drohend an.

»Du könntest mich eigentlich bis zum Clou bringen«, schlug ich vor.

»Sieht das nicht unhöflich aus?«, fragte Tante Hete.

»Jetzt reicht's mir aber«, sagte ich und warf das Kopfkissen auf die Luftmatratze.

»Lass doch«, sagte Tante Hete. »Das musste doch verstehn ... Is ja auch schon ruhiger geworden.«

»Ich halte das nicht aus«, sagte ich. »Ich verschwinde.«

»Mir is es auch unangenehm – aber was soll ich denn machen?«

»Komm'n Stück mit«, sagte ich.

Wir zogen uns die Schuhe an und schlichen übern Flur zur Korridortür. Als wir die Klinke runterdrückten, rief Dieter aus meinem Zimmer: »Geht ihr runter?«

»Ja«, sagte Tante Hete schüchtern.

»Bringt doch bitte noch 'ne Flasche Wein mit! Aber nich so'n billigen! 'n anständigen!«

»Ja, 's gut«, sagte Tante Hete und hob fragend die Hände und die Schultern, als wollte sie sagen: Was willste machen?

Wir gingen die Treppe runter, und auf der Straße gab ich ihr das Geld für den Wein.

»Sei man nich traurig«, sagte Tante Hete. »Er muss sich erst eingewöhnen. Das geht nich von heute auf morgen.«

»Fängt jedenfalls gut an«, sagte ich.

»Früher war er anders«, sagte sie. »Wer weeß, mit was für'ne Bagage er da zusammengewesen ist.«

»Ich geh noch mal rüber«, sagte ich.

»Wo rüber?«

»Auf'n Friedhof.«

»Was willste denn auf'm Friedhof? Mitten in de Nacht ... Der is sowieso zu.«

Sie legte mir den Arm um die Schultern und zog meinen Kopf an ihre Riesenbrust.

»Zu Mama«, sagte ich.

»Ach, was willste denn da ...«

»Alles erzählen.«

»Die weeß schon alles«, sagte Tante Hete und pustete mir in die Haare. »Die sieht das alles, da mach dir man keene Sorgen. Die passt schon uff, det allet wieder ins Lot kommt. Verlass dich uff mich. Komm, wir können hier nich stehnbleiben. Du bekleckerst mir'n ganzen Kragen. Na, komm! Weene man, Tränen jeben keene Flecken ...«

64

Die nächsten paar Tage war alles so, wie Tante Hete und ich es uns vorgestellt hatten. Wir hockten zu Hause oder gingen spazieren, machten Einkäufe für Weihnachten und erzählten, bis wir Fransen am Mund hatten. Heiligabend saßen wir alle drei um unsern Weihnachtsbaum, packten die Päckchen von Antje aus, und Dieter erklärte feierlich, dass er ab 2. Januar wieder arbeiten ginge. Das war für uns das schönste Geschenk. Am ersten Feiertag verschwand er, aber dafür kam Edith und brachte ihren Jungen mit, den sie über die Feiertage aus dem Heim gekriegt hatte. Er fraß unsere Schokolade auf und schlug zwei oder drei Christbaumkugeln ab, bis es Tante Hete zuviel wurde. Sie gab ihm so eine Ohrfeige, dass er den Rest des Nachmittags ganz artig in seinem Bilderbuch blätterte.

»Ich finde das ja auch richtig, Frau Hentig«, sagte Edith leise. »Aber wenn er das übermorgen im Heim erzählt, muss ich's ausbaden.«

Bei dieser Gelegenheit kam Tante Hete auf die Idee, ob Edith, die bei einer Kollegin zur Untermiete wohnte, nicht in Lenis zwei Zimmer ziehen könnte, sobald die nach dem Westen übergesiedelt war.

»Ach, das wär schön«, sagte Edith. »Denn wohnte ich wenigstens in eurer Nähe.«

»Aber als Einzelperson wird Ihnen das Wohnungsamt das nich geben«, sagte Tante Hete, »und mit Bad.«

Edith schwieg und sah mich an. Ich wusste, was sie dachte, aber ich traute mich vor Tante Hete nicht raus damit.

Am zweiten Feiertag kam Hella, aber ich musste am Abend wieder ins Clou und hatte nicht viel von ihr. Am dritten Feiertag fragte Dieter auf einmal: »Warum haste mir denn eigentlich noch nie dein Zimmer in der Ackerstraße gezeigt?«

»Ja«, sagte Tante Hete und sah mich groß an, »det haben wir ganz vergessen ...«

Dieter drehte sich auf den Hacken rum und fragte erstaunt: »Du kennst das auch?«

»Aber jewiß«, rief Tante Hete. »Da haben wir doch Mariechens Geburtstag gefeiert! Da hat sie immer ihre Übersetzungen geschrieben.«

»Hmhm«, machte Dieter. »Na, denn zeig mal!«

In der Straßenbahn wollte er wissen, wie ich Hella finde.

»Nett«, sagte ich.

»Doll, was so'n Mädchen mitgemacht hat«, sagte er.

»Wieso?« fragte ich. «Was war denn?«

»Ich war beinahe vier Jahre weg«, sagte Dieter. «Und so lange auszuhalten – das is nich so einfach ...«

»Hm«, sagte ich. »Hat sie dir das gesagt?«

»Glaubst du's etwa nich?«

»Ich kenne sie doch überhaupt nich, Dieter. Ich weiß wirklich nich.«

»Du hast aber 'n Blick für sowas. Du bist selber 'ne Frau. Du musst das doch sehn.«

»Ich glaube, das is sehr schwer«, sagte ich.

»Was is schwer?«

»Ich meine, für'n Mädchen in ihrem Alter, und außerdem wart ihr denn überhaupt verlobt oder so ...?«

»Also du meinst, sie hat mich betrogen?«, fragte Dieter. Wir stiegen aus und gingen in die Ackerstraße.

»Das würde ich nie behaupten«, sagte ich und blieb stehn. »Ich hab sie doch in den vier Jahren überhaupt nicht gesehn.«

»Komm!«, sagte er. »Was bleibste denn stehn!«

Ich hatte Dieter von dem Zimmer in der Ackerstraße nichts gesagt. Ich hatte ihm schon vor Weihnachten anbieten wollen dort hinzuziehn, und ich wollte so tun, als wäre ich durch Zufall an die Adresse gekommen, aber dann kam ich mir schäbig vor und blieb lieber auf meiner Luftmatratze, als dass ich meinen Bruder nach vier Jahren Pritsche wieder in die Fremde schickte. Wahrscheinlich hatte ihm Tante Hete von dem Zimmer erzählt, aber warum hatte sie dann vorhin die Augen so verdreht?

»Komm«, sagte Dieter, «worauf warteste denn?«

Als wir die Treppe hochstiegen, fragte er: »Was würdeste denn mit ihr machen?«

»Ich?«, fragte ich, blieb stehn und holte Atem.

»Naja«, sagte er, und ich sah, wie blass er wieder war. »Mal angenommen, sie hat mich beschissen ... Was würdest'n du mit ihr machen?«

Ich wandte mich ab und stieg weiter nach oben. Zum ersten Mal blieb mir die Luft weg, obwohl ich nur eine Stufe nahm und vor ein paar Monaten immer gleich zwei, und nie war ich außer Puste.

»Ich weiß nicht«, sagte ich. »Es ist doch gar nicht raus, ob sie wirklich ...«

»Aber wenn!«, sagte er und wollte mir den Schlüssel aus der Hand nehmen.

»Ich mach schon«, sagte ich. Aufschließen wollte ich lieber selber. Wir traten ein, Dieter zog den Schlüssel ab und verschloss die Tür von innen. Ich blieb vor dem kleinen Tisch stehn und überlegte, ob ich den Mantel ausziehn sollte, aber es war nicht geheizt, und ich ließ es lieber.

»Oder soll ich ihr eine aufs Maul haun?«, hörte ich Dieter fragen. Ich drehte mich um und wollte was sagen, aber ich brachte kein Wort raus, weil er mir plötzlich auf den Mund schlug. Ich setzte mich hin, und ich muss ihn so fassungslos angesehn haben, dass er einen Augenblick lang anscheinend selber nicht wusste, wie's weitergehn sollte.

»Dieter ...« flüsterte ich.

»Das ist eben die Frage«, sagte er und tat so, als wäre überhaupt nichts passiert. »Ob ich einfach drüberwegsehn oder ihr eine in die Schnauze haun soll.«

Er hob mir mit der linken Hand das Kinn an und schlug mir mit der rechten flachen Hand ins Gesicht.

»Genau das ist es, was ich mir überlegen muss«, sagte er. »Sobald ich das weiß« – er trat einen halben Schritt zurück – »kriegt sie eins in die Schnauze.«

Ich wollte seiner Hand ausweichen, aber er schlug gleich zweimal zu.

»Was ist denn bloß mit dir?«, schluchzte ich und konnte kaum noch was sehn, weil er auf die Nase getroffen hatte und mir die Augen voll Tränen standen.

»Ja«, lachte er. »Was is?«

Er ging von mir weg, trat ans Regal und riss es mit einem Ruck von der Wand. Dabei fiel ihm die kleine goldene Uhr vor die Füße, die mir Paul ein Jahr zuvor zu Weihnachten geschenkt hatte.

»Oh!«, machte Dieter, bückte sich, hob sie auf, klappte den Deckel auf und ließ sie dann wieder fallen. »Großzügig ...« Er trat mit dem Absatz auf die Uhr, der Deckel brach ab, und das Glas knirschte.

»Hör doch auf!«, bat ich und rutschte auf die andere Couch hinter den Tisch. Er ging zur Tür und zog den Schlüssel aus dem Schloss.

»Du kommst hier nicht wieder raus«, sagte er ganz ruhig. »Übrigens habe ich dich vorhin was gefragt ... Hörst du?«

»Ja«, sagte ich und hörte vor Angst meine eigene Stimme nicht.

»Was soll ich denn nun mit ihr machen?«

Er wartete aber nicht auf Antwort, sondern nahm den Spiegel von der Wand überm Ausguss, sah sich einen Augenblick drin an, wobei er die Lippen zurückzog, und schlug ihn dann auf eine Stuhlkante.

»Bringt Glück«, sagte er und grinste. Plötzlich schob er den Tisch, hinter dem ich saß, beiseite und stellte sich vor mich.

»Nu erzähl mal«, sagte er, »aber hübsch der Reihe nach.

Und für jede Frage, die du nicht sofort beantwortest, kriegst du eine in die Fresse.«

Ich hatte kalte Hände und kalte Füße, aber mein Kopf brannte von den Schlägen. Ich wollte mich wegsacken lassen, aber mit seinen Augen hielt er mich aufrecht.

»Vom wem haste'n die Uhr?«

Ich konnte nicht antworten. Ich konnte seinen Namen nicht sagen. Dieter schlug mir auf den Mund.

»Na? Schon vergessen?«

Ich schüttelte den Kopf.

»Dann sag doch mal!«

»Von Deister«, sagte ich.

»Richtig. Und wer ist das?«

»'n Richter.«

»Sehr gut. Und was für'n Richter?«

»Der hat dich verurteilt«, sagte ich und ließ mich fallen, aber er erwischte mich, hielt mich mit der rechten Hand fest und schlug mit der linken, mit der Faust.

»Schön sitzenbleiben«, sagte er und setzte sich auf die Tischkante.

»Und das ist eure Rammelbude hier, was?«

Ich sagte nichts.

»Hier habt ihr euch geschafft, hm? – Antworte!«

Ich sagte nichts, und er schlug mich wieder. Ich ließ den Kopf sinken, damit er nicht bei jedem Schlag auf die andere Seite kippte.

»Warum haste'n das gemacht!«

»Weil ...«, sagte ich, aber ich kam nicht weiter, denn er trat mir mit der Schuhspitze gegen das Schienbein.

»Das ist doch keine Antwort«, sagte er. »Na?«

»Er hat mir gefallen«, sagte ich.

»So«, sagte er, »sieh mal an.«

»Hör doch jetzt bitte auf, Dieter!«, bat ich. »Ich kann nicht mehr. Ich sterbe ...«

»Quatsch«, sagte er und schlug mir mit der flachen Hand unters Kinn. »Was meinst du, was du alles aushältst ... Aber wir können ja 'ne Pause machen ... Wir haben doch Zeit.«

Er stand auf und langte die Gläser vom Wandbord. Er versuchte, sie unter seinen Schuhen zu zertreten, aber sie waren zu dick, und er wollte keinen Krach machen. Er trat nur auf den Büchern herum und stieß sie dann in die Ecken.

»Du liebst ihn also«, sagte er nach einer Weile und setzte sich wieder auf den Tisch.

»Ich sage, ich hab ihn geliebt.«

»Und jetzt nicht mehr?«

»Nein.«

»Jetzt liebst du ihn nicht mehr? Antworte!« Er schlug zu, bevor ich den Mund aufmachen konnte.

»Warum liebste ihn denn nicht mehr? So auf einmal? Hat er dir was getan? War er böse zu dir?«, fragte er mit Kinderstimme.

»Nein.«

»Warum liebste ihn denn dann nicht mehr?«

Er schlug mich wieder.

»Weil ich aus'm Knast bin? Deswegen?«

»Nein.«

»Von mir aus kannste dich weiter von ihm vögeln lassen.«

Ich machte die Augen zu und wollte die Hände vors Gesicht legen.

»Runter!«, schrie er. Ich legte die Hände wieder in den Schoß und sah ihn an.

»So isses richtig«, sagte er. »'n Mädchen wie Hella willste verdächtigen, aber selber? Weißte, was du bist? Du bist einfach Dreck.«

»Ja«, sagte ich.

»Was – ja?«, fragte er und klatschte mir die Hand über die Augen.

»Ich liebe ihn eigentlich immer noch.«

»Wen?«

»Den«, sagte ich, »Deister.«

Ich fühlte wieder seinen Schlag.

»Immer noch«, sagte ich, und dann ruckte mein Kopf wieder nach rechts.

»Immer noch«, wiederholte ich. Meine Lippen sprangen auf und bluteten.

»Das wollen wir doch mal sehn«, sagte Dieter und schlug mich zwei-, dreimal gegen die Stirn, auf die Augen, auf den Unterkiefer. Ich musste mich gegen die Wand stützen, um nicht umzufallen.

»Immer noch?«, fragte er.

»Ja«, sagte ich. »Ich liebe ihn immer noch.«

Zuerst hatte es sehr wehgetan, dann hatte ich den Schmerz nicht mehr gespürt, die Schläge waren zu schnell hintereinander gekommen. Aber jetzt brannten mir die Augen, die Zunge wurde dick, ich konnte den Kopf nicht mehr bewegen, und mein Nacken war steif. Ich kam gar nicht mehr auf die Idee aufzustehn und mich hinzuwerfen. Ich saß wie auf'm elektrischen Stuhl. Ich wusste, mein Gnadengesuch war abgelehnt. Jetzt konnte ich mich mit niemand mehr streiten. Jetzt hatten die anderen recht.

»Du kannst ja nachher gleich zu ihm hingehn und mich verhaften lassen«, sagte Dieter. »Aber vorher wollen wir dich noch'n bisschen schön machen, damit er weiß, was er an dir hat. Wär mir natürlich lieber, wenn ich ihn selber hier hätte, aber dann würdest du ja weinen, er täte dir doch leid – oder nich?«

Ich zog langsam die Lippen zwischen die Zähne und leckte sie ab. Er trat gegen mein Knie, und ich zuckte hoch. Ich merkte, wie ihm der Dampf ausging. Er brauchte einen neuen Ansatz, aber dazu wollte ich es nicht kommen lassen.

»Ich ...«, fing ich an, aber ich konnte wieder nicht weitersprechen. Er nickte, als wüsste er genau, was ich sagen wollte.

Endlich fiel ihm ein, wonach er gesucht hatte.

»Liebst du ihn noch?«, fragte er wieder.

»Ja«, sagte ich, und es ging von Neuem los. Er schlug und fragte. Ich sagte «Ja« und «Immer noch«, bis ich die Lippen und die Zunge nicht mehr bewegen, sondern nur noch nicken konnte. Er ließ mich immer erst eine Weile überlegen und haute wirklich erst dann zu, wenn ich genickt hatte, aber je länger er mich schlug, umso sicherer wurde ich. Ich nickte und nickte, und irgendwann rutschte ich auf den Boden. Ich dachte: Jetzt wird er mich zertreten, aber er stand über mir und fing an zu weinen. Er fiel auf die Knie und sagte: »Maria ... Maria ...«, aber an mehr erinnere ich mich nicht.

65

Als ich aufwachte, lag ich auf der Couch und konnte nichts erkennen. Tante Hete nahm mir die Tücher mit essigsaurer Tonerde ab und stöhnte, als sie mich sah. Sie wollte mir das Gesicht einkremen, aber es ging nicht, weil das zu sehr schmerzte. Sie legte mir wieder die Tücher über die Augen und den Mund, setzte sich in einen Sessel. An dem Fenster über mir sah ich, dass ich immer noch in der Ackerstraße lag. Ich wollte fragen, ob sie im Clou angerufen hatte, dass ich nicht komme, aber ich stieß nur mit der Zunge gegen die Lippen und kriegte die Zähne nicht auseinander. Ich hatte fürchterlichen Durst. Ich zeigte mit der Hand, dass ich trinken wollte, und Tante Hete machte Tee, aber als sie mit dem Tassenrand an meinen Mund kam, brüllte ich vor Schmerzen. Sie fing an, mir Wasser einzulöffeln, und nach 'ner Weile merkte ich, wie es mir die Kehle runterlief.

»Ich hab ihm nichts gesagt«, flüsterte Tante Hete. »Ich schwöre es.«

Ich winkte ab.

»Ich hab ihn gefragt, woher er es überhaupt hat. Von Jakobs! Dem Mann von Edith! Stell dir das vor! Du kannst sagen, was du willst, Mariechen! Ich weiß genau, warum ich die Kerle damals nich reingelassen habe! Die waren nich echt, sage ich dir.«

»Vor 'ner Stunde kam er an, Dieter – so groß mit Hut!« Tante Hete hielt den Zeigefinger einen Zentimeter über den Daumen.

»Ich frage: Wo is Maria? Und er: Inne Ackerstraße. Und?, frage ich. Is wat passiert? Wat kuckste denn so? Ick jloobe, 's wär besser, du gehst ma hin, sagt er. Ick schreie los: Du hast se umjebracht! Du hast se totjeschlagen, du Halunke. Nee, sagt er und schüttelt 'n Kopp, sie lebt noch. Und da hab ick ihm gesagt: Mein lieber Dieter, hab ick ihm gesagt, wenn du dem Kleechen was jetan hast ...«

Ich schüttelte den Kopf und winkte ab.

»Kann ich dir ja ooch morjen erzählen. Meinste denn, wir soll'n Arzt holen?«, fragte sie.

»Nein«, sagte ich mühsam und zeigte auf die Spiegelscherben.

»Du siehst natürlich jeliebt aus«, sagte Tante Hete und bückte sich.

»Ich muss anrufen«, sagte ich und versuchte, so wenig wie möglich die Zunge dabei zu bewegen. »Ich kann heute nich ...«

»Und morjen ooch nich«, sagte Tante Hete. »Wir warten, bis richtig duster is, und denn nehmen wir uns 'ne Taxe inne Brunnenstraße. Wickelste dir eben 'n Handtuch um 'n Kopp.«

66

Nächsten Morgen ging ich zu Leni. Dieter war die Nacht nicht nach Hause gekommen. Ich wurde ziemlich schnell einig mit ihr, und sie wollte mir noch 'n paar Möbel verkaufen, aber ich hatte kein Geld, und als sie hörte, woher die Veilchen stammten, schenkte sie mir noch zwei Stühle, ein Bett und einen alten wackligen Schrank. Die Küchenmöbel hatte sie schon an die Nachbarn verscheuert, blieb also nur die Flurgarderobe, die fast neu war und die sie in Kommission geben wollte, aber das war mir egal, denn eine Flurgarderobe hatte Edith und eine Küche auch, und jetzt musste ich eigentlich bloß zum ersten Januar einziehn, sonst setzte das Wohnungsamt jemand anders rein, und das musste ich verhindern.

»Wenn ich einmal drin bin, kann nichts mehr passieren«, sagte ich zu Tante Hete, die die meiste Angst davor hatte, dass ich exmittiert wurde.

Notfalls sage ich eben, dass mein Bruder aus dem Zuchthaus gekommen ist und sein eigenes Zimmer braucht und dass meine Freundin noch zuzieht, die ist grade geschieden und hat ein Kind. Rausschmeißen gibt's nicht. Das ist verboten, und da stelle ich mich so lange stur, bis die andern aufgeben.

Am dreißigsten kriegte Leni ihre Papiere, und Silvester zog ich um mit Schubkarre, dreimal hin und zurück, und um Mitternacht ließen Edith und ich unsern ersten Korken steigen. Wir waren alleine und heulten Rotz und Wasser, aber dann knallte es überall, und wir gingen sogar ein paar Minuten auf die Straße. Kurz vor der Ackerstraße drehten wir um und marschierten wieder nach Hause. Tante Hete wollte nicht feiern.

»Ick habe noch genug von Weihnachten«, sagte sie.

Am ersten Januar abends musste ich wieder im Clou antanzen. Meine Flecke, die inzwischen grün und gelb geworden waren, hatte ich mit dunkler Teintcreme überschmiert.

»Na, habt ihr mich vermisst?«, fragte ich.

»Meechen«, sagte Oscar, »det weeßte doch: Ohne dir bricht hier der janze Laden zusammen.«

67

Anfang Februar fing es an, und dann wurde es immer schlimmer. Ich dachte, ich werde verrückt.

»Du bist doch noch nich inne Wechseljahre«, sagte Edith.

Ich konnte nicht schlafen. Wenn ich eine Stunde geschlafen hatte, schreckte ich hoch und lag wach bis Mittag. Wenn Edith Spätschicht hatte, war's gut – dann blieb sie um die Zeit meistens zu Hause. Aber wenn ich alleine war, fing ich an, Gespenster zu sehn. Ich dachte, die Türen gehn von selber auf, und wenn ich mir ein anderes Kleid aus dem Schrank nahm, hatte ich Angst. Meine Federdecke wurde mir zu schwer. Ich kaufte mir eine leichte Steppdecke, doch unter der kriegte ich überhaupt keine Luft mehr. Ich ließ die Fenster offen, aber dann heulte mich die Straßenbahn aus dem Schlaf, und wenn ich die Fenster zumachte, dachte ich, ich ersticke.

»Geh mal zum Arzt«, drängelte Edith. Was sollte ich denn beim Arzt? Ich wusste doch, dass ich gesund war. Aber endlich hatten sie mich so weit.

»Wir schicken dich auf Kur«, drohte Herr Kleeberg, »du wirst ja immer dünner.«

Ich ging ins Haus der Gesundheit am Alex und ließ mich auf den Kopf stellen. Blutsenkung, Elektrokardiogramm, Urinprobe, Durchleuchten ... fehlte bloß, dass sie mir noch den Magen ausgepumpt hätten.

»Ich werde Ihnen am besten Vitamin-Tabletten verschreiben«, sagte der Arzt. »Sie haben 'ne gewisse Neigung zur Spondylose, und in Ihrem Beruf müssen se da vorsichtig sein.«

Im Durchgang vom HO-Warenhaus, wie ich zurückkam, sah ich Paul. Er stand vor der Kosmetik-Auslage, hatte seine Aktentasche in der linken Hand und hielt sich den rechten Daumen vor den Mund, als ob er überlegte, was er nehmen sollte. Er trug einen hellen Anzug, und als ich an ihm vorbeiging, sah ich sein Gesicht im Schaufenster. Einen Augenblick lang dachte ich, ich werde ohnmächtig. Ich ging schnell aus der Passage, lief in den nächsten U-Bahn-Eingang, legte zwanzig Pfennig auf den Schalter und stieg in irgendeinen Zug. Die Sitzplätze waren alle besetzt, und in den Mittelgang wollte ich mich nicht stellen, also blieb ich an der Tür stehn und legte die Hände um die Messingstange. Ich fuhr bis Friedrichsfelde und wieder zurück.

Der nächste Tag war mein Geburtstag. Brigitte kam, konnte aber nicht lange bleiben, weil sie Christoph aus der Krippe holen musste. Gegen Abend besuchte ich Tante Hete und ließ mir gratulieren. Über Dieter sprachen wir nicht mehr, aber ich sah seinen Mantel an der Garderobe hängen. Bevor ich ins Clou ging, musste ich nochmal zu Hause vorbei. Edith hatte die Bude in der Ackerstraße ausgeräumt und auch meine Schreibmaschine mitgebracht. Als ich am andern Morgen, nachdem ich knapp drei Stunden geschlafen hatte, wieder aufwachte, wieder wachlag, wieder nicht einschlafen konnte, kroch ich aus dem Bett und duschte mich mit kaltem Wasser. Ich trocknete mich ab, zog mir Hosen und Pullover an, band mir die Haare nach hinten und lief in mein Zimmer zurück. Ich stellte die Schreibmaschine auf den Tisch, spannte einen Bogen Briefpapier ein, was anderes hatte ich nicht, und tippte den ersten Satz. Die Hände zitterten noch ein bisschen, aber nun stand schon mal was da, was nicht so einfach wegzuwischen ging, wenn's auch bloß ein kleiner mickriger und popliger Satz war:

68

Ich heiße Maria Morzeck.

Nachwort

Die Jahre zwischen 1963 und 1965 waren für die DDR eine aufregende Zeit, wahrscheinlich die aufregendste Zeit ihrer Geschichte. Die Führung unter Walter Ulbricht hatte sich nach dem Mauerbau vom 13. August 1961 entschlossen, die lahmende Wirtschaft durch Reformen in Schwung zu bringen. Mehr Eigenverantwortung der Betriebe und weniger Administration lautete die Parole. Auch der harte Zugriff der Stasi und der politischen Justiz sollte vorsichtig gelockert werden. Von Liberalisierung oder gar Freiheit war keine Rede. Doch die SED brauchte für ihre Reformen die Mitarbeit von selbständig denkenden Menschen. Sie setzte auf den wissenschaftlichen Fortschritt, auf die Kunst als Produktivkraft und auf die Jugend, die nun auch die Beatles hören und sich wie die Jungs aus Liverpool die Haare über die Ohren kämmen durfte. Ein Teil der jungen Generation war bereit, sich auf das Experiment Sozialismus einzulassen. Doch die Ansage lautete »wasch mir den Pelz und mach mich nicht nass!«. Offene Kritik war erwünscht, aber sie durfte nicht zu offen sein, sonst drohte Ärger. Neue Ideen wurden gefördert, aber sie durften nicht am Alten rütteln, speziell nicht an der Macht der Partei und der Stasi. In der Kultur wurde die grenzenlose Weite des Horizonts verkündet, doch in der Realität endete der Horizont an der Staatsgrenze, an deren Betonmauern schließlich alle Hoffnungen auf Erneuerung des Sozialismus scheiterten.

Mitten in diese bewegte Zeit, genau gesagt ins Jahr 1964, fiel das Buchprojekt *Maria Morzeck oder Das Kaninchen bin ich*. Der junge Schriftsteller Manfred Bieler reichte das

Manuskript bei dem für Humor und Satire zuständigen Eulenspiegel Verlag ein. Offenbar hatte der Autor gehofft, dort hätten die Mitarbeiter ein offenes Ohr für kritische Texte und ein feines Gespür für den Wind der Veränderung, der nicht gerade stürmisch, aber doch spürbar war. In der Tat schien sich dies zu bestätigen. Der Cheflektor Walter Püschel war von dem Text begeistert. In seinem Gutachten, das in den Aktenbergen des Bundesarchivs in Berlin-Lichterfelde überliefert ist, schrieb er, der Roman enthalte Passagen, die auch einem »manuskriptmüden Lektor das Herz höher schlagen« lassen. Er rühmt die Atmosphäre des Großstadtlebens, die seit Alfred Döblins »Berlin Alexanderplatz« niemand mehr so gut geschildert habe. Er fand »Szenen voll prallen Lebens, die man nicht so leicht vergisst« und »Episoden, so hübsch gemalt, daß sie gar nicht lang genug sein können.« Ähnlich enthusiastisch äußert sich der Zweitgutachter, der Schriftsteller Günter Cwojdrak. Er nannte den Erzählstil »kess, salopp und anmutig charmant« und verglich ihn mit Kurt Tucholskys »Rheinsberg« und »Schloss Gripsholm«. Dabei stellen die beiden Gutachter den Text von Manfred Bieler durchaus in den aktuellen Zusammenhang der Justizreform, eben jene neue Politik, die nicht mehr die Strafe für politische wie kriminelle Übeltäter in den Mittelpunkt stellte, sondern dessen Erziehung durch die Gesellschaft. Das Buch entlasse den Leser, so Walter Püschel, mit der festen Überzeugung, dass die Periode von überzogenen Strafen für Staatsverbrechen vorbei sei.

Unter normalen Umständen hätte nun einer Veröffentlichung nichts mehr im Wege gestanden. Doch die Verhältnisse waren nicht normal, sondern durch ein bis zur Lächerlichkeit gehendes Genehmigungsverfahren geprägt. Dass es formal gar keine Zensur gab, machte die Sache nicht besser, sondern schlimmer. War den höchsten Instanzen von Partei und Staatssicherheit ein Buch, ein Theaterstück oder ein Film nicht genehm, schlug das auf die Gutachter zurück. Sie hatten also allen Grund, vorsichtig zu sein.

Die beiden Gutachter vom Eulenspiegel Verlag aber waren sich ihrer Sache sicher. Sie reichten das Manuskript neuerlich mit der Bitte um Druckgenehmigung bei der Hauptverwaltung Verlage und Buchhandel beim Ministerium für Kultur (HV) ein. Dort läuteten bereits die Alarmglocken. Offenbar war auf informellem Weg »durchgestellt« worden, dass der Roman zum Abschuss freigegeben sei. In den Einschätzungen der HV wimmelt es von Begriffen wie »gefährlich« und »negative Grundtendenz«. Das waren verbale Keulenschläge, die signalisierten, dass es nun ernst wurde. Bieler versuche, heißt es in dem Gutachten, »unsere Richter und Staatsanwälte als willkürlich handelnd, unmoralisch somit volksfeindlich darzustellen.« Weitere Einschätzungen folgten, die sich auch gegen die Darstellung erotischer Szenen richteten – die typische Verbindung zwischen moralischer und ideologischer Reinheit, die einige Monate später im Diktum von Erich Honecker auf dem 11. Plenum kulminierte, die DDR sei ein »sauberer Staat«.

Dennoch war das Fallbeil des Verbots noch nicht endgültig heruntergesaust. Am 6. Oktober 1964 veröffentlichte das *Börsenblatt für den Deutschen Buchhandel* in einer Vorschau auf die Veröffentlichungen des kommenden Jahres eine Ankündigung des Romans. Einige Tage später trug der Cheflektor Püschel an den Autor einige Änderungswünsche aus dem Ministerium für Kultur heran. Es ging um die Wortwahl, aber auch um eine Entschärfung der kritischen Tendenz. Es dauerte erstaunlicherweise nur zehn Tage, bis das überarbeitete Manuskript neuerlich bei der Hauptverwaltung Verlage landete und der Verlag verkündete, der Roman von Bieler sei als Schwerpunkttitel vorgesehen.

Inzwischen war die Staatssicherheit munter geworden. Ein Denunziant aus der Redaktion der Monatszeitschrift

Das Magazin, das Auszüge aus dem Roman veröffentlichen wollte, hatte sich an seinen Stasi-Führungsoffizier gewandt. Er meinte, in dem Text würden Mitarbeiter des MfS und der Justizorgane verächtlich gemacht. Nun begannen die Mühlen der Stasi zu mahlen. Es wurden vernichtende Einschätzungen verfasst und an die Abteilung Kultur des ZK der SED weitergereicht. Im Abschlussbericht heißt es zusammenfassend: »In dem Manuskript wird ein Bild der DDR gezeichnet, das in wichtigen Einrichtungen wie Schule, Gerichtswesen, kommunale Verwaltung usw. von Unmoral durchsetzt ist, wo der Ehrgeiz einzelner Funktionäre bestimmend ist und nicht die Interessen der Werktätigen.« Treffender konnte man die DDR kaum beschreiben und dies war der Todesstoß für den Roman.

Doch die Geschichte war damit nicht zu Ende. Bei der DEFA lief bereits die Arbeit an dem Film *Das Kaninchen bin ich*. Die Regie hatte einer der bekanntesten Regisseure des Landes, Kurt Maetzig, übernommen und Manfred Bieler hatte das Drehbuch geschrieben. Im Dezember 1964 gab der Leiter der Hauptverwaltung Film, Günter Witt, grünes Licht für die Dreharbeiten. Ein Jahr später war der Film fertig und er wurde im Dezember 1965 nach einer internen Vorführung im ZK-Gebäude zu einem der Hauptangriffspunkte der SED-Dogmatiker. Mitsamt fast der gesamten Jahresproduktion der DEFA wurde der »Kaninchenfilm« zurückgezogen. Über die Schöpfer des Films brach ein Donnerwetter herein. Kurt Maetzig wurde genötigt, wie ein ungezogener Schulbub im SED-Zentralorgan *Neues Deutschland* Reue zu zeigen und Besserung zu geloben.

Manfred Bieler hatte solche Kompromisse nicht mehr nötig. Aufgrund seiner Ehe mit einer Tschechin hatte er die Möglichkeit, nach Prag überzusiedeln. Dort kündigten sich große Veränderungen an. Der Prozess, der in der DDR durch das 11. Plenum gestoppt worden war, geriet in der

Tschechoslowakei außer Kontrolle und schließlich zu einem Machtwechsel an der Parteispitze. Am 21. August 1968 fielen die Panzerdivisionen der sozialistischen Bruderstaaten in die Tschechoslowakei ein und beendeten das Experiment eines Sozialismus mit menschlichem Antlitz, wie die Maxime des Prager Frühlings gelautet hatte. Bieler übersiedelte in die Bundesrepublik und wurde dort zu einem erfolgreichen und vielgelesenen Schriftsteller. Einige seiner Romane wurden verfilmt und im Fernsehen gezeigt.

Der Roman *Maria Morzeck* erschien 1969 in überarbeiteter Form im Biederstein Verlag in München. Wie weit die Änderungen gingen, ist nur noch indirekt zu erschließen. Die Aufnahme bei der bundesdeutschen Kritik war verhalten. Der Spiegel schrieb: »Die durchaus tragödienträchtige Spannung zwischen staatlicher Autorität, sozialer Realität und privater Sphäre wird vom Autor nur angespielt; mehr fällt ihm nicht dazu ein als seine Figuren überschnappen und einander anbrüllen zu lassen. Man glaubt Manfred Bieler gern, dass er's in Berlin-Ost nicht mehr aushalten konnte – dennoch hätte sein Roman nur dort seine Leser zu suchen.« Damals war der Roman für hartgesottene Antikommunisten zu DDR-freundlich – immerhin zeigt er doch einen normalen Alltag hinter der Mauer. Für die Avantgardisten war der Text zu konventionell, und für das breite Lesepublikum war der Osten weit weg.

Der Roman *Maria Morzeck* blieb wie seine Hauptheldin das Aschenputtel. Er hätte 1965 in der DDR eine kleine Sensation werden können – wenn er denn erschienen wäre. Stattdessen wurde das Buch verboten – und dadurch eine große Sensation. Der Roman, den niemand gelesen, und der nach ihm gedrehte Film, den niemand gesehen hatte, wurden Gegenstand heftiger Angriffe der SED-Führung. Statt des Buches konnte man nun in der Zeitung lesen, was für ein schädliches Machwerk es sei. Film und Buch erreichten ihr Publikum erst 1990, also mit 25 Jahren Verspätung und erregten noch einmal einiges Aufsehen. Die Akten des »Kahlschlagplenums« wurden publiziert, auch das Drehbuch des Films und der Roman selbst. Der eigentliche Aufreger war nun weder Buch noch Film, sondern die Tatsache, dass Kunstwerke von der SED-Führung unterdrückt wurden. Die Verbotsfilme wurden zum Alibi der DEFA-Verantwortlichen, das vergessen machen sollte, dass in Babelsberg über vierzig Jahre wenigstens teilweise ein schäbiger Opportunismus regierte.

Zuviel Skandal, Sensation und Politik vielleicht für ein so schmales Bändchen. Nun sind weitere Jahrzehnte ins Land gegangen. Es ist an der Zeit, das Buch neu zu lesen. Und dabei stellt sich eine große Überraschung ein. Die ursprüngliche Reaktion der Erstgutachter auf Manfred Bielers Roman war sehr hellsichtig. Es bleibt eine wunderbare Liebesgeschichte. Die neunzehnjährige Kellnerin aus dem Café Clou in der Ostberliner Chausseestraße, die so gerne Slawistik studiert hätte, dies nicht durfte, weil ihr Bruder wegen Staatsverleumdung in Brandenburg im Knast saß, war als literarische Figur lebendiger als die real existierende Staatsmacht mit ihren Erfüllungsgehilfen und Verboten. Stefan Wolle

DR. STEFAN WOLLE, geboren 1950 in Halle/Saale, studierte Geschichte an der Humboldt-Universität zu Berlin und arbeitete von 1976 bis 1989 bei der Akademie der Wissenschaften der DDR. Er war 1989/90 bei der Stasi-Auflösung aktiv, danach an der Humboldt-Universität und der Freien Universität tätig und ist seit 2006 Wissenschaftlicher Leiter des DDR-Museums. Er publizierte zahlreiche Bücher zur Geschichte der DDR.

Anmerkungen

Das »Clou« war eine Tanzbar in der Chausseestraße 20. 1967 wurde sie neu gestaltet und in »Hafenbar« umbenannt. 2016 musste die inzwischen geradezu legendäre Institution an den Alexanderplatz umziehen (https://www.hafenbar-berlin.de/geschichte/).

»Constanze« war eine in den 60er-Jahren populäre westdeutsche Frauenzeitschrift, »Der Augenzeuge« eine Kino-Wochenschau, »Neue Deutsche Literatur« eine Literaturzeitschrift, »Die Möwe« ein Künstlerklub in der heutigen Luisenstraße 18, und OTL steht für die Oranienburger Tor-Lichtspiele. FEWA war ein Waschmittel, und GST steht für die Gesellschaft für Sport und Technik, eine Massenorganisation zum »Schutz der Heimat" in der DDR.

Atom-Otto bezieht sich auf Otto Hahn, den Entdecker der Kernspaltung. Dubna bei Moskau war Sitz der sowjetischen Kernforschung, Kap Kennedy kennt man heute als Cape Canaveral, dort befindet sich der Weltraumbahnhof der NASA.

Aurora hieß der Panzerkreuzer, der 1917 mit einem Kanonenschuss das Signal zum Sturm auf das Winterpalais in St. Petersburg gab und damit die Oktoberrevolution einleitete.

»Tschernyschewsky byl monolitom« heißt »Tschernyschewski war ein Monolith« und bezieht sich auf den bedeutenden Schriftsteller Nikolai Gawrilowitsch Tschernyschewski (1828-89).

»Stenka Rasin« ist ein russisches Volkslied über Stepan Timofejewitsch Rasin (um 1630-71), den Anführer des Kosakenaufstands gegen Zar Alexej I. Es erzählt davon, dass Rasin seine »Geliebte«, eine erbeutete persische Prinzessin, in die Wolga wirft, wo sie ertrinkt. Seine Männer hatten ihm Verweichlichung vorgeworfen.

Und die Währung der DDR nannte sich 1948-64 tatsächlich DM, dann MDN (Mark der Deutschen Notenbank) und erst seit 1968 Mark der DDR.

Die Berlin-Bibliothek
Klassiker aus Berlin wiederentdeckt